PANINI BOOKS

AUSSERDEM BEI PANINI ERHÄLTLICH

Spannende Abenteuer-Romane für *MINECRAFTER*

Karl Olsberg: DAS DORF Band 1: Der Fremde
ISBN 978-3-8332-3251-0

Karl Olsberg: DAS DORF Band 2: Kolle in Not
ISBN 978-3-8332-3252-7

Karl Olsberg: DAS DORF Band 3: Der Streit
ISBN 978-3-8332-3253-4

Karl Olsberg: WÜRFELWELT
ISBN 978-3-8332-3248-0

Karl Olsberg: ZURÜCK IN DIE WÜRFELWELT
ISBN 978-3-8332-3249-7

Karl Olsberg: FLUCHT AUS DER WÜRFELWELT
ISBN 978-3-8332-3250-3

Sean Fay Wolfe: DIE ELEMENTIA CHRONIKEN
Band 1: Die Suche nach Gerechtigkeit
ISBN 978-3-8332-3254-1

Sean Fay Wolfe: DIE ELEMENTIA CHRONIKEN
Band 2: Die neue Ordnung
ISBN 978-3-8332-3255-8

Winter Morgan: DIE SUCHE NACH DEM DIAMANTSCHWERT
ISBN 978-3-8332-3007-3

Winter Morgan: DAS GEHEIMNIS DES GRIEFERS
ISBN 978-3-8332-3008-0

Winter Morgan: DIE ENDERMEN-INVASION
ISBN 978-3-8332-3243-5

Winter Morgan: SCHATZJÄGER IN SCHWIERIGKEITEN
ISBN 978-3-8332-3244-2

Winter Morgan: DIE SKELETTE SCHLAGEN ZURÜCK
ISBN 978-3-8332-3245-9

Nancy Osa: DIE SCHLACHT VON ZOMBIE-HILL
ISBN 978-3-8332-3246-6

Nancy Osa: DAS VERBANNTE BATAILLON
ISBN 978-3-8332-3247-3

**Nähere Infos und weitere Bände unter
www.paninicomics.de**

> Dieses Buch ist kein offizielles *Minecraft*-Lizenzprodukt und steht in keiner Verbindung mit Mojang AB, Notch Development AB oder einem anderen *Minecraft*-Rechteinhaber.

BAND: 2
DIE NEUE ORDNUNG

SEAN FAY WOLFE

Aus dem Englischen
von Katharina Reiche

Bibliografische Information der Deutschen Nationalbibliothek
Die Deutsche Nationalbibliothek verzeichnet diese Publikation
in der Deutschen Nationalbibliografie; detaillierte bibliografische
Daten sind im Internet über http://dnb.d-nb.de abrufbar.

*Dieses Buch wurde auf chlorfreiem, umweltfreundlich
hergestelltem Papier gedruckt.*

Englische Originalausgabe:
„The Elementia Chronicles Book 2: The New Order" by Sean Fay Wolfe,
published in the US by HarperCollins Children Books, a division of HarperCollins
Publishers, New York, USA, 2015.

Copyright © 2016 by Sean Fay Wolfe. All Rights Reserved.
Minecraft is a registeded trademark of Notch Development AB.
The Minecraft Game is copyright © Mojang AB.

*Deutsche Ausgabe: Panini Verlags GmbH, Rotebühlstr. 87, 70178 Stuttgart.
Alle Rechte vorbehalten.*

Geschäftsführer: Hermann Paul
Head of Editorial: Jo Löffler
Marketing & Kooperationen: Holger Wiest (E-Mail: marketing@panini.de)
Übersetzung: Katharina Reiche
Lektorat: Robert Mountainbeau
Produktion: Gunther Heeb, Sanja Ancic
Umschlaggestaltung: tab indivisuell, Stuttgart
Satz: Greiner & Reichel, Köln
Druck: GGP Media GmbH, Pößneck
Gedruckt in Deutschland

YDMCEC002

ISBN 978-3-8332-3255-8
1. Auflage, August 2016

Auch als E-Book erhältlich:
ISBN 978-3-8332-3389-0

Findet uns im Netz:
www.paninicomics.de

PaniniComicsDE

Für Opa „Jack" Fay (1936–2014)
Ein Geschenk an alle, die ihn kannten.
und den stärksten Mann, den ich je gekannt habe

„Dies sind die Zeiten, die die Seelen der Menschen in Versuchung führen. Sommersoldaten und Schönwetterpatrioten werden sich in dieser Krise vor dem Dienst an ihrem Land drücken, doch wer ihm jetzt die Treue hält, verdient die Liebe und den Dank der Männer und Frauen."
Thomas Paine

INHALT

Prolog ... 9
Teil I: Die Noctem-Allianz ... 17
Kapitel 1: Die zweite Wahl ... 19
Kapitel 2: Die Stimme in der Nacht ... 28
Kapitel 3: Das Spleef-Viertelfinale ... 34
Kapitel 4: Viva la Noctem ... 52
Kapitel 5: Die Tennismaschine ... 62
Kapitel 6: Elementiatag ... 74

Teil II: Die Teufel in den Mauern ... 85
Kapitel 7: Der Coup ... 87
Kapitel 8: Spannungen ... 98
Kapitel 9: Die Schlacht um die Basis ... 110
Kapitel 10: Der Besuch des Dorfbewohners ... 127
Kapitel 11: Wieder zu Hause ... 139
Kapitel 12: Kampf der Retter ... 154
Kapitel 13: Die Nation der Noctem-Allianz ... 171
Kapitel 14: Das Spleef-Halbfinale ... 187
Kapitel 15: Das Labyrinth ... 202
Kapitel 16: Geheimnisverrat ... 217
Kapitel 17: Der Gefangene von Brimstone ... 234
Kapitel 18: Die Warnungen ... 259
Kapitel 19: Das Spleef-Weltmeisterschaftsfinale ... 280

Teil III: Einbruch der Nacht	297
Kapitel 20: Ein Krisentreffen	299
Kapitel 21: Rückkehr zum Dorf	309
Kapitel 22: Entscheidungen	322
Kapitel 23: Die Schlacht vom Archipelago	335
Kapitel 24: Die Seebasis von Elementia	348
Kapitel 25: Die zwei Stämme	361
Kapitel 26: Die Große Pilzinsel	377
Kapitel 27: Die Verräter	391
Kapitel 28: Auf dem Gipfel des Fungarus	406
Kapitel 29: Die Geiseln	423
Kapitel 30: Lord Tenebris	433
Notiz des Autors	442
Danksagungen	443

PROLOG

Leonidas biss die Zähne zusammen und unterdrückte sein Unbehagen. Er war zwar in der Wüste aufgewachsen, doch der eisige Wind und der Schnee, die seinen Körper stark frösteln ließen, waren ihm fremd. Es missfiel ihm, dass Lord Tenebris unter den drei Generälen der Noctem-Armee ausgerechnet ihn dazu bestimmt hatte, den Bau der Tundra-Basis zu beaufsichtigen. Leonidas wandte sich um und betrachtete die prächtige Anlage aus Stein, die sich aus der gefrorenen Erde erhob. Er konnte sich einen gewissen Stolz darauf, dass sich die erste echte Basis der Noctem-Allianz kurz vor der Vollendung befand, nicht verkneifen.

Leonidas kam der Gedanke, dass es vermutlich Zeit für einen weiteren Kontrollgang war. Er holte seine Uhr hervor, um diese Vermutung zu bestätigen. Damit er trotz des starken Schneefalls das goldene Zifferblatt erkennen konnte, musste er die Augen zusammenkneifen, und er stellte fest, dass es etwa Mittag war. Zeit, zwei seiner zehn Männer auszuschicken, um einen Rundgang um die Baustelle zu machen und nach Eindringlingen zu suchen. Leonidas fand diese Patrouillengänge sinnlos. Sie befanden sich inmitten des größten und einsamsten Bioms auf dem Server, also war es unwahrscheinlich, wenn nicht gar unmöglich, dass ihnen hier draußen jemand begegnete. Auf seiner letzten Inspektion der Basis hatte Caesar Leonidas jedoch deutlich gemacht, dass Tenebris die Umgebungspatrouillen für unerlässlich hielt.

Seit ihrer Gründung am Spawnpunkt-Hügel hatte die Neue Ordnung fast einhundertfünfzig Mitglieder gewonnen und war in „Die Noctem-Allianz" umbenannt worden. Lord Tenebris blieb dennoch schlecht gelaunt. Er konnte seine Wut darüber, dass Element City seit König Kevs Sturz so erfolgreich geworden war, einfach nicht abschütteln. Er hatte erwartet, dass die Stadt sich unter der Herrschaft von Stan2012 kaum am Leben halten würde. Stattdessen gedieh Element City jetzt so prächtig, wie es seit dem Goldenen Zeitalter unter der Herrschaft von König Kev nicht mehr der Fall gewesen war, und Stan war erst seit ein paar Monaten Präsident. Morgen würde die zweite Wahl der Republik von Elementia stattfinden, und Stan stand ein haushoher Sieg bevor.

In Anbetracht der Übellaunigkeit, die Lord Tenebris an den Tag legte, ging Leonidas davon aus, dass der ihn einen Kopf kürzer machen würde, wenn er herausfände, dass er eine Patrouille übersprungen hatte. Also rief er den zwei nächsten Arbeitern zu: „Gefreiter! Unteroffizier! Hierher!"

Unteroffizier Emerick und der Gefreite Spyro steckten sofort die Steinblöcke weg, mit denen sie bauten, und eilten hastig zu Leonidas herüber.

„Jawohl, General Leonidas, Sir", meldeten sich die beiden Soldaten und salutierten stramm.

„Es ist jetzt zwölf Uhr, Zeit für die Mittagspatrouille. Ihr wisst ja, was ihr zu tun habt", sagte Leonidas.

„Sir, jawohl, Sir!", bestätigten die Spieler. Sie machten eine Kehrtwende, zogen Pfeil und Bogen und marschierten davon, bis sie im dichten Schneefall nicht mehr zu sehen waren.

Leonidas seufzte. Die Bauarbeiten würden jetzt, da zwei Spieler fehlten, langsamer voranschreiten. Er wandte sich wieder der Baustelle zu und wollte gerade seine Arbeit fortsetzen, als ihm etwas auffiel. Aus der Richtung, in die Emerick und Spyro soeben verschwunden waren, blitzte durch den fallenden Schnee ein Licht auf, das immer heller wurde. Leonidas fragte sich, ob einer seiner Männer zurück kam, doch er merkte schnell, dass es sich weder um den Unteroffizier noch um den Gefreiten handelte. Eine Gestalt in wallenden weißen Gewändern erschien. Sie hielt eine Kürbislaterne in den Händen.

„Ich brauche etwas zu essen, Leonidas", erklang Caesars brüchige Stimme. Nach seiner langen Reise durch die flache Ödnis atmete er schwer. Leonidas war überrascht, seinen Kameraden und Mitbefehlshaber hier zu treffen, denn es war Caesars Aufgabe, sich um die persönlichen Bedürfnisse von Lord Tenebris zu kümmern. Er holte zwei Stücke Brot aus seinem Inventar und reichte sie Caesar.

„Was führt dich hierher, Caesar?", fragte Leonidas, während er ihn in die schlichte, von Fackeln beleuchtete Hütte aus Erdblöcken führte. Das Gebäude diente Leonidas während der Bauarbeiten an der neuen Hauptstadt als Unterkunft. „Ich dachte, Lord Tenebris hätte dir befohlen, bei ihm zu bleiben und ihm bei allem zu helfen, was er braucht."

„Das hat er, und das tue ich auch", antwortete Caesar. Obwohl er sprach, während er den Mund noch voller Brot hatte, war sein Oberschicht-Akzent aus Element City nicht zu überhören. „Lord Tenebris ist verärgert darüber, dass man ihm noch nicht von der Fertigstellung Nocturias berichtet hat. Er möchte wissen, warum du den Bau unserer neuen Hauptstadt noch nicht abgeschlossen hast und wie lange es dauern wird, bis sie fertig ist. Er hat mich geschickt, um dich das zu fragen."

Leonidas seufzte. „Sag das Lord Tenebris bitte nicht, Caesar, aber wenn diese dämlichen Umgebungspatrouillen nicht wären, wären wir schon vor einer Woche fertig geworden. Wir haben nur zehn Leute, die am Bau mitarbeiten, und die Kontrollgänge halten uns ganz schön von der Arbeit ab."

Caesar nickte, ohne dabei eine Gefühlsregung zu zeigen.

Leonidas fuhr mit seinem Bericht fort. „Trotzdem befinden wir uns in den abschließenden Bauphasen für Nocturia. Wir müssten morgen bei Tagesende fertig sein."

„Das ist es sicher, was Lord Tenebris hören möchte", erwiderte Caesar und stand auf. „Ich werde ihm Bericht erstatten."

„Musst du wirklich schon so schnell wieder gehen?", fragte Leonidas. Da ihm alle Spieler, die sich mit ihm dort befanden, untergeben waren, hatte Leonidas niemanden, mit dem er sich unterhalten konnte, und ehrlich gesagt fühlte er sich langsam etwas einsam. „Kannst du nicht wenigstens ein wenig bleiben?"

„Nein, tut mir leid, Leonidas. Lord Tenebris hat mir ausdrücklich befohlen, das Gelände anzusehen und dann sofort Meldung zu erstatten. Unverzüglich. Ich würde ja gern noch bleiben, aber du weißt ja, wie Lord Tenebris ist, wenn er wütend wird."

Tatsächlich hatte Leonidas Lord Tenebris noch nie wütend gesehen. Er hatte Lord Tenebris überhaupt nur ein einziges Mal gesehen, und zwar auf dem Spawnpunkt-Hügel in der Nacht, in der sie die Schlacht gegen Adorias Großmiliz verloren hatten. An diesem Tag hatten Leonidas, Caesar und Minotaurus, die verzweifelt waren und nichts mehr zu verlieren hatten, einem neuen Anführer die Treue geschworen. Danach hatte Lord Tenebris Leonidas befohlen, hier im südlichen Tundra-Biom Nocturia zu errichten, die Hauptstadt der Noctem-Allianz. Seitdem war der Gründer dieser Allianz nur über Boten mit ihm in Kontakt getreten.

Leonidas bekam die anderen Generäle nur selten zu Gesicht. Lord Tenebris hatte Caesar als seinen persönlichen Berater und Diener eingesetzt, und Leonidas konnte nur vermuten, was er Minotaurus aufgetragen hatte. Dennoch wusste Leonidas nur zu gut, wozu Lord Tenebris fähig war, und er konnte sich nicht vorstellen, dass er sehr umgänglich war, wenn er wütend wurde.

„Dann wünsche ich dir eine gute Rückreise, Caesar", erwiderte Leonidas und reichte seinem Freund drei Stücke gebratenes Schweinefleisch für die lange Wanderung zurück zu Lord Tenebris' Basis. Caesar nickte dankbar und wollte gerade durch die Holztür gehen, als drei Spieler in die Erdhütte platzten.

Die drei waren derart mit Schnee bedeckt, dass Leonidas einen kurzen Moment brauchte, um zwei von ihnen als Unteroffizier Emerick und den Gefreiten Spyro zu erkennen. Sie hielten ihre Bögen hoch und schoben eine dritte Gestalt vor sich her. Diesen Spieler erkannte Leonidas nicht. Es schien sich um ein Mädchen zu handeln. Es war vollständig in einen Schneeanzug gekleidet. In seinem Nacken hing ein roter Pferdeschwanz. Als es das Gebäude betrat, fiel es von Erschöpfung überwältigt auf die Knie. Leonidas stand auf.

„Wer ist das?", fragte er seinen Unteroffizier in schroffem Ton.

„Wir haben diese Spielerin dabei erwischt, wie sie draußen herumgelaufen ist, General. Nicht weit von unserer Grenze entfernt", antwortete der Unteroffizier. Er schien recht stolz darauf zu sein, beim Ergreifen eines Eindringlings die Führung übernommen zu haben.

„Wie heißt du?", fragte Leonidas.

Das Mädchen war offenbar nicht in der Lage, ihm zu antworten. Es wimmerte. Im selben Moment bemerkte Leonidas den Pfeil, der aus der linken Schulter des Mädchens ragte. Einer seiner Männer hatte wohl geschossen.
„Antworte, du erbärmliche Made. Er hat dir eine Frage gestellt!", bellte Caesar, woraufhin alle Umstehenden vor Schreck über seinen plötzlichen Ausbruch zusammenzuckten. „Was hast du hier zu suchen?"
Das Mädchen gab ein fast lautloses Flüstern von sich, und Leonidas glaubte, die Wörter „verloren" und „Siedlung" darin zu hören.
„Da draußen ist also eine Siedlung? Wo? Ich dachte, die Kolonie von Kriminellen, die der König verbannt hat, sei schon längst ausgestorben", bohrte Leonidas nach.
Ein weiteres kaum verständliches Wimmern kam über die Lippen des Mädchens, und Leonidas hörte in seiner Antwort das Wort „überlebt".
„Die Siedlung gibt es also noch? Und du gehörst dazu?", fragte Ceasar barsch.
Das Mädchen, das noch immer kniete und nicht in der Lage war, sich zu erheben, nickte fast unmerklich, dann ließ es den Kopf hängen und brach in verzweifeltes Schluchzen aus.
„Mehr wollte ich gar nicht wissen", erwiderte Caesar mit verschlagenem Grinsen. Einen Moment später blitzte Diamant auf. Das Mädchen fiel hintenüber. In ihrer Brust klaffte eine tiefe Wunde, und ihre Gegenstände lagen in einem Kreis um sie herum. Caesar ließ sein Schwert wieder in die Scheide zurückgleiten.
Leonidas öffnete entsetzt den Mund, schloss ihn jedoch hastig wieder. Er machte sich klar, dass es nötig gewesen war, und versuchte, ruhig weiterzuatmen. Das Mädchen hatte zu viel gewusst und war eine Gefahr für sie gewesen. Dennoch konnte sich Leonidas nicht dazu durchrin-

gen, ihre Leiche anzusehen, und er fühlte sich ebenfalls nicht in der Lage, wieder in Caesars Richtung zu blicken, bis er das leise Geräusch hörte, das ihm verriet, dass das Mädchen verschwunden war.

„Ich werde Lord Tenebris mitteilen, er soll davon ausgehen, dass die Hauptstadt erst in ein paar Tagen fertiggestellt wird", sagte Caesar. Auf seinem Gesicht breitete sich ein Lächeln aus. „Aber ich erwarte, bei deinem nächsten Bericht zu hören, dass nicht nur das Gebäude steht, sondern auch jedes Mitglied dieser alten Siedlung tot ist."

Caesar warf den Kopf in den Nacken und lachte, und noch bevor Leonidas den Mund öffnen konnte, um Widerspruch zu erheben, war er zur Tür hinaus verschwunden.

Leonidas starrte einen Moment lang regungslos zu Boden, dann erinnerte er sich daran, dass Unteroffizier Emerick und der Gefreite Spyro noch immer zu ihm herübersahen und auf einen Befehl warteten. Er räusperte sich, bemüht, ruhig zu sprechen, als er den Befehl gab.

„Gefreiter, du bleibst bei mir und hilfst, die Hauptstadt fertigzustellen. Unteroffizier ...", Leonidas atmete tief durch, „... du nimmst die Hälfte der Männer mit und suchst das Dorf. Niemand darf überleben."

„Jawohl, Sir", antwortete Unteroffizier Emerick. Ohne ein weiteres Wort verließ er den Raum.

Es wurde still, während Leonidas gedankenverloren dastand, den Gefreiten Spyro an seiner Seite. Nachdem eine Minute verstrichen war, sagte der Gefreite: „Tun wir da wirklich das Richtige, General? Diese Spieler haben doch niemandem etwas getan, wie kann es das Richtige sein?"

Leonidas ignorierte seinen eigenen tiefen Gewissenskonflikt und antwortete Spyro so, wie es von ihm verlangt wurde. „Ob es das Richtige ist oder nicht, ist unwichtig,

Gefreiter. Es ist das, was getan werden muss." Leonidas seufzte heiser und unterdrückte einen Brechreiz.

„Na los", sagte er dann. „Wir müssen die Basis zu Ende bauen."

Mit diesen Worten verließen General Leonidas und der Gefreite Spyro von der Noctem-Allianz die Erdhütte.

TEIL I

DIE NOCTEM-ALLIANZ

KAPITEL 1:

DIE ZWEITE WAHL

Stan wusste, dass es eigentlich die erste echte Präsidentschaftswahl in Elementia war. Es hatte keine wirkliche Wahl gegeben, als er zum ersten Mal Präsident geworden war. Alle waren beim Sturz von König Kev so von Euphorie ergriffen gewesen, dass sie sofort den für ihre Freiheit Verantwortlichen als neuen Anführer des Minecraft-Servers Elementia einsetzen wollten.

Jetzt war es allerdings Zeit für Elementias erste echte Präsidentschaftswahl. Die gesamte wahlberechtigte Bevölkerung hatte sich auf dem Hauptplatz von Element City versammelt. Vor über drei Monaten hatte König Kev über genau diesem Platz gestanden und verkündet, dass die niedrigleveligen Bürger Elementias Element City verlassen sollten. Stans überwältigende Wut über König Kevs Proklamation sowie der Pfeil, den er auf den König geschossen hatte, um ihr Ausdruck zu verleihen, waren der Grund dafür, dass er nun auf der Brücke von Element Castle stand.

Dieser eine, schicksalsträchtige Pfeil hatte unter den niedrigleveligen Spielern des Servers eine Revolte ausgelöst, und ihre Rebellion hatte schließlich zum Tod des tyrannischen Königs Kev geführt. Die Mehrzahl der Unterstützer des Königs war nun tot oder gefangen, während der Rest sich auf der Flucht vor dem Gesetz befand.

Vor lauter Freude über den Sturz des bösen Königs ließen sich die Bürger Elementias schnell für Stans Idee begeistern, Elementia zu einer Republik zu machen. Stan war einstimmig zu ihrem ersten Präsidenten gewählt worden.
Jetzt war seine erste Amtszeit jedoch beendet. Er war vier Monate lang Präsident gewesen, und es wurde Zeit für eine Neuwahl. Die Ratsmitglieder, die Stan beim Entwurf neuer Gesetze für Elementia zur Seite standen, hatten ihre Wahl bereits hinter sich. Stans gute Freunde Kat, Charlie, Jayden, Archie, Goldman (auch als G bekannt), DZ und der Mechaniker waren alle ohne Gegenstimmen wieder in den Rat berufen worden.
Der achte Sitz im Rat wurde jetzt jedoch vom ehemaligen Bürgermeister von Blackstone besetzt, Gobbleguy. Blackraven, der ihn zuvor eingenommen hatte, trat in der Präsidentschaftswahl gegen Stan an. Die Mehrheit der Spieler war der Meinung, dass es eine Dummheit von Blackraven gewesen war, seinen Sitz im Rat aufzugeben, da sie glaubten, dass er nichts sagen oder tun könnte, um sie davon zu überzeugen, ihn anstelle von Stan zu wählen.
Stan dagegen fand, dass Blackraven ein ernst zu nehmender Gegner war. Er hielt ihn für weiser als sich selbst, und wenn Blackraven sich geschickt anstellte, konnte er tatsächlich zur Gefahr für seine Präsidentschaft werden. Die Vorstellung machte ihn etwas nervös, während er auf der Brücke von Element Castle saß und sich darauf vorbereitete, vor der Wahl eine letzte Rede an das Volk zu halten.
Man würde sowohl Stan als auch Blackraven fünf Fragen stellen. Diese fünf Fragen, die sich um die wichtigsten Probleme in Elementia drehten, stellten Stans letzte Chance dar, der Bevölkerung zu versichern, dass er der richtige Spieler war, um sie anzuführen.
Stans Magen verkrampfte sich, als man ihn rief, damit

er vortrat und sprach. Die Menge empfing ihn mit Johlen und Jubelschreien. Stans Nervosität verflog. Er war sich sicher, dass es keinen Grund zur Sorge gab: Solange er die Fragen ehrlich beantwortete, so glaubte er, würden ihm die Bürger Elementias beipflichten.

Die erste Frage wurde gestellt und hallte über den weitläufigen Burghof. „Stan2012, wenn du zum Präsidenten gewählt wirst, wie planst du, die Diamantenknappheit zu bewältigen, die momentan in Elementia herrscht?"

Stan, dessen Meinung zu diesem Thema ausgesprochen gefestigt war, antwortete voller Überzeugung: „Ich weiß, dass Diamanten eine sehr wichtige Ressource sind, um die bestmögliche Ausrüstung herzustellen. Aber ich glaube nicht, dass Diamanten auch nur annähernd so wichtig sind wie Eisenerz, das viel häufiger vorkommt und genauso nützlich ist. Im Moment steht uns keine gute Diamantenmine zur Verfügung. Falls wir eine finden, wird es in Elementia weitere Diamanten für alle geben. Aber ich glaube, dass wir momentan besser damit beraten sind, mehr Eisenerz abzubauen, statt Diamanten zu suchen."

Als Stan seine Antwort zu Ende brachte, brandete Applaus auf. Den Spielern in Element City waren Diamanten zwar durchaus wichtig, aber sie fanden, dass Stans Herangehensweise an dieses Problem sehr vernünftig war.

Während der Applaus verklang, wurde die zweite Frage verlesen. „Stan2012, wie würdest du, wenn du zum Präsidenten gewählt wirst, den Kohlebedarf von Elementia decken, jetzt, da die Minen von Blackstone für unsicher erklärt worden sind?"

Stan lächelte. Eine seiner letzten Amtshandlungen als Präsident war gewesen, die Kohleminen in der Bergbausiedlung Blackstone zu schließen, nachdem er sie höchstpersönlich inspiziert hatte. Er hatte festgestellt, dass sich das gesamte Minensystem in der Nähe eines unterirdischen Lavasees befand. Er war zwar recht zufrieden mit seiner Entscheidung, aber eines der wichtigsten aktuellen Anliegen war es, die unablässige Nachfrage nach Kohle zu decken, nachdem sich die Vorräte der Stadt erschöpft hatten. Ein weiteres Mal erklärte Stan, wie er beabsichtigte, dieses Problem zu lösen.

„Als Erstes möchte ich sagen, dass ich keinerlei Zweifel an meiner Entscheidung habe, die Minen von Blackstone als unsicher einzustufen. Die Sicherheit unserer Bergarbeiter ist viel wichtiger als alle Kohle, die wir finden könnten. Weil wir aber Kohle brauchen, um unsere stetig wachsende Bevölkerung mit Energie zu versorgen, möchte ich euch von einer neuen Möglichkeit erzählen, die sich ergeben hat. Unser Ratsmitglied Charlie hat vor Kurzem angefangen, die südöstliche Bergkette zu erforschen. Er hat versucht, einen Außenposten von Elementia in den entlegenen Regionen des Servers aufzubauen. Während seiner Erkundungen hat er weitreichende Kohleadern in und unter den Bergen gefunden. Es wäre nicht sehr schwierig, die Bahnlinie von Blackstone aus zu verlängern, um diese Berge zu erreichen.

Wir arbeiten momentan an Plänen, um genau das zu tun, also steht Elementia meiner Ansicht nach eine Zukunft mit reichlich Kohle bevor, auch ohne Blackstone."

Der Applaus, der dieser Antwort folgte, übertraf den letzten bei Weitem. Man hatte Stan dafür gelobt, dass er Blackstone geschlossen und die Erkundung der südöstlichen Bergkette gefördert hatte.

„Was hältst du von den kürzlich aufgekommenen Vorschlägen, den NPC-Dorfbewohnern Steuern aufzuerlegen, da sie jetzt Karotten und Kartoffeln anbauen können?"

„Oh, kommt nicht infrage!", rief Stan. „Ich werde den NPC-Dorfbewohnern niemals Steuern oder Quoten auferlegen! Ich habe mit den Dorfbewohnern gelebt, aber sie wollen gewöhnlich nur in Frieden gelassen werden. Ich finde zwar, dass wir Karotten und Kartoffeln von den NPC-Dorfbewohnern beziehen sollten, aber wir sollten ihnen dafür einen fairen Tausch bieten. Wir wissen, wie man Gemüse anbaut. Wenn wir mit den NPCs handeln, sind sie glücklich, und wir können unsere eigenen Karotten und Kartoffeln anbauen. Wenn wir mal ehrlich sind, wissen wir doch, dass wir klüger und stärker sind als sie, also ist es unsere Pflicht, dafür Sorge zu tragen, dass ihnen nichts Böses widerfährt. Wir können sie auf gar keinen Fall zwingen, Steuern zu zahlen!"

Auf diese Aussage folgte beträchtlicher Applaus. Fast niemand von den Bürgern Elementias verstand NPC-Dorfbewohner so gut wie Stan, und das wussten die auch. Sie sahen nur, wie Stan versuchte, für diejenigen Partei zu ergreifen, die sich nicht selbst verteidigen konnten.

„Stan2012, wie lautet deine Meinung zu der aufstrebenden Organisation, die sich die Noctem-Allianz nennt?"

In den vergangenen Monaten hatten in Element City immer wieder Protestveranstaltungen einer Gruppe stattgefunden, die sich die Noctem-Allianz nannte. Obwohl König Kev gestürzt worden war, glaubten sie weiterhin, dass die niedrigleveligen Spieler in Minecraft nicht dieselben Rechte verdienten wie die älteren, höherleveligen.

„Die Noctem-Allianz ist, zumindest im Moment, nur eine Gruppe von Demonstranten, also habe ich keinerlei Einfluss auf sie", sagte Stan besonnen. „Jeder hat das Recht, seine Meinung zu äußern, unabhängig davon, was ich davon halte oder irgendjemand sonst. Ich werde sie aber auf jeden Fall im Auge behalten. Eine Gruppierung, die die Gleichstellung der Spieler von Elementia bedroht, wird nicht toleriert werden. Die Noctem-Allianz kann sagen, was sie möchte, und ich werde sie nicht davon abhalten, sosehr ich auch anderer Meinung bin. Wenn aus den Worten der Allianz jedoch Taten werden, wird dieser Gruppe ohne Zögern ein Ende gesetzt werden."

Der Applaus ließ den Hof beben. Obwohl alle Anwesenden genau wussten, dass Stan die Ansichten der Noctem-Allianz völlig ablehnte, war es gut zu wissen, dass er von seinen Gesetzen so überzeugt war, dass er die Allianz nicht aktiv bekämpfen würde, wenn sie ihm keinen Anlass dafür lieferte.

„Stan2012, dies ist die letzte Frage für dich: Wie stehst du dazu, die verbleibenden Verbündeten von König Kev zu finden und auszuschalten?"

„Nun, ich vermute, dass meine Meinung dazu recht offensichtlich ist", antwortete Stan mit einem leisen Lachen. Auch durch das Publikum wogte aufgeregtes Gelächter.

„Ich weiß nicht, wo sich die verbliebenen Unterstützer von König Kev aufhalten und was sie tun. Unsere Armee hat fast die Hälfte ihrer Ressourcen aufgewandt, um alle Gefolgsleute des Königs zu fassen, die sich noch auf freiem Fuß befinden. Ich glaube, dass wir momentan alles in unserer Macht Stehende für die Suche tun, aber ich bin bereit, weitere Soldaten auszusenden, wenn die Verräter sich nicht bald zeigen. Ihr könnt euch jedoch sicher sein, dass euch in Element City keine Gefahr durch König Kevs Getreue droht, solange ich euer Präsident bin."

Der Jubel, den die Menge bis dahin gerade noch zurückgehalten hatte, brach hervor, und sie ließ ihren Präsidenten hochleben, weil die Bürger volles Vertrauen hatten, dass er für ihre Sicherheit und Zufriedenheit sorgen würde. Stan war begeistert. Der Applaus hielt noch immer an, während er die Plattform verließ und den Seitenturm betrat, um sich Blackravens Fragerunde anzusehen.

Blackravens Ansichten hatten sich immer etwas von

Stans unterschieden. Stans persönliche Meinung war, dass Blackraven Ressourcen für überflüssige Dinge aufwenden wollte, indem er sie dort abzog, wo sie benötigt wurden. Obwohl Blackraven unter den Bürgern von Elementia einige Anhänger hatte, war ihre Zahl im Vergleich zu Stans Gefolgschaft verschwindend gering.

Auch wenn er ihnen nicht immer zustimmte, musste Stan Blackraven zugestehen, dass er zu seinen Ansichten stand und das auch deutlich machte. So bewundernswert diese Eigenschaft auch sein mochte, fand Stan trotzdem nicht, dass Blackraven als Präsidentschaftskandidat hätte antreten sollen. Er hatte zu diesem Zweck aus dem Rat der Acht zurücktreten müssen und würde fast mit Sicherheit verlieren, da nur wenige Spieler seine Meinungen teilten.

Blackraven glaubte zum Beispiel, dass es von überragender Bedeutung war, dem Abbau von Diamanten Ressourcen zukommen zu lassen, selbst dann, wenn damit für die Suche nach König Kevs verbliebenen Anhängern weniger Aufwand möglich war. Er glaubte außerdem, dass sich Leute mit ähnlichen Ansichten in Parteien zusammenschließen sollten. Das war eine beunruhigende Meinung, da die zwielichtige Noctem-Allianz eine politische Partei werden wollte. Die Ansicht, der Stan am stärksten widersprach, war, dass die NPC-Dorfbewohner, da sie auf dem Server Elementia lebten, genau wie Spieler Steuern zahlen sollten.

Nachdem Blackraven seine Fragen beantwortet hatte, kam er zu Stan herüber und setzte sich, während der höfliche Applaus nachließ. Stan wandte sich Blackraven zu, um ihm viel Glück zu wünschen, aber in das Gesicht des alten Spielers, das von schwarzen und gelben Federn bedeckt war, hatte sich ein gedankenverlorener Ausdruck geschlichen, sodass Stan wieder wegsah. Stattdessen warf er durch das Turmfenster einen Blick auf die Wahlmaschine.

Das Gerät war eine geniale Erfindung des Mechanikers. Einer nach dem anderen stellten sich die Bürger von Elementia an und betraten eine Kammer, in der sich zwei Knöpfe befanden: einer, mit dem man für Stan abstimmen konnte, und einer, der eine Stimme für Blackraven zählte. Wurde einer der Knöpfe gedrückt, wurde man sanft von einem Kolben aus dem Raum geschoben, und die Tür öffnete sich für den nächsten Wähler.

Bei Sonnenuntergang hatte der letzte Wähler die Kabine betreten. Als sich die Tür zum letzten Mal schloss, herrschte einen Moment lang Stille, während einer der Aufseher die Wahlaufzeichnungen in der Maschine überprüfte. Dann erschien an der Spitze der Maschine ein weißer Haarschopf, als der Mechaniker hochkletterte und die Redstone-Schaltkreise ablas, die vor ihm lagen. Stan sah, wie er ihm fast unmerklich zunickte und lächelte, bevor er sich umdrehte, um zur Menge zu sprechen.

„Alle Stimmen sind gezählt", verkündete der Mechaniker mit tiefer Stimme. „Der Gewinner der Präsidentschaftswahl der Großrepublik Elementia ist Stan2012, der somit seine zweite Amtszeit antritt!"

Stan gab sich Mühe, würdevoll auszusehen, konnte jedoch dem Grinsen, das sich auf seinem Gesicht ausbreitete, keinen Einhalt gebieten. Blackraven schien das aber nicht zu stören. Er gratulierte Stan, der die Glückwünsche erwiderte und Blackraven zudem die Hand schüttelte. Während Blackraven die Treppe hinabstieg, um die Burg zu verlassen, sah Stan unter tosendem Applaus von der Brücke hinab.

„Danke, Bürger von Elementia! Gemeinsam werden wir diesen Server zur besten aller Welten machen! Ich danke euch, dass ihr mir die Chance gebt, mich euch zu beweisen! Meine Aufgabe ist, euch zu dienen, also hoffe ich, dass ihr unter meiner Führung glücklich, gesund und sicher sein werdet. Gute Nacht, und noch einmal danke!"

Der Jubel ließ den Boden unter seinen Füßen erbeben, während Stan sich zurück in den Turm begab. Er war zwar sehr zufrieden damit, wieder Präsident zu sein, aber er war erschöpft und konnte es kaum erwarten, endlich eine Mütze Schlaf zu bekommen.

KAPITEL 2:

DIE STIMME IN DER NACHT

Stan konnte zwar nicht bestreiten, dass er über seine Wiederwahl hocherfreut war, aber in diesem Moment konnte er seinen Missmut kaum verbergen. Er hatte den Burgwachen ausdrücklich gesagt, dass er am nächsten Tag gern mit allen sprechen würde, die ihn sprechen wollten, aber nicht heute Nacht. Und doch war er viermal geweckt worden: von DZ, Kat, Charlie und noch einmal von DZ. Seine Freunde wollten ihm nur gratulieren, aber Stan war viel zu müde, um sich darüber zu freuen. Stan befahl der Wache mit Nachdruck, allen zu sagen, dass sie ihn für den Rest der Nacht in Frieden lassen sollten, dann knallte er gereizt die Tür zu.
   Stan legte sich wieder ins Bett, froh, dass der Wahlkampf vorüber war und dass er jetzt zum ersten Mal seit Tagen erholsamen Schlaf finden könnte. Er zog die Bettdecke hoch, schloss die Augen und war kurz davor einzuschlafen, als er ein leises Flüstern hörte.
   „Stan ... he, Stan, bist du noch wach?"
   „Egal, wer du bist: HAU AB!", bellte Stan und steckte frustriert den Kopf unter sein Kissen.
   „Oh! Na, von mir aus. Ich hätte ja gedacht, du würdest dich freuen, meine Stimme wieder zu hören, Noob, aber wenn du lieber schlafen willst, schon klar ..."
   Mit einem Schlag war Stan hellwach. Er sah sich auf-

geregt im Zimmer um und wagte zu hoffen, dass es wirklich wahr sein könnte, dass die Stimme wirklich die von …

„Sally?", fragte er zögernd.

„Jaaaaa?", erklang die sarkastische, spöttelnde Stimme.

„Oh mein Gott, du bist es wirklich!", rief Stan, und seine Augen blitzten vor Freude. „Du lebst! Aber wie … wo bist …?"

„Nein, du Idiot! Ich *lebe* nicht. Minotaurus hat mich mit seiner Axt aufgeschlitzt, weißt du das nicht mehr?"

„Aber … Moment …", sagte Stan, und seine überschwängliche Freude ging langsam in plötzliche Kopfschmerzen über. „Wenn du … aber dann … Sal, wie kannst du mit mir sprechen, wenn du tot bist?"

„Also", sagte Sallys Stimme, ohne dass Stan feststellen konnte, woher sie kam, „seit meinem Tod habe ich versucht, eine Möglichkeit zu finden, auf den Server zurückzukehren. Eins muss ich König Kev ja lassen: Er hat wirklich seine Hausaufgaben gemacht. Ich habe jede Methode ausprobiert, um wieder beizutreten, mich hineinzuhacken, die Bannliste zu umgehen … du weißt schon, die, auf der alle Leute stehen, die aus Elementia verbannt sind. Aber was du jetzt hörst, ist das Beste, was ich hinbekommen habe."

„Dann … kannst du mich also sehen?", fragte Stan.

„Ja, ich sehe dich", antwortete sie. „Es ist komisch. Mein Blick auf dich verschiebt sich dauernd im Raum, und ich muss mich richtig konzentrieren, um ihn an einer Stelle zu halten. Ehrlich gesagt bist du nicht gerade eine Augenweide, also könntest du dich ruhig bei mir entschuldigen."

Stan lachte leise. „Sehr hat dich der Tod ja nicht verändert, Sally. Hast du es zum ersten Mal geschafft, dieses … diese … was immer du da gemacht hast, zu tun?"

„Nein", erwiderte Sally. „Ich kann das seit etwa einer Woche, und es ist wirklich seltsam. Ich habe kaum Einfluss darauf, was ich sehen kann. Es ist, als würde ich Ereignisse, die in ganz Elementia geschehen, kurz aufblitzen sehen. Manchmal sind es Bäume im Wald oder Schweine in den Ebenen oder auch Gebäude in der Stadt. Wenn ich mich jedenfalls nicht stark auf das konzentriere, was ich sehe, verliere ich die Verbindung."

„Das ist ja merkwürdig", meinte Stan, überlegte, woran es liegen könnte, kam aber zu keinem Ergebnis. „Hast du denn mit irgendjemand anderem gesprochen?"

„Nein, ehrlich gesagt sind die meisten Leute viel zu langweilig, um sich auf sie zu konzentrieren", antwortete Sally, und Stan konnte das sarkastische Lächeln auf ihren Lippen praktisch vor sich sehen. „Ich hatte einfach zufällig das Glück, mich direkt in dein Schlafzimmer zu teleportieren. Es war übrigens sehr rührend, als DZ versucht hat, dir zweimal zu gratulieren. Ach ja, und herzlichen Glückwunsch, Herr wiedergewählter Präsident! Nicht übel für einen Noob, der sich nicht mal ordentlich auf ein Kissen fallen lassen kann."

„Willst du die Sache nicht endlich mal vergessen?", jammerte Stan, lachte aber dabei. Auch wenn er Sally nicht sehen konnte, kam diese Unterhaltung den alten Zeiten so nahe, wie es nur möglich war.

„Nein", erwiderte sie knapp, und Stan kicherte wieder. Als Sally jedoch weitersprach, war ihre Stimme so ernst, wie sie nur sein konnte. „Ehrlich gesagt gibt es etwas Wichtiges, das ich dir sagen muss. Ich habe Caesar und Leonidas gesehen."

Stan hob die Augenbrauen. „Was, die beiden hast du gesehen? Leonidas lebt noch?", fragte er entsetzt.

Sally fuhr mit grimmiger Stimme fort. „Ja. Als ich einmal versucht habe, dem Server beizutreten, bin ich an einen

Ort gelangt, den ich nicht wiedererkannt habe. Es war richtig dunkel, und ich konnte kaum etwas sehen, aber Caesar und Leonidas waren dort. Sie haben einer Gruppe von Leuten, die ihnen zuzuhören schienen, etwas gesagt, das ich nicht verstehen konnte. Ich habe versucht, mich so zu konzentrieren, dass ich näher herankommen konnte, aber dann habe ich die Verbindung verloren."

„Dann waren also Leute bei ihnen? Wie viele, Sally?", fragte Stan. In seiner Stimme schwang Panik mit, während er abwog, was diese neue Entwicklung bedeuten könnte.

„Es werden wohl insgesamt fünfundzwanzig gewesen sein. Ganz sicher bin ich mir nicht, aber es sah aus, als würde Caesar eine Art Rede halten, während sie ihm zujubelten."

Stan schluckte schwer, und ihm brach der kalte Schweiß aus. „Dann ... heißt das ... dass Caesar und Leonidas ein Gefolge um sich sammeln? Was ist mit Minotaurus, war er auch da? Hatten sie Waffen?" Stan sprach jetzt sehr schnell, und die Angst schnürte ihm die Kehle zu. „Was haben sie da getan, Sally? Kannst du mir mehr erzählen?"

„Ich habe nicht ... oh, halt ... oh nein ..." Sallys Stimme wurde plötzlich von Rauschen unterbrochen wie bei einem gestörten Radiosender. „Ich ... verl... verliere die Verbindung, Stan ... Ich muss ... muss gehen ..."

„Nein, Sally! Geh nicht!" Stan war inzwischen aufs Äußerste gespannt. Seine Ermüdung und das Wissen über eine von Caesar geführte Organisation in Verbindung mit der neuen Erkenntnis, dass Sally noch mit ihm sprechen konnte, hatten ihn völlig durcheinandergebracht. Verzweifelt suchte er Trost in Sallys schwindender Stimme.

„Geh ... geh jetzt schlafen ... Stan, du bist erschöpft ... sei vorsichtig ... Ich verspreche, dich sehr ... sehr bald ... bald wieder zu kon..., zu kontaktieren ..."

Noch ein Knistern wie von einem Radiorauschen, dann war die Stimme verklungen. Von Kummer und Erschöpfung überwältigt stöhnte Stan auf und fiel in seinem Bett in tiefen Schlaf.

„Ich schwöre dir, es war völlig seltsam!", wiederholte Stan und lüpfte den goldenen Helm des Präsidenten, um sich den Schweiß von der Stirn zu wischen, der sich dort gesammelt hatte. Alle Ratsmitglieder und der Präsident mussten ihn in der Stadt tragen und waren gleichzeitig die Einzigen, denen dies erlaubt war. Außerdem trug jeder von ihnen eine goldene Waffe seiner Wahl, die Protokoll und Selbstverteidigung gleichermaßen diente. Stan hatte eine Goldaxt auf dem Rücken, während Charlie, der an seiner Seite ging, eine Goldspitzhacke an der Hüfte trug.
„Hör mal, Stan. Ich weiß ja, dass du Sally sehr vermisst", erwiderte Charlie. „Aber nie im Leben hat sie dich telepathisch kontaktiert. Glaub mir, ich habe praktisch jedes Buch über dieses Spiel gelesen, das in der Bibliothek zu finden war, und das ist einfach absolut unmöglich. So leid es mir tut, Stan, Sally ist tot."
Stan seufzte. Langsam riss ihm der Geduldsfaden. „Charlie, ich weiß ganz genau, was ich gehört habe. Sally hat mit mir geredet und mir gesagt, dass sie Caesar und Leonidas dabei beobachtet hat, wie sie zu einer ganzen Gruppe gesprochen haben. Und ich persönlich halte es für sehr gut möglich, dass sich die Überlebenden von König Kevs Armee zusammengeschlossen haben."
„Stan, hör auf!", unterbrach ihn Charlie. Nachdem Lemon, seine Katze, in der Enderwüste ums Leben gekommen war, während sie versuchten, König Kev zu stürzen, verstand Charlie, was Stan durchmachte. Er hatte jedoch den Eindruck, dass Stans Trauer sich zu einer Besessenheit entwickelt hatte. Dass Stan drei Monate später diese Art

von Halluzination durchmachte, ließ Charlie ernsthaft an Stans geistiger Gesundheit zweifeln.

„Stan, jetzt hör mir mal genau zu. Du hast geträumt. Sally ist tot und kommt nicht zurück. Du vermisst Sally sehr, und ich verstehe das. Aber tu mir einen Gefallen und sag nichts mehr, bis wir die Arena erreicht haben. Auf dem Weg dorthin möchte ich, dass du dir genau überlegst, ob du letzte Nacht wirklich Sally gehört und mit ihr gesprochen hast oder ob du dir das nur einbildest, weil du nach dem langen Wahlkampf so müde warst."

Stan folgte den Anweisungen seines Freundes. Tatsächlich: Je länger er darüber nachdachte, desto sicherer war er sich, dass Charlie wohl recht hatte. Stan hatte wirklich sehr um Sally getrauert, aber ihm war klar, dass seine Erschöpfung nach dem Wahlkampf sehr wohl dazu geführt haben konnte, dass er Stimmen hörte. Als Stan, Charlie und die vielen Spieler, die sie umgaben, den grasüberwachsenen Hof durchquert hatten und die Spleef-Arena von Element City betraten, hatte Stan sein nächtliches Gespräch mit Sally bereits als reine Einbildung verworfen.

KAPITEL 3:

DAS SPLEEF-VIERTELFINALE

Man konnte der Spleef-Arena von Element City kein passenderes Lob aussprechen, als zu sagen, dass sie das Kronjuwel der Metropole war. Sie war ein wahres Kunstwerk, verziert mit eleganten Mustern aus Diamant-, Gold-, Lapislazuli- und Ziegelblöcken. Ein prächtiger Hof umgab das große Gebäude und war fast immer voll von Fans, die hofften, etwas zu hören, das darauf hindeutete, was sich im Inneren abspielte.

Nachdem Stan König Kev im Kampf besiegt hatte und Präsident der Großrepublik Elementia geworden war, hatte es weniger als drei Tage gedauert, bis ihn eine von vielen unterzeichnete Petition erreichte, in der darum gebeten wurde, Spleef wieder in Elementia einzuführen. Stan hatte sich kurz mit dem Rat der Acht beraten, ganz besonders mit DZ (der in früheren Tagen ein erfahrener Spleef-Spieler gewesen war), dann erließ er das Gesetz, durch das Spleef in Elementia wieder als Sport anerkannt wurde. Er ordnete den Bau einer neuen Spleef-Arena an, die genau zwischen den Stadtvierteln der hoch- und niedrigleveligen Bürger von Element City liegen sollte, damit Bürger aller Level sich bequem dort einfinden und bei Spleef-Matches zusehen konnten.

Unter dem neuen Erlass wurde auch mit großer Sorgfalt ein Spielplan aufgestellt. Außerdem entstanden offizielle

Spielvarianten, die den Sport interessanter machen sollten. Dank all dieser Neuerungen war Stan sehr gespannt darauf, wie das heutige Viertelfinale ablaufen würde. Mit noch größerer Spannung erwartete er jedoch, zu sehen, wie sich DZ, Kat und Ben schlagen würden, die als Mitglieder des Spleef-Teams „Zombies" angetreten waren.

Kat setzte ihren grünen Lederhelm auf und zog den Kinnriemen fest. Sie grummelte vor sich hin, denn diese neue Befestigung gefiel ihr ganz und gar nicht. Obwohl Lederrüstung mit dem letzten Minecraft-Update viel leichter geworden war, benötigte sie jetzt auch mehr Riemen. Kat wäre es lieber gewesen, die schwereren, aber auch schlichteren Versionen von Lederkappe, Tunika, Hose und Stiefeln zu tragen, die sie gewohnt war.

Sie saß in einem Bruchsteinraum mit einer Kiste, drei Stühlen und einer Eisentür auf zwei Seiten. Auf den beiden Stühlen hockten die anderen Mitglieder von Kats Team, DZ und Ben (der jetzt zusammen mit seinen Brüdern Bill und Bob Polizeipräsident von Element City war). In der Truhe befand sich ihre Ausrüstung, die sie nun anlegten. Eine der Türen führte zu dem Gang, durch den sie hereingekommen waren; die andere führte in die Spleef-Arena von Element City. Auf diesem quadratischen Spielfeld sollten die drei Spieler vor sechshundert Zuschauern gegen ein anderes Dreierteam antreten.

„Ich kann immer noch nicht fassen, dass Stan darauf besteht, dass wir diese blöde Rüstung tragen", jammerte DZ, während er sich in seine grüne Lederhose zwängte. DZ hatte Spleef schon früher gespielt, bevor König Kev es verboten hatte, als eine Rüstung nicht vorgeschrieben war. Er hatte sich so daran gewöhnt, ohne Rüstung zu spielen, dass er sich bis zum heutigen Tag weigerte, sie zu tragen – selbst im Kampf.

„Ach, sei ruhig, DZ", erwiderte Ben, der sich bereits umgezogen hatte und seine Diamantschaufel aus der Truhe holte. „Er hat sie doch nur hinzugefügt, damit wir uns jetzt gegenseitig mit der Schaufel eins überziehen können!"

„Na, hör mal, erinnerst du dich gar nicht daran, wie es früher war? Wir haben uns dauernd mit Schaufeln gehauen! Erlaubt war das zwar nicht, aber die Schiedsrichter haben nichts dagegen unternommen. Dem Publikum hat es gefallen, und es war echt klasse", gab DZ zurück und schaffte es endlich, die Riemen seiner Lederhose zu schnüren.

„Ehrlich gesagt habe ich nie eins der alten Spleef-Matches gesehen, weil meine Brüder und ich …"

„Los, Jungs!", rief Kat und stand auf. „Wir müssen uns konzentrieren, klar? Wir haben in der letzten Runde fast gegen die Ghasts verloren!"

„Wir haben nicht fast verloren. Ich hatte das Match von Anfang bis Ende im Griff!", wehrte sich DZ und schnappte sich seine Diamantschaufel.

„DZ, nur weil du einen von ihnen erledigt hast, während der andere von einem Schneeball in ein Loch geworfen wurde, hattest du überhaupt nichts ‚im Griff'!", sagte Kat. „Du magst ja der beste Spleef-Spieler in der Liga sein, aber wenn die Werfer nicht angefangen hätten, Schneebälle abzufeuern, hätten die beiden dich wahrscheinlich in null Komma nichts erledigt!"

„Woher willst du das wissen?", fuhr DZ ihn an. „Wenn ich mich nicht irre, schwammen du und Ben doch zwanzig Blöcke unter der Arena in einem See, als das passiert ist!"

„Ach, lass sie schon in Ruhe, DZ", mischte sich Ben ein. Er griff in die Truhe und warf Kat die letzte Diamantschaufel zu. „Das ist jetzt egal, okay, Leute? Das war das letzte Match. Wichtig ist nur, dass wir noch immer das beste

Team sind, und die Lohen werden gar nicht wissen, wie ihnen geschieht!"

„Jawoll!", jubelte Kat, fing die Schaufel und stieß die Faust in die Luft.

„Genau richtig, Ben! Wir gewinnen, weil wir super sind, unaufhaltsam und – was am wichtigsten ist – weil *ich* im Team bin! Also los!", brüllte DZ in genau dem Moment, als sich die mechanische Tür öffnete.

DZ stürmte hinaus, und Ben und Kat folgten ihm auf den Fersen. Alle drei waren aufgestachelt, und die Menge begrüßte sie mit donnerndem Applaus. Kats Augen gewöhnten sich langsam an das grelle Licht der offenen Spleef-Arena, und der Anblick, der sich ihr bot, ließ sie mit offenem Mund staunen.

Innerhalb der Arena, die fünfzig mal fünfzig Blöcke groß und von allen Seiten von schreienden Fans umgeben war, befand sich ein echter Wald. Aus dem flachen Erdboden, von dem Kat wusste, dass er nur einen Block tief war, wuchsen Bäume. Sie füllten einen großen Teil der Arena aus, was bedeutete, dass beide Teams diverse Fallen- und Überfalltechniken einsetzen würden.

Kat war entsetzt. Das war ihr drittes offizielles Spleef-Match, aber dieses war mit Abstand das komplizierteste Spielfeld, das sie je gesehen hatte. In ihrem Vorrundenmatch hatten sie auf einer Standardoberfläche gespielt, mit flachem Boden aus Schneeblöcken. Diese Arena hatte Kat gefallen. Wenn sie die Blöcke zerstörte, konnte sie Schneebälle einsammeln, die sie mit großer Wirkung hatte werfen können. So hatte sie zwei ihrer Gegner in die Grube unter ihnen geschleudert.

Das Ziel von Spleef war recht einfach. Zwei Teams kämpften in einer Arena, die fünfzig mal fünfzig Blöcke groß war und einen Boden von einem einzigen Block Dicke besaß, und versuchten, sich gegenseitig in die Grube darunter zu werfen, indem sie den Boden zerstörten und ihre Gegner mit Schaufeln und Schneebällen in die entstandenen Löcher stießen. Das letzte Team mit einem auf der Spielfläche verbleibenden Spieler hatte gewonnen.

Kat, Ben und DZ, die drei Mitglieder des Zombie-Teams, hatten das Team „Wölfe" mit Leichtigkeit in der Qualifikationsrunde besiegt. Gegen die Ghasts konnten sie auf dem Tundrafeld der Vorrunde jedoch nur einen knappen Sieg davontragen. Jetzt, im Viertelfinale gegen die Lohen, würden sie also in einem Wald kämpfen müssen.

Kat hörte das verräterische Quietschen und Klicken der Eisentür, die sich hinter ihr schloss, und wusste, dass das Match offiziell angefangen hatte. Sie folgte ihrer gewohnten Strategie für das frühe Spiel, konzentrierte sich auf ihre Umgebung und ignorierte den weiten blauen Himmel über ihr ebenso wie den Jubel der aufgepeitschten Menge. Sie ließ nur den Gedanken an den Wald zu, den man vor ihr aufgebaut hatte, und nahm lediglich die beiden Spieler an ihrer Seite wahr. Bis sie die Arena wieder verließ, waren sie die beiden einzigen Spieler, denen sie trauen konnte.

Plötzlich verdunkelte sich der Himmel, und Stille breitete sich aus. Sie hatte einen Urinstinkt des Überlebens in sich geweckt und stellte sich vor, nachts in einem stillen Wald zu stehen. Irgendwo zwischen Bäumen befanden sich bösartige Ungeheuer, die alle für ein Team namens „die Lohen" arbeiteten. Sie konnte nur entkommen, wenn sie sie gemeinsam mit den Freunden, die bei ihr waren, besiegte.

Kat sah, wie DZ ihr und Ben bedeutete vorwärtszugehen. Da er der Teamkapitän war, hielt sich Kat an seine Anweisung. Sie folgte DZ in das Labyrinth aus Bäumen und wusste, dass Ben ihr den Rücken frei hielt. Kat hatte großes Vertrauen in DZs Leitung in der Arena. Er war ein fantastischer Anführer, der sehr viel über Spleef-Strategien wusste, weil er vor dem Verbot des Sports ein Profi-Spieler gewesen war. Die Strategie des anderen Teams war, sich zu verteilen. DZ hatte seinen Mitspielern jedoch deutlich gesagt, dass die beste Methode sei, zusammenzubleiben und sich gegenseitig zu schützen.

Plötzlich stieß Ben einen Warnschrei aus, und Kat fuhr herum, um den Grund dafür zu entdecken. Ein Spieler in kräftig orangefarbener Lederrüstung war seitlich hinter dem nächsten Baum hervorgesprungen und hatte mit seiner Schaufel auf den Erdblock unter Kats Füßen eingeschlagen. Noch während der zerbarst, sprang sie zurück. Unter ihr war eine Grube voller Wasser zu sehen. Ben preschte vor und schlug dem Angreifer die Schaufel vor die Brust.

Während Kat ihr Gleichgewicht wiederfand, beobachtete sie, wie DZ sich mit einem zweiten Mitglied der Lohen ein Schaufelduell lieferte und den Spieler schnell besiegte. Sie drehte sich um und sah Ben und den Lohen-Spieler gemeinsam zu Boden fallen. Sie machte einen Schritt nach vorn und zerstörte mit ihrer Schaufel den Block unter dem gestürzten Gegner, sodass er in die Grube unter ihnen fiel. Schnell wandte sie sich wieder DZ zu, der seinen Kontrahenten überrumpelt hatte. Er öffnete hinter ihm ein Loch im Boden und beförderte ihn mit einem Tritt hinein.

Kat jubilierte. Sie waren nun drei zu eins überlegen, und nur noch eine Lohe stand zwischen ihnen und dem Halbfinale. Während der Applaus verstummte, steckte Kat auf DZs Zeichen hin mit den anderen die Köpfe zusammen.

„Gut, Leute, bis jetzt war das nicht schlecht, aber ich glaube, wir sollten nun unsere Strategie ändern. Wir führen Operation ‚Zombiehorde' aus."

„Alles klar", antworteten Kat und Ben wie aus einem Mund. Daraufhin trennten sie sich am Rand der Arena, bis sie sich aus den Augen verloren. „Operation Zombiehorde" bedeutete, dass sich jeder von ihnen allein auf die Jagd nach dem verbliebenen Spieler der Lohen machte. Wenn ihn jemand fand, sollte er defensiv spielen und seine Teamkameraden zu Hilfe rufen.

Kat schlich sich leise durch die Bäume und spitzte die Ohren. Sie blendete das Toben der Menge aus und horchte nach ungewöhnlichen Geräuschen, die sie vor einem bevorstehenden Angriff warnen könnten. Sie ließ ihren Blick über die Lücken zwischen den Bäumen schweifen. Plötzlich blitzte etwas Orangefarbenes hinter einem der Baumstämme auf und verschwand schlagartig wieder. Ohne Zeit zu verlieren, rief Kat nach ihren Teammitgliedern und sprintete hinter der in Orange gekleideten Gestalt her. Sie sprang auf eine Lichtung, von der sie sich sicher war, dass der Spieler dort sein müsste, doch sie war verlassen.

Kat blieb nur ein kurzer Moment, um darüber nachzudenken, was sie jetzt tun sollte, bevor sie jemand von der Seite anrempelte, sodass sie zu Boden purzelte. Benommen richtete sie sich auf und sah gerade noch, wie der Boden unter Bens Füßen sich auflöste und er in den Abgrund stürzte.

Daneben stand eine Gestalt in orangefarbener Rüstung, eine Schaufel in der Hand. Ben hatte Kat beiseitegestoßen, obwohl er so selbst in die Grube unter ihnen gestürzt war.

Kat sprang auf und griff die verbliebene Lohe mit ihrer Schaufel an, genau in dem Moment, in dem DZ hinter einem Baum hervorsprang und es ihr gleichtat. Der Spieler war außerordentlich geschickt und konnte beiden Angriffen ausweichen. Dann traf er DZ mit seiner Schaufel. Als Kat sich nach ihrem Fehlschlag wieder gesammelt hatte, hatte ihr Gegner DZ ausgetrickst. Ein falscher Schritt, und auch er stürzte in dasselbe Loch, dem Ben zum Opfer gefallen war.

Kat biss die Zähne zusammen, entschlossen, nicht zu verlieren, und stürmte auf die verbliebene Lohe zu. Sie schaffte es, in genau dem Moment in die Luft zu springen, in dem der Spieler den Erdblock unter ihr zerstörte. In seiner Verwirrung konnte ihr Gegner nichts tun, um Kat aufzuhalten, als sie ihre Diamantschaufel mit der rechten Hand hob und mit zwei Stößen die Erde unter ihnen verschwinden ließ. Kat versetzte dem Spieler einen Tritt in die Magengrube, sodass er in die Tiefe geschleudert wurde und sich zu Ben, DZ und den anderen beiden Lohen gesellte, während Kat selbst sicher auf dem Boden landete.

Nun, da das Match beendet war, nahm Kat den rasenden Applaus der Menge wahr, die sie umgab. Sie winkte ihnen allen zu und grinste über das ganze Gesicht. Aus der Grube unter sich hörte sie den Jubel und die Schreie von Ben und DZ, mit denen sie ihre Teamkollegin feierten.

Oh Mann, dachte Kat, während der warme Glanz des Sieges ihr Gesicht strahlen ließ. *Drei Matches geschafft, nur noch zwei zu gewinnen!*

Stan befand sich zwar tief unter den Tribünen, aber den plötzlichen Jubel der Menge über sich konnte er hören. Stan und Charlie mussten sich durch Scharen fanatischer Zombie-Anhänger schieben, um Kat, DZ und Ben zu erreichen.

„Das war mit Abstand eine der tollsten Sachen, die ich je gesehen habe", sagte Stan, der Szenen des Matches noch immer lebhaft vor Augen hatte.

„Ja, toll, oder?", erwiderte Charlie. „Ich weiß ja, dass wir alle beschäftigt sind, aber war das wirklich das erste Mal, dass du eins dieser Spiele besucht hast? Stan, du hast die Pläne abgesegnet, nach denen das Stadion gebaut worden ist!"

„Also, eins sag ich dir, Charlie: Von jetzt an werde ich ganz sicher jedes einzelne Match ansehen."

Charlie lachte. „Oh Mann, du hast ja noch gar nichts gesehen! Weißt du, in ihrem letzten Spiel, dem Match gegen die Ghasts ..."

So verbrachten Charlie und Stan den Rest ihres Weges durch den Korridor damit, sich über vergangene Matches zu unterhalten.

„Und gerade als DZ ... He, Leute!", rief Charlie, als er den Raum betrat und seinen Freunden entgegenlief, um sie zu begrüßen. Stan folgte dicht hinter ihm. G und Kat lösten sich aus ihrer Umarmung und riefen die beiden Neuankömmlinge zu sich, während DZ, Ben und sein Bruder Bill sich zu ihnen gesellten, gefolgt von Bob, der auf dem Rücken eines rosafarbenen Schweins saß.

Wie alle seine Freunde fand Stan, dass Bob Glück hatte, überhaupt am Leben zu sein. In der Schlacht, in der Stan König Kev besiegt hatte, inzwischen von allen „Die Schlacht um Elementia" genannt, hatten Bill und Bob gegen Caesar gekämpft, König Kevs rechte Hand, einen außerordentlich begabten Schwertkämpfer. Sie hatten ihn nicht schlagen können, und wäre Kat ihnen nicht zu Hilfe gekommen, hätte Caesar Bob umgebracht. Stattdessen hatte der Schwerthieb, der Bob hätte töten sollen, seine Kniescheibe zerschmettert und sein Bein vom Körper getrennt.

Zum Glück hatten Bill und Ben ihren gesamten Vorrat an Tränken der Regeneration aufgebraucht, um Bobs Bein wieder anzufügen, und er konnte es mit großen Einschränkungen wieder benutzen. Dennoch war sehr schnell offensichtlich geworden, dass Bob nie wieder würde laufen können. Das hielt Bob jedoch nicht davon ab, zusammen mit seinen Brüdern als Polizeipräsident von Element City zu dienen. Auf dem Weg zu Stan, Charlie, Kat und G folgte er Ben, Bill und DZ auf dem Rücken von Ivanhoe, seinem treuen Schlachtschwein. Es trug einen Sattel und wurde mithilfe einer Karotte an einer Angel geführt.

Man hätte zwar denken können, dass Bob nicht mehr der Krieger war, der er einst gewesen war, aber das wäre ein großer Irrtum gewesen. Er konnte vom Rücken seines Schweines aus genauso gut mit dem Bogen schießen wie zu Fuß, und Ivanhoe war schnell und konnte sich auch schwerem Gelände anpassen. Bob hatte sich rasch einen Ruf als schnellster und wendigster Polizeibeamter der Stadt verdient, der Albtraum eines jeden Verbrechers, der vor ihm zu fliehen versuchte.

„Gutes Spiel, Leute!", sagte Charlie.

„Allerdings, so etwas Tolles habe ich selten erlebt", fügte Stan hinzu.

„He, danke, Jungs", erwiderte Kat. „Schön, dass du endlich mal vorbeigekommen bist und dir eins der Spiele angesehen hast, Stan", fügte sie grinsend hinzu.

„Na, du weißt doch, dass ich seit Anfang des Wahlkampfes bis zum Hals in Arbeit gesteckt habe", wehrte sich Stan scherzhaft. „Aber glaub mir, von jetzt an steht der Besuch dieser Spiele ganz oben auf meiner Liste."

„Gut, das zu hören", sagte Ben und drängelte sich mit DZ und den beiden anderen Polizeipräsidenten an seiner Seite zwischen sie. „Aber bilde ich mir das nur ein, oder hat da jemand etwas von einer Party im Burghof erwähnt?"

„Davon hat niemand etwas gesagt, Ben", kicherte Kat.

„Oh, na dann. War wohl nur meine Einbildung", sagte Ben grinsend. „Aber wo wir schon davon sprechen, können wir ja eine abhalten. Na kommt schon, Leute!" Er führte seine Brüder und DZ nach draußen in einen Gang, über den sie in den Hof gelangen würden, wo ihre jubelnden Fans sie empfangen sollten.

Kat lachte und rief: „Warte auf uns, Ben!" Sie lief ihm nach, gefolgt von G, der die ganze Zeit über an ihrer Seite geblieben war und ihr jetzt verbissen nachlief. Stan und Charlie warfen einander einen Blick zu und verdrehten über Gs Anhänglichkeit die Augen, dann folgten sie den anderen fünf Spielern.

Stans Erstaunen darüber, wie schnell die Königlichen Butler auf seine Anordnung hin Mahlzeiten zubereiten konnten, war unerschöpflich. Selbst jetzt, als Stan ihnen befohlen hatte, genug Kuchen, Kekse und Kürbiskuchen für eine Siegesfeier herzustellen, war alles in wenigen Minuten gebacken und auf reich verzierten Tischen serviert. Stan selbst wäre die Königlichen Butler lieber losgeworden, da ihre Organisation ursprünglich dazu geschaffen worden war, König Kevs Wünsche zu erfüllen. Der Rat hatte jedoch die Stadtbevölkerung befragt und mit ihr beschlossen, dass sie die Dienste der Butler verdienten, solange sie gut bezahlt wurden.

Jetzt, da die Feierlichkeiten ihren Höhepunkt erreichten, war Stan jedenfalls froh, dass die Butler da waren. Er sah sich um und stellte fest, dass sein Volk ausgelassen feierte und dass immer mehr Spieler in den Hof strömten, um mit den anderen zu tanzen und zu essen. Er beobachtete Ben und Bill dabei, wie sie Bob zujubelten, der es irgendwie geschafft hatte, Ivanhoe dem Schwein den Moonwalk beizubringen. Jetzt führte er ihn zu der Musik aus dem nächsten Plattenspieler vor. Kat und G hatten sich unter das Volk gemischt, wobei Kat einen Federkiel in der Hand hielt und Autogramme für die Zombie-Fans schrieb.

Sie schien ihren neu gewonnenen Ruhm als Spleef-Sportlerin in vollen Zügen zu genießen.

„Einen netten Rummel hast du da organisiert, Stan", erklang eine Stimme hinter ihm. DZ, der in beiden Händen Kürbiskuchen hielt, hatte sich mit Charlie im Schlepptau zu ihm gesellt.

„Ja. Es würde mich nicht wundern, wenn die Leute jetzt Zombie-Fans werden, nur damit es mehr Siegesfeiern wie diese gibt", fügte Charlie hinzu.

„Kann sehr gut sein", sagte Stan. „Und, DZ, wie fühlt es sich an, endlich wieder in der Spleef-Arena zu stehen?"

„Es ist der Hammer, Mann!", antwortete DZ begeistert. „Ich meine, es war zwar längst fällig, aber ich schulde dir wirklich was, Stan. Ich finde die neuen Spleef-Regeln tausendmal besser als die alten – auch wenn du uns zwingst, Rüstung zu tragen."

„Das ist ein notwendiges Übel, DZ, und das weißt du auch. Ich habe die Schaufeltechniken zugelassen, wie du es wolltest, aber der Rat ..."

„Ja, ich weiß, der Rat hat auf einer Rüstung bestanden", beendete DZ seinen Satz für ihn und winkte ab. „Ich will dich doch nur aufziehen, Stan. Du weißt doch, wie dankbar ich dir dafür bin, dass du das alles getan hast. Und ich muss sagen, ich bin mit meinen neuen Teamkollegen sehr, *sehr* zufrieden."

„Sie scheinen wirklich Spaß daran zu haben", sagte Stan und deutete mit dem Daumen auf Kat. Gerade kamen zwei Jungen und ein Mädchen auf sie zu, alle in grünen Zombie-Trikots, die sie signieren sollte.

„Ganz ruhig, ganz ruhig, von mir ist genug für alle da", lachte Kat, während sie ihren Federkiel zog und ihn an der Brustplatte ansetzte.

Stan lief ein kalter Schauer über den Rücken. Er wusste sofort, dass etwas nicht stimmte. An Gs weit aufgerissenen Augen erkannte er, dass auch er es spürte. Als in der Hand eines der Fans ein Schwert erschien, riss G seine Spitzhacke hervor und schlug die Klinge beiseite. Das Schwert des Fans, das Kat den Bauch durchstoßen hätte, blieb stattdessen im Boden stecken. Gs Spitzhacke prallte gegen den Kopf des Fans und warf ihn nieder.

In Sekundenschnelle hatte Kat ihr Schwert in der Hand, während der zweite Attentäter Pfeil und Bogen zog. Sie spaltete den Bogen mittendurch, bevor der Spieler schießen konnte. Gleichzeitig holte die dritte Angreiferin einen grünen Trank aus ihrem Inventar und schleuderte ihn in Richtung von Gs Kopf. Kat erwischte die fliegende Flasche mit dem Schwert in der Luft, woraufhin sie explodierte und beide mit Gift übergoss. Nach zwei weiteren Schwerthieben lagen alle drei vermeintlichen Fans bewusstlos am Boden.

Stans Sinne schärften sich unwillkürlich, während Gestalten auf dem ganzen Hof schwarze Tuniken und Kappen überzogen. Fünfzehn von ihnen zogen Schwerter aus dem Inventar, die schnell die Farbe ihrer Tuniken annahmen. Wie ein Mann hoben sie ihre schwarzen Schwerter und brüllten: „VIVA LA NOCTEM!"

Stan erkannte sofort, dass diese Aktion, was auch immer sie bedeuten mochte, kein Zufall war. Sie war geplant, sie war organisiert worden, und sie war gefährlich. Die Gestalten liefen zur Mitte des Hofes, wo sie sich versammelten. Die Feiernden flohen vor den Schwarzgekleideten und schrien vor Angst. Stan holte seinen Bogen aus dem Inventar und legte ihn über den Rücken, hängte seinen Köcher an die Hüfte und packte mit beiden Händen seine Diamantaxt. Er sah, wie zwei der Gestalten auf ihn zustürmten, und bereitete sich darauf vor, ihren schwarzen Klingen im Kampf zu begegnen.

Er wurde jedoch völlig überrumpelt, als die beiden Gestalten ihre Schwerter wieder wegsteckten und weitere Tränke hervorholten, sowohl grüne als auch dunkelviolette. Mit Entsetzen stellte Stan fest, dass es Tränke des Schadens und der Vergiftung waren. Sekunden später flogen vier Flaschen auf ihn zu, und er war gezwungen, rückwärts zu springen und zu hüpfen, um nicht von der Explosion der zerschellenden Phiolen erfasst zu werden.

Stan war nervös. Er hatte noch nie gegen Spieler gekämpft, die Tränke als Waffen einsetzten. Er tat, was er für die folgerichtige Reaktion hielt, und zog seinen Bogen. Zweimal schnarrte die Sehne, dann traf ein Pfeil die Tuniken der finstern Gestalten. Unbeeindruckt zogen die beiden Spieler hellrote Tränke aus dem Inventar und leerten sie in einem Zug. Die Wirkung trat sofort ein. Die Pfeile sprangen aus den Brustplatten und ließen nur ein kleines Loch zurück.

All das schockierte Stan. Was ging hier vor? Wer waren diese Spieler, woher hatten sie all diese Tränke, und wo hatten sie gelernt, so gut mit ihnen zu kämpfen? Panisch und Hilfe suchend sah er um sich, während weitere Vergiftungs- und Schadenstränke auf ihn zuflogen. Mit einem Schlag wurde ihm klar, dass alle hochrangigen Amtsträger von Element City, alle seine Freunde, nun gegen diese Spieler kämpften. Genauso erfüllte ihn mit Schrecken, dass alle geheimnisvollen Spieler mit Tränken kämpften und so sogar Schwertkampfmeister wie DZ davon abhielten, näher heranzukommen und ihre Fähigkeiten einzusetzen.

Während Stan seine Axt zog, um seine Angreifer im Nahkampf zu stellen, rief er sich in Erinnerung, dass er vorsichtig sein musste. Er hatte nicht die geringste Ahnung, woher diese Spieler kamen oder wer sie waren, aber ganz offensichtlich waren es Attentäter. Das bedeutete, dass Stan nicht nur dem Angriff entgehen und am Leben bleiben, sondern diese Spieler auch gefangen nehmen musste. Würde er sie töten oder sie entkommen lassen, könnte man sie nie befragen, und so würde Stan nie herausfinden, warum sie ihn angegriffen hatten.

Stan wich einem weiteren Trank des Schadens aus und rammte dem Werfer den Knauf seiner Axt gegen den Kopf. Der Spieler, dessen Augen unter einer Ninjamaske und einer schwarzen Lederkappe kaum zu erkennen waren, sah benommen aus. In dem Moment, in dem er zu seinen Füßen auf den Boden fiel, spürte Stan einen stechenden Schmerz in seinem ungeschützten Rücken. Er zuckte zusammen und erkannte, dass ihn ein weiterer Attentäter mit einem Trank des Schadens getroffen hatte. Er fuhr herum und sah, dass die Gestalt kurz davor war, einen weiteren Trank zu schleudern. Stan duckte sich unter der Flasche weg und schwang die Klinge seiner Axt unter die Beine des Angreifers, sodass auch er niedergeworfen wurde. Stan stürmte vor, setzte einen Fuß auf die Brust des Spielers und drückte dessen Wurfhand mit der Axt zu Boden.

„Okay", sagte Stan, noch immer schwer atmend. Der Fleck, den der Trank auf seinem schutzlosen Rücken hinterlassen hatte, brannte und stachelte seinen Zorn weiter an. „Wer seid ihr, und warum greift ihr uns an?"

Sein Gegner zögerte keine Sekunde lang. Mit der freien Hand zog der Angreifer blitzschnell einen violetten Trank aus seinem Inventar und goss sich den gesamten Inhalt in den Hals. Dann zitterte er kurz, seine Hand erschlaffte, und die leere Flasche darin rollte zur Seite. Seine Gegenstände platzten in einem Ring aus ihm heraus, ein sicheres Zeichen dafür, dass er tot war.

Stan sah um sich und stellte fest, dass all seine Freunde genau wie er die Angreifer besiegt hatten. Die schwarz gekleideten Gestalten lagen allesamt am Boden. In der Hand eines jeden von ihnen blitzte eine leere Glasflasche auf.

Stan war wie benommen. Welchen Grund könnten diese Spieler nur gehabt haben, lieber sterben zu wollen, als gefangen genommen zu werden? Stan sah hinunter und stellte fest, dass einer der Angreifer nicht tot war, sondern nur bewusstlos. *Nun, er wird uns all das ganz sicher erklären können*, dachte Stan, während er ihn an den Knien zu den anderen hinüberschleifte.

Kat und G stürzten beide einen Trank der Regeneration hinunter, um dem Gift entgegenzuwirken, das ihnen im Gesicht explodiert war. Kat benutzte einen zweiten, um ihren Hund Rex zu heilen, der aus dem Nichts aufgetaucht war, um seine Besitzerin zu verteidigen. Bob setzte einen Trank der Heilung ein, um die Brandwunde zu behandeln, die ein Trank des Schadens Ivanhoe an der Seite zugefügt hatte. Davon abgesehen schienen alle wohlauf zu sein.

Fünf Spieler rannten über die Zugbrücke von Element Castle. Als sie näher kamen, erkannte Stan Blackraven und die Ratsmitglieder Jayden, Archie, den Mechaniker und Gobbleguy. Mit einer Mischung aus Entsetzen, Abscheu und Schock sahen sie sich die schwarz gekleideten Leichen an, die den Boden übersäten, und auch die leeren Flaschen neben ihnen.

„Was ist hier passiert?", fragte Gobbleguy. Sein Gesicht war von Sorge gezeichnet.

Stan erklärte: „Wir haben den Sieg der Zombies im Spleef-Match gefeiert. Ganz plötzlich haben ein paar Fans versucht, Kat zu töten. Dann hat ein Haufen anderer Spieler schwarze Kappen, Tuniken und Schwerter hervorgeholt und versucht, uns andere zu töten."

„Moment! Sie haben vorher etwas gebrüllt, oder?", fragte DZ.

„Ja, sie haben ‚Viva la Noctem' gerufen", bestätigte Charlie.

Jayden und Archie wirkten alarmiert. „Hast du gesagt ... sie haben ‚Viva la Noctem' gerufen und dann versucht, euch zu töten?"

„Ja", sagte Kat. „Wieso? Wisst ihr etwas darüber?"

„Oh Mann ... ja, tun wir", erwiderte Jayden. Er presste die Hände zusammen, und Schweißperlen traten ihm auf die Stirn. „Erinnerst du dich, dass Archie und ich gestern gesagt haben, wir hätten etwas zu besprechen?"

„Ja ...", brachte G langsam hervor. Die beiden hatten die Ratsversammlung aus diesem Grund früh verlassen.

„Also, wir haben eine Demonstration der Noctem-Allianz im Wohnviertel besucht", erklärte Jayden.

„*Was* habt ihr gemacht?", rief Stan erschrocken.

„Ja", fügte Archie hinzu. „Wir sind in Zivil gegangen. Wir wollten mehr über die Gruppe erfahren. Ihr wisst schon, um festzustellen, ob sie nur eine Protestorganisation ist oder etwas Bedrohlicheres."

„Und was habt ihr dabei herausgefunden?", fragte Bill. Stan fürchtete sich davor, die Antwort zu hören.

„Der Redner dort hat gesagt, die hochleveligen Bürger von Element City würden etwas Besseres verdienen, als sich die Straßen mit denen zu teilen, die sie ‚niedrigleveligen Abschaum' nennen", sagte Archie.

„Tja, also, wir wissen, dass sie das glauben. Das haben sie von Anfang an sehr deutlich gemacht", bemerkte Charlie. „Aber was hat das mit den Ereignissen heute zu tun?"

„Das ist es ja! Der Redner bei der Demonstration hat gesagt, dass die Noctem-Freiheitskämpfer – so hat er sie genannt – alle Mittel nutzen müssten, um ihre Ideale zu wahren. Die Demonstration wurde damit beendet, dass der Anführer diese Parole angestimmt hat. Die ganze Demonstration hat in den Sprechchor eingestimmt." Seine Miene verfinsterte sich, als er den Satz noch einmal wiederholte.

„*Viva la Noctem*. Das Motto der Noctem-Allianz."

KAPITEL 4:

VIVA LA NOCTEM

Betroffenes Schweigen legte sich über die Gruppe. Stan konnte nicht fassen, was er da hörte. Die Attentate auf ihn und seine Freunde ... die schwarzen Tuniken ... die Parole ... ihm schien es offensichtlich, dass die Spieler, die heute versucht hatten, sie zu töten, für die Noctem-Allianz gearbeitet hatten.

„Meinst du das jetzt ernst?", wimmerte DZ verzweifelt.

„Immer mit der Ruhe, DZ, keine voreiligen Schlüsse", warf Gobbleguy schnell ein. „Es ist gut möglich, dass diese Angriffe aus der Noctem-Allianz entstanden sind, und im Moment sieht das vielleicht wie die einzige Erklärung aus. Aber ich muss euch daran erinnern, dass wir das nicht mit Sicherheit wissen, bevor die Angreifer ein Verfahren bekommen haben. Soweit wir wissen, könnten diese Leute auch versucht haben, der Noctem-Allianz ein Verbrechen anzuhängen."

„Wie sollen wir sie denn vor Gericht stellen?", fragte Blackraven und deutete auf die Leichen, die ihn umgaben. „Sie haben alle Selbstmord begangen, bevor sie gefangen genommen werden konnten."

„Nicht alle", sagten Stan und Kat wie aus einem Mund. Stan blickte auf den verhinderten Attentäter hinab, den er mit dem Knauf seiner Axt bewusstlos geschlagen hatte.

„Vier von ihnen haben überlebt", fuhr Kat fort. „Stan hat einen niedergeschlagen, G und ich haben drei weitere erwischt. Wenn sie zu sich kommen, können wir sie vor Gericht stellen, für ihre Mitverschwörer."

„Wir sollten ihnen aber besser ihre Sachen abnehmen", fügte Ben hinzu, „sonst versuchen sie nur, sich umzubringen, wenn sie zu sich kommen."

„Gute Idee", sagte Kat und lächelte ihn an. Er erwiderte das Lächeln. Stan fiel auf, dass sich G instinktiv etwas näher zu ihr stellte.

„Na schön", sagte Stan. „Charlie, du kommst mit mir und sammelst die Gegenstände ein, die sie haben fallen lassen. Bill, Ben, Bob und DZ, ihr kümmert euch um die." Er deutete mit dem Daumen auf die vier übrigen schwarzen Gestalten. Die anderen waren inzwischen verschwunden. „Bringt sie zum Gefängnis, aber nehmt ihnen erst ihre Gegenstände ab. Ihr anderen geht zum Gerichtsgebäude und sagt den Leuten dort, dass wir vier Attentäter verhaftet haben, die versucht haben, uns umzubringen, und dass wir schnell einen Prozess brauchen. Okay, dann los."

Nach diesen Worten machten sich Rex, Ivanhoe und alle Spieler in die ihnen befohlene Richtung auf.

Schon an diesem Abend hatte sich der Gerichtshof von Elementia auf das vorbereitet, was die Bevölkerung bereits das größte Verfahren aller Zeiten nannte. Tatsächlich war es das erste Mal seit Stans Machtübernahme auf dem Server, dass jemand versucht hatte, ihn anzugreifen. Das Verfahren gegen die Verantwortlichen war außerordentlich wichtig.

Alle, die für den Prozess anwesend sein mussten, der im Avery-Gedächtnis-Gerichtsgebäude stattfinden sollte, waren da. Die vier überlebenden Verschwörer hockten nebeneinander in einer vom Mechaniker erfundenen Maschine, die ihre Bewegungsfreiheit einschränkte.

Stan saß in der Mitte der Richtergruppe, mit jeweils vier Ratsmitgliedern zu seiner Rechten und zu seiner Linken. Am Fuß des Podiums, auf dem die Richter Platz genommen hatten, standen Bill, Ben und Bob stramm. Als Polizeipräsidenten hatten sie die Aufgabe, ihre Truppen zu rufen, falls es Probleme gab.

Ben trat vor. Nach einigen Begrüßungsworten und der Überprüfung der Anwesenheitsliste sprach er die Angeklagten an. „Ihr vier Spieler vor mir, die ihr eure Namen als Arnold S, Stewart, Lilac und Roachboy angegeben habt, werdet hiermit der Verbrechen des versuchten Mordes und der terroristischen Aktivitäten angeklagt. Bekennt sich einer als nicht schuldig?"

„Nein", erklang augenblicklich die Antwort. Wie aus einem Mund.

Stans Augenbrauen schossen in die Höhe. Der Mechaniker hatte die Maschine, in der die Angeklagten gefangen waren, so konstruiert, dass sie zwar die Mitglieder der Richtergruppe hören konnten, einander jedoch nicht. Dennoch hatten sie alle vollkommen gleichzeitig auf Bens Frage geantwortet.

„In diesem Fall erkläre ich euch in allen Anklagepunkten für schuldig. Ihr werdet von Mecha11 verhört und dann je nach eurer Bereitwilligkeit, mit uns zu kooperieren, entweder durch tödliches Gift schmerzlos hingerichtet oder müsst eine lebenslange Haft im Gefängnis Brimstone verbüßen."

„Wir werden nicht reden", kam die Antwort, wieder völlig synchron. „Und wir würden eher sterben, als gegen unseren edlen Anführer auszusagen – Lord Tenebris von der Noctem-Allianz."

Stan sprang auf. „Ihr *gehört* also zur Noctem-Allianz!

Wo habt ihr euch zusammengeschlossen? Wer ist Lord Tenebris?"

Er bekam keine Antwort. Alle vier Verschwörer lächelten, wieder in völligem Einklang. Plötzlich, mit einem rasenden Klicken und Surren, sank die gesamte Maschinerie, die sie gefangen gehalten hatte, in den Boden und setzte die vier Spieler frei. Dem Mechaniker fiel die Kinnlade herunter. Er hatte die ganze Zeit über neben den Hebeln gestanden, die die Maschine steuerten, und hatte sie kein einziges Mal berührt. Noch unglaublicher war, dass die vier Spieler, die gründlich durchsucht worden waren und die nichts bei sich hatten, Tränke des Schadens aus ihrem Inventar zogen und sie an ihre Lippen führten.

Stan brüllte vor Zorn, und die Polizisten warfen einen Hagel aus Tränken der Langsamkeit auf die Attentäter, um sie bewusstlos zu machen, bevor sie die Flaschen leeren konnten. Aber es war zu spät. Die vier schluckten ihre Tränke in einem Zug hinunter und riefen ein letztes, beherztes Mal: „VIVA LA NOCTEM!" Dann brachen sie gleichzeitig vornüber auf dem Boden zusammen. Zur Sicherheit umringten die Soldaten und Polizisten die vier Leichname mit gezogenen Waffen, für den Fall, dass sie ihren Tod nur vortäuschten. Aber als die vier Attentäter verschwanden, waren alle Zweifel ausgelöscht.

In der Richtergruppe breitete sich ein Murmeln und Summen wie von einem Bienenschwarm aus, während man eindringlich diskutierte, was diese neueste Wendung zu bedeuten hätte. Stans Miene war von nichts als verbitterter Entschlossenheit gezeichnet. Es erschütterte ihn, dass diese Reihe entsetzlicher Ereignisse ihn und sein Volk heimgesucht hatte. Er war wütend darüber, dass diese neue Bedrohung aufgekommen war, bevor die letzten Gefolgsleute von König Kev gefasst waren. Er durfte nicht zulassen, dass die Noctem-Allianz sich zu einer Organisation entwickelte, die der Herrschaft von König Kev ähnelte. Diesmal war Stan entschlossen, all das im Keim zu ersticken.

Am nächsten Tag, dem ersten Tag der Proklamation seiner zweiten Amtszeit als Präsident, tat er genau das. Das Gericht hatte ohne Vorbehalte beschlossen, dass die Noctem-Allianz hinter diesen Attentätern steckte. Nach einer hastig einberufenen Ratsversammlung war die Noctem-Allianz als terroristische Vereinigung eingestuft worden. Als sich die Bürger am Fuße von Element Castle versammelt hatten, verkündete Stan das neue Gesetz, das der Rat einstimmig verabschiedet hatte.

„Vom heutigen Tag an ist es jedem Bewohner von Elementia verboten, ein Mitglied der terroristischen Vereinigung namens Noctem-Allianz zu sein oder mit ihr zu sympathisieren. Diese Gruppierung hat versucht, mich und eure Ratsmitglieder zu töten, und setzt sich der Gleichheit der niedrigleveligen Spieler entgegen. Jegliche Hinweise über die Noctem-Allianz und ihre Mitglieder sollten einem Soldaten oder Polizisten mitgeteilt werden, und wir sind euch für eure Hilfe dabei, diese Bedrohung auszuschalten, außerordentlich dankbar."

Der Jubel, der über dem überfüllten Hof widerhallte, erschien Stan leer und bedeutungslos. Er konnte die Frage nicht unterdrücken, wie viele Spieler in der Menge in Wahrheit Unterstützer der Noctem-Allianz sein mochten, wie viel von ihrem schmeichlerischen Jubel nur eine Fassade war, die ihre wahren Gefühle, ihren Hass, ihre Boshaftigkeit und ihre Tücke verbarg.

In weiter Ferne auf dem Server, weit weg von den fruchtbaren Ebenen und Wäldern des Kernlandes von Elementia, hinter dem Dschungel, hinter der großen Enderwüste, lag die Tundra – ein dunkles, karges Biom voller frostiger

Einöden, in denen sich nie eine Spur von Zivilisation hatte etablieren können. Hier, tief in den unwirtlichen Landstrichen des kahlen Ödlandes, stand eine andere Proklamation bevor. Wenn man sich nur stark genug konzentrierte, um durch den Schneesturm hindurchzublicken, der einem ins Gesicht schlug und auf der Haut brannte, der den Himmel selbst zur Mittagszeit verdunkelte, konnte man es sehen. Tatsächlich gab es in der Tundra eine Gemeinschaft, die momentan nichts ihr Eigen nannte außer einem großen Bauwerk, das aus den feinsten Steinziegeln und aus Fichtenholz errichtet worden war. Notdürftige Zufluchten aus Erde standen hier und dort in der Umgebung des prächtigen Gebäudes.

Insgesamt etwa hundertzwanzig Spieler hatten sich am Fuße des Ziegelgebäudes versammelt. Der hölzerne Balkon über ihnen schützte sie vor dem Schnee, während die Fackeln an den Wänden Wärme spendeten. Es war nur schwache Wärme, und doch bot sie eine willkommene Abwechslung im Vergleich zu der Kälte, die diese Spieler monatelang ertragen hatten.

Als sie auf den Holzbrettern über sich Schritte hörten, eilte die Menge der hundertzwanzig frierenden Spieler schnell unter dem Balkon hervor, um sich in den Reihen aufzustellen, die sie zu bilden hatten, wenn ihre Anführer zu ihnen sprachen.

Nun, da sie die warme Zuflucht des Balkons verlassen hatten, konnten die Spieler die drei Gestalten bemerken, die auf ihm standen. Es waren die drei Generäle der Noctem-Allianz, der Organisation, der sie alle die Treue geschworen hatten. Im Fackelschein waren sie kaum auszumachen, doch die Spieler erkannten das braun gebrannte Gesicht und die prächtige Rüstung von General Leonidas, der hinten rechts stand, die riesige, massige Gestalt von General Minotaurus hinten links und, in eine weiße Robe gekleidet, General Caesar, den Anführer der Noctem-Freiheitskämpfer. Caesar erhob seine Stimme.

„Meine Brüder und Schwestern der Noctem-Allianz, ich spreche heute zu euch, um gute Nachrichten zu überbringen. Die fünfzehn der Unseren, die wir nach Element City geschickt haben, sind den Anführern von Elementia zum Opfer gefallen. Sie haben ihre Treue zu unserem großen Anführer, Lord Tenebris, verkündet, bevor sie sich selbst so ein Ende setzten, wie es unser großer Märtyrer tat, König Kev von Elementia. Die erste Phase unseres Plans, Element City wiederzuerobern, war erfolgreich!"

So, wie man es ihnen für den seltenen Fall eingeprägt hatte, dass man ihnen so gute Neuigkeiten mitteilte, stießen die hundertzwanzig Mitglieder der Noctem-Freiheitskämpfer wie aus einem Munde ihren Siegesschrei aus: „VIVA LA NOCTEM!"

„Weiterhin hat mich unser Spion in den oberen Rängen der Stadtregierung von Elementia City darüber informiert, dass Stan2012 jegliche Verbindung mit der Noctem-Allianz für illegal erklärt hat. Durch ihr edles Opfer haben unsere Brüder und Schwestern die Saat der Angst im Namen der Noctem-Allianz gesät. Diese Saat soll aufgehen und sich in der Bevölkerung verbreiten, bis sie schon bald ganz Element City verschlingen wird!"

Wieder scholl der Ruf einstimmig durch die pfeifenden Winde des immerwährenden Schneesturms: „VIVA LA NOCTEM!"

Außerdem bringe ich noch weitaus wichtigere Neuigkeiten: Unser geliebter Anführer, Lord Tenebris, hat mir mitgeteilt, dass der Bau der Sonderbasis im Gang ist. Beizeiten wird sie den Untergang von Stan2012 und dem Rest der Führungsriege heraufbeschwören, sodass der Flecken Erde namens Element City, der rechtmäßig unser ist, uns schutzlos ausgeliefert sein wird!"

„VIVA LA NOCTEM!"

„Vor dem Hintergrund dieser prächtigen Entwicklungen verkünde ich, dass es an der Zeit ist, die zweite Phase unserer Kriegsführung einzuläuten! Ich rufe nun alle Mitglieder des zweiten Bataillons der Noctem-Freiheitskämpfer auf, sich zu mobilisieren, denn schon morgen werdet ihr General Leonidas in den Kampf im Herzen von Elementia folgen. Ihr anderen: weggetreten! Gute Nacht, meine Brüder und Schwestern! Lang lebe Lord Tenebris! Lang lebe die Noctem-Allianz!"

„VIVA LA NOCTEM!", brüllten die Freiheitskämpfer ein letztes Mal, bevor sie in ihre Erdbaracken eilten, um sich auf die Schlacht vorzubereiten.

Caesar machte kehrt und zog sich in die Wärme des Gebäudes zurück, gefolgt von Leonidas und Minotaurus, der den Kopf einziehen musste, um den Innenraum zu betreten.

Im Innern war es angenehm. An allen Wänden standen Regale mit Büchern, und ein Feuer, das auf einem Netherrack-Block prasselte, strahlte seine Wärme in den Raum um sie herum aus. Die Wände bestanden aus Steinziegeln, und die kostbaren Waffen der drei Generäle, Leonidas' Bogen, Minotaurus' zweiköpfige Kriegsaxt und Caesars Diamantschwert, hingen in Rahmen über dem Kaminsims.

Leonidas und Caesar setzten sich auf Stühle und wandten sich dem Feuer zu. Minotaurus sagte: „Wenn du mich entschuldigen würdest, Caesar, ich bin bald zurück. Ich muss mich um meine Kartoffelfarm kümmern." Dann ging er durch die Seitentür, um sich seinem Hobby zu widmen, wobei er versehentlich die Holztür aus ihren Angeln brach, als sie hinter ihm mit einem Knall zuflog.

Während Leonidas und Caesar in die Flammen starrten, sprach keiner von ihnen, doch beide wussten, dass Ungesagtes in der Luft lag. Es dauerte eine ganze Minute, bis Caesar sich seinem Waffenbruder zuwandte und zu reden begann. „Nun, Leonidas, ganz offensichtlich bedrückt dich etwas. Worum geht es?"

Erst antwortete Leonidas nicht. Er hatte sich in einem Strang ausgedehnter, verwirrender, endloser Gedanken verloren. Schließlich sah er Caesar an und verlieh seinen größten Bedenken Ausdruck.

„Caesar ... erinnerst du dich an das Dorf der Gefangenen?"

Caesar stand auf und warf den Kopf in den Nacken. „Ach, um Himmels willen, Leonidas, jetzt sag mir nicht, dass du noch immer an dieses Dorf denkst!"

„Nein, natürlich nicht", antwortete Leonidas schnell und war sich nicht sicher, ob er nicht nur Caesar, sondern auch sich selbst belog. „Wir haben getan, was getan werden musste. Ich hätte nichts anders gemacht, bis auf ..." Leonidas wählte seine Worte mit Bedacht. Er wollte Caesar nicht verstimmen. „Wie kommt es, dass wir diese Spieler nicht einmal gefragt haben, ob sie sich uns anschließen wollen? Ich weiß ja nicht, aber es ist schon möglich, dass wir vielleicht potenzielle Verbündete getötet haben."

„Unfug, Leonidas", fuhr Caesar ihn an und schüttelte voller Verachtung für Leonidas' scheinbare Torheit den Kopf. „In diesem Dorf gab es nichts, was uns nützlich war. Die Leute im Dorf der Gefangenen haben länger von nichts gelebt, als es wert gewesen sein kann. Glaub mir, wir haben ihnen allen eine Gnade erwiesen."

„Ja, ja, ganz richtig", sagte Leonidas mit gezwungen fröhlicher Stimme. „Ja ... es hätte nur noch mehr Elend gegeben, wenn wir jemanden am Leben gelassen hätten."

Aber je länger er über die Berichte seines Unteroffiziers über das Gemetzel und das Blutbad nachdachte, das die

Noctem-Allianz im Dorf der Gefangenen angerichtet hatte, desto stärker war Leonidas davon überzeugt, dass das nicht wahr sein konnte.

KAPITEL 5:

DIE TENNISMASCHINE

Obwohl Stan nicht genau wusste, wie die Folgen des Angriffs der Noctem-Agenten aussehen würden, hatte er mit Sicherheit nicht erwartet, dass das Leben seinen gewohnten Gang gehen würde. Und doch geschah genau das. Der einzige auffällige Unterschied, der sich im Alltag bemerkbar machte, war, dass die Demonstrationen und Proteste der Noctem-Allianz aufgehört hatten.

„Findet ihr das nicht komisch?", fragte Stan, eine Woche nachdem er die Noctem-Allianz verboten hatte, während er mit Kat und Charlie vom Hof der Burg aus auf die betriebsame, von Läden gesäumte Hauptstraße spazierte. „Ich meine, diese Leute in Schwarz haben versucht, uns zu töten. Sie haben uns erzählt, dass sie zur Noctem-Allianz gehören, bevor sie sich umgebracht haben, und dann geschieht eine Woche lang gar nichts? Was soll das für einen Sinn haben?"

„Es ist schon merkwürdig", antwortete Charlie gedehnt. „Man sollte meinen, dass es irgendein Nachspiel geben würde. Aber es ist, als wäre die Noctem-Allianz einfach vom Erdboden verschwunden. Du glaubst doch nicht, dass sie etwas im Schilde führt, oder?"

Dieser Gedanke lag Stan schwer im Magen. Er wollte gerade antworten, als Kat ihm ins Wort fiel und mit affektierter Überheblichkeit zu bedenken gab: „Ich glaube, ihr zwei messt dem Ganzen zu viel Bedeutung zu. Die Noctem-Allianz hat nur aus einem Haufen hochnäsiger, reicher Bälger bestanden, denen es nicht gefiel, mit niedrigleveligen Spielern teilen zu müssen. Sie haben deswegen gequengelt und einen Trotzanfall gehabt, und einige von ihnen haben es zu weit getrieben."

„Aber wenn das so ist, warum haben sie dann noch nicht zurückgeschlagen?", fragte Charlie.

„Weil sie ein Haufen Feiglinge sind", antwortete Kat mit einem Beiklang von Abscheu. „Mit Protesten konnten sie nicht bekommen, was sie wollten, also haben die knapp zwanzig, denen die Sache wichtiger war, als gut für sie war, versucht, uns anzugreifen. Deshalb waren sie bereit zu sterben, und deshalb hatten sie so gute Ausrüstung – weil sie verwöhnte Hochlevelige sind. Und jetzt, da die paar Radikalen tot sind, ist unter den Übrigen niemand verbohrt genug, für die Allianz zu sterben."

„Das könnte wohl stimmen", erwiderte Stan und nickte. „Es ist schon so, dass eigentlich nur die reichen und hochleveligen Leute in der Stadt heutzutage noch gegen Gleichheit sind. Na ja, mal von den Gefangenen abgesehen, die wir in der Schlacht gemacht haben."

„Und die sind nicht in der Lage, etwas dagegen zu tun. Sie sind alle in Brimstone eingesperrt", fügte Charlie hinzu. Er sprach vom sichersten Gefängnis in Elementia, das sich in den Überresten der Netherfestung befand, die RAT1 vor der Schlacht von Elementia gesprengt hatte.

„Ganz genau", sagte Kat. „Ehrlich, Stan, ich glaube, dass wir nichts mehr von der Noctem-Allianz hören werden, jetzt, da du sie verboten hast. Andererseits werden jetzt vermutlich mehr reiche Leute in ihren Häusern über die Gleichstellung schmollen, weil sie nicht mehr in schwarzen Tuniken herumlaufen und darüber jammern können."

Stan kicherte. „Ja, du hast schon recht, Kat. Ich mache mir einfach zu viele Gedanken."

Charlie stimmte zu. „Und, was stellen wir jetzt mit unserem freien Tag an, Leute? Lasst ihn uns ausnutzen."

„Oooh, ooh! Ich weiß etwas!", rief Kat und hüpfte vor Aufregung auf der Stelle. „Wie wäre es, wenn wir uns Ivanhoe ausborgen und ihn auf den Stufen des Avery-Gedächtnis-Gerichtsgebäudes ein Häufchen absetzen lassen?"

„Kat, ich habe dieses Gericht für meinen Freund bauen lassen, der sein Leben geopfert hat, um mich vor König Kev zu retten! Ich lasse garantiert kein Schwein auf die Eingangsstufen koten!", erwiderte Stan genervt, während Charlie lachte. Stan fragte sich ernsthaft, ob sie Witze machte oder nicht.

„Na gut. Ooh! Noch bessere Idee!", sagte Kat, grinste begeistert und zeigte dabei die Zähne. „Wir gehen zum Apotheker-Gedächtnis-Brunnen ... und lassen Ivanhoe ein Häufchen ins Wasser setzen!"

„NEIN!", brüllte Stan, während Charlie sich vor lauter Lachen die Seiten hielt. „Der Apotheker hat mir auch das Leben gerettet!"

„Guter Einwand. Ooh! Jetzt habe ich es!", rief Kat. Sie strahlte vor Vergnügen, als sie Charlie einen Blick zuwarf.

„Hat es etwas damit zu tun, ein Schwein ein Häufchen auf etwas setzen zu lassen, das ich gebaut habe, um meine toten Freunde zu ehren?", fragte Stan, und ihm wurde bewusst, wie absurd es war, diese Frage überhaupt stellen zu müssen. Charlie kugelte vor Lachen auf dem Boden herum. Die lange Zeit, die er mit Oob, dem NPC-Dorfbewohner verbracht hatte, ließ Charlie leicht über solche Witze lachen, und Kat nutzte diese Tatsache oft zu ihrem Vorteil aus.

„Augenblick, hast du noch mehr tote Freunde? Also,

wir könnten auch in Adorias Dorf gehen oder zum Steve-Gedächtnis-Hof …"

„Hast du auch echte Ideen, Kat?", wollte Stan wissen. Charlie richtete sich auf und riss sich zusammen.

„Na schön, na schön! Der Mechaniker hat mir gesagt, dass er heute seine neue Maschine enthüllen wird!", rief Kat aus.

„Du meinst die, an der er im Park gebaut hat?", fragte Charlie. „Die wird heute fertiggestellt?"

„Genau die", antwortete Kat. „Ich finde, wir sollten den Vormittag damit verbringen, sie uns anzusehen, was sie auch sein mag."

„Guter Plan!", sagte Stan, und Charlie nickte zustimmend. Zusammen drehten die drei Freunde um und gingen in Richtung des Parks, wo der Mechaniker wochenlang seine gesamte Freizeit damit verbracht hatte, eine mysteriöse Gerätschaft zu bauen. Auf dem Weg sprachen sie über das Spleef-Turnier.

„Oh, DZ ist ganz zweifellos der beste Spieler in unserem Team", versicherte Kat Stan. „Im letzten Match ist er nur durch einen Glückstreffer ausgeschieden. Ich wäre überrascht, wenn so etwas noch einmal passieren würde."

„Egal, wer der beste Spieler ist – es besteht doch kein Zweifel daran, dass ihr das beste Team seid, oder?", fragte Stan. Ich meine, ihr habt diese Kombinationsangriffe ausgeführt, als wären sie euch in Fleisch und Blut übergegangen, während das andere Team fast nichts getan hat!"

„Ja, und wie du sicher bemerkt hast, sind wir im Turnier weitergekommen und sie nicht", erwiderte Kat und verzog das Gesicht. „Vor uns liegt ein langer, schwerer Weg, Stan. Wir haben nur noch zwei Matches vor uns, und wir werden uns wirklich reinknien müssen, wenn wir gegen unsere nächsten Gegner eine Chance haben wollen."

„Wer sind überhaupt eure nächsten Gegner?", fragte Charlie. „Ich weiß, dass die einzigen Teams, die noch im Turnier sind, die Fledermäuse, die Skelette, die Ozelots und ihr seid. Aber gegen wen tretet ihr als Nächstes an?"

„Die Ozelots", antwortete Kat. „Ich glaube, von den vier Teams sind sie in etwa auf einer Stufe mit uns und den Skeletten. Ich glaube nicht, dass die Skelette Schwierigkeiten haben werden, die Fledermäuse zu schlagen."

„Das weißt du nicht", gab Stan einsichtig zu bedenken. „Es kann immer passieren, dass die Fledermäuse Glü... Oh Mann!", hauchte er, als sie innehielten, weil sie einen Schatten erreicht hatten.

Dieser Schatten wurde von einer riesigen Kiste inmitten des öffentlichen Parks geworfen. Die Vorderseite bildete ein Rechteck, neun Blöcke hoch und fünfzehn Blöcke breit, das vollständig aus Redstone-Lampen bestand. Daraus ragte ein schwarzer Kasten hervor, der zwanzig Blöcke weit nach hinten ragte und vermutlich die Redstone-Schaltkreise der Maschine enthielt, von denen Stan annahm, dass sie bis weit unter die Erde reichten. Die Maschine war die einzige Struktur, die sich vom flachen Boden des sonnenbeschienenen Innenhofes abhob, abgesehen von den erloschenen Laternen, die die durch den grasbewachsenen Park führenden Kieswege säumten. Daher erregte das Gerät recht viel Aufmerksamkeit bei den Spaziergängern im Park.

„Eine richtige Schönheit, was?", erklang eine sanfte Stimme, die Stan als die des Mechanikers erkannte. Er lehnte sich an einen Tisch aus schwarzer Wolle vor der Maschine, auf dem sich zwei Hebel und ein Knopf befanden.

„Mensch, Mechaniker,", sagte Charlie, als das Trio auf ihn zuging. „Ich weiß ja noch nicht mal, was das Ding kann, und ich bin jetzt schon beeindruckt!"

„Danke, Charlie", sagte der Mechaniker und sah lächelnd an dem aufragenden elektronischen Wunderwerk empor. „Das Ding ist mein Baby. Mit Abstand das Beeindruckendste, was ich seit dem Redstone-Supercomputer gebaut habe."

„Wozu dient die Maschine denn?", fragte Stan voller Neugier.

„Würdest du sie gern ausprobieren, Stan? Du nimmst den Hebel links, Charlie, du den rechts", antwortete der Mechaniker und deutete auf die beiden Hebel. Die Jungen taten es begeistert.

„Jetzt drückt auf den Knopf, damit die Magie beginnen kann", befahl der Mechaniker. Er trat einen Schritt zurück und stellte sich neben Kat, um die erste Inbetriebnahme der Erfindung zu beobachten. Stan sah voller Bewunderung zu, wie der Bildschirm des Mechanismus wie ein Stroboskop blitzend aus- und anging, bevor er etwas zeigte, was nur ein Spielbildschirm sein konnte. Ein einzelnes Licht leuchtete in der Mitte auf, während zwei senkrechte Linien, die jeweils eine Höhe von drei Lichtern hatten, auf der linken und rechten Seite glühten.

Irgendwo im Inneren des mechanisierten Obelisken erklang eine eingängige Melodie aus Notenblöcken, und der Mechaniker wies die Jungen mit freudiger Stimme an: „Drückt die Hebel nach oben und unten!"

Stan drückte den Hebel an seiner Seite nach oben, und die Wirkung trat sofort ein. In einer flüssigen Animation bewegte sich der Strich auf seiner Bildschirmseite aufwärts. Gleichzeitig sah er, wie sich die Linie auf der anderen Seite nach unten bewegte. Charlie hatte seinen Hebel ebenfalls nach unten gezogen. Jetzt erkannte Stan, worum es bei dem Spiel ging. Er umfasste den Hebel fest, als der Lichtpunkt in der Mitte des Bildschirms nach oben und nach rechts flog, von der Oberkante abprallte und links wieder nach unten wanderte. Stan zog seinen Hebel nach unten, und die Linie aus Lichtern auf seiner Seite senkte sich nach unten. Der hüpfende Lichtball traf Stans Lichterlinie und prallte in Richtung von Charlies Linie ab, der sie so manövrierte, dass er den Ball zu Stan zurückschlagen konnte.

„Du hast *Pong* gebaut!", rief Charlie voller Staunen, als er seinen ersten Punkt gegen Stan einheimste und ein Licht auf seiner Bildschirmseite aufleuchtete, um den verdienten Punkt anzuzeigen.

„Genau das", bestätigte der Mechaniker. „Ich nenne es meine Tennismaschine. Es war absolute Folter, ein System für die Punktzählung zu entwickeln, aber ich finde, es ist gar nicht so schlecht geworden. Was meint ihr, Leute?"

„Es ist großartig!", antwortete Stan.

„Ja, ich kann gar nicht glauben, dass du das alles entwickelt hast! Gibt es denn gar nichts, was du nicht kannst?"

„Das sage ich mir auch gern. Hauptsächlich, um mich aufzubauen, aber trotzdem", erklärte der Mechaniker grinsend.

„Du hast jedenfalls recht damit", erwiderte Stan und widmete dieser Antwort sein letztes bisschen Aufmerksamkeit, bevor er völlig im Spiel versank. Es war ein Kantersieg. Charlie war außerordentlich gut in diesem Spiel, das in der Tat eine perfekte Kopie von *Pong* war. Nach dem ersten Match tauschte Kat den Platz mit Stan, und sie war Charlie als Gegnerin viel eher ebenbürtig. Sie hatte sogar ein Unentschieden erreicht und stand kurz davor, einen weiteren Punkt zu ergattern, als hinter Stan ein Schrei erklang.

„Hey, Kat! Was tust du da?"

Kat fuhr herum und stand G gegenüber. Dass Charlie einen Punkt erzielt und das Spiel gewonnen hatte, ignorierte sie. „G? Was machst du hier?"

„Dich suchen!", antwortete G. Er klang irritiert. „Du hast versprochen, dass du bald etwas Zeit mit mir verbringen würdest. Und heute ist dein freier Tag. Hier bin ich." Er breitete die Arme aus. Charlie verdrehte die Augen und überließ seinen Platz zwei Spaziergängern, die auch eine Runde spielen wollten.

„Moment mal. G, du hast heute keinen freien Tag. Warum bist du nicht bei der Ratsversammlung?", fragte Kat.

„Oh, das habe ich geändert, damit ich den ganzen Tag mit dir verbringen kann", sagte G grinsend. „Ehrlich gesagt haben Jayden, Archie und DZ etwas verstimmt ausgesehen. Aber wen interessiert das? Zeit mit dir zu verbringen, ist wichtiger als blöde politische Reibereien."

„G, diese ‚blöden politischen Reibereien' sind sogar sehr wichtig, falls dir das noch nicht aufgefallen ist! Es ist ja nett, dass du Zeit mit mir verbringen willst, aber du kannst deshalb nicht einfach die Arbeit sausen lassen!", stöhnte Kat. Sie schien wirklich verärgert zu sein.

„Boah, Kat! Ich dachte, du würdest dich freuen! Willst du mich nicht sehen? Wenn das nämlich so ist, dann ..."

„Nein, so ist es nicht, G! Ich verbringe gern Zeit mit dir, aber du musst zugeben, dass wir uns in letzter Zeit sehr oft gesehen haben, und nicht zu arbeiten, nur damit du mich noch öfter siehst ..."

So ging es immer weiter. Charlie sah nur amüsiert aus, wobei er ab und zu seufzte oder spöttisch mit den Augen rollte. Stan dagegen wurde langsam etwas klar.

Seitdem der Zwischenfall mit der Noctem-Allianz erledigt war, waren Stans größte aktuelle Probleme Kats Klette von Freund und eine Streiterei darüber, wer an der Reihe war, mit der Tennismaschine zu spielen. Die Großrepublik Elementia stand an der Schwelle des größten Zeitalters des Friedens und Wohlstandes, das DZ, Blackraven und die anderen älteren Spieler je erlebt hatten. Erst letzte Woche hatte Charlie eine unterirdische Mine voller Diamanten, Gold und Eisen entdeckt. Am Tag danach war die Bahnstrecke nach Blackstone erweitert worden, sodass sie jetzt die südöstliche Bergkette erreichte. Eine Fülle von Kohle aus diesem Gebiet war unterwegs zu ihnen.

Nun, da ihn all diese kürzlichen Erfolge wie eine Flutwelle erfassten, gestattete er sich zum ersten Mal, seit er zurückdenken konnte, sich selbst Anerkennung zu zollen. Tatsächlich hatte er, seit er Elementia beigetreten war, nur das getan, was ihm als richtig erschienen war, und nun war er der Anführer des gesamten Servers. Erst jetzt wurde ihm jedoch klar, dass er außerordentlich erfolgreich ein Land erschaffen hatte, in dem er selbst nur zu gern Bürger wäre, ein Land der Gerechtigkeit. All das war seinen Bemühungen und denen seiner Freunde zu verdanken.

Als Stan vortrat, um den Streit zwischen den Spielern zu schlichten, die für die Tennismaschine anstanden, und während Charlie dasselbe bei Kat und G versuchte, konnte er ein Gefühl des Stolzes nicht unterdrücken. Er ließ seinen Blick über den sonnigen Hof schweifen und hatte das angenehm befreiende Gefühl, dass alles im Lot war und heute nichts schiefgehen konnte.

Obwohl Leonidas sich noch immer nicht sicher war, welchem Zweck die kommende Offensive dienen sollte, fühlte er sich wenigstens gut.

Das dunstige, feuchte Dschungelklima gefiel ihm weitaus besser als die peitschenden, eiskalten Winde in Nocturia. Während er sich mit einem Eisenschwert durch das dichte Unterholz schlug, gefolgt von fünf Männern, die hinter ihm im Gleichschritt marschierten, fühlte sich Leonidas heimischer, als er es seit sehr langer Zeit getan hatte.

Leonidas warf einen Blick auf den Redstone-Kompass in seiner Hand und wischte das Kondenswasser vom Glas, um die rote Nadel erkennen zu können. Sie zeigte an, dass sie sich auf dem richtigen Weg befanden. Der Anblick, der sich ihm bot, als er sich aus dem Dickicht befreite, bestätigte das.

In einem kleinen Tal, das frei von Bäumen war, befand sich ein kleines Holzhaus mit einem ebenso kleinen Acker dahinter. Leonidas wusste, dass das Haus leer stand. Sein Besitzer war in derselben Schlacht gefallen wie Geno, Becca und König Kev. Also führte Leonidas seine Männer an diesem Haus vorbei. Er wusste, dass es auf dem direktesten Weg zwischen Nocturia und der Dschungelbasis von Elementia lag. Tatsächlich mussten sie nur weitere zehn Minuten laufen, bevor der Außenposten in Sichtweite kam.

Die Dschungelbasis von Elementia lag innerhalb eines Dschungeltempels, einer uralten, natürlich entstandenen Struktur aus bemoostem Bruchstein und Steinziegeln an der Seite eines Hügels. Die Bäume und die Klippe bildeten natürliche Verteidigungsanlagen. Als Leonidas die Soldaten von Elementia sah, die auf der Basis mit erhobenen Bögen Wache standen, gab er seinen Männern das Signal anzuhalten. Das hatte Leonidas erwartet. Er hatte sich eine ganze Strategieanweisung von Caesar angehört, die den effizientesten Weg beschrieb, diese Basis anzugreifen, so wie der Spion in Element City ihn beschrieben hatte.

Er bedeutete den beiden Soldaten in vorderster Reihe, zwei Gefreiten, links und rechts durch die Bäume um den Außenposten herumzugehen. Die beiden Kämpfer zogen ihre schwarzen Tuniken aus und legten grüne an, die sorgfältig in derselben Farbe gefärbt waren, die auch das Laub im Dschungel hatte. Sie gingen in entgegengesetzte Richtungen auseinander und bereiteten sich darauf vor, sich anzuschleichen und die Basis mit Gas zu füllen, sobald Leonidas ihnen den Befehl dazu gab. In der Zwischenzeit führte Leonidas seine verbliebenen drei Soldaten direkt auf die Vorderseite des Tempels zu.

Als die Spieler sich dem Dschungeltempel näherten, während zwei weitere ihn seitlich umgingen, atmete Leonidas schneller, und sein Puls beschleunigte sich mehr und mehr. Alle moralischen und strategischen Bedenken, die er zu diesem Überfall auf die Dschungelbasis gehabt hatte, schienen zu verschwinden, während der Kampf näher und näher rückte. Seitdem er auf diesem Server angefangen hatte, war dies, wofür er lebte. Leonidas war ein Kämpfer – er war immer einer gewesen und würde immer einer sein.

Mit schweißnassen Händen zog er eine Schaufel hervor und führte seine Gruppe dabei an, das letzte Wegstück zum Außenposten zurückzulegen, indem sie einen Tunnel gruben. In einem toten Winkel direkt an der Mauer des Außenpostens kamen sie wieder an die Oberfläche. Hier konnten die Soldaten nicht sehen, wie sie hervorkletterten. Ihr Timing war exakt. Kaum hatte sich der letzte der Männer aus dem Loch befreit, als auch schon eine Giftgaswolke aus dem offenen Fenster über ihnen drang.

Leonidas und sein Team gingen fast mechanisch vor, als sie ihre Tränke der Schnelligkeit aus dem Inventar holten und sie in einem Zug leerten. Sofort erreichten Leonidas' Sinne höchste Schärfe, und seine Muskeln waren für den äußersten Kampfeinsatz gespannt. Dieser Effekt des Trankes würde ihn und seine Männer immun gegen den giftigen Trank der Langsamkeit machen, der jetzt die Luft in der Basis durchströmte. Sein Herz klopfte vor Aufregung. Leonidas kletterte flink die Ranken an der Seite der Basis hinauf und zog seinen schimmernden Bogen. Sofort brachte er drei der Wachen mit Brandpfeilen zu Fall, und seine Männer folgten ihm in die Basis.

Während seine Truppen den Tempel überrannten, bemerkte Leonidas, dass das Inventar jedes der toten Soldaten ein Buch enthielt, und zwar immer das gleiche Buch. Die Buchdeckel besagten, dass es sich um *Die Verfassung der Republik Elementia* handelte, von Bookbinder55. Leonidas feixte. *Wie edel*, dachte er, *dass jeder von diesen Männern die Verfassung ihres Landes auf Erkundungsmissionen bei sich getragen hatte.* Zu schade, dass sie ihnen gegen die überwältigende Macht der Noctem-Allianz nicht im Geringsten hatte helfen können. Er warf voller Abscheu eines der Bücher in die Luft und schoss es mit einem Brandpfeil gegen die Wand.

Im Vorfeld hatte Leonidas Zweifel an diesem Angriff gehabt. Jetzt waren sie verflogen. Er kannte nichts mehr als den überwältigenden Hunger nach Krieg, da der Trank all seine Hemmungen beseitigt hatte. Und so fuhr Leonidas mit dem Blutbad fort, sein Mitgefühl so nutzlos, erbärmlich und vergessen wie die brennende Verfassung von Elementia, die an der Tempelmauer hing.

KAPITEL 6:

ELEMENTIATAG

Am nächsten Morgen schaute Stan mit benebeltem Blick aus dem Fenster nach oben. Als er die roten und blauen Wollblöcke sah, die die Spitze der Hofmauer zierten, sprang er sofort aus dem Bett – heute war ein wichtiger Tag. Während er aus seinem Zimmer die Treppe hinabstieg, um im Aufenthaltsraum sein Frühstück einzunehmen, erinnerte er sich daran, dass die Mondsichel in der Nacht zuvor kaum noch zu erkennen gewesen war. Heute Nacht würde es besonders dunkel werden.

Der Aufenthaltsraum, voller Bilder, mit einem Netherrack-Kamin und Stühlen, die im Kreis aufgestellt waren, war ebenfalls mit roter und blauer Wolle geschmückt. Vermutlich war das Archies Werk. Er hatte den Elementiatag immer mehr als jeder andere gemocht, obwohl es Blackravens Idee gewesen war, diese Tradition kurz nach Gründung der Republik ins Leben zu rufen.

DZ und Charlie waren schon wach und saßen in der Nähe des Kühlschranks, wo sie das Frühstück aßen, das die Königlichen Butler heute zubereitet hatten. Es gab Kürbiskuchen.

„Ah, Stan! Phrom Eremdadah, aha Foin!", sagte DZ mit dem Mund voller Gebäck. „Fulliung", fügte er hinzu und ließ ein beeindruckendes Schlucken hören. „Ich wollte sagen: Ah, Stan! Frohen Elementiatag, alter Freund!"

„Danke, DZ", antwortete Stan lächelnd. „Ich kann gar nicht glauben, dass es jetzt schon vier Monate her ist."

„Heute vor vier Monaten", erwiderte DZ und ahmte dabei Archies tiefe Rednerstimme nach, die er an diesem Abend bei der Zeremonie im Park einsetzen würde, „war der Mond finster, so wie heute Nacht. An diesem Tag besiegte unser geliebter Präsident, Stan2012, den tyrannischen König Kev im Kampf und schuf die Großrepublik Elementia. Heute, vier Neumonde später, feiern wir diesen Sieg!"

„Das war gar nicht übel", lachte Charlie. „Was hat Archie denn für diesen Elementiatag geplant?"

„Also, da wäre das Übliche: Schweinerennen, Übungsturnier und die Nachstellung der Schlacht", sagte DZ, „aber ich glaube, wir wissen alle, dass der Höhepunkt heute die neue Tennismaschine des Mechanikers sein wird."

„Da wirst du wohl recht haben, aber ich muss schon sagen, dass ich mich auch auf die Rennen freue", erwiderte Charlie. „Ich habe eine hübsche Summe gegen Kat darauf gewettet, dass Bob das Rennen gewinnt."

„Wirklich? Und was ist mit Zoey und Porky?", fragte Stan. Die beiden waren eine berühmte Reiterin und ihr Schwein.

„Guter Einwand, Charlie", sagte DZ. „Bis jetzt haben die beiden an jedem Elementiatag das Rennen gewonnen, und Bob tritt zum ersten Mal an. Warum glaubst du, dass er gewinnen wird?"

„Weil er Bob ist!", antwortete Charlie. „Er hat eine stärkere Bindung an Ivanhoe, als ich je zuvor gesehen habe, und das schließt Kat und Rex mit ein."

„Apropos", erwiderte Stan, „wo ist sie eigentlich?" Sonst war Kat immer als Erste wach, und heute hatte sie noch niemand gesehen.

„Ich habe beobachtet, wie sie heute sehr früh mit G die Burg verlassen hat. Ich kann nicht behaupten, dass sie dabei sehr glücklich gewirkt hat. Aber er sah ganz aufgekratzt aus", erklärte DZ.

Charlie seufzte. „Diese beiden ... sie sind einfach ..."

„Ich weiß, Mann", unterbrach DZ und schüttelte den Kopf. „Manche Leute haben einfach keine Klasse", fügte er weise hinzu.

„DZ, dir tropft gerade Kürbisfleisch aus dem linken Nasenloch", bemerkte Stan und drückte den Kühlschrankknopf. Ein Kürbiskuchen flog heraus, und er fing ihn aus der Luft.

„Aber ich glaube wirklich nicht, dass Kat daran schuld ist", sagte Charlie, während sich DZ die orangefarbene Masse von der Oberlippe wischte. „G klammert einfach zu sehr. Ich weiß ganz ehrlich nicht, warum sie das mitmacht."

„Also, ich glaube, sie ist nur ...", fing Stan an, wurde jedoch unterbrochen, als Archie in den Raum platzte. Er atmete schwer.

„Ah, Archie! Bereit für den großen Tag, ja?", fragte DZ und wischte den Kürbisschleim an seiner Hose ab. „Ja, aber deshalb bin ich nicht hier", sagte Archie.

Stan richtete sich plötzlich auf. Er wusste, dass etwas nicht stimmte. „Archie, was ist passiert?", fragte er.

„Ben hat mir gerade einen Boten geschickt. Anscheinend ist der Späher, den er gestern ausgeschickt hat, um ihm über den Status der Dschungelbasis Bericht zu erstatten, zurückgekommen und hat ihm mitgeteilt, dass die Basis erobert worden ist."

„WAS?", rief Stan und ließ den Rest seines Kuchens zu Boden fallen. „Was ist passiert? Wer hat sie erobert?"

„Also, der Späher sagte, dass Gestalten in schwarzen Tuniken und Kappen auf ihn geschossen haben, als er sich der Basis genähert hat. Sie patrouillierten auf dem oberen Wachturm."

Einen Moment lang herrschte betroffenes Schweigen im Raum. Dann warf DZ die Hände in die Luft und brüllte: „Das gibt es doch nicht!"

„Soll das heißen, dass unsere Dschungelbasis von der Noctem-Allianz eingenommen worden ist?", fragte Charlie. Seine Miene zeigte ungläubige Erschütterung.

„So sieht es aus", antwortete Archie ernst. „Es scheint so, als wäre die Allianz nicht nur weiterhin aktiv, sondern auch stark."

„Das ist unmöglich!", rief Stan. Sein Magen hatte sich verkrampft, und er bekam Schweißausbrüche, als er über die Tragweite dieser Neuigkeiten nachzudenken begann. „Die Dschungelbasis ist eine unserer am besten verteidigten Basen! Alle zwanzig Wachen darin waren erfahrene Kämpfer mit genug Rüstung und Vorräten, um mit voller Kraft zu kämpfen!"

„Das ist noch nicht alles", fügte Archie hinzu. Die Angst in seiner Stimme war fast greifbar. „Einer der Noctem-Soldaten war Leonidas, Stan."

„Was zum Teufel?!", brüllte DZ. „Leonidas ist tot! Ist er nicht mit dem Rest von RAT1 in der Schlacht gefallen? Stimmt doch? Stan?"

Aber Stan starrte entsetzt Charlie an, der den Blick mit tiefem Erstaunen erwiderte. Ihre Blicke trafen sich, und es war offensichtlich, dass sie den gleichen Gedanken hatten. Nach einer Untersuchung war das Militär zu dem Schluss gekommen, dass Leonidas in der Schlacht von Elementia durch Beccas TNT-Falle getötet worden war. Die Polizei war zu demselben Ergebnis gelangt. Nur eine Quelle im Königreich hatte behauptet, dass Leonidas noch lebte, und Charlie hatte Stan dazu überredet, dieser Quelle keine Beachtung zu schenken.

„Du hast dir in dieser Nacht doch nichts eingebildet, nicht wahr, Stan", sagte Charlie. Es war keine Frage. Selbst Stan, der den nächtlichen Besuch von Sallys Stimme als reine Ermüdungserscheinung abgetan hatte, wusste jetzt ganz genau, dass alles, was er gehört hatte, tatsächlich von Sally stammte, die versucht hatte, ihn von außerhalb des Servers zu kontaktieren.

„Was redet ihr da?", fragte Archie mit nervöser, besorgter Stimme.

„Ja, was redest du da, Charlie?", fragte auch DZ, und seine Miene war ungewöhnlich verängstigt.

„Stan …"

Stan sprang auf. Diese Stimme war nicht die von Charlie. Sie gehörte auch nicht Archie oder DZ. Ein kurzer Blick auf die anderen bestätigte, dass er der Einzige war, der sie hören konnte.

„Was denn?", wollte Charlie wissen und sah Stan panisch an. Stan beachtete keinen von ihnen. Er rannte bereits den Gang hinunter, bog links ab und raste in sein Zimmer. Dieses Gespräch musste unter vier Augen stattfinden.

„Sally? Bist du das?"

„Stan … nicht … viel … Zeit …" Sallys Stimme aus dem Nichts wurde regelmäßig von Rauschen unterbrochen, und Stan konnte kaum verstehen, was sie sagte. „Noctem-Allianz … am Leben …"

„Ich weiß, Sally, ich weiß!", rief Stan. „Sie haben gerade unsere Dschungelbasis eingenommen!"

„Ich weiß … aber … noch … ein Angriff … im Anmarsch …"

Durch das inzwischen laute Rauschen war ihre Stimme kaum zu verstehen. Es hatte den Anschein, dass jemand versuchte, ihr Signal zu stören.

„Weiß … nicht … Fetzen … gehört … Tennis … gefährlich … verliere … ich … kontaktiere … dich … später" Ein starkes Rauschen, dann ein Ploppen, und Sally war verschwunden.

Stan war schwindelig. Die Noctem-Allianz hatte sie angegriffen, und ein weiterer Angriff stand bevor. Und sie hatte etwas über die Tennismaschine gesagt! Was hatte das zu bedeuten? So oder so hatte Stan nach dem Angriff auf die Dschungelbasis, der anscheinend von Leonidas geführt worden war, keinerlei Scheu davor, Sallys Informationen zu entschlüsseln und danach zu handeln.

„Stan, was ist passiert?", fragte Archie, als Stan zurück in den Aufenthaltsraum kam. „Charlie hat uns gesagt, dass du Kontakt mit Sally hattest? Wie kann das sein? Sie ist tot, Stan."

„Das weiß ich, aber sie hat irgendeinen Weg gefunden, sich zum Teil zurück auf den Server zu hacken, und ich kann ihre Stimme hören", erklärte Stan und ignorierte Archies und DZs skeptische Mienen. „Sie hat mich schon einmal kontaktiert und mir gesagt, dass Leonidas noch lebt und dass er und Caesar eine Art Armee aufstellen. Ich dachte erst, ich hätte geträumt, aber wie sich herausstellt, hat eine gut gerüstete, von Leonidas geführte Truppe gerade die Dschungelbasis eingenommen! Das kann kein Zufall sein."

Archie und DZ starrten Stan mit großen Augen an. Sie wussten, dass er die Wahrheit sagte, obwohl sie nicht sicher waren, wie das möglich sein konnte.

„Okay, das wäre geklärt", lenkte Charlie einen Moment später ein, „aber was hat sie dir jetzt gerade gesagt? Deshalb bist du doch rausgelaufen, oder?"

„Ja, genau", antwortete Stan. „Sie hat mir gerade gesagt, dass ein Angriff bevorsteht und dass die Tennismaschine gefährlich ist."

Kurz schwiegen sie. Dann …

„Verlierst du den Verstand, Stan?", fragte DZ.

„Stan, wie kann die Tennismaschine eine Gefahr sein? Sie ist doch nur zur Unterhaltung da", folgerte Charlie.

„Ich weiß nicht, ich habe es nicht gesagt!", brüllte Stan.

„Okay, okay, vergessen wir das für einen Augenblick", warf Archie ein. „Wie war das mit dem bevorstehenden Angriff?"

„Ich weiß nicht", sagte Stan. „Ihre Stimme ist andauernd von statischem Rauschen unterbrochen worden."

„Stan, es wäre nett, wenn deine tote Freundin ein kleines bisschen weniger vage sein könnte", beschwerte sich DZ mit entnervtem Lachen.

„Also, da wir nicht wirklich wissen, was für ein Angriff uns bevorsteht oder wann er stattfinden soll, glaube ich, dass uns nur übrig bleibt, unsere Armee in Bereitschaft zu versetzen", sagte Charlie. „Ich werde den Soldaten befehlen, die Patrouillen auf den Mauern zu verdoppeln, und ich werde Boten an alle Außenposten schicken, damit sie dasselbe tun. DZ, kannst du zu Ben gehen, damit die Polizei auch Verstärkung einsetzt?"

„Aye, aye, Kapitän", antwortete DZ, stand auf und ging durch den Raum zu der Tür, die zu der Treppe in den Hof führte.

„Was soll ich jetzt machen, Charlie?", fragte Archie. Stan zuckte mit den Augenbrauen. Es machte ihn fast wütend, dass Archie nicht ihn, sondern Charlie nach Befehlen fragte. Andererseits war er im Moment recht verärgert, und vermutlich konnte man es ihm ansehen.

„Ich möchte, dass du nach draußen gehst und die Vorbereitungen abschließt", sagte Charlie grinsend. „Wir haben noch den Elementiatag, oder nicht?"

„Haben wir!", rief Archie mit donnernder Stimme und rauschte hinter DZ aus dem Raum.

„Ich werde mal sehen, ob ich etwas ausrichten kann,

um wieder eine Verbindung mit Sally herzustellen", sagte Stan. „Vielleicht kann sie uns mehr über diesen Angriff erzählen."

„Gute Idee, Stan", stimmte Charlie zu. Dann stand er auf und folgte Archie und DZ.

Stan verließ den Aufenthaltsraum und begab sich wieder in sein Quartier, wo er sich auf das Bett legte. Stan konzentrierte sich mit ganzer Kraft auf Sally und hoffte, dass sie den Hauch einer Chance hatte, sich wieder mit ihm zu verbinden.

Aber Sally trat nicht wieder mit ihm in Kontakt. Nicht in seinem Schlafzimmer, nicht, als Archie ihm sagte, dass die Feierlichkeiten anfingen, nicht während des Schweinerennens, als Charlie seine Wette gegen Kat auf Bobs Sieg gewann, und auch nicht während des Übungsturniers. Stan fiel es schwer, an irgendetwas anderes zu denken. Es schien Stan, als wären die Spieler in der Menge auf einem Bildschirm zu sehen, den er nicht betrachtete.

Stan sagte sich immer wieder, dass er Sally kontaktieren wolle, um mehr Informationen über den bevorstehenden Angriff zu bekommen. Der wahre Grund war jedoch, dass er sich nach nichts auf der Welt mehr sehnte, als noch einmal ihre Stimme zu hören. Vielleicht könnten sie, auch wenn es unmöglich schien, eine Möglichkeit finden, Sally wieder nach Elementia zu holen.

„Und jetzt, meine Damen und Herren", donnerte Archies tiefe Stimme und durchtrennte Stans Gedankengänge wie ein Messer, „wird sich Präsident Stan2012 höchstpersönlich auf die Bühne begeben, um an der Nachstellung der großen Schlacht zwischen ihm und dem tyrannischen König Kev teilzunehmen."

Stan seufzte. Dies war der Teil der Zeremonien, den er am wenigsten mochte, aber aus unerfindlichen Gründen war genau der mit am beliebtesten. Obwohl die Bevölkerung der Republik den ganzen Tag über laut und wild gefeiert hatte, erklang das lauteste Stimmengewirr aus Jubel und Lobeshymnen jetzt, während Stan die Stufen zu der künstlichen Brücke emporstieg, die inmitten des Parks errichtet worden war.

Die Nachstellung der Schlacht war erst zum letzten Elementiatag den Feierlichkeiten hinzugefügt worden. Blackraven hatte darauf hingewiesen, dass es passend wäre, wenn das Volk von Elementia feierte, wie seine geliebte Republik entstanden war. Stan sollte sich in diesem Schauspiel selbst darstellen. Er war weiterhin entschlossen, seinem Volk die Vorstellung zu bieten, die es so liebte, obwohl es ihm unangenehm war, den Tod seiner Freunde erneut zu durchleben.

Er sah über die Brücke hinweg den Schauspieler an, der nun als König Kev verkleidet war. Wie er feststellte, war es diesen Monat ein anderer. Es war zwar unmöglich, zwei Spieler mit demselben Skin auf den ersten Blick zu unterscheiden, aber mit einem tiefen Blick in seine Augen konnte es gelingen. Die Augen eines jeden Spielers hatten einen einzigartigen Glanz.

Stan, der zuvor eine Diamantrüstung mit zwei Eisenäxten angelegt hatte, ganz so, wie an dem Tag des Kampfes mit König Kev, zog nun eine dieser Äxte. Wie im Skript vorgesehen zuckten die Brauen des Königs, dann raste Stan die Steinbrücke entlang auf den Doppelgänger von König Kev zu. Der König hatte wie verlangt sein Schwert gezogen, und im richtigen Moment warf Stan dem Schauspieler seine Axt an den Kopf. Der rollte sich seitwärts ab und hätte sein Diamantschwert erheben sollen, um Stans nach unten geführten Axthieb abzuwehren.

Stattdessen stieß er das Schwert nach oben gegen das Heft von Stans Axt und drehte es mit einem Ruck, sodass seine Waffe seitwärts davonwirbelte, während der Schauspieler, der Avery darstellte, Stan von hinten mit einem Nelsongriff packte und ihm sein eigenes Diamantschwert an die Kehle hielt.

In der Menge herrschte einen kurzen Moment lang entsetztes Schweigen, dann erklangen Schreie. Im gesamten Publikum zogen sich Gestalten schwarze Tuniken über und setzten schwarze Kappen auf. Sie hielten blaugraue Tränke der Langsamkeit in den Händen. Obwohl er sich kaum bewegen konnte, erkannte Stan, dass die Schwarzgekleideten genug Fläche abdeckten, um die Tausende von Zuschauern auszuschalten, falls das notwendig werden sollte.

Der falsche König Kev nahm Stans Axt an sich, hängte sie an seinen Gürtel und packte dann sein eigenes Schwert. In dem Moment, in dem er es ergriff, wurde es schwarz wie die Tunika und Kappe, die der Schauspieler angelegt hatte. Er räusperte sich und sagte: „Mein Name ist Emerick, Unteroffizier der Noctem-Allianz. Meine Agenten und ich haben euren Präsidenten zur Geisel genommen. Daher erhebe ich nun Anspruch auf diese Stadt, im Namen der Noctem-Allianz und ihres Anführers Lord Tenebris."

Durch das benommene Schweigen der Menge, die die Brückenattrappe umgab, ließen die schwarz gekleideten Gestalten gemeinsam denselben Ruf erschallen, der Stan bis in seine Albträume verfolgt hatte.

„VIVA LA NOCTEM!"

Teil II

DIE TEUFEL IN DEN MAUERN

KAPITEL 7:

DER COUP

Mit dem Schwert an seiner Kehle konnte Stan kaum atmen und erst recht nicht den Kopf wenden, um in die verängstigten Gesichter seiner Bürger zu blicken. Stan zwang sich, nicht in Panik auszubrechen. Er wusste, dass dieser verwegene Angriff der Noctem-Allianz letztendlich nutzlos sein würde.

Noch während er das dachte, feuerten die Wachen in Zivilkleidung, die Stan in der Menge verteilt postiert hatte, Pfeile ab – eine zusätzliche Sicherheitsmaßnahme, die Gobbleguy vorgeschlagen hatte. Unter Schmerzen erhaschte Stan einen Blick darauf, wie mehrere der Noctem-Soldaten, die die Menge mit ihren Tränken in Schach gehalten hatten, bereits von den Geschossen zu Fall gebracht worden waren. Der Rest war in auflodernden Flammen verschwunden. Stan spürte, wie sich der Griff um seinen Hals lockerte, und befreite sich aus der Umklammerung des Avery-Darstellers. Er wirbelte herum und sah, dass der tot am Boden lag. In seiner Stirn steckte ein Pfeil. Stan warf sich zur Seite und griff sich das Schwert des toten Schauspielers.

„Verfolgt die Angreifer!", brüllte Stan den Wachen in der Menge zu, die daraufhin ihre Bögen wegsteckten und hinter den verbliebenen Attentätern herliefen, als sie die Flucht ergriffen. Ein schwaches Lächeln stahl sich auf

Stans Lippen, als er sich dem Noctem-Unteroffizier namens Emerick zuwandte, der das Lächeln unerklärlicherweise erwiderte.

Stan gefiel das ganz und gar nicht, und sein eigenes Lächeln verflog. „Warum lächelst du?", wollte Stan wissen. „Eure Truppen sind tot, und eure kleine feindliche Übernahme hat weniger als zehn Sekunden überdauert. Welchen Teil davon findest du nun so amüsant?"

Emerick lächelte nur noch breiter, und innerhalb von wenigen Sekunden gab der Noctem-Soldat ein tiefes, bösartiges Kichern von sich. Plötzlich spürte Stan, wie ihn eine Welle der Wut auf Emerick und die Noctem-Allianz, der er diente, überkam. Seine versuchte Machtübernahme war gescheitert, und dennoch hatte er Grund, fröhlich zu sein? War das eine Art Trick?

Stan machte einen Satz vorwärts, das Schwert in der Hand, bereit, es Unteroffizier Emerick tief in die Brust zu stoßen, doch der war mit einer Schnelligkeit zurückgesprungen, die alles übertraf, was Stan je gesehen hatte. Mit einem Sprung katapultierte er sich hoch über die Menge. Eine Reihe schwarzer Kugeln, die sich kaum vom düsteren Himmel abhoben, flogen aus seiner Hand und trafen mit feurigen Explosionen auf dem Boden auf. Als der Soldat im Rauch der Feuerkugeln verschwand, konnte Stan gerade noch den blassen blauen und orangefarbenen Rauch sehen, der von seinem Rücken aufstieg.

Nein!, dachte Stan. *Wenn er Tränke der Schnelligkeit und Feuerresistenz verwendet, wie soll ich ihn fassen?* Unteroffizier Emerick war ganz offensichtlich der Anführer dieses Unternehmens, und Stan wusste, dass es unabdingbar sein würde, ihn vor Gericht zu stellen. Dann bemerkte er, dass hinter ihm die Gegenstände des Avery-Darstellers auf dem Boden lagen. Nachdem er einen Moment lang darin herumgewühlt hatte, fand Stan, wonach er gesucht hatte. Ohne zu zögern, leerte er die beiden Tränke und sprang in die Flammen, dem Unteroffizier auf den Fersen.

Stan hatte noch nie einen Trank der Schnelligkeit (oder QPO) getrunken und war erstaunt darüber, wie sorglos und frei er sich fühlte.

Es war, als könnte er nichts falsch machen, und er war sich sofort sicher, dass es mehr als ein Leichtes sein würde, den riesigen Vorsprung wettzumachen, den Emerick bereits gewonnen hatte. Stan erkannte den angenehmen Kitzel, der dabei entstand, durch die Flammen der Feuerkugeln am Boden zu laufen.

Als Stan den Rauch hinter sich ließ, sah er, wie Unteroffizier Emerick mit Höchstgeschwindigkeit die Hauptstraße entlangsprintete und dabei einen Schweif aus blauem und orangefarbenem Rauch hinter sich herzog. Stan nahm die Verfolgung auf, und seine eigenen Füße fühlten sich durch den Trank an, als wären sie schwerelos. Bald merkte er, dass er nicht allein war. Stan warf einen Blick zurück und sah DZ und Archie, die ebenfalls blaue Rauchwolken hinter sich herzogen.

„He, Stan!", begrüßte ihn Archie zu Stans Überraschung. Er hatte nicht gewusst, dass man unter der Wirkung des Trankes mit Leichtigkeit beim Laufen reden konnte.

„He, Archie", sagte Stan mit verbissenem Grinsen. „Tut mir leid, dass all deine Pläne ins Wasser gefallen sind."

„Ganz ehrlich, ich bin nur froh, dass wir alle mit dem Leben davongekommen sind", antwortete Archie.

„Also ist bei dem Angriff niemand verletzt worden?", fragte Stan.

„Nein, unsere Scharfschützen haben sie alle erwischt", bestätigte DZ. „Ich muss schon sagen, wenn sich die Noctem-Allianz das unter einem Angriff vorstellt, müssen wir uns wirklich keine großen Sorgen machen."

„Ich kann immer noch nicht ganz fassen, dass die Gruppe noch existiert", sagte Stan, und seine Miene war ein einziger Ausdruck der Sorge. „Um ehrlich zu sein, diese Noctem-Typen haben uns bewiesen, dass sie sowohl sehr clever als auch sehr überstürzt und dämlich sein können."

„Da hast du recht", erwiderte Archie, und sein Skelettgesicht verzog sich zu einer Grimasse. „Erst schaffen sie es, die Redstone-Schaltkreise des Gerichts zu knacken, und wir wissen noch immer nicht, wie sie das angestellt haben. Und jetzt ziehen sie so etwas ab? Will sagen, das war so ziemlich die am schlechtesten geplante Offensive aller Zeiten!"

„Mir macht es ehrlich gesagt Angst", sagte Stan wahrheitsgemäß, während sie dem Unteroffizier auf die Hauptstraße des Regierungsviertels folgten. „Bei solchen Ungereimtheiten wird es schwierig, Muster zu erkennen. Sind diese Leute von der Noctem-Allianz nun schlau oder nicht? Und, was noch wichtiger ist: Stellen sie eine echte Gefahr für die Stadt dar?"

„Na, hoffentlich gibt uns dieser kleine Mistkerl ein paar Antworten. Seht mal, wo er hingegangen ist", grinste DZ und zeigte auf Emerick, der durch die Eingangstüren des Avery-Gedächtnis-Gerichtsgebäudes verschwand.

Stans Herz überschlug sich vor Freude. Die Wände des Gerichtsgebäudes bestanden aus Obsidian. Unteroffizier Emerick hatte sich gerade selbst darin eingesperrt.

Als sie die Stufen zum Gericht emporliefen, rief DZ: „Hier, Stan!" Und Stan sah, wie etwas Blaubraunes aus DZs Hand flog. Er fing es auf und erkannte, dass es seine eigene Diamantaxt war. Dankbar nickte er DZ zu und steckte das Schwert weg. DZ zog zwei leuchtende Diamantschwerter, während Archie seinen Bogen bereit machte. Das Trio eilte in das Gerichtsgebäude. Ohne an seine Geschwindigkeit zu denken, griff Stan hinter sich und schlug mit einer fließenden Bewegung ein Gemälde von der Wand neben der Tür. Dann zog er den Schalter, der dahinter verborgen war. Die Eisentüren des Gerichts schlossen sich mit einem Knall hinter ihnen. Stan hörte das metallische Surren verschiedener anderer Mechanismen im Gebäude, die dafür sorgten, dass keine Flucht möglich war, bis Stan den Sicherheitscode eingab.

Der Effekt des Trankes ließ langsam nach. Stan, Archie und DZ gingen in den Hauptgerichtssaal, der direkt hinter der Eingangshalle lag. Er war der einzige Raum im Gebäude. Es war dort ruhig wie immer. Holzstühle standen im Kreis um die Mitte herum. Im Zentrum befanden sich Obsidianpfeiler. Stan wurde klar, dass sich der Noctem-Anführer hinter jedem der Stühle oder jeder der Säulen versteckt haben konnte.

Ohne ein Wort blickten Stan, Archie und DZ einander an. Eine Reihe von Andeutungen mit den Augen oder durch Kopfnicken führte zu der Einigung, sich aufzuteilen. Während DZ um die Säulen schlich, stand Archie bereit, um sofort schießen zu können.

Stan kroch an den Stühlen vorbei und sah methodisch und sorgfältig hinter jeder einzelnen Sitzreihe nach. Die Suche war jedoch ergebnislos, und eine kurze, gerufene Frage an DZ bestätigte, dass auch er nichts gefunden hatte.

Stan war ratlos. Unteroffizier Emerick befand sich mit Sicherheit irgendwo im Saal, aber Stan hatte schon alle möglichen Verstecke durchsucht. Von seinem Standort aus konnte er den gesamten Raum überblicken, selbst die Zwischenräume hinter den Sitzen konnte er einsehen. Er beobachtete, wie DZ und Archie ein zweites Mal hinter den Säulen suchten, und ihre verwirrten Mienen deuteten darauf hin, dass es zwecklos war. Wo war nur …

„AAAARRRGH!"

Stan stolperte fast über die Stühle, als DZs Schrei durch die Rotunde hallte. DZ verzog schmerzerfüllt das Gesicht und griff nach seinem Arm. Überrascht starrte er den Pfeil an, der sich soeben in ihn gebohrt hatte. Stan warf einen schnellen Blick zur Seite und dachte einen Moment lang panisch, dass Archie sie verraten hatte, aber dessen Gesicht zeigte dieselbe Überraschung, die auch DZ und ihn selbst ergriffen hatte.

Stan hörte ein sirrendes Geräusch und wandte sich gerade noch rechtzeitig um, um zu sehen, wie ein Pfeil aus Richtung der leeren Stühle auf sein Gesicht zuflog. Er sprang zur Seite, und der Pfeil bohrte sich in die Wand hinter ihm. Während Stan seine Axt wegsteckte und stattdessen den Bogen zog, versuchte er, den Ursprungsort des Pfeils auszumachen. Er starrte konzentriert auf den Punkt, von dem er gekommen war. Trotz seiner Verwirrung und seines Entsetzens bemerkte er etwas im Augenwinkel. Ein Eisenschwert, das im Zentrum der Rotunde aus Stühlen urplötzlich in der Luft erschienen war, flog nun durch den Raum, direkt auf Archies Rücken zu.

„*Archie, auf den Boden!*", brüllte Stan. Archie gehorchte, ohne zu zögern, und das Schwert segelte in dem Moment über ihn hinweg, in dem Stan einen Pfeil auf die Stelle schoss, an der das Schwert aufgetaucht war. Er traf. Stan hörte ein schmerzvolles Stöhnen, als der Pfeil sein unsichtbares Ziel durchbohrte. Er sah, wie Unteroffizier Emerick eine Sekunde lang sichtbar wurde, seine Miene gequält, bevor er wieder verschwand.

„Leute, er ist da drüben!", rief Stan und lenkte DZs und Archies Aufmerksamkeit auf den Ort, an dem der unsichtbare Spieler gerade einen Pfeil aus seiner Schulter zog und ihn zu Boden warf. „Ihr könnt ihn nicht sehen, aber er ist da!"

In Archies Gesicht zeichnete sich Erkenntnis ab. „Er benutzt einen Unsichtbarkeitstrank!", rief er und feuerte einen Pfeil auf den unsichtbaren Unteroffizier ab, dem Emerick auswich. Jetzt, da Stan wusste, wo Emerick war, bemerkte er auch das leichte Schimmern – ähnlich wie Hitze, die von einem heißen Pflaster aufstieg –, das entstand, wo immer sich der Unsichtbare aufhielt. Stan sah, wie Emerick durch den Saal eilte. Ein sichtbares Diamantschwert erschien wie aus dem Nichts dort, wo Stan seine Hand vermutete, und raste auf Stan zu. Er zog seine eigene Axt, um den Kampf gegen den Unteroffizier zu beginnen.

Es war mit Abstand das bizarrste Gefecht, das Stan je ausgetragen hatte, und in Anbetracht dessen, was er in seinem Kampf für den Sturz von König Kev durchgemacht hatte, wollte das etwas heißen. Stan konnte kein Körperteil seines unsichtbaren Gegners ausmachen. Er konnte nur die Axt heben, um das schwebende Diamantschwert zu parieren, das in der Luft Stiche und Schwünge vollführte.

Stan fühlte, wie er den Boden unter den Füßen verlor, und wusste sofort, dass Unteroffizier Emerick einen unsichtbaren Fuß hinter seine Beine geschoben hatte. Stan fiel zu Boden und konnte gerade noch die Axt heben, um das Schwert abzuwehren, das auf seinen Nacken zusauste. Während er noch versuchte, wieder auf die Beine zu kommen, spürte er, wie ein Fuß seine Brust zu Boden presste. Stan fühlte sich, als würde ihm alle Energie entzogen, und sein Herz wurde schlagartig blutleer.

Gerade als er zu dem Schluss kommen wollte, dass es zu viel war, dass er einfach nicht mehr weiterkämpfen könnte, löste sich der Druck ein winziges bisschen. So hatte Stan die Gelegenheit, sich hochzustemmen und sich aufzurichten. Der Unteroffizier stürzte die Rotundenstühle hinunter. Ein Schimmern und der Pfeil, der in seiner Schulter steckte, verrieten seinen Standort.

Stans Blick auf die Mitte der Rotunde konzentrierte sich auf DZ, der versuchte, die Wunde zu versorgen, die entstanden war, als er den Pfeil aus seinem rüstungslosen Bizeps gezogen hatte, aber Archie war nicht an seiner Seite. Stan beobachtete, wie dieser stattdessen Pfeil um Pfeil auf die Stelle abschoss, an der er den zusammengekrümmten Körper des Unteroffiziers vermutete. Eine schwarze Tunika wehrte den Pfeilhagel ab. Während sich diese schwebende Barriere weiter und weiter rückwärts zur Tür bewegte, näherte sich Archie immer schneller.

Weil er die Oberhand hatte, war Archie jedoch übermütig geworden. Gerade als Unteroffizier Emerick mit dem Rücken zu den verschlossenen Türen stand, flog eine Trankflasche aus dem Nichts, und die schwarze Tunika verschwand in einer neuerlichen schwarzen Rauchfahne. Der Trank prallte gegen Archies rothaarigen Skelettkopf und explodierte in einer Wolke aus blaugrauem Dunst. Er fiel zu Boden und umklammerte schmerzerfüllt seinen Schädel.

DZ lief los, um Archie zu helfen, aber Stan starrte entsetzt einen Hebel an der Wand an, der ihm nie zuvor aufgefallen war. Dieser Hebel war eingeschaltet.

Stan wurde von Panik erfasst. Er hatte viel zu viele Spieler bekämpft, die Sprengstofffallen in der Umgebung einsetzten, um sie nicht auf den ersten Blick zu erkennen. Er und seine Freunde mussten das Gerichtsgebäude sofort verlassen. Sein Ruf „LAUFT!" ging in der Explosion unter, die die Mitte der Rotunde hinter ihm erschütterte.

Stan blieb nicht einmal Zeit, sich nach seinen zwei Freunden umzusehen, als die Feuerwelle gegen seinen Rücken schlug. Er wurde mit rasender Geschwindigkeit durch die Türrahmen geschleudert, in denen noch Sekunden zuvor die Eisentüren gewesen waren. Stan spürte, wie er Hals über Kopf durch die Gegend geschleudert wurde. Er kam erst zum Stillstand, als er in eine zähflüssige Substanz geworfen wurde. Nachdem er seine Augen wieder geöffnet hatte, wurde ihm klar, dass er im untersten Becken des Apotheker-Gedenkbrunnens gelandet war. Er befand sich zwar ein Stückchen von den Türen des Gerichts entfernt, aber dennoch war eine Seite des Brunnen von der Explosion weggesprengt worden. Stan ließ sich von der Strömung des sprudelnden Brunnens die Straße hinuntertreiben. Nach der rohen Gewalt, der ihn die Explosion ausgesetzt hatte, tat ihm alles gleichzeitig weh. Aber als er sich seitlich umblickte, sah er etwas, das all seine Schmerzen unwichtig machte.

Er sah, wie zwei schattenhafte Gestalten nicht weit von ihm entfernt in der Dunkelheit saßen. Eine von ihnen schien die andere zu schütteln, die erschlafft und nicht ansprechbar zu sein schien. Sofort trat Schweiß auf Stans Stirn, und seine Hände wurden feucht. Das entsetzlich vertraute Gefühl der Angst brodelte in ihm hoch und drohte überzukochen, als er auf die beiden Gestalten zuraste. Er sah DZ, für seine Verhältnisse ungewöhnlich erschüttert, der Archies Körper in den zitternden Armen hielt. Um sie herum lag ein wie zufällig verstreuter Ring von Gegenständen.

Vor vier Monaten, als Stan mit dem Apotheker im Turm von Element Castle gestanden hatte, hatte König Kev beschlossen, lieber zu sterben, als sich von Stan töten zu lassen. Die Tiefe des Entsetzens, die ihn an diesem Punkt ergriffen hatte, konnte nur mit zwei Worten beschrieben werden: Angst und Schrecken. Jetzt, da er sah, wie DZ schluchzend Archies toten Körper schüttelte und ihn anflehte aufzuwachen, trafen Angst und Schrecken Stan erneut wie ein Schlag mit einem glühenden Eisen. Vor sechs

Stunden hatte Stan geglaubt, dass die Noctem-Allianz nicht mehr existierte. Und nun hatte ihr Anführer einen seiner Freunde getötet.

Während Stan das bewusst wurde, merkte er, dass ihn jemand beobachtete. Der Schock wich Raserei – reinem, unverfälschtem Hass –, als er seinen Kopf hochriss und in das feixende Gesicht von Unteroffizier Emerick blickte.

Stan handelte automatisch. Seine Axt sprang von seiner Seite in seine Hand, als er auf den Noctem-Soldaten zustürmte. Er zielte mit seinem Axthieb auf das widerlich überhebliche Gesicht und hoffte, seinem Schlag so viel Schmerz wie nur möglich mitzugeben, doch Emerick wich dem Angriff mit Leichtigkeit aus. Stans Axt prallte mit solcher Wucht auf den Steinboden, dass die Diamantklinge vom Schaft sprang.

Während Stan noch vor Wut schnaubte, zog Unteroffizier Emerick seelenruhig einen blutroten Trank des Schadens aus seinem Inventar und führte ihn an die Lippen. Stan erkannte, was er vorhatte, und schlug mit der Faust gegen Emericks Mund, sodass die Trankflasche zerbarst. Ihr Inhalt spritzte auf den Boden und färbte ihn rot. Stan war vor Wut so von Sinnen, dass er durch den Schwung seines Schlages vorwärtsstolperte. Er wirbelte herum und stellte fest, dass der Unteroffizier bereits einen weiteren roten Trank hervorgeholt und ihn zum Trinken angesetzt hatte.

Stans Schrei war kaum seinem Mund entwichen, als sich die Flasche neigte und ihr Inhalt sich in die Kehle des Noctem-Offiziers ergoss, während ein Schwall aus grünen Flaschen aus seiner freien Hand flog. Der Effekt trat mit sofortiger Wirkung ein. Ein Ring aus Gegenständen entsprang seinem Nabel, und Unteroffizier Emerick fiel nach vorne auf die Knie, dann auf sein Gesicht. In seiner unaussprechlichen Qual brüllte Stan vor Zorn, und wie in einem

Rausch fühlte er, wie er zu Boden sank. Der Anblick der grünen Gaswolke drang noch schwach in sein Bewusstsein, bevor ihm schwarz vor Augen wurde.

KAPITEL 8:

SPANNUNGEN

„Wirklich, Sir, das ist sehr unvernünftig!"
„Bitte, so gehen Sie doch zurück, und legen Sie sich hin! Sie haben in den letzten Stunden viel durchgemacht, Sie können nicht klar denken!"

Stan hörte nicht auf sie. Die Proteste seiner Assistenten stießen auf taube Ohren, während er den Gang hinablief und das Krankenhaus der Burg hinter sich ließ. Die Vorstellung, dass seine Freunde in einem Ratssaal gesessen und diskutiert hatten, was sie gegen die Gräueltaten der Noctem-Allianz unternehmen sollten, während er in einem Bett lag und die giftige Wirkung von Unteroffizier Emericks letzter Gasattacke behandelt wurde, machte ihn wahnsinnig. In seinem verzweifelten Drang, in den Ratssaal zu gelangen, drehte er sich schließlich um und sah die Assistenten an.

„Es reicht!", brüllte Stan mit mehr Schärfe, als er selbst erwartet hatte. Mit angsterfüllten Blicken strauchelten die beiden rückwärts, da Stans Hand instinktiv auf den Axtgriff an seiner Seite geglitten war. Er war zu wütend, um ihnen den Luxus einer Entschuldigung zu gönnen. Die Noctem-Allianz hatte Archie getötet, und ihm war in diesem Moment nur wichtig, die Gruppierung ein für alle Mal zu vernichten. Diesmal unternahmen die Assistenten nichts, um ihn aufzuhalten, als er mit der Faust auf einen

Knopf an der Wand schlug, damit sich die Flügeltüren öffneten und ihm Zutritt zum Ratssaal gewährten.

Die niedergeschlagene Stimmung im Raum war offensichtlich und zeigte sich in den Gesichtern der sieben Spieler, die um den Tisch saßen. DZ, Gobbleguy, der Mechaniker und Charlie hockten in einer Reihe nebeneinander. Ihre Mienen waren von Aussichtslosigkeit gezeichnet, und sie erschienen eher erschöpft als traurig. Zu ihrer Linken sah es jedoch ganz anders aus. Jayden und G waren Archies beste Freunde gewesen und taten nichts, um die Tatsache zu verbergen, dass sie um ihn geweint hatten. Ihre Augen waren rot und aufgequollen, und sie strahlten Trauer und Wut zugleich aus. Stan spürte mit Grauen, wie sehr ihre Gefühle seinen eigenen glichen, wie er sie empfunden hatte, als er von Sallys Tod erfahren hatte.

Erst als Stans Blick auf Kat fiel, hielt er einen Moment lang inne. Sie schien dieselbe niedergeschlagene Erschöpfung zu empfinden, die Charlie und DZ ausstrahlten, aber in ihrer Miene zeigte sich auch deutliches Unbehagen. Während Stan noch überlegte, was der Grund dafür sein könnte, fiel ihm auf, dass sie G, der neben ihr saß, immer wieder beunruhigte Blicke zuwarf. Stans Neugier verflog auf einen Schlag und wich Irritation. Kat hatte nur ein Problem mit G. Sich in diesem Moment darüber Gedanken zu machen, war unerträglich.

„He, Stan", sagte DZ, dessen Stimme nicht wie sonst von Freude und Optimismus geprägt war. „Haben sie dich früher aus dem Krankenhaus entlassen?"

„Ich habe mich selbst entlassen", murmelte Stan. „Sie haben zwar gesagt, ich müsste dortbleiben, aber ich fühle mich gut." Niemand wagte, ihm zu widersprechen.

Als Stan zu ihnen ging und sich zwischen Charlie und Kat setzte, sah er hoch, und ohne Vorwarnung schluchzte er laut auf. Ihm direkt gegenüber stand der Stuhl, auf dem sonst Archie saß – er war leer. In diesem Moment traf es Stan wie ein Schlag: Archie war nicht mehr da und würde nie wieder nach Elementia zurückkehren können. Erneut stieg Trauer in ihm auf, wurde jedoch sofort von noch größerer Wut auf die Noctem-Allianz ersetzt. Stan erkannte den Grund für seine Anwesenheit, und er wandte sich mit glühendem Blick an Charlie.

„Ist die Stadt gesichert?", fragte er.

„Ja", antwortete Charlie. Er klang völlig erschöpft. „Bill, Ben und Bob haben alles abgeriegelt. Auf allen Stadtmauern befinden sich Patrouillen, und niemand darf durch die Tore gehen, herein oder hinaus, bis wir den Befehl dazu erteilen. Außerdem durchsuchen Polizisten die ganze Stadt, führen Verhaftungen durch und befragen alle, die mit dem Angriff in Verbindung stehen könnten. Bis jetzt ...", Charlie seufzte, „haben sie niemanden gefunden. Elf Kämpfer haben das Attentat ausgeführt, einschließlich Unteroffizier Emerick. Sie haben alle den Tod der Gefangennahme vorgezogen."

Stans Herz wurde schwer. Er hatte nicht ernsthaft etwas anderes erwartet, aber trotzdem machte es ihn wütend, dass er diese Spieler nicht gefangen nehmen und befragen konnte. Er wollte seiner Wut gerade Ausdruck verleihen, als hinter ihm die Tür aufgestoßen wurde. Er drehte sich um und sah, wie Blackraven den Raum betrat, ein Buch in der Hand und ein triumphierendes Lächeln auf den Lippen.

Seine Ankunft zeigte sofort Wirkung bei den Anwesenden. Stan spürte, wie sich alle, die ihm am Tisch am nächsten saßen, versteiften und Blackraven einen wütenden Blick zuwarfen. Ihm gegenüber richteten sich auch Jayden und G kerzengerade auf, doch ihre Wut schien sich eher gegen ihre Kollegen im Rat zu richten als gegen Blackraven. Mit einiger Erschütterung wurde Stan klar, dass er in den Tagen, während er sich erholt hatte, etwas verpasst haben musste. Schließlich war dies eine geschlossene Ratsversammlung, und Blackraven war kein Ratsmitglied. Etwas Ernstes musste sich ereignet haben.

„Hier ist es, es ist hier, Charlie!", sagte Blackraven, der seine Freude kaum unterdrücken konnte, und pochte mit dem Finger auf eine Seite des geöffneten Buches. „Nicht einmal du kannst bestreiten, was im endgültigen Gesetz des Landes geschrieben steht!"

„Zum allerletzten Mal, Blackraven, das wird *nicht* geschehen", flüsterte Charlie scharf. Auf seiner Schläfe trat eine Ader hervor. Der unterdrückte Zorn schockierte Stan. „Es gibt absolut keinen Grund, jetzt, da die Krise vorüber ist, etwas derart Extremes zu tun."

„Entschuldigt", unterbrach Stan, „aber was geht hier vor? Blackraven, was machst du hier? Dies ist keine öffentliche Ratsversammlung!"

„Das ist mir durchaus bewusst, Stan", antwortete Blackraven und ließ sich direkt auf Archies leeren Stuhl fallen, „also dachte ich mir, dass ich besser anwesend sein sollte. Schließlich bin ich jetzt Teil des Rats."

„Raus aus seinem Stuhl!", bellte Charlie. Vor lauter Schreck über diesen Ausbruch quietschte Kat kurz auf, und Gobbleguy brach in Tränen aus. „Du gehörst nicht zu diesem Rat, Blackraven, und das auch nur zu behaupten, macht dich zu einem Verräter!"

„Du beschuldigst mich des Verrats, Charlie?", brüllte Blackraven und stand auf, um Charlie von der anderen Seite des Tisches aus in die Augen zu starren. „Ich will nur das, was für Elementia das Beste ist, und ich will, dass gegen unsere Feinde schnell gehandelt wird, ohne sich durch den politischen Sumpf eurer bürokratischen Wahlvorgänge zu kämpfen!"

„Ist dir klar, Blackraven", antwortete Charlie und schob

seinen Stuhl zurück, um dem Vogelmann seinerseits in die Augen zu sehen, "dass diese Wahlen das Einzige sind, was Elementia davon abhält, zu einer Diktatur zu werden wie der, für deren Ende wir erst vor vier Monaten gekämpft haben?"

"GENUG!", schrie Stan. Ohne Zögern zog er seine zeremonielle goldene Axt und schlug sie zwischen Charlie und Blackraven in den Tisch. Die goldene Klinge brach vom Schaft und fiel mit einem dumpfen Laut auf den Tisch. Es kümmerte Stan nicht. Er wusste nicht einmal, worüber sie sich stritten, aber er wusste, dass sie keine Kämpfe untereinander zulassen durften, wenn sie gegen die Noctem-Allianz vorgehen wollten. Es wurde still im Raum. Alle starrten Stan mit betretenen Gesichtern an. Er war der Präsident, und nun war er an der Reihe zu sprechen.

"Hier wird nicht mehr gebrüllt!", sagte Stan so laut, dass er diese Regel sofort brach. "Wir sind dafür verantwortlich, Elementia zu führen, und jetzt müssen wir uns um die Auswirkungen des Attentats kümmern. Alles, was besprochen werden muss, können wir also auch wie verantwortungsvolle Menschen besprechen." Stan wandte sich Blackraven zu. "Also, Blackraven, wieso glaubst du, ein Ratsmitglied zu sein? Ratsmitglieder treten nicht einfach bei, sie werden vom Volk gewählt."

"Danke, Stan! Verstehst du, genau das will ich ...", fing Charlie an, aber Stan hob die Hand, um ihn zu unterbrechen.

"Ja, das ist mir klar, Stan", antwortete Blackraven und grinste Charlie an. "Aber dies ist ein Sonderfall. Es steht so geschrieben, hier in der Verfassung." Und er hielt sein Buch hoch, damit Stan die Worte *Die Verfassung der Republik Elementia, von Bookbinder55* auf dem Umschlag lesen konnte. Blackraven zeigte auf eine Passage der aufgeschlagenen Seite und las vor.

„Alle Mitglieder des Rats der Acht, einer Gruppe von acht Spielern, denen die Führung von Element City und dem Rest von Elementia obliegt, werden durch die Wahl der gesamten Bevölkerung des Servers bestimmt, SOFERN ...", betonte er, als Charlie den Mund öffnete, um zu protestieren, „der Server Elementia sich nicht in einer Notlage befindet. In diesem Fall darf der Rat ein Übergangsmitglied bis zum Ende der Notlage bestimmen."

„Alter, wir haben es dir jetzt schon tausendmal gesagt, es gibt keine Notlage mehr!", sagte DZ. Seine Augen waren vor lauter Frustration geweitet. „Die Polizei hat die Stadt abgesichert, und für den Moment ist die Allianz verschwunden! Wieso soll das eine Notlage sein?"

„Verzeihung, aber ist das dein Ernst?", fragte Jayden. Es war das erste Mal, dass er sich äußerte, und seine Stimme hatte einen finsteren Klang. „Ist dir nicht klar, dass Archie tot ist?" Er hielt einen Moment lang inne, um nicht die Beherrschung zu verlieren. „G und ich kennen ihn, seit wir angefangen haben, dieses Spiel zu spielen. Wir dachten, als ... als wir Sally verloren haben ...", Jaydens Kinn zitterte, und ihm stiegen langsam Tränen in die Augen, aber er fuhr fort, „... dass wir das nie wieder durchmachen müssten. Aber ..."

„Aber jetzt ist auch Archie nicht mehr unter uns", fuhr G fort, als Jayden zu verzweifelt wurde, um zu sprechen. „Die Noctem-Allianz hat uns Archie genommen, genau, wie King Kev uns Sally genommen hat. Und jetzt willst du, dass wir hier einfach herumsitzen und eine Wahl durchziehen, während die Leute, die unseren Freund getötet haben, noch frei herumlaufen?"

„Jayden, G, ich verstehe ja, was ihr sagen wollt", sagte Stan ruhig und versuchte, seine Bestürzung darüber zu verbergen, dass die beiden Partei für Blackraven ergriffen. „Aber wisst ihr, ihr seid nicht die Einzigen, die betroffen sind, weil Archie weg ist, und nur, weil er das ist, heißt es nicht …"

„Ach bitte, versuch das doch gar nicht erst, Stan!", rief Jayden und verzog vor Wut das gerötete Gesicht. „Dich trifft es nicht so wie uns, dass er tot ist, tu doch nicht so! Wenn das so wäre, würdest du uns zustimmen, ohne auch nur weiter darüber nachzudenken!"

„Das geht zu weit, Jayden!", schäumte der Mechaniker und kam Stan zu Hilfe. „Stan ist über Archies Tod am Boden zerstört, so wie wir alle es sind! Er bleibt nur ruhig und versucht, die Werte unseres Landes zu schützen, statt aus überstürztem Hass zu handeln!"

„Aber wir verdienen das Recht, aus überstürztem Hass zu handeln!", brüllte Jayden mit wutverzerrtem Gesicht. „Die Noctem-Allianz hat Archie getötet, und wir wollen, dass der Gerechtigkeit Genüge getan wird!"

„Das, wovon du da sprichst, ist keine Gerechtigkeit, Jayden!", erwiderte der Mechaniker. „Du denkst an nichts als Rache! Gerechtigkeit bedeutet, einen klaren Kopf zu behalten und den besten Weg zu finden, um dafür zu sorgen, dass sich keine weiteren Tragödien ereignen. Aber die Rache, von der du redest, bedeutet, blind zu handeln, ohne einen Gedanken an spätere Konsequenzen zu verschwenden, nur das im Sinn, was für dich selbst das Beste ist!"

„Hört ihr überhaupt, was ihr da sagt?", rief Blackraven. „Es ist ja nicht so, dass ich etwas Verrücktes oder Übertriebenes will! Ich bitte nur darum, dass ich, weil die Allianz gefährlich ist und beseitigt werden muss, in den Rat aufgenommen werde … natürlich nur zeitweise … damit wir sofort handeln können, statt tagelang zu warten, während wir eine Wahl auf die Beine stellen."

Charlie, Jayden und der Mechaniker wollten gerade antworten, aber Stan fiel ihnen ins Wort. „Genug geredet", sagte er bestimmt. „Stimmen wir ab. Wir gehen der Reihe nach alle am Tisch durch, und jeder wählt, ob wir Blackraven zeitweise zum ungewählten Ratsmitglied ernennen wollen oder ob wir uns an die Verfassung halten und morgen eine Wahl abhalten, um ein neues Ratsmitglied als Ersatz für Archie zu bestimmen. Die Entscheidung wird mit einer Mehrheit von fünf Stimmen gefällt."

Insgeheim war Stan klar, dass er sich nie damit abfinden könnte, wenn Blackraven dem Rat ohne Wahl beiträte. Als er jedoch in die Runde blickte, war er sich recht sicher, dass von den neun Anwesenden nur Blackraven, G und Jayden dafür stimmen würden.

„Dann mache ich mit meiner Stimme den Anfang", erklärte Stan, „und ich stimme für die Verfassung. Das Land Elementia wurde auf Basis unserer Verfassung gegründet, und die aktuelle Situation ist nicht ernst genug, um sich über sie hinwegzusetzen." Stan wandte sich an die Person zu seiner Rechten, Charlie.

„Ich stimme ebenfalls für die Verfassung", sagte Charlie mit unbeugsamer Stimme, während er Blackraven schnell einen wütenden Blick zuwarf. Zum Glück bemerkte ihn niemand.

„Ich stimme auch für die Verfassung", pflichtete der Mechaniker bei, wobei er Stan ansah und ihm ein warmes Lächeln schenkte, das Stan erwiderte. So müde, deprimiert und wütend er auch war, konnte Stan nicht umhin, einen Moment lang darüber nachzudenken, wie weise und freundlich der alte Mechaniker doch war.

„Ich stimme für die Notfallregelungen."

Die Stimme überraschte Stan. Er löste seinen Blick vom Mechaniker und sah mit Entsetzen Gobbleguy, der schüchtern und ängstlich in seinem Stuhl saß.

„Was?" Stan konnte sich seinen Ausruf nicht verkneifen. „Warum? Wie kannst du nur für Notfallregelungen sein?"

„Halt den Mund, Stan!", brüllte G. „Er muss sich vor dir nicht rechtfertigen, es ist seine Stimme, nicht deine!"

Stan schloss die Augen und atmete tief durch. Er ärgerte sich sehr über seinen Ausbruch. Aber jetzt fühlte er sich unglaublich unwohl. Er hatte Gobbleguy ganz vergessen, den früheren Bürgermeister von Blackstone, der die ganze Debatte über völlig still geblieben war. Warum sollte ausgerechnet er die Notfallregelungen unterstützen?

„Ich persönlich bin dafür, dass Elementia seinen Gründungsprinzipien treu bleibt. Für die Verfassung, bis zum Ende, Mann!", rief DZ etwas lauter als angebracht, aber Stan fühlte sich dadurch etwas besser. Nur noch eine Stimme, dann wäre die Mehrheit gesichert, und das ganze Problem wäre gelöst.

Das gute Gefühl hielt jedoch nicht an, denn einer nach dem anderen stimmten Blackraven, Jayden und G für die Notfallregelungen. Die Abstimmung hing mit vier zu vier Stimmen in der Schwebe, und die letzte Stimme würde die Entscheidung treffen. Aller Augen richteten sich auf das letzte Ratsmitglied.

In seinem ganzen Leben, von der Minute an, in der er sie zum ersten Mal getroffen hatte, hatte Stan noch nie erlebt, dass sich Kat so offensichtlich unwohl fühlte wie jetzt. Ihr Zögern, während ihrer Reise durch die Wüste vor Monaten das NPC-Dorf zu betreten, war nichts im Vergleich zu dem, was er jetzt sah. Kat wand sich in ihrem Stuhl und versuchte, das Gefühl abzuschütteln, dass jetzt alles von ihr abhing.

„Wofür stimmst du, Kat?", fragte Stan vorsichtig, nachdem die Stille und das Starren sich weit mehr als eine Minute in die Länge gezogen hatten.

„Also, ich ... äh ... ich finde, beide Seiten haben Vor- und Nachteile", stammelte Kat. Stan konnte es nicht fassen. Sie hatte sich noch immer nicht entschieden? Das war seine Chance, dafür zu sorgen, dass die Verfassung in Kraft blieb.

„Kat, warum müssen wir das überhaupt diskutieren?", fragte er. „Die Krise ist vorbei, und diese Frage hat es verdient, richtig gelöst zu werden!"

„Hör nicht auf ihn, Kat!", antwortete Jayden. „Jetzt eine Wahl abzuhalten, wäre dumm! Es würde der Noctem-Allianz nur genug Zeit geben, sich wieder zu sammeln, und das würde zu einem weiteren Angriff führen, und noch mehr Leute würden sterben!"

„Kat, du warst auf der ganzen Reise dabei, die wir unternommen haben, um König Kev zu stürzen", sagte Charlie flehentlich. „Wir haben so erbittert darum gekämpft, eine Verfassung zu bekommen. Willst du das jetzt wirklich ignorieren?"

„Du ignorierst es nicht, Kat!", sagte Blackraven. „Du würdest das Beste tun, was für unsere Sicherheit und alle Bewohner von Elementia getan werden kann, wenn wir das alles so schnell wie möglich erledigen!"

„Archie hätte nicht gewollt, dass wir die Verfassung ignorieren, Kat!", schrie DZ.

„Aber das kann er nicht selbst sagen, weil die Noctem-Allianz ihn getötet hat!", rief G, packte Kat bei den Schultern und drehte sie so, dass sie ihm direkt in die Augen sehen musste. „Denk nach, Kat", sagte er sanft. „Was wäre, wenn du gestorben wärst? Ich glaube nicht, dass ich das ertragen könnte."

„Das reicht, alle zusammen!", rief der Mechaniker und wischte sich den Schweiß von der Stirn. „Kat ist durchaus in der Lage, ihre Entscheidungen selbst zu treffen, also hört alle auf zu reden! Kat, wie stimmst du ab?"

Kat hatte während der ganzen Debatte kein Wort gesagt, aber als sie sich von G löste, schien sie noch sprachloser zu sein als zuvor. Sie sah sich am Tisch um und runzelte verwirrt die Stirn, von der Schweiß tropfte. Sie blickte jeden ihrer Kameraden der Reihe nach an, bevor sie schließlich bei G innehielt, der erwartungsvoll die Brauen hob. Kat öffnete den Mund, und er stand einen Moment lang offen, bevor …

„Ich stimme … für die Notfallregelungen", murmelte sie mit resignierter, gequälter Stimme.

Eine Schockwelle ging von Kat aus und breitete sich im Raum aus. Kat, eine seiner besten Freundinnen, die lange und erbittert an seiner Seite gekämpft hatte, um die Verfassung von Elementia zu schaffen, stimmte jetzt gegen sie ab. Er funkelte sie erbost an, und einen Moment lang traf ihr Blick seinen. Sie schien peinlich berührt und angespannt zu sein und brach den Blickkontakt schnell ab, um G zu umarmen, was ihre Anspannung und Verlegenheit nicht im Geringsten zu lindern schien. Stan zog eine verhaltene Grimasse, warf Blackraven jedoch einen erzwungen ausdruckslosen Blick zu, als der sich mit süffisantem Gesichtsausdruck auf Archies Stuhl setzte.

Stan hörte kaum zu, während Blackraven sofort seine Ideen darlegte, um die Noctem-Allianz zu fassen. Schließlich hatte Stan keine Zweifel an Blackravens strategischen Fähigkeiten, und er wusste, dass er gemeinsam mit DZ und Charlie, den beiden anderen begabten Strategen, den besten Weg finden würde, die verbliebenen Mitglieder der Noctem-Allianz zu jagen.

Allerdings hatte sich zweifellos etwas im Rat geändert. Die neun Mitglieder hatten sich immer als Freunde verstanden, schon seit dem Aufstand gegen König Kev. Es hatte natürlich kleinere Streitigkeiten gegeben, aber sie waren immer auf derselben Seite gewesen. So war der Rat gewesen, und so hatte er Elementia gute Dienste geleistet.

Jetzt, da Stan den Rat der Acht am Tisch betrachtete, sah er eine gespaltene Gruppe. Während Blackraven weitersprach, war Charlie tief in ein Gespräch mit dem Mechaniker versunken, und Jayden und G taten es ihnen gleich. Beide Gruppen warfen einander immer wieder giftige Blicke zu. DZ starrte grüblerisch auf den Tisch hinab, und Gobbleguy sah aus, als hätten ihn die Ereignisse schlicht und einfach in Panik versetzt. Stan war sich sicher, dass Kat gerade alle möglichen Gefühle durchlebte, aber keines davon war so offensichtlich wie das Unwohlsein, das ihre Miene zeigte, als G sie zum Dank für ihre Unterstützung umarmte.

Selbst Stan fühlte sich, als hätte man ihm die halbe Gruppe entrissen. Er würde mit G, Jayden und Blackraven nie wieder einer Meinung sein, und es würde ihm auch schwerfallen, Gobbleguy zu vergeben. Und Kat ... was Kat getan hatte, war offener Verrat, und er hatte keine Ahnung, wie sich ihre Beziehung nun entwickeln würde.

Als Stan sich umsah, jagte ihm der Anblick seiner sich streitenden Freunde mehr als nur ein wenig Angst ein. Sie befanden sich mitten im Krieg gegen eine bösartige Terrorgruppe, die einen der Ihren getötet hatte, und wie sollte die Republik Elementia überleben, wenn sie nicht einmal vereint handeln konnten, um ihren gemeinsamen Feind zu besiegen?

KAPITEL 9:

DIE SCHLACHT UM DIE BASIS

„Ich verstehe es einfach nicht!", rief Leonidas. „Seit ich hier angekommen bin, hat keiner deiner Aufträge auch nur den geringsten Sinn ergeben!"

„Diese Entscheidungen liegen nicht bei mir, Leonidas", antwortete Caesar leicht irritiert, während er im Hauptstockwerk der Dschungelbasis auf und ab ging. „Lord Tenebris hat mir versichert, dass er einen Plan hat, der am Ende völlig logisch erscheinen wird, aber nur Erfolg haben kann, wenn du, Minotaurus und ich seinen Anweisungen bis ins kleinste Detail Folge leisten!"

„Soll das heißen, er hat dir nichts erzählt? Wo du doch seine rechte Hand bist?", fragte Leonidas.

„Das habe ich nie behauptet", antwortete Caesar kühl. „Als Lehrling von Lord Tenebris stehen mir natürlich mehr Informationen zur Verfügung als dir oder Minotaurus."

„Also, wieso kannst du es mir dann nicht sagen?", fragte Leonidas mit vor Frust triefender Stimme. „Ich habe das ganze Zeug gemacht, das mir einfach nur lächerlich erschienen ist! Die Basis übernehmen, die Hälfte meiner Leute nach Element City schicken, nur damit sie sich umbringen. Und jetzt nimmst du noch mehr von ihnen einfach so wieder mit?" Das war der Grund, aus dem Caesar den Weg zur Dschungelbasis zurückgelegt hatte. Er sollte die Hälfte der dort verbliebenen Truppen abziehen, um sie in einer eigenen, gesonderten Mission einzusetzen.

„Schau mal, Leonidas …", fing Caesar an, aber Leonidas unterbrach ihn. „NEIN!", brüllte er, und seine Wut darüber, Befehlen blind Folge leistend über den ganzen Server zu hetzen, machte sich endlich Luft. „Ich schaue *nirgendwo* hin! Wir drei haben als Gleichgestellte mit der Sache angefangen, weißt du noch? Es gibt keinen Grund, aus dem du den besten Freund von Lord Tenebris spielen darfst, während ich herumlaufen und für dich die Drecksarbeit erledigen muss!"

„Es reicht!", schrie Caesar wütend, riss sein leuchtendes Diamantschwert aus der Scheide und stieß es gegen Leonidas' Lederrüstung, sodass der gegen die Wand gedrückt wurde. Leonidas war sprachlos. Er hatte nicht erwartet, dass das Gespräch in Gewalt umschlagen würde.

„Leonidas, als wir dieser Organisation beigetreten sind", sprach Caesar, und eine fürchterliche Macht ging von ihm aus, „haben wir geschworen, dass wir alles tun würden, um Elementia zu seinem früheren Glanz zu verhelfen und all den niedrigleveligen Abschaum zu unterwerfen! Deine Rolle in Lord Tenebris' Plan ist es, ein Kommandant im Feld zu sein. Es ist meine, ein Ratgeber und Lehrling zu sein. Wenn dir das nicht passt, bist du eine Bedrohung für die Allianz, und du weißt, wie ich mit Bedrohungen für die Allianz umgehe", schloss er mit einem Knurren, wobei er jedes Wort mit einem weiteren Schwertstoß gegen Leonidas' Rüstung unterstrich.

Leonidas und Caesar fixierten einander, und keiner der Spieler war gewillt nachzugeben. Leonidas war hin- und hergerissen. Er hatte keine Angst vor Caesar. Er war sich sicher, dass er siegen würde, wenn es zu einem Kampf käme. Nichtsdestotrotz hatte er entsetzliche Angst vor Lord Tenebris, nachdem er schon seit seinen ersten Tagen in Minecraft Gerüchte über dessen grenzenlose Macht gehört hatte. Sosehr es ihm missfiel, es zugeben zu müssen, wusste Leonidas, dass er sich in eine ausweglose Situation gebracht hatte. Caesar zu widersprechen bedeutete, auch der Noctem-Allianz und damit Lord Tenebris höchstpersönlich zu widersprechen. Wenn er das täte, würde er schlicht und einfach sterben.

Leonidas sah ein, dass er geschlagen war, und senkte den Blick. „Na schön", murmelte er und zwang Demut in seine Stimme. „Nimm die Hälfte meiner Truppen. Geh und tu, was immer du tun musst."

Caesar lächelte und zog langsam sein Schwert zurück, um es wieder in die Scheide an seinem Gürtel zu stecken. „Das höre ich gern."

Leonidas weigerte sich, Caesar den Gefallen zu tun, darauf zu antworten. Wenigstens das stand noch in seiner Macht. Stattdessen fragte er: „Und was will Lord Tenebris, dass ich tue?"

„Er will, dass du in der Basis bleibst", antwortete Caesar knapp. „Die Armee von Element City wird schon bald hier eintreffen, sobald sie sich von der Offensive am Elementiatag erholt haben. Wenn sie ankommen, lässt du sie die Basis übernehmen. Wehre dich, töte so viele von ihnen, wie du kannst ... aber lass sie gewinnen."

Leonidas sah hoch. Das war zu verrückt für ihn, um es nicht infrage zu stellen. „Also was jetzt? Ihr wollt, dass wir alle grundlos sterben? Ihr wollt ihnen diese Basis einfach zurückgeben? Warum? Wo ist da der Sinn?"

„Oh, wie dumm von mir! Eins hatte ich ganz vergessen zu erwähnen." Caesars aristokratischer Akzent war in seinem Satz deutlich zu hören, und er ließ ihm ein amüsiertes Kichern folgen. „Alle, die in der Basis bleiben, müssen sterben ... bis auf dich, mein Freund. Wenn der Angriff beginnt, führst du deine Verteidiger an, aber wenn ihr langsam unterliegt, benutzt du Enderperlen, um aus der Basis zu entkommen und so bald wie möglich nach Nocturia zurückzukehren."

Leonidas öffnete den Mund. Seine Miene war von schierer Fassungslosigkeit gezeichnet. Doch er schloss ihn wieder. Es war zwecklos zu widersprechen. Wenn Lord Tenebris wollte, dass etwas geschah, musste Leonidas es ausführen oder sterben. Daran musste er sich immer wieder erinnern.

„Okay", sagte er schleppend. „Also warten wir, bis Elementia uns angreift, und wenn sie es tun, lassen wir sie gewinnen, aber ich fliehe und gehe zurück in die Hauptstadt?"

Caesar lächelte. „Langsam begreifst du es, mein Freund. Schön, ich sollte mich auf den Weg machen." Mit diesen Worten ging er zu einem Loch im Steinboden und stieg die Holzleiter hinab, die zur Böschung führte. Leonidas sah aus dem Fenster und beobachtete Caesar dabei, wie er mit fünf Mann den Hügel hinab in den dichten Dschungel ging und weiter vordrang, bis das dichte Laub ihm schließlich den Blick auf ihn versperrte.

Leonidas seufzte. Nicht zum ersten Mal setzte er sich auf den Boden, lehnte sich gegen die Tempelmauer und zwang sich nachzudenken. Das geschah dieser Tage sehr häufig, da er tatenlos in der Dschungelbasis warten musste.

Warum war er, Leonidas, Teil der Noctem-Allianz? Weil er zugestimmt hatte, ihr gemeinsam mit Caesar und Minotaurus beizutreten. Warum hatte er zugestimmt? Weil er gerade in der Schlacht um Elementia alles verloren hatte, darunter seine Partner, Geno und Becca, und seinen Herrscher, König Kev. Warum hatte er diese Spieler verloren? Wegen Stan, niedrigleveligem Abschaum, der die anderen minderwertigen niedrigleveligen Spieler dazu angestachelt hatte, sich gegen ihre Herren aufzulehnen. Warum hatte Stan das getan? Weil er glaubte, dass die niedrigleveligen Spieler alle Rechte verdienten, die die hochleveligen Spieler hatten. Und warum taten sie das nicht? Weil sie minderwertig waren. Und warum waren sie minderwertig?

Einen Moment lang zögerte Leonidas. Er hatte immer, von dem Moment an, in dem er RAT1 beigetreten war, ohne Zweifel akzeptiert, dass niedriglevelige Spieler minderwertig waren.

Aber ... wieso? Leonidas schüttelte den Kopf. Das musste er nicht begründen, es lag einfach in der Natur der Dinge, es war der Grund, aus dem er jetzt all diese Mühe auf sich nahm, um Stan zu vernichten. So sollte es einfach sein. Aber andererseits ... wie kam es, dass er immer dann, wenn er einen niedrigleveligen Spieler töten sollte, dessen Kampfkünste seinen völlig unterlegen waren ... warum fühlte er sich immer unwohl dabei, diese Spieler zu töten? Selbst wenn Leonidas in der Hitze des Gefechts alle Hemmungen verloren hatte, verfolgte ihn die Erinnerung an sie im Nachhinein.

Leonidas blickte auf und sah, dass sich seine übrigen fünf Mann vor ihm versammelt hatten. Anscheinend war er eine ganze Weile lang in Gedanken versunken gewesen. Leonidas löste sich aus dem Nebel seiner Überlegungen. Ihm blieb keine Zeit, über Gründe nachzudenken. Ein Angriff aus Element City stand bevor, und sie mussten vorbereitet sein, wenn er eintraf.

„Bereitet euch auf die Schlacht vor, Männer!", rief Leonidas und stand auf. „Besetzt die Verteidigungsstellungen und macht euch bereit! Stan und seine Leute kommen, und wir werden hier und jetzt unser letztes Gefecht erleben!" Leonidas zog seinen Bogen und hielt ihn über den Kopf. Er schwang ihn auf und ab, während er den Jubel über diese Verkündung anleitete. Er fühlte, wie sich ihm der Magen zusammenzog, als ihm klar wurde, dass alle fünf dieser Spieler am Ende des heutigen Tages tot sein würden, während er noch lebte und die Flucht ergriff.

Noch einmal schüttelte Leonidas den Kopf. *Nicht nachdenken*, sagte er sich. *Nur verteidigen. Nur die Basis verteidigen, bis sie es geschafft haben einzudringen, dann kannst du weglaufen.* Er kletterte die Leiter zur höchsten Ebene der Basis hinauf, die nach oben offen war und einen prächtigen Blick auf die untergehende Sonne bot.

Während Leonidas seine Position auf dem Turm einnahm, den Pfeil an die Sehne seines Bogens gelegt, gestattete er sich kein weiteres Nachdenken, um zu verhindern, dass er sich davon überzeugte, entgegen seinen Befehlen zu handeln. Nein, stattdessen zwang er sich, in Gedanken immer wieder das Credo zu wiederholen, das zu seinem ganzen Lebensinhalt geworden war.

Viva la Noctem, Viva la Noctem, Viva la Noctem, Viva la Noctem ...

***

Stan stand unter Hochspannung, während er durch den Dschungel marschierte, bewaffnet mit einer Diamantaxt, mit der er sich an der Seite von Kat und Charlie durch das Unterholz hackte. Die Entscheidung des Rats, die Dschungelbasis zurückzuerobern, hatte viel zu viel Zeit in Anspruch genommen. Was noch irritierender war, war die Tatsache, dass Stan sich die Teilnahme an diesem Überfall mit Zähnen und Klauen hatte erkämpfen müssen. Zu allem Überfluss weigerte sich Kat weiterhin, sich für ihre Stimme gegen ihn zu entschuldigen.

Wäre Blackraven nicht Teil des Rates gewesen, hätten die übrigen acht Mitglieder innerhalb von Minuten einen

Plan erstellt, da war sich Stan sicher. Aber was ein schlichter Auftrag hätte sein sollen, war zu einer gigantischen Lawine von Streitigkeiten über die unwichtigsten, sinnlosesten Details geworden. Jetzt führte Stan Kat, Charlie und zehn weitere Soldaten zur Basis, irritiert, dass die Entscheidung so viel kostbare Zeit in Anspruch genommen hatte.

Stan war sich sicher, dass der Rat nur wütend war und sich über irgendetwas streiten wollte. In der Tat waren sämtliche Diskussionen über diese Offensive eine Schlacht gewesen, in der Stan, Charlie und DZ auf einer und Blackraven, G und Jayden auf der anderen Seite gestanden hatten. Der Mechaniker hatte versucht, gemäßigt zu bleiben, aber schließlich hatte er Stan in fast jeder Frage zugestimmt. Gobbleguy und Kat hatten sich aus den Debatten herausgehalten, was Stan als Feigheit interpretierte. Stans Gefühle Kat gegenüber wurden dadurch nicht besser, während sie sich gemeinsam durch den Dschungel schlugen.

Stan erinnerte sich an die gute alte Zeit, in der sie zu dritt durch ganz Elementia gereist waren, mit einem gemeinsamen Ziel. Trotz all der Gefahren war es eine der besten Zeiten seines Lebens gewesen. Es war unglaublich, wie die Belastung, ein Land zu führen, drei einst unzertrennliche Freunde in uneinige Gegenspieler verwandelt hatte, die kaum gewillt waren, einander ins Auge zu sehen. Also führten sie ihre Soldaten unter unangenehmer Stille durch den Dschungel auf den Außenposten zu.

Er war all das dumme Gerede so satt, das zu seiner Arbeit als Präsident gehörte, und sehnte sich nach einem ehrlichen Kampf. Im Moment wollte Stan einzig und allein etwas Direktes gegen die Noctem-Allianz unternehmen, statt es in einem Ratssaal zu diskutieren. Er freute sich auf seinen Auftrag in dieser Mission. Während es Kats und

Charlies Aufgabe war, so viele der Noctem-Truppen in der Basis wie nur möglich zu verhaften, war Stans Ziel einfach: Er sollte Leonidas finden und gefangen nehmen.

Stan war noch immer etwas irritiert darüber, dass Leonidas noch lebte. Bis vor zwei Tagen war er sicher gewesen, dass er tot war, zusammen mit seiner Partnerin Becca während der Schlacht von Elementia in einem Krater in Stücke gesprengt. Und doch hatte er irgendwie überlebt und war der Noctem-Allianz beigetreten. Daraus schloss Stan, dass die Allianz nicht nur aus irgendwelchen Spielern mit Vorurteilen bestand, sondern auch aus den Überresten von König Kevs Armee. Zum letzten Mal hatte Stan Leonidas aus der Nähe gesehen, als sie in der Enderwüste waren, und Leonidas hatte ihn mit einem Trank der Langsamkeit getroffen und ihm auf die Brust getreten, bevor Stan die Oberhand gewann und Leonidas die Flucht ergriff. Ihn zu erledigen, würde Stan die größte Befriedigung verschaffen, die er seit langer Zeit verspürt hatte.

Nachdem sie fast einen halben Tag lang marschiert waren, hüllte die untergehende Sonne das Land in einen Mantel aus Dunkelheit. Nicht viel später erschien der leuchtende Fackelschein der Dschungelbasis von Elementia am Horizont. Stan wusste, dass der Außenposten eigentlich ein Dschungeltempel war, die Ruine einer Struktur, die hier generiert und nicht von Spielern gebaut worden war.

Am Fuß des Hügels warf Stan einen Blick zurück auf Kat und Charlie. Jetzt, da die Schlacht kurz bevorstand, war jeder Gedanke an die Streitigkeiten im Ratssaal wie ausgelöscht. Nun waren sie nur Krieger, bereit, eine bösartige Gruppierung anzugreifen, die vernichtet werden musste.

Wie geplant holte Stan einen hellblauen Trank aus seinem Inventar. Er leerte ihn in einem Zug, und die anderen Zwölf folgten seinem Beispiel. Stan wusste, dass der Effekt des Tranks der Schnelligkeit von dem der Tränke der Langsamkeit aufgehoben werden würde, die die Noctems zweifellos im Kampf einsetzen würden, doch der Adrenalinschub war willkommen, solange er anhielt.

Jetzt, da sie bereit und durch den Trank gestärkt waren, ordnete Stan den Angriff an. Lautlos kletterte der erste Soldat die Ranken hinab, die die Seite des Hügels bedeckten, und platzte dann mit wildem Gebrüll in die Basis. Stan hörte überraschte Schreie, gefolgt vom metallischen Gerassel der Schwerter, und es dauerte nicht lange, bis eine Woge aus dunkelgrauem Gas sich aus den Fenstern der Basis schob. Als der letzte Soldat die Ranken hinaufkletterte, warf Stan Kat einen letzten, aufmunternden Blick zu, dann zog er sich selbst die Ranken hinauf, stieß sich von der Seite des Hügels ab und rollte sich in den Dschungeltempel ab.

Der graue Trank der Langsamkeit, der in der Luft schwebte, führte sofort dazu, dass er sich wieder normal fühlte, aber selbst so war er noch voller Adrenalin. Überall um ihn herum kämpften seine Soldaten mit vier Gestalten, die schwarze Lederrüstungen trugen. Wolken aus Tränken aller Farben umgaben sie, Schwerter prallten aufeinander. *Hier gehöre ich hin*, dachte Stan, als Charlie und Kat hinter ihm erschienen.

„Okay, ihr wisst, was ihr zu tun habt!", rief Stan. Seine Freunde nickten und stürzten sich in den Kampf. Kat, deren Diamantschwert bereits vorwärtssauste, warf sich einem Noctem-Soldaten entgegen, Charlie hielt eine Diamantspitzhacke bereit. Stan sah sich um. Kein Leonidas. Er bemerkte eine Leiter an der Seite der Steinmauer, die in ein höheres Stockwerk zu führen schien. Ohne Zeit zu verlieren, umfasste Stan seine Diamantaxt und zog sich in Sekundenschnelle hinauf.

Auf dem Dach sah Stan nach oben, und sofort schnellte ihm ein Pfeil entgegen. Stan rollte sich seitlich ab und stellte fest, dass es nicht Leonidas war, der ihn abgeschossen hatte. Dieser stand zwar tatsächlich auf dem Dach, in schwarze Rüstung gekleidet und mit grimmigem Blick, aber der Angreifer war ein Noctem-Soldat. Er stürmte mit einem Diamantschwert in der Hand auf Stan zu. Der Kampf war vorüber, bevor er überhaupt richtig anfangen konnte. Mit einem schnellen Schritt zur Seite hatte Stans Axt die schwarze Lederrüstung des Soldaten gespalten und ihn mit einer beträchtlichen Wunde in der freigelegten Brust zu Boden gestoßen.

Wie vorprogrammiert zog der gefallene Soldat eine Flasche mit einer blutroten Flüssigkeit aus seinem Inventar. In Stans Kopf schrillten Alarmglocken. Entschlossen, den Soldaten zur Befragung am Leben zu halten, sprang er vorwärts, um ihm die Flasche aus der Hand zu schlagen. Sobald er sich bewegte, fühlte Stan jedoch einen stumpfen Schmerz in der Brust und wurde zurückgeworfen, als drei Pfeile von seiner Diamantrüstung abprallten und einen sichtbaren Riss in der Mitte seiner Brustplatte hinterließen. Stan sprang wieder auf die Beine. Er sah, wie Leonidas einen weiteren Pfeil zog, und auch den Soldaten auf dem Boden, sein Inventar um ihn herum verteilt, eine leere Trankflasche in der Hand.

Wütend, aber auch entschlossen, sich auf seine Mission zu konzentrieren, steckte Stan seine Axt weg, zog Pfeil und Bogen und legte an, den Pfeil direkt auf Leonidas' Herz gerichtet, während dieser exakt dasselbe tat. Beide Spieler hielten ihre Waffen erhoben und starrten einander an. Es war eine Pattsituation. Beide warteten darauf, dass der andere den ersten Schritt machte.

„Hallo, Stan", sagte Leonidas ruhig, den Bogen noch immer erhoben.

In seiner milden Überraschung fühlte Stan sich aus irgendeinem Grund verpflichtet zu antworten. „Hallo, Leonidas."

„Du hier oben, wer hätte das erwartet", fuhr Leonidas fort.

„Ja", antwortete Stan. *Das ist wirklich unheimlich*, dachte er mit Unbehagen. „Es ist ..."

„Ich muss schon sagen, Stan", fuhr Leonidas höflich fort, als wären sie nur alte Freunde, die sich lange nicht gesehen hatten, „ich bin etwas überrascht, dass du selbst gekommen bist. Ich hatte ehrlich gesagt erwartet, dass du nur ein paar deiner Lakaien herschickst, um für dich die Drecksarbeit zu erledigen."

Stan zuckte vor Abscheu mit einer Braue. „Sie sind nicht meine Lakaien, sie sind meine Freunde. Nicht, dass ich erwarte, dass du das verstehst." Diesmal war es Leonidas, der mit einer Braue zuckte. „Charlie und Kat sind mit einigen meiner Leute unten, und sie werden eure Truppen ziemlich schnell erledigen."

„Ach was?", sagte Leonidas, der zusammen mit dem Bogen, den er weiterhin auf Stan gerichtet hatte, bedrohlich wirkte, in fast amüsiertem Tonfall.

„Ja, so ist es", antwortete Stan mit demselben bedeutungsschwangeren Amüsement. „Und sobald sie damit fertig sind, mit deinen Truppen den Boden zu wischen, kommen sie hier hoch. Wenn du also mit mir kämpfen willst, bevor sie hier ankommen, solltest du deinen Pfeil abschießen."

Obwohl er versuchte, Leonidas zu verunsichern, hatte Stan Todesangst und wollte nur, dass endlich der erste Schuss fiel, damit er mit dem Gerede aufhören und die Diskussion mit den Waffen weiterführen konnte.

Leonidas lächelte. „Ich bin ein Ehrenmann, Stan. Ich feuere nicht, bis jemand zuerst auf mich oder meine Verbündeten schießt."

Stan erwiderte das Grinsen. „Ach, du bist ein Ehrenmann? Na, bis jetzt hast du das ja auf fantastische Art unter Beweis gestellt. Lass uns mal überlegen. Erst hast du für König Kev gearbeitet, dann bist du der Noctem-Allianz beigetreten, und ... ach ja, du hast dein ganzes Leben der Aufgabe gewidmet, Menschen zu terrorisieren, die sich nicht verteidigen können. Oh ja, die Leute zu schikanieren, ist ja so *ehrenhaft* ..."

Stan wich dem Pfeil aus, der sich von Leonidas' Bogen löste, dann feuerte er seinerseits einen Pfeil ab und riss seine Axt hervor. Leonidas duckte sich unter dem Geschoss weg und verschoss in schneller Folge fünf Pfeile, die Stan allesamt geschickt mit der Axt abwehrte.

„Du kannst mich ruhig weiter mit deinen Waffen angreifen, Stan", donnerte Leonidas und zog eine furchterregende Grimasse, „aber meine Ehre beleidigst du nicht! Du hast keine Ahnung, wie es mir seit dem Sturz des Königs ergangen ist!" Eine weitere Pfeilsalve wurde vom Bogen abgefeuert, und Stan ließ sie erneut abprallen.

„Ja, du bist der Noctem-Allianz beigetreten, was – Überraschung, Leonidas – *ganz genau so ist*, wie ein Teil von König Kevs Armee zu sein!", brüllte Stan. Seine Verbitterung war in seiner Stimme deutlich zu hören.

„Ich hatte keine Wahl, Stan!", rief Leonidas. „Wäre ich der Allianz nicht beigetreten, was wäre dann passiert? Du hättest mich gefunden und ohne weitere Fragen getötet! Ist dir je in den Sinn gekommen, dass ich vielleicht gar nicht Teil dieser Allianz sein wollte? Dass nicht ich die Allianz gewählt habe, sondern sie mich?"

Dieser Aussage folgte ein weiterer Pfeil, aber während Stan ihn mühelos abblockte, starrte er Leonidas an, und der Schütze legte einen weiteren Pfeil an. Stan hörte in Leonidas' Stimme etwas, auf das er völlig unvorbereitet war: Ehrlichkeit. Plötzlich sah er diese gnadenlose, gefühllose Tötungsmaschine, die ihn durch ganz Elementia verfolgt hatte, mit neuen Augen. Was, wenn Leonidas die Wahrheit sagte?

„Leonidas …", fing Stan an, aber bevor er mehr sagen konnte, wurde er von einer Stimme unter sich unterbrochen.

„Stan! Pass auf, er hat nachgeladen!"

Aus der Falltür hinter Stan flog ein Pfeil auf Leonidas zu, der sich zur Seite rollte, sich dann auf einem Knie aufrichtete und seinen eigenen Pfeil in Richtung des Schützen zurückschickte. Stan blickte Leonidas' Geschoss nach und sah gerade noch, wie es eine Lücke in Charlies Rüstung fand und sich tief in dessen Brust bohrte.

Der Bruchteil einer Sekunde, in dem Stan Mitleid für Leonidas empfunden hatte, war vorbei. Jeder Anflug von Frieden zwischen den beiden war nun verloren. Stan wusste, dass Charlie durch Leonidas zu Fall gebracht worden war, und er wollte dem Bogenschützen so viel Schmerz wie nur möglich zufügen. Stan stürmte auf Leonidas zu und nahm dessen entsetzten Gesichtsausdruck kaum wahr, während er seine Axt auf Leonidas niedersausen ließ. Der Schütze reagierte in letzter Sekunde. Er stieß sich vom Dach des Außenpostens ab und sprang in die Luft. Während Stan seine Axt aus dem Loch zog, das er in den Stein geschlagen hatte, sah er, dass Leonidas die Ranken ergriffen hatte, die von einem Baum in der Nähe hingen, und daran baumelte, während er verzweifelt versuchte, einen Pfeil anzulegen.

Kat platzte durch die Tür herein, ein kriegerisches Funkeln in den Augen. „Keine Sorge", sagte sie. „Ich habe zwei Leute unten postiert, die Charlie heilen, und alle anderen Noctems sind erledigt. Wo ist Leonidas?"

„Er ist in dem Baum da draußen", antwortete Stan. Er spannte seinen Bogen, und Kat tat es ihm gleich. Innerhalb von zehn Sekunden standen die übrigen acht Mitglieder der Truppe neben ihnen auf dem Dach, spannten ihre Bögen und zielten auf Leonidas.

Obwohl Leonidas ein paarmal versuchte, ihr Feuer zu erwidern, war es doch vergebens. Es war schwer genug, mit Pfeil und Bogen zu schießen, aber es war unmöglich, gleichzeitig dem Pfeilhagel von zehn Bogenschützen auszuweichen. Stan sah wutentbrannt, wie Leonidas eine blaugrüne Kugel aus seiner Tasche zog und sie, ohne zu zögern, so weit er nur konnte, in den dichten Dschungel am Horizont warf.

Der Sekundenbruchteil, den Leonidas dazu brauchte, hatte jedoch seinen Preis, denn ein Pfeil bohrte sich in sein rechtes Schulterblatt. Mit einem Schmerzensschrei ließ Leonidas die Ranken los und stürzte gen Boden. Stans Soldaten schafften es, zwei weitere Pfeile in Leonidas' Körper zu versenken, während er fiel. Stan konnte nicht erkennen, wo sie ihn getroffen hatten. Er vermutete, dass Leonidas auf dem Boden aufkommen würde, bevor die Wirkung der Enderperle eintrat, aber Leonidas verschwand kurz vor dem Aufprall in einer violetten Rauchwolke.

In diesem Moment hatte Stan keine Zeit, wütend zu sein. Er raste zur Falltür und ließ sich auf den Boden darunter fallen, ignorierte die Schmerzen in seinen Beinen und fixierte seinen Blick auf Charlie. Die Soldaten hatten seine Diamantbrustplatte entfernt, doch der Pfeil steckte noch immer tief in seiner Brust, während Charlie unter starken Schmerzen schwer atmete und hustete.

„Warum habt ihr ihn noch nicht geheilt?", schrie Stan, zog panisch seinen eigenen roten Heiltrank aus dem Inventar und goss ihn über den Pfeil.

„Uns sind die Tränke ausgegangen", antwortete einer der Soldaten, während die Wirkung des Trankes einsetzte. Der Pfeil wurde herausgedrückt und hinterließ nur ein kleines rotes Loch in Charlies Brust, das dringend weitere Tränke benötigte. „Wir haben sie alle benutzt, um uns selbst zu heilen, nachdem sich die Noctem-Soldaten in einem Trankangriff umgebracht hatten."

Stan war fast gleichgültig, dass sie bei ihrem Angriff erneut keine Gefangenen gemacht hatten. Er war viel zu verzweifelt darauf konzentriert, Charlie am Leben zu halten. „Was können wir dann tun?"

„Wir müssen ihm ärztliche Hilfe holen", antwortete Kat und zog einen noch dunkleren roten Trank aus ihrem Inventar. „Ihr drei", sagte sie und deutete auf die Soldaten, die ihr am nächsten standen, „lauft zurück nach Element City und meldet dort, dass sie so schnell wie möglich einen Sanitäter herschicken sollen. Wir können hier nicht weg, bevor Charlie geheilt ist."

„Guter Plan, Kat", antwortete Stan. Dann fiel ihm etwas ein. „Ihr anderen, nehmt euch eure Waffen. Geht in den Dschungel und findet Leonidas. Er ist vermutlich verschwunden, aber wenn auch nur die Möglichkeit besteht, dass er es nicht ist, müsst ihr versuchen, ihn tot oder lebendig zu fassen. Lasst all eure Tränke hier bei uns."

Alle Soldaten nickten, ließen ihre Tränke auf einen Haufen fallen und stiegen die Leitern hinab, um ihre jeweiligen Aufträge auszuführen.

„Okay, Stan. Du musst die Tränke der Stärke von den anderen in diesem Stapel trennen", sagte Kat und gab Charlie ihren eigenen Trank der Stärke. „Sie heilen zwar nicht, aber sie sollten ihn am Leben halten, bis wir Hilfe bekommen."

Für einen langen Moment herrschte Stille, während Kat ihre eigenen Tränke einsetzte, um Charlies Zustand zu stabilisieren. Stan sortierte die übrigen aus, damit sie sie benutzen konnte. Sobald er fertig war, sah er zu ihr auf.

„Wow, Kat, du bist ziemlich gut darin geworden! Wo hast du so viel über Medizin gelernt?"

„G hat es mir beigebracht", antwortete Kat, ohne den Blick von Charlies Wunde zu lösen. Dann, einen Moment später, schenkte sie ihm ein kleines Lächeln. „Um ganz ehrlich zu sein, ist das eines der wenigen positiven Ergebnisse meiner Beziehung mit ihm."

Stan zögerte. Ihm war klar, dass Kats Beziehung nicht perfekt war, aber er hatte nicht gewusst, dass sie so unglücklich war. Außerdem kam ihm der Gedanke, dass er trotz der Tatsache, dass sie gerade um Charlies Leben kämpften, etwas fühlte, das er seit der Zeit vor dem Elementiatag nicht mehr gefühlt hatte: Es war ihm wichtig, dass Kat glücklich war.

„Nun", antwortete er langsam und wagte einen Schuss ins Blaue, „wenn du unglücklich bist, warum machst du nicht einfach Schluss?"

Kat sah ihn an. „Um es mit Leon Livingston zu sagen … ‚Ich habe aus einer Laune heraus angefangen, fuhr fort, weil mir der Lebensstil gefiel, und jetzt mache ich weiter, weil ich nicht so recht weiß, wie ich aufhören soll.'"

Stan blieb beinahe das Herz stehen. In ihm stieg die Erinnerung an wenige Momente zuvor hoch, als er auf dem Dach der Basis mit Leonidas gesprochen hatte. Etwas, das er gesagt hatte, fiel ihm wieder ein. *Ist dir je in den Sinn gekommen, dass ich vielleicht gar nicht Teil dieser Allianz sein wollte? Dass nicht ich die Allianz gewählt habe, sondern sie mich?*

Andererseits hatte er Charlie sofort danach in die Brust geschossen.

Stan zwang sich, den Zwischenfall zu vergessen. Der Versuch, Leonidas wiederzufinden, war eine Aufgabe für morgen, und in diesem Moment war Stan ein anderer Gedanke gekommen. Während sie mit Mühe darum kämpften, Charlie am Leben zu halten, betrachtete er Kat, und ihm wurde etwas klar.

Trotz aller Differenzen, die es zwischen ihnen geben mochte, waren Kat und Charlie Stans beste Freunde in ganz Elementia. Worum auch immer es ging, er würde nicht zulassen, dass Politik oder Debatten ihrer Freundschaft je wieder in die Quere kamen.

Stan sah Kat ein weiteres Mal an, ihre Blicke trafen sich, und er lächelte sie an. Als sie das Lächeln erwiderte, bevor sie um einen weiteren Trank der Stärke bat, war Stan klar, dass sie sein Gefühl erwiderte.

KAPITEL 10:

DER BESUCH DES DORFBEWOHNERS

„Leonidas ist also entkommen?", fragte Charlie mit krächzender Stimme.

„Ja", seufzte Stan. Er setzte sich auf einen Stuhl neben Charlies Krankenhausbett. „Wir haben unsere Truppen losgeschickt, um ihn zu finden, nachdem er geflohen war, aber er hatte Enderperlen. Wir hatten keine Chance."

„Glaub mir, Charlie", fügte Kat hinzu und ließ sich neben ihm auf das Bett fallen, „wir haben wirklich versucht, ihn zu erwischen. Also, abgesehen davon, dass er zur Allianz gehört, war das, was er dir angetan hat, einfach nur …"

„Keine Sorge, Kat", unterbrach sie Charlie kichernd. „Ich bin sicher, dass ihr alles getan habt, was ihr konntet. Wir werden ihn schon noch erwischen."

Kat sagte nichts. Sie blickte nur auf den Holzboden des Krankenhauses hinab und kraulte Rex geistesabwesend zwischen den Ohren.

In den letzten Tagen hatte sie sich bei Stan und Charlie ungewöhnlich oft für so gut wie alles entschuldigt. Stan und sie hatten seit dem Angriff die meiste Zeit im Krankenhaus verbracht, während Charlie sich von der Pfeilwunde erholte. Kat hatte in dieser Zeit sehr deutlich gemacht, dass sie ihre Wahl im Rat zutiefst bedauerte und hoffte, dass sie ihr vergeben könnten.

„Ich meine, was habe ich mir nur dabei gedacht?", hatte sie gestern gesagt, während sie Charlies Sanitätern gemeinsam mit Stan von der Dschungelbasis zurück nach Element City gefolgt war. „Wieso habe ich nur geglaubt, dass es eine gute Idee wäre, das Gesetz zu ignorieren? Es war G ... Ich schwöre, dass es daran gelegen hat. Ich habe mich dafür schuldig gefühlt, dass ich mich gegen ihn gewendet habe."

Stan hatte ihr versichert, dass alles in Ordnung war, dass er ihr vergeben hatte und dass Blackraven selbst dann, wenn sie eine Wahl abgehalten hätten, vermutlich vom Volk in den Rat gewählt worden wäre. Dennoch war ihm Blackravens Anwesenheit während der einen Ratsversammlung, der Stan seit dem Kampf in der Basis beigewohnt hatte, ein Dorn im Auge gewesen.

„Hat der Rat inzwischen überhaupt irgendetwas beschlossen?", fragte Charlie, obwohl er sicher war, die Antwort zu kennen.

„Nein", sagte Stan und schüttelte verbittert den Kopf. „Ich habe mit Bill, Ben und Bob darüber gesprochen, und sie sagen, dass Polizei und Armee mehr als bereit sind, einen Angriff gegen die Noctem-Allianz zu starten, aber der Rat ist noch zu zerstritten, um zu einer Entscheidung zu kommen."

„Es ist wieder das Gleiche wie bei der Wahl", fügte Kat mürrisch hinzu. „Jayden, G und Blackraven drängen darauf, dass wir unsere Verteidigung in der Stadt reduzieren und in den Server ausrücken, um die Allianz zu jagen, während der Rest von uns überzeugt ist, dass wir nicht einfach unsere gesamte Verteidigung fallen lassen können, denn wenn wir das tun, werden sie uns wieder angreifen."

Charlie seufzte. „Um ganz ehrlich zu sein, Leute, ich habe darüber sehr ausgiebig nachgedacht, während ich hier herumgelegen habe, und mir ist aufgefallen, dass die Art und Weise, wie die Noctem-Allianz kämpft, eigentlich genial ist."

Kat und Stan sahen ihn erstaunt an.

„Wie kommst du darauf?", fragte Kat.

„Das nennt man psychologische Kriegsführung", erwiderte Charlie, und ein Schatten legte sich über sein Gesicht. „Bei jeder Attacke greifen sie uns auf eine andere Art an, also wissen wir nie, was wir zu erwarten haben. Dass wiederum versetzt uns in Angst und Schrecken. Und diese Angst zerreißt uns von innen heraus. Wir bekämpfen uns untereinander mehr, als wir sie bekämpfen."

„Wow", sagte Stan, als ihm die Wahrheit dieser Aussage bewusst wurde. Sie ergab tatsächlich sehr viel Sinn. Die Noctem-Allianz schlug aus dem Nichts heraus zu und war gewillt, für ihre Sache zu sterben. Das war eine Strategie, die noch keiner von ihnen je zuvor gesehen hatte, und sie war nicht ansatzweise so geradlinig wie ihr Versuch, König Kev zu stürzen, es gewesen war. Stan wollte gerade seinen Gedanken Ausdruck verleihen, als die Tür zum Krankenzimmer geöffnet wurde.

Nun trat jemand ein, den Stan schon lange nicht mehr gesehen hatte. Stan machte vor Überraschung große Augen, dann fing er an, breit zu grinsen, als Oob, der NPC-Dorfbewohner, zur Tür hereinkam. Seine braune Robe war abgenutzter und zerrissener, als Stan sie in Erinnerung hatte, aber das breite Grinsen in seinem Gesicht und die gigantische Nase waren unverkennbar.

„Oob!", rief Stan. Kat sprang überglücklich vom Bett auf, um ihn zu umarmen.

„Schön, dich zu sehen, Kumpel!", grinste Stan, während auch er Oob in die Arme nahm, sodass der Dorfbewohner unbeholfen einige Schritte zurückstolperte.

„Es ist auch schön, euch zu sehen, meine Freunde", erwiderte Oob heiter und kämpfte um sein Gleichgewicht. „Würdet ihr mir jetzt bitte den Gefallen tun und mich loslassen? Ich bin froh, euch zu sehen, aber wenn ihr mich nicht loslasst, falle ich um, und dann wird Charlies Geschenk ganz schmutzig."

„Oob, alter Freund! Du hast mir ein Geschenk mitgebracht?", fragte Charlie und lächelte. Er richtete sich im Bett auf und sah glücklicher aus, als ihn Stan seit langer Zeit gesehen hatte.

„Ja, ich habe ein Geschenk für dich", erwiderte Oob, während Kat und Stan ihn freigaben. „Ich habe von einem Spieler auf der Durchreise erfahren, dass du, Charlie, verletzt worden bist, während du gegen die bösen Leute gekämpft hast, die mich während der Schlacht bei der großen Burg totmachen wollten. Also habe ich beschlossen, mit einem Geschenk vom Dorf hierherzukommen, damit du dich nicht mehr schlecht fühlst."

Stan konnte sich ein verhaltenes Kichern nicht verkneifen. Allein Oobs langsame, aber ernsthafte Sprechweise zu hören, reichte aus, um ihm den Tag zu versüßen.

„Danke, Oob! Du bist der Beste!", erwiderte Charlie. Er sah begeistert aus. „Und, was hast du mir mitgebracht?"

„Seht!", sagte Oob, griff in seine braune Robe und zog etwas Pinkfarbenes hervor. Stan sah genauer hin und erkannte, dass es ein Stück rohes Schweinefleisch war, das noch ein wenig blutete. Oob strahlte vor Stolz über das bescheidene Stück Fleisch, und Charlie bestätigte ihn gern.

„Danke, Oob!" wiederholte Charlie und sah amüsiert aus. „Woher hast du das bekommen?"

„Nun, das ist eigentlich eine ganz lustige Geschichte", sagte Oob und runzelte die Stirn, während er nachdachte. „Ursprünglich hatte ich beschlossen, zwei Karotten aus meinem Dorf für Charlie mitzubringen. Ich habe die Karotten genommen und bin an den Gleisen entlang auf die Stadt zugelaufen. Als ich durch die großen Bäume kam, in denen die gelben Katzen wohnen …"

„Der Dschungel!", warf Kat ein. Sie wirkte genauso ehrlich erfreut wie Stan und Charlie.

„Danke", erwiderte Oob lächelnd. „Als ich durch den Dschungel kam, ist mir irgendwann ein Schwein gefolgt. Es war ein sehr niedliches Schwein, also habe ich es nicht verscheucht. Dann habe ich mich unter einen großen Baum gesetzt, um mich auszuruhen, und als ich meine zwei Karotten abgelegt habe, die ein Geschenk für Charlie sein sollten, hat Herr Schweinchen-Oink-Oink …"

„Herr Schweinchen-Oink-Oink?", fragte Stan grinsend, und Charlie lachte.

„Ja, so heißt das niedliche Schwein, das mir gefolgt ist", sagte Oob fast ein wenig entnervt, als wäre diese Tatsache sonnenklar. „Jedenfalls hat Herr Schweinchen-Oink-Oink beide Karotten ins Maul genommen und sie gefressen. Ich war sehr wütend auf Herrn Schweinchen-Oink-Oink und habe ihn mit der Hand gehauen. Das muss Herrn Schweinchen-Oink-Oink erschreckt haben. Er ist nämlich vor mir weggelaufen und sofort von einer Klippe gefallen.

Ich habe dann von der Klippe einen Blick in die Tiefe geworfen, und unten habe ich das hier gesehen!", fuhr Oob fort. Er hielt lächelnd das Stück Schweinefleisch in die Höhe. „Aber Herrn Schweinchen-Oink-Oink habe ich nirgendwo gesehen. Ich war sehr verwirrt, aber dann habe ich verstanden, was passiert sein muss. Es war Herrn Schweinchen-Oink-Oink peinlich, dass er meine Karotten gegessen hat, also hat er, nachdem er von der Klippe gesprungen ist, dieses … Ding dagelassen …", er gestikulierte wieder mit dem Fleisch …, „um zu sagen, dass es ihm leidtut, und dann ist er weggelaufen. Ich finde, dass es nicht sehr höflich von Herrn Schweinchen-Oink-Oink war, sich nicht zu entschuldigen. Aber das ist in Ordnung, weil ich jetzt ein neues Geschenk habe, das ich Charlie geben kann.

Und jetzt, Charlie", sagte Oob mit stolzgeschwellter Brust, „überreiche ich dir das Geschenk von Herrn Schweinchen-Oink-Oink!" Oob hielt das rohe Schweinefleisch hoch und ließ es in Charlies ausgestreckte Hand fallen, wobei er erwartungsvoll lächelte.

„Danke, Oob! Das ist ein fantastisches Geschenk!", meinte Charlie und biss sich auf die Lippe, um sich das Lachen zu verkneifen. Oob strahlte.

„Meinst du, wir sollten es ihm sagen?", flüsterte Kat Stan zu und grinste.

„Wag es ja nicht!", antwortete Stan und schlug Kat freundlich gegen die Schulter.

„Also, Oob", sagte Charlie und legte das triefende Schweinefleisch in seinem Inventar ab, „wie läuft es denn so im Dorf?"

„Das Leben im Dorf ist recht gut", antwortete Oob und kniete sich hin, um Rex zu streicheln, der Oob seit seiner Ankunft um die Beine gestrichen war. Er war fast so interessiert an dem Dorfbewohner wie an dem Stück Fleisch, das der dabeigehabt hatte. „Seit Notch der Allmächtige uns unseren Eisengolem Plat geschenkt hat, ist das Leben in unserem Dorf sehr sicher. Solange sich die Dorfbewohner bei Einbruch der Nacht in ihre Häuser zurückziehen, bekämpft Plat die bösen Mobs die ganze Nacht lang."

Nach diesen Worten verloren Oobs Augen den Fokus, und er begann verwirrt durch das Zimmer zu wandern, als wäre er nicht sicher, wie er überhaupt dorthin gelangt war. Charlie lachte leise.

„Es freut mich, das zu hören, Oob", sagte Stan, stand auf und drehte Oob um. „Deiner Familie geht es gut?", fuhr er fort und gab dem wieder zur Konzentration gebrachten Dorfbewohner so ein Stichwort.

„Oh, meine Familie ist sehr glücklich", antwortete Oob lächelnd. „Mein Vater Blerge und meine Mutter Mella waren sehr froh, als ich wieder ins Dorf gekommen bin, nachdem ich an dem Kampf bei der großen Burg teilgenommen hatte. Im Dorf werden meine Familie und ich als Helden angesehen, weil wir euch Spielern geholfen haben. Mein jüngerer Bruder möchte eines Tages wie ich sein."

„Ach ja, dein jüngerer Bruder!", rief Charlie, während er eine Scheibe Wassermelone aus seinem Inventar holte. „Wie geht es ihm, was macht er so? Kennt er die Geschichte, wie er euer Dorf gerettet hat, indem er einfach nur geboren wurde?"

Als Stan, Kat und Charlie während ihrer Kampagne gegen König Kev durch Elementia gereist waren, hatten sie in Oobs Dorf die Geburt seines jüngeren Bruders Stull erlebt. Tatsächlich war die Einwohnerzahl des Dorfes durch Stulls Geburt groß genug geworden, um Plat den Eisengolem spawnen zu lassen, der den Spielern geholfen hatte, das Dorf gegen eine Belagerung feindseliger Mobs zu verteidigen.

„Meinem jüngeren Bruder Stull geht es sehr gut. Er weiß tatsächlich, dass seine Geburt der Grund dafür war, dass Notch der Allmächtige uns Plat den Eisengolem geschenkt hat. Das macht unsere Familie noch berühmter im Dorf. Stull gefällt die Aufmerksamkeit nicht. Er spielt lieber mit Plat und mit seiner Freundin Sequi, der Tochter von Ohsow, dem Metzger im Dorf. Die beiden werden sogar heiraten, wenn sie alt genug sind."

„Moment mal, was?", platzte Kat überrascht heraus. Stan machte große Augen, und Charlie verschluckte sich an seiner Wassermelone.

„Ich habe gesagt, dass mein jüngerer Bruder Stull mit Sequi verheiratet wird, der Tochter des Metzgers", wiederholte Oob und klang dabei erneut, als wäre das doch ganz offensichtlich, bevor er erneut die Konzentration verlor und durchs Zimmer wanderte.

Nachdem sie den äußerst verwirrten Oob wieder zurück ins Gespräch manövriert hatten, fragte Stan: „Wie funktioniert das, Oob?"

„So finden wir NPC-Dorfbewohner unsere Partner", antwortete Oob. „Wenn ein Junge und ein Mädchen als Kinder beste Freunde sind, werden sie verheiratet, wenn sie alt genug sind. Ist das anders, als die Spieler ihre Partner finden?"

Kat lachte düster. „Glaub mir, Kumpel, das ist bei Weitem nicht so einfach." Oob nickte, wirkte aber eher desinteressiert.

„Augenblick mal", meldete sich Charlie zu Wort, dem gerade etwas klar wurde. „Soll das heißen, dass du auch jemanden im Dorf heiraten sollst, Oob?"

Stan spitzte die Ohren. „Ja! Hattest du als Kind eine beste Freundin im Dorf?"

„Die hatte ich nie", antwortete Oob, ohne dass in seiner Stimme eine Gefühlsregung zu erkennen gewesen wäre. „Ihr müsst verstehen, Spieler, dass ich das letzte Kind war, das geboren wurde, bevor der Geheiligte unser Dorf verließ, um uns vor den bösen Spielern zu schützen. Nachdem der Geheiligte gegangen war, kam eine Zeit Großer Trauer über unser Dorf, während der keine Kinder geboren wurden. Die Große Trauer dauerte, bis ihr Spieler gekommen seid und den Spinnenreiter getötet habt. Während der Großen Trauer war das einzige Kind, das geboren wurde, Sequi. Sie kam kurz vor der Ankunft von euch Spielern auf die Welt, also war sie viel zu jung, um meine Frau zu werden."

Die drei Spieler warfen einander betretene Blicke zu. Ihnen war nicht klar gewesen, wie schlimm das Leben der Dorfbewohner vor ihrem Besuch ausgesehen hatte. Die Große Trauer musste unsagbar schrecklich gewesen sein, wenn sie währenddessen aufgehört hatten, Kinder zu bekommen. Niemand war sich ganz sicher, was sie Oob sagen sollten, der sie anblickte.

„Ihr seht aus, als hättet ihr Mitleid mit mir, Spieler", sagte Oob. Sie starrten ihn an. Es war selten, dass er die Gefühle von Spielern richtig deutete. „Ihr müsst kein Mitleid mit mir haben, Spieler. Ich persönlich hatte nie großes Interesse daran, eine Frau zu haben und eine Familie zu gründen. Ich wusste nie wirklich, was ich mit meinem Leben anfangen sollte, bis ich euch Spieler getroffen habe. Dann wusste ich, dass ich euch helfen wollte, andere Spieler und andere Dörfer zu beschützen.

Und außerdem ist die Große Trauer vorbei, seit ihr guten Spieler die Welt lenkt. Immer wieder reisen neue Spieler durch unser Dorf. Wir können mit ihnen Handel treiben, und alle Bewohner meines Dorfes sind wieder glücklich. Sie bekommen wieder Kinder. Unser Dorf ist glücklicher, als es seit langer Zeit gewesen ist, jetzt, da ihr guten Spieler die Kontrolle habt. Wir sind auch sicherer. Es gibt jetzt sogar ein paar Spieler, die nur deshalb ins Dorf gekommen sind, weil sie uns schützen wollen!"

„Das sind Mitglieder der Armee von Elementia, Oob", erklärte Stan. Es stimmte. Nachdem die Noctem-Allianz Elementia während der Feierlichkeiten zum Elementiatag angegriffen hatte, war Stan zu dem Entschluss gelangt, dass es am besten wäre, dem NPC-Dorf etwas zusätzlichen Schutz zu bieten. Er hatte drei seiner Leute geschickt, um das Dorf vor allen Truppen der Noctem-Allianz zu schützen, die dort auftauchen könnten.

Oob machte große Augen. „Ist das wahr? Ihr habt eure

eigenen Vorräte benutzt, um meine Leute zu schützen? Vielen Dank, mein guter Freund Stan!", rief Oob breit grinsend aus.

Stan war gerührt, und nicht zum ersten Mal erlaubte er sich, stolz darauf zu sein, was er und seine Freunde hier in Elementia geleistet hatten. Sie hatten es geschafft, das Leben der Dorfbewohner zu beeinflussen, obwohl sie weit von Element City entfernt lebten. Aber anscheinend hatte Oob nichts mehr zu sagen, und es gab ein Thema, das er nicht erwähnt hatte, von dem Stan aber wusste, dass er es mit dem Dorfbewohner besprechen musste.

„Es freut mich, dass du und deine Leute glücklich sind, Oob", antwortete Stan und schenkte dem Dorfbewohner ein weiteres warmes Lächeln, bevor sein Gesicht einen ernsteren Ausdruck annahm. „Aber ich muss dich etwas fragen. Du hast gesagt, dass jetzt immer Spieler durch euer Dorf kommen. Hast du schon mal von einer Gruppe namens Noctem-Allianz gehört?"

Stan sah aus dem Augenwinkel, wie Kat und Charlie zusammenzuckten. Auch sie wussten, dass es notwendig war, mit Oob über die Allianz zu sprechen, aber es war trotzdem schmerzhaft, inmitten all seiner Freude solche Dinge zu bereden.

Oob runzelte die Stirn und rümpfte seine riesige Nase ein wenig. „Die Noctem-Allianz? Ich habe noch nie von etwas namens Noctem-Allianz gehört. Was ist das?"

Stan atmete tief durch und dachte einen Moment lang darüber nach, wie er Oob die Situation erklären konnte, ohne ihm die durchaus realistische Möglichkeit zu eröffnen, dass sich ein weiterer großer Krieg entwickeln könnte. Er öffnete den Mund, doch bevor er etwas sagen konnte, wurde die Tür zum Krankenzimmer aufgestoßen. Die drei Spieler und der Dorfbewohner blickten erschrocken auf und erkannten Ben, völlig außer Atem, dem

Schweiß aus seinem glatten schwarzen Haar tropfte. Rex kommentierte sein plötzliches Auftauchen mit Gebell.

„Stan ... ich bin ... so schnell wie möglich gekommen", keuchte er. Er beugte sich vornüber und rang nach Luft. „Ich habe ... neuen Bericht für dich ... konnte nicht fassen ..."

„Was ist passiert, Ben?", fragte Stan. Sein Magen verkrampfte sich bereits. Die Noctem-Allianz konnte doch sicherlich noch nicht zurückgeschlagen haben!

„Wir haben gerade ... einen Boten der Noctem-Allianz empfangen", antwortete Ben und richtete sich auf, als er langsam wieder zu Atem kam. Seine Miene war von Sorge und Verwirrung gezeichnet. „Er ist unter weißer Flagge gekommen und hat der Polizei eine Nachricht für dich übergeben, Stan."

Stan war wie vom Donner gerührt. Die Noctem-Allianz hatte ihnen eine Nachricht geschickt?

„Und ... wie lautet die Nachricht?", fragte Stan. Seine Anspannung war fast greifbar. Er war nicht sicher, ob er die Antwort wirklich hören wollte. Kat und Charlie wirkten ebenfalls panisch. Oob blickte sich erschrocken und verwirrt um.

Ben atmete tief durch. „Ich glaube, du solltest sie dir besser selbst anhören." Mit diesen Worten zog er erneut die Tür auf, die hinter ihm zugefallen war. Fünf Spieler marschierten herein. Vier von ihnen trugen die Polizeiuniform von Elementia und hielten Diamantschwerter, die sie auf den einzelnen Spieler richteten, der zwischen ihnen stand. Dieser Spieler trug einen dunkelgrauen Overall mit einer schwarzen Schärpe. Sein Gesicht war verhüllt.

„Überbringe Präsident Stan deine Nachricht", befahl Ben ernst. Durch den Stoff, mit dem sein Gesicht umwickelt war, begann der Spieler zu sprechen. Er hatte eine unerwartet glatte, hinterhältig klingende Stimme, aber es fiel Stan nicht weiter auf. Was Stan das Gefühl vermittelte, in den Magen geschlagen zu werden.

„Ich bin hier, um dir zu sagen, Präsident Stan, dass der große und mächtige Lord Tenebris, Gründer der Noctem-Allianz, seine eigene Stadt im südlichen Tundra-Biom errichtet hat, die er Nocturia genannt hat. Lord Tenebris beansprucht die Stadt und das umgebende Land für sich. Er hat die Unabhängigkeit von der Großrepublik Elementia erklärt. Er hat sein neues Land die Nation der Noctem-Allianz genannt, und sie wird für immer den hochleveligen Spielern Zuflucht bieten, denen unter deiner Tyrannei Unrecht widerfahren ist, Präsident Stan. Lang lebe Lord Tenebris! Und lang lebe die Noctem-Allianz! Viva la Noctem!"

Stan konnte in den Augen des Spielers sehen, dass seine Miene, wäre sein Gesicht nicht verhüllt gewesen, nun ein bösartiges Grinsen gezeigt hätte.

KAPITEL 11:

WIEDER ZU HAUSE

Leonidas litt Qualen. Mit jedem Schritt schoss ein entsetzlicher Schmerz durch seinen gesamten Körper. Er hatte seine zwei Tränke der Heilung benutzt, um die Pfeilwunden in seinen Beinen zu versorgen. Als der Trank jedoch ausging, war er gezwungen gewesen, die Zähne zusammenzubeißen und die Schmerzen in seiner Schulter und seinem Arm zu ertragen.

Er warf einen Blick zurück auf den Dschungel, der hinter ihm in der Ferne verschwand, und zuckte dabei vor Schmerz zusammen. Er versuchte, nicht daran zu denken, dass er sich in der Mitte der Enderwüste befand und nur den halben Weg zu der Tundra zurückgelegt hatte, in der Nocturia lag. Er wünschte sich nichts sehnlicher, als seine übrigen Enderperlen zu benutzen, um sich mit einem Wurf über große Strecken zu teleportieren und so seine Reisezeit zu halbieren. Allerdings belastete jede Nutzung einer Enderperle seine Beine, und da sie der einzige Teil seines Körpers waren, der sich nicht anfühlte, als würde er in Flammen stehen, überlegte er es sich anders.

Leonidas' Gedanken wandten sich Caesar zu und verbitterten ihn sofort. Er stellte sich vor, dass Caesar jetzt wohl bei Lord Tenebris war und mit ihm die Einzelheiten ihres nächsten Angriffs auf Elementia ausarbeitete. Leonidas wusste, dass Lord Tenebris vorhatte, draußen in der Tundra, die Nocturia umgab, sein eigenes Land zu gründen. Er fragte sich, ob der Plan bereits umgesetzt worden war.

Dieser Gedanke war jedoch flüchtig und verschwommen. Es fiel Leonidas schwer, sich auf irgendetwas zu konzentrieren, abgesehen davon, wie wütend er auf Caesar war. Warum durfte Caesar in einem bequemen Thronsaal herumsitzen und Leonidas auf Botengänge schicken wie ein Großmeister, der eine unwichtige Schachfigur umherschob? Vor vielen Monaten hatten vier Spieler am Spawnpunkt-Hügel die Allianz gegründet, und aus unerfindlichen Gründen befand Leonidas sich nun in einer weitaus schlechteren Position als die anderen drei. Caesar hatte seine gesamte Zeit in einem hübschen, vollständigen Gebäude verbracht. Er war nie ähnlichen Gefahren ausgesetzt gewesen wie Leonidas. Leonidas hatte keine Ahnung, was Minotaurus oder der Noctem-Spion in Stans Regierung taten, aber es fiel ihm schwer zu glauben, dass es ihnen viel schlechter ging als ihm.

Eine Welle des Zorns überkam Leonidas, während diese Gedanken in ihm kreisten wie ein Mahlstrom. Er hatte die Kälte der Tundra überstanden, ganz Nocturia mit zu wenigen Arbeitern errichtet, gekämpft, um die Dschungelbasis einzunehmen, nur um genau diese Basis aufzugeben, sobald Stan auch nur versucht hatte, sie wieder einzunehmen, und war dabei schwer verletzt worden. Und wozu? Warum war Leonidas überhaupt noch Teil der Allianz? Sie hatte nichts für ihn getan.

Leonidas erinnerte sich schmerzlich an die Nacht auf der Dschungelbasis. Er hatte Stan seine ehrliche Meinung gesagt … er glaubte tatsächlich nicht, dass er beschlossen hatte, der Allianz beizutreten. Er war einfach zum Mitläufer geworden, weil er keine andere Wahl gehabt hatte. Leonidas hatte nie Probleme mit niedriglevelligen Spielern gehabt, eigentlich mit überhaupt keinen Spielern. Er hatte

König Kevs Armee am Anfang nicht beitreten wollen. Der einzige Grund, den er dazu gehabt hatte, war die Rettung seiner Familie.

Plötzlich, als die Erkenntnis Leonidas mit voller Wucht traf, wurde ihm klar, wo er war. Seine Gedanken überschlugen sich. Bestand eine Chance, dass sie noch hier draußen war? Gab es die Gemeinschaft in der Enderwüste, in der Leonidas' Familie lebte, noch immer, nach so langer Zeit? Leonidas musste nicht zweimal überlegen. Er musste es herausfinden. Was auch immer Caesar ihm in Nocturia zu tun geben wollte, nun, er würde einfach sein gemütliches, sicheres Zimmer verlassen und es selbst erledigen müssen.

Leonidas warf einen Blick auf die Sonne. Es war früh am Nachmittag, also hatte sie gerade ihren Zenit überschritten und begann gen Westen zu wandern. Leonidas wusste noch immer genau, wo das Dorf lag, also wandte er sich nach Nordosten und lief durch die Ödnis der Wüstenlandschaft. Er tat, was er konnte, um die Wunden zu ignorieren, die immer stärker schmerzten, je schneller er lief. Dazu konzentrierte er sich darauf, an seine Familie zu denken, die er zum ersten Mal wiedersehen würde, nachdem er vor vielen Monaten König Kevs Armee beigetreten war.

Während er stundenlang marschierte, fiel es Leonidas schwerer und schwerer, die Schmerzen zu ignorieren. Die Sonne neigte sich immer weiter dem Horizont zu, und mit jeder Minute vergrößerte sich das Risiko, dass Leonidas in der Mitte der Wüste feststecken würde, gemeinsam mit bösartigen Mobs und ruhelosen Nomadenbanden. Er hatte beiden Gefahren schon zuvor getrotzt, hatte aber nicht die Absicht, es wieder zu tun. Endlich, kurz vor Sonnenuntergang, als der Himmel sich rosa zu färben begann, konnte Leonidas etwas erkennen: Die Silhouette von Gebäuden, die sich gegen das ersterbende Licht des Himmels abhob.

Adrenalin überschwemmte Leonidas, während er weitermarschierte. Der Schmerz erschien ihm plötzlich belanglos. Als er sich dem Dorf näherte, erkannte er trotz des nachlassenden Lichts weitere Details. Das Holzhaus, der Kiesweg, die Ringe aus Holzblöcken, die Wasser und Weizenfarmen einfassten. Ihn überkam die Freude darüber, wieder dort zu sein, bei seiner Familie. Neben den Weizenfeldern entdeckte er Karotten- und Kartoffelfarmen. Es war gut, zu sehen, dass die Dorfbewohner nun mehr anbauten. Sie mussten sich ganz gut gemacht haben.

Als Leonidas den Weg entlangging und sich dem Hauptbrunnen näherte, sah er sie zum ersten Mal. Sie sahen genauso aus, wie er sie in Erinnerung hatte: braune Roben, dunkelbraune Schuhe und seltsame Gesichter mit gerunzelten, zusammengewachsenen Augenbrauen und Nasen, die problemlos mit der von Squidward mithalten konnten. Er sah einen der NPC-Dorfbewohner an, den er als Libroru erkannte. Der Dorfbewohner lächelte ihm höflich zu, dann ging er weiter den Weg entlang. Leonidas fragte sich kurz, warum Libroru ihn nicht grüßte, dann fiel ihm ein, dass er seinen Skin geändert hatte, seitdem er vor langer Zeit zum letzten Mal im Dorf gewesen war.

Leonidas wusste, wen er besuchen musste. Er wusste genau, dass es einen Bewohner des NPC-Dorfes gab, der Spieler nicht an ihrem Aussehen erkannte, sondern an ihren Augen, die eine unerklärliche Individualität bewahrten, selbst wenn sich der Skin änderte. Leonidas wollte gerade weitergehen, doch dann hielt er kurz inne.

Plötzlich überkam ihn unbeschreibliche Angst. Erst jetzt wurde ihm klar, dass diese Dorfbewohner ihn Dutzende Monate nicht gesehen hatten. Wie würden sie auf ihn reagieren? Würden sie sich überhaupt an ihn erinnern? Lohnte es sich, das herauszufinden?

Leonidas zögerte kurz, dann riss er sich zusammen. *Ja, es lohnt sich*, sagte er sich bestimmt. *Du bist jetzt hier*, dachte er, *und du wirst es wenigstens versuchen.* Er unterdrückte seine Nervosität und marschierte weiter den Kiesweg entlang und blieb vor der Kirche stehen. Das Bruchsteingebäude war groß und beeindruckend. Es überragte die anderen Gebäude des Dorfes. Leonidas atmete tief ein und klopfte an die Tür.

Kurz darauf öffnete sie sich. Nun stand er einer violett gekleideten Dorfbewohnerin gegenüber. Leonidas wusste, dass diese Dorfbewohnerin weiser war als die anderen, und es war schwer, sie zu überraschen. Als Moganga ihm jedoch in die Augen blickte und erkannte, wer er war, machte sie große Augen, ihr Mund öffnete sich, und sie stolperte vor Schreck ein paar Schritte rückwärts, als hätte sie einen Geist gesehen.

„Oh, Notch im Himmel!", stöhnte sie und hatte Mühe zu glauben, welcher Spieler vor ihr stand. „Ist das wirklich ... ist das möglich ...?"

Leonidas lächelte. „Ja, Moganga, ich bin es. Habt ihr mich vermisst?"

Moganga griff sich ans Herz und sank zu Boden, überwältigt davon, dass der Spieler, von dem sie glaubte, er habe das Dorf für immer verlassen, zurückgekehrt war und nun vor ihr stand. Leonidas war überglücklich und reichte ihr eine Hand, die sie zögerlich ergriff. Selbst als er losließ, starrte sie sie völlig ungläubig an.

„Glaubst du, du könntest das Dorf hier versammeln, Moganga? Ich möchte alle begrüßen."

Sie zögerte keine Sekunde lang. Leonidas trat beiseite, während Moganga eifrig nickte und auf die Türschwelle trat. Sie atmete tief ein und gab ein geisterhaftes Heulen von sich, das klang, als ob ein Gespenst versuchte, die Lebenden zu kontaktieren. Der Effekt des Heulens trat sofort ein. Jede Tür im Dorf öffnete sich, als die Dorfbewohner auf die Straße strömten. Sie wussten, dass eine Versammlung in der Kirche ausgerufen worden war. Leonidas sah zu, wie sie eintraten, und das Herz klopfte ihm bis zum Hals.

Obwohl keiner der Dorfbewohner ihn beachtete, als er neben dem Eingang stand, erkannte er doch einige von ihnen, während sie sich versammelten. Einige von denen, die ihm auffielen, waren Ohsow, der Metzger des Dorfes, der eine weiße Schürze trug und verwirrt aussah; Mella und Blerge, zwei Dorfbewohner in den typischen braunen Roben, die dicht beieinanderstanden, zusammen mit einem sehr jungen Dorfbewohner, der die Hand seiner Mutter hielt.

Leonidas war etwas überrascht, dass ihr älterer Sohn nicht bei ihnen war, und wieder verkrampfte sich sein Magen vor Angst. Als die letzten von ihnen die Kirche betraten, fiel ihm auf, dass es weit weniger waren, als er in Erinnerung hatte. Er konnte nur annehmen, dass der Tod das Dorf oft heimgesucht hatte.

„Bitte, tritt ein", sagte eine Stimme aus Richtung der Tür und riss Leonidas aus seinen Gedanken. Es war Moganga, die geradezu ekstatisch wirkte. Leonidas zwang sich, seine Nervosität zu unterdrücken. Jetzt war nicht die Zeit, sich um tote Dorfbewohner Sorgen zu machen, sondern um die wiederzutreffen, die noch da waren.

Während Leonidas neben Moganga den Mittelgang der Kirche hinaufging, starrten ihn die Dorfbewohner neugierig an und plauderten in verwirrtem Tonfall miteinander. Sie waren erstaunt darüber, dass ihre Anführerin sie zusammengerufen hatte, nur um einen fremden Spieler anzusehen. Als die beiden vorm Altar der Kirche angekommen waren, drehte sich Moganga um und hob die Hände. Die Versammelten wurden sofort still.

„Meine lieben Brüder und Schwestern", donnerte Moganga, deren Stimme einen undefinierbar mystischen Unterton hatte. „Ich bezweifle, dass jemand unter euch auf den ersten Blick den Spieler erkennt, der hier neben mir steht. Sein Aussehen hat sich seit seinem letzten Besuch in unserem Dorf vor langer Zeit sehr verändert."

Die Dorfbewohner murmelten verständnislos. Ein Spieler aus der Vergangenheit? Bis vor Kurzem hatten keine Spieler das Dorf besucht. Welcher Spieler konnte es nur sein, wenn sein Besuch so lange her war?

„Ich bitte euch jetzt, meine Brüder und Schwestern, diesem Spieler in die Augen zu sehen!", rief Moganga beschwörend und strahlte Macht aus. „Erkennt einer unter euch diesen Spieler an seinen Augen, der Eigenschaft, die gleich bleibt, egal, wie sehr sich das Aussehen mit der Zeit verändert?"

Leonidas spürte, wie sich zwanzig Augenpaare auf ihn richteten. Die meisten der Dorfbewohner sahen noch verwirrter aus als zuvor. Einer von ihnen erhob sich jedoch von seiner steinernen Bank. Seine Augen waren weit aufgerissen, und seine Miene zeigte dieselbe Ungläubigkeit, die Moganga kurz zuvor an den Tag gelegt hatte.

Blerge stolperte den Mittelgang herauf und streckte Leonidas eine zitternde Hand entgegen, das Gesicht von reiner, überglücklicher Fassungslosigkeit gezeichnet. Für einen langen Moment schien der Dorfbewohner, dem Tränen in den Augen standen, nicht in der Lage zu sein zu sprechen. Dann endlich öffnete er den Mund.

„Ist das ... kann das ...?", stammelte er, während ihm Freudentränen über die Wangen flossen. „Bist ... das wirklich du, Leo-nidas?"

Sobald der Name über seine Lippen gekommen war,

zeigte sich im Gesicht jedes einzelnen der Dorfbewohner erst Schock, dann eine Freude, hinter der schon fast religiöser Eifer zu stehen schien. Selbst das jüngste Kind unter ihnen erkannte seinen Namen, als wäre ihm von Geburt an die Geschichte eines tapferen Spielers erzählt worden, eines Spielers, der vor der Großen Trauer eine Zeit lang in ihrem Dorf gelebt hatte. Als der böse König Kev an die Macht gekommen war, hatte sich dieser Spieler dem König geopfert, damit die Dorfbewohner in Frieden leben konnten. Sie hatten den Spieler als ihren Retter gefeiert und geschworen, seinen Namen nie wieder auszusprechen, nur in den wichtigsten aller Zeremonien, bis er ins Dorf zurückkehrte.

Es war dieser Spieler, der nun vor ihnen stand. Beeindruckt beobachtete Leonidas, wie jeder einzelne Dorfbewohner ehrfürchtig auf die Knie fiel. Als auch Moganga neben ihm niedersank, waren ihre Worte klar, trotz der Tränen, die ihr über das Gesicht liefen.

„Endlich ist der Retter unseres Dorfes zurückgekehrt! Gelobt sei Leonidas! Gelobt sei der Geheiligte!"

„Gelobt sei der Geheiligte! Gelobt sei der Geheiligte!", wiederholten die knienden Dorfbewohner in einem gemeinsamen Gesang.

Leonidas sah voller Achtung zu, überwältigt von dem Geschehen. Er hatte sich daran erinnert, dass die Dorfbewohner dieses Ritual auch früher durchgeführt hatten. Es war für sie eine heilige Zeremonie, die sie ansonsten zu zelebrierten, um Notch zu lobpreisen, ihren Schöpfer. Und jetzt widmeten sie sie ihm! Leonidas kamen die Tränen, und er wollte ihnen gerade sein Herz ausschütten und ihnen sagen, wie sehr er sie vermisst hatte, als die Tür aufgestoßen wurde.

In der Tür der Kirche standen drei Spieler, deren Umrisse sich vor dem Sonnenuntergang hinter ihnen abzeichneten. Sie traten ein. Leonidas war entsetzt. Er wusste, dass die Dorfbewohner ihre religiösen Traditionen sehr ernst nahmen, und es war höchst beleidigend, sie dabei zu unterbrechen. Moganga schien das zu wissen. Sie starrte die drei Spieler angewidert an. Die anderen Dorfbewohner schienen die Spieler gar nicht zu bemerken, da sie zu beschäftigt damit waren, Leonidas zu verehren.

Als die drei in den Fackelschein der Kirche traten, konnte Leonidas ihre Gesichter sehen. Einer von ihnen trug den Standard-Skin von Minecraft, hatte jedoch einen braunen Vollbart. Er hatte Holster und Scheiden für zwei Schwerter umgeschnallt. Ein weiterer sah aus wie Master Chief, seine Rüstung war jedoch indigofarben statt grün und bildete einen schnittigen Kontrast zu seinem orangefarbenen Helm.

Vor diesen beiden stand ein Spieler mit einer einfachen Tunika als Skin, doch seinen Gesichtsausdruck konnte man nur als die Verkörperung der Bedrohlichkeit beschreiben. Auf seinem Rücken hing ein Bogen. Alle drei Spieler hatten etwas gemeinsam: Auf ihrer linken Brust befand sich ein Abzeichen, das sie als Soldaten der Großarmee von Elementia auswies.

Leonidas verfiel sofort in Panik, als sich die Augen aller drei auf ihn richteten. Wie hatte die Armee ihn bis hierher verfolgen können? Und warum mussten sie ihn gerade hier finden, wo er endlich die einzige Familie wiedergefunden hatte, die er gekannt hatte? Trotz seiner steigenden Angst weigerte sich Leonidas, seinen Bogen zu ziehen. Er weigerte sich, vor diesen Dorfbewohnern einen Spieler zu töten. Lieber ließe er sich gefangen nehmen.

Leonidas schwor sich, dass sein Ende ehrenhaft sein würde, ohne den Spielern die Befriedigung zu gönnen, ihnen Schmerzen zu zeigen. Leonidas konnte gerade noch verhindern, dass er zusammenzuckte, als der Spieler seinen Mund öffnete, mit Sicherheit, um seine Verhaftung anzuordnen.

„Dorfbewohner! Warum habt ihr heute keinen Tribut gezahlt? Es ist fast Sonnenuntergang!"

Leonidas stutzte. Er konnte nicht fassen, was nun geschah. Der Spieler hatte direkt an ihm vorbeigeschaut und Moganga angesehen. Sie wirkte kurz wutentbrannt, dann nahm ihr Gesicht einen tief beschämten Ausdruck an, als wäre sie es gewesen, die das Ritual unterbrochen hatte.

„Oh, das tut mir sehr leid! Ich habe heute vergessen, die Sammlung durchzuführen", antwortete Moganga kleinlaut. Leonidas war verblüfft. Er hatte noch nie in seinem Leben gesehen, dass sich Moganga einem Spieler unterordnete! Wer waren diese Leute?

„Na dann", erwiderte der Tunikaträger, „solltest du dich beeilen, alles einzusammeln. Dorfbewohner, euer albernes kleines Liedchen kann warten." Seine Stimme war ruhig, gefasst und kühl und doch zutiefst bedrohlich und eisig.

Leonidas wurde klar, dass die Spieler ihn nicht erkannten. Er vermutete, dass die Soldaten aus irgendeinem anderen Grund hier sein mussten. Als er daran dachte, erinnerte er sich dunkel daran, dass Caesar ihm vor einiger Zeit die Information gegeben hatte, dass Stan Truppen ausgesandt hatte, um die NPC-Dörfer zu schützen. Er wusste noch, dass Caesar darüber einigermaßen erbost gewesen war und gesagt hatte, dass die Dorfbewohner eine zentrale Rolle in einem von Lord Tenebris' späteren Plänen spielen sollten.

Sobald ihm das bewusst wurde, kochte der Zorn in ihm hoch. Mit welcher Unverfrorenheit dieser Soldat mit Moganga redete, der Anführerin der Dorfbewohner! Es war schlimm genug, wenn ein gewöhnlicher Spieler sie beleidigte, aber was, wenn diese Soldaten wirklich hier waren, um die Dörfer zu schützen, und sie ihre Bewohner dennoch beleidigten? Leonidas wollte gerade sprechen, um Moganga zu verteidigen, aber aus dem Augenwinkel sah er, wie sie fast unmerklich den Kopf schüttelte. Das verwirrte Leonidas, aber trotzdem hielt er sich zurück.

„Ich werde mich sofort darum kümmern", erklärte Moganga unterwürfig. „Sie werden Ihren Tribut so schnell wie möglich erhalten, mein Herr."

Mein Herr? Sie redete ihn mit „mein Herr" an? Leonidas hatte noch nie zuvor erlebt, dass Moganga einen Spieler als übergeordnet anredete. *Was ging hier nur vor?*

Eine Weile wurde nicht mehr gesprochen, während Moganga den Dorfbewohnern befahl, zu gehen und den Tribut, was immer das war, einzusammeln und ihn zur Kirche zu bringen. Die Dorfbewohner gehorchten ohne Widerrede und verließen der Reihe nach die Kirche. Leonidas sah schockiert zu, wie langsam, aber sicher alle Dorfbewohner mit beträchtlichen Mengen an Vorräten zurückkehrten. Mella und Blerge kamen mit einem Armvoll Weizen und Karotten und legten sie den Spielern zu Füßen, bevor sie sich wortlos wieder auf ihre Plätze setzten.

Die anderen Dorfbewohner folgten ihnen auf dem Fuße. Libroru fügte dem Stapel einen Haufen Pfeile hinzu, Ohsow der Metzger legte viele gebratene Hühnchen ab, und Leonidas machte große Augen, als Leol der Schmied eine beträchtliche Zahl Rohdiamanten und Eisenbarren beisteuerte. Noch überraschender war, dass Moganga selbst einen Teil ihres persönlichen Vorrats an Glowstonestaub, von dem Leonidas wusste, dass sie ihn hütete wie ihren Augapfel, abgab. Während der Stapel mit jedem Beitrag der Dorfbewohner in die Breite wuchs, wurde auch das erfreute Grinsen der drei Spieler breiter.

„Euer Beitrag zur Armee ist höchst willkommen", sagte der Anführer der Soldaten mit der Tunika und der eiskalten Stimme, während alle drei gierig ihr Inventar mit den Vorräten der Dorfbewohner füllten. „Wie immer erwarten wir die nächste Zahlung in drei Tagen. Du kannst jetzt mit dem, was auch immer du gerade gemacht hast, fortfahren", schloss er und warf Moganga einen herablassenden Blick zu, bevor er mit den anderen beiden durch die Tür ging und sie dann hinter sich zuwarf.

Sobald die Tür geschlossen war, brachen die Dorfbewohner in vielstimmigen Jubel aus, der Leonidas überrumpelte. Sie drängten sich um ihn, begrüßten ihn, priesen ihn und starrten ihn an, um sich zu versichern, dass er wirklich da war. Sosehr er sich auch freute, wieder bei den Dorfbewohnern zu sein, konnte er es nicht genießen, bis er verstand, was gerade geschehen war.

„Entschuldigt alle miteinander", sagte Leonidas, und die Gemeinde wurde sofort still.

„Ja, lieber Geheiligter, Leo-nidas?", fragte Moganga ehrfürchtig. Leonidas musste ein Lachen unterdrücken. Er hatte die abgehackte Art, in der die Dorfbewohner seinen Namen aussprachen, fast vergessen.

„Ich freue mich ja so, hier zu sein, ihr könnt es euch gar nicht vorstellen", fing Leonidas an. „Aber jetzt gerade bin ich ganz schön müde, weil die Reise hierher so lang war. Wie wäre es, wenn ich mich heute Nacht einfach nur ausruhe und mich morgen mit euch allen unterhalte?"

„Dein Wunsch ist uns Befehl, lieber Leo-nidas", antwortete Moganga. Sie wandte sich ihrem Volk zu. „Bewohner des Dorfes, die Nacht ist fast hereingebrochen. Alle sollen sofort in ihre Häuser zurückkehren. Der Geheiligte Leo-nidas wird über Nacht in der Kirche bleiben. Alle Bewohner treffen sich beim nächsten Sonnenaufgang hier, und dann werden wir mit Leo-nidas sprechen. Also los, geht schon!", sagte sie bestimmt.

Leonidas war immer wieder beeindruckt davon, wie bereitwillig die Dorfbewohner Mogangas Befehlen folgten. Weniger als fünf Sekunden nach ihrer Anordnung war die Kirche wie leer gefegt, und nur er selbst und Moganga blieben zurück.

„Mir ist aufgefallen, dass du Wunden hast, Leo-nidas", sagte Moganga und zeigte auf die Pfeilspuren an seiner Schulter und seinem Arm. „Ich werde sie schnell heilen, dann leiste auch ich deinen Wünschen Folge und gehe, damit du in Ruhe schlafen kannst." Mit diesen Worten griff Moganga in die Falten ihrer violetten Robe und holten den gleichen Glowstonestaub draus hervor, den sie eben den Soldaten gegeben hatte. Leonidas kletterte auf den Altar und legte sich auf den Bauch, sodass Mogangas magisch verstärkte Hände die Wunde an seiner Schulter behandeln konnten. Leonidas erlaubte sich ein erleichtertes Seufzen, als die Schmerzen nachließen, bevor er ein Gespräch begann.

„He, Moganga, ich habe ein paar Fragen", sagte er.

„Wenn ich deine Fragen beantworten kann, Leo-nidas, werde ich es gern tun", antwortete Moganga freundlich.

„Nun ... es geht um diese Leute, die gerade hereingekommen sind. Wer sind sie überhaupt?"

„Oh, diese Spieler gehören zur Armee eines sehr mutigen Spielers namens Stan2012", antwortete sie. „Er ist der neue Herrscher der Spieler dieser Welt, und er glaubt, dass die Dörfer geschützt werden sollten, falls böse Spieler zu uns kommen. Wir alle sind sehr froh über ihre Anwesenheit."

Leonidas fiel fast vom Altar. „Was? Ihr seid froh darüber, dass die Soldaten euch euer ganzes Zeug wegnehmen?"

„Das ist ein geringer Preis für den Schutz", erklärte Moganga. „Als die Soldaten zum ersten Mal in unser Dorf gekommen sind, haben sie uns erklärt, dass sie Material brauchen, um uns zu schützen. Also bieten wir Dorfbewohner ihnen an jedem dritten Tag Tribut an und geben ihnen so viele Güter, wie wir nur können."

„Und das ist euch allen recht? Macht es euch das Leben nicht schwerer, diesen Leuten so viele Sachen zu geben?"

„Gewisse Aspekte unseres Lebens sind schwieriger geworden", erwiderte Moganga und konzentrierte sich nun darauf, die Pfeilwunde in seinem Arm zu heilen. „Viele von uns gehen jetzt hungrig zu Bett, weil unsere Bauern den Soldaten so viel von ihrer Ernte geben. Aber das ist ein geringer Preis dafür, dass wir beschützt werden."

Leonidas' Magen verkrampfte sich. Diese Entwicklungen gefielen ihm ganz und gar nicht. „Wie wäre es mit einem Eisengolem? Ihr habt hier doch ein ziemlich großes Dorf, habt ihr denn keinen Eisengolem, der euch schützt?"

„Oh doch, den haben wir", antwortete Moganga. „Aber der Eisengolem ist besser darin, die bösen Monster zu bekämpfen, die unser Dorf nachts bedrohen. Die Spieler haben uns gesagt, dass sie besonders dazu ausgebildet sind, gegen böse Spieler zu kämpfen, die in unser Dorf kommen könnten, um uns etwas anzutun."

Leonidas konnte nichts erwidern. Er wusste, was er nun zu tun hatte, aber es wäre vermutlich nicht klug, es auch Moganga wissen zu lassen. Er ließ sie einfach seinen Arm zu Ende heilen. Als sie fertig war, ging sie zur Leiter im hinteren Teil der Kirche und kletterte in ihren Wohnraum, ohne ihm auch nur eine gute Nacht zu wünschen.

Leonidas grinste. Die NPC-Dorfbewohner waren schon verrückte kleine Kerlchen, aber er liebte sie wie eine Familie. Er konnte nicht ertragen, dass sie für ihre Arglosigkeit so ausgenutzt wurden, und beschloss, dem sofort ein Ende zu setzen.

Ein paar Minuten nachdem Moganga das Obergeschoss betreten hatte, bereitete sich Leonidas auf seine nächste Aktion vor. Er zog seine Lederrüstung an und warf sich seinen Bogen über die Schulter. Er betete, dass er ihn nicht würde benutzen müssen, war aber bereit, es zu tun, falls es nötig würde. Mit einem Köcher voller Pfeile links an seinem Gürtel und einem Eisenschwert rechts öffnete Leonidas lautlos die hölzerne Vordertür der Kirche, trat nach draußen und schloss sie mit leisem Knarzen hinter sich.

KAPITEL 12:

KAMPF DER RETTER

Leonidas warf einen Blick zum Himmel. Der Mond war ein fast vollständiges Quadrat am sternenbedeckten samtigschwarzen Himmel. Er erinnerte sich an die alten Zeiten, in denen er in jeder Vollmondnacht riesige Mobwellen zurückgeschlagen hatte, wenn das Dorf belagert wurde, ohne jemals den schwer zu fassenden Spinnenreiter zu töten. Heute war das Dorf sicher, aber in ein paar Tagen würden die drei Spieler die größte Horde böser Mobs bekämpfen müssen, die sie je gesehen hatten. *Ein umso wichtigerer Grund*, dachte er, *diese Soldaten dazu zu bringen, das Dorf zu verlassen.*

Im Mondlicht bot das Dorf einen unheimlichen, bedrohlichen Anblick, zu dem das flackernde Licht der Fackeln beitrug. Die Straßen waren still, abgesehen von den entfernten Schmerzensschreien aggressiver Mobs, die gelegentlich von lautem Klatschen unterbrochen wurden. Er vermutete, dass das der Eisengolem war, der seine Arbeit verrichtete. Daneben hörte Leonidas den gedämpften Klang von fröhlichem, ausgelassenem Gelächter und Gesprächen.

Leonidas machte ein Haus am Ende des Kiesweges, an der äußeren Grenze des Dorfes, als Quelle dieser Klänge aus. Er sprintete etwa zehn Blöcke vorwärts, dann schlich er sich leise an das hintere Fenster an. Er fing an, das Gespräch im Inneren zu belauschen, und hoffte, mehr über diese mysteriösen Soldaten zu erfahren.

„Könnt ihr das fassen? Das sind glatt doppelt so viele Diamanten wie beim letzten Mal!", rief einer der Spieler. Seine Stimme war tief, und er sprach mit einem leichten russischen Akzent. Es klimperte, als der Spieler mit seinen quaderförmigen Händen durch einen Stapel Diamanten fuhr.

„Ich weiß, Mann, ich weiß! Und dieses Hühnchen ist unglaublich!" Der Spieler sprach mit dem Akzent der Oberschicht und klang, als spräche er mit vollem Mund. Ehrlich, womit würzt das Dörflerding das nur? Es ist köstlich! Wenn ich nach Hause gehe, nehme ich eins dieser Dörflerdinger mit, als Leibkoch!"

„Ach, komm schon! Das Hühnchen, ernsthaft? Das beeindruckt dich? Nicht der Stapel aus Hunderten von Diamanten und Gold- und Eisenbarren?"

„Diamanten könnten wir selbst abbauen, Mann, aber ich glaube nicht, dass irgendein Spieler so gutes Hühnchen machen könnte!"

„Ich fasse es nicht, Alter." Der russische Kerl seufzte genervt. „Dir wäre ein Hühnchenbüfett lieber als eins aus Diamanten? Ich meine, denk doch mal drüber nach! Wie schwer ist es, ein Huhn zu bekommen, und wie schwer, einen Diamanten zu finden?"

„Es geht nicht darum, wie schwer es ist, sondern darum, wie gut es schmeckt!" Der Spieler schien jetzt irritiert zu sein. „Das Fleisch ist einfach so saftig."

„Ach, warum unterhalte ich mich überhaupt mit dir?", spottete der russische Spieler. „Du weißt nicht, wovon ich rede, du hast im Leben noch keinen Diamanten abgebaut!"

„Also, ich hab es ein paarmal versucht, aber es ist so schwierig! Man muss da unten jede Menge Monster bekämpfen, es ist alles so beengt, und meistens findet man nicht mal ..."

„Ich *weiß*! Ich habe es tatsächlich schon mal gemacht, im Gegensatz zu dir! Also verstehe ich wenigstens, dass es wirklich nett ist, dass die Dörflerdinger die ganze Arbeit machen!"

„He, es ist nicht meine Schuld, dass mein Papa mir alle Diamanten gibt, die ich will!"

„Wie habe ich nur dich als Partner erwischt? Du bist ein verwöhntes Gör, ist dir das klar?"

„Ich habe nicht darum gebeten, einberufen zu werden, also schrei mich nicht an!"

„Haltet ihr zwei wohl den Mund!", brüllte eine dritte Stimme, und Leonidas fiel vor Überraschung in seiner Kauerstellung fast um. Er erkannte die Stimme als die des Spielers, der Moganga in der Kirche herumgeschubst hatte. „Ich könnte genauso gut mit zwei von den Dorfbewohnern arbeiten. Ihr beiden seid so unerträglich idiotisch!"

„He, tut mir ja leid, Boss, aber ich mag einfach nur Hühnchen, schrei mich dafür nicht an!", antwortete der Oberschicht-Spieler hochnäsig.

„Das reicht jetzt", erwiderte der Anführer mit seiner kühlen, ruhigen und doch schrecklichen Stimme. „Warum habt ihr zwei noch nicht angefangen, die Diamantrüstung herzustellen?"

„Wozu brauchen wir eine Diamantrüstung?", wollte der russische Spieler wissen. „Wir werden die Dörflerdinger doch nicht wirklich beschützen, oder?"

„Natürlich nicht!", antwortete sein Boss spöttisch. „Diese Dorfbewohner sind Tiere ohne jede Vernunft. Ich verstehe nicht mal, warum Präsident Stan die Dinger schützen will. Was tun sie schon für ihn? Wir sollten froh sein, hier draußen postiert zu sein, wo wir nur herumsitzen und nichts tun können, während sich die ... äh ... Steuern stapeln!"

Der Spieler lachte, während Leonidas Mühe hatte, sich nicht vor lauter Wut zu übergeben.

„Also ... äh ... wozu stellen wir noch gleich die Rüstung her?", fragte der Oberschicht-Spieler.

„Was? Ach ja, richtig", antwortete der Anführer, als hätte man ihn aus einem Tagtraum gerissen. „Es muss aussehen, als würden wir arbeiten, falls Präsident Stan jemanden herschickt, um über uns Bericht zu erstatten. Mit der Diamantrüstung sieht es so aus, als würden wir uns Mühe geben."

„Also ... werden wir nicht wirklich kämpfen?", fragte der Oberschicht-Spieler.

„Selbstverständlich nicht!", lachte der Boss. „Mir sind die Dorfbewohner völlig egal! Sie sind nur hirnlose NPCs, oder nicht?"

„Also, das finde ich natürlich auch ..."

„Und deshalb kämpfen wir gegen nichts und niemanden!", bestätigte der Anführer mit unbekümmerter Stimme, offensichtlich darüber amüsiert, wie schwer von Begriff sein Soldat war. „Und selbst wenn wir das müssten, ist hier draußen nichts, das eine echte Bedrohung darstellt!"

„Da irrst du dich", knurrte Leonidas leise, während er, unfähig, seine Empörung weiter zu unterdrücken, zur Vorderseite des Hauses sprintete und die Tür aufriss.

Die drei Spieler fuhren erschrocken hoch. Eine Sekunde lang war Leonidas überrascht, als er die schiere Menge an Material erblickte, die sich im Haus befand. Die Spieler saßen zwischen Kisten voller Hühnchen, Keksen, Weizen, Karotten, Kartoffeln, Diamanten, Gold, Eisen und Dutzenden anderer Dinge, die die Dorfbewohner herstellten.

Der Spieler mit der futuristischen blauen Rüstung und

der in der Tunika, der offensichtlich der Anführer war, saßen auf zwei Holzblöcken auf dem Boden. Der bärtige Spieler kniete neben einer Werkbank und war gerade dabei, eine Diamantbrustplatte herzustellen. Sie alle sahen gleichermaßen erbost aus.

„Was fällt dir ein?", fragte der mit der blauen Rüstung mit seinem aristokratischen Akzent.

„Ich verlange, dass ihr dieses Dorf verlasst. Sofort", sagte Leonidas bestimmt, die Stirn gerunzelt und die Stimme vor Wut zitternd. Er zog seinen Bogen und legte einen Pfeil an, sehr zum Schrecken der drei Spieler. „Und ihr lasst all das Material, das ihr den Dorfbewohnern abgenommen habt, hier."

„Für wen hältst du dich?", fragte der Anführer mit beherrschtem Zorn in der Stimme. Er blieb zwar ruhig, war aber trotzdem offensichtlich entgeistert.

„Moment mal ...", sagte der Bärtige mit seinem russischen Akzent. „Du ... du bist der Spieler, der gestern mit den Dorfbewohnern in der Kirche war, als wir gerade unsere Steuern eingetrieben haben!"

„Ihr habt keine Steuern eingetrieben", schäumte Leonidas und zog die Bogensehne noch weiter zurück. „Ihr habt die Dorfbewohner missbraucht. Ihr wusstet, dass sie nicht schlau genug sind, um zu erkennen, dass ihr sie ausnutzt. Ihr drei verdient nicht, euch Mitglieder von Stans Armee zu nennen. Ihr seid einfach nur ein Haufen Schläger."

„Wie kannst du es wagen!", rief der Boss und schlug wütend mit der Faust auf die Werkbank. „Du hast die Frechheit, so mit einem Offizier der Armee von ..."

Er brach mitten im Satz ab, als Leonidas' Pfeil sich vom Bogen löste und direkt auf ihn zuflog. Die Augen des Anführers folgten ihm, als er nur Zentimeter an seinem Hals vorbeischoss und sich hinter ihm in die Wand grub. Er drehte sich schnell wieder um und sah Leonidas wutentbrannt an.

„Ja, habe ich", antwortete Leonidas und legte einen weiteren Pfeil an, ohne auch nur einen Anflug von Gnade zu zeigen. „Sosehr ich euch drei auch verachte, will ich euch doch nicht töten. Zwingt mich nicht dazu. Ich werde euch verschonen, wenn ihr dieses Dorf verlasst, nichts mitnehmt und nie wieder zurückkommt. Die Entscheidung liegt bei euch."

Kurz herrschte angespannte Stille. Dann, langsam, begann der Boss zu lächeln und zog blitzschnell eine Diamantspitzhacke aus seinem Inventar. Die anderen beiden taten es ihm gleich. Der Gerüstete zog ebenfalls einen Bogen, der Bärtige führte ein Diamantschwert.

„Na schön, Fremder", erwiderte der Boss. „Wenn du kämpfen willst, tun wir dir den Gefallen gern. Wir gehören zur Armee von Stan2012, dem größten Heer in Minecraft. Wir sind zu dritt und du bist allein, wenn du also Manns genug bist, schieß zuerst." Bei diesen Worten begann er finster zu grinsen.

Mehr brauchte Leonidas nicht als Einladung. Er riss den Bogen nach unten, zielte nicht mehr auf den Kopf des Anführers, sondern auf dessen Bauch und schoss. Der Anführer schlug ebenso schnell seine Spitzhacke nach unten und wehrte den Pfeil mit einer schnellen Drehung ab. Er lachte und gab mit seiner anderen Hand ein Angriffssignal. Der bärtige Spieler stürmte mit gezogenem Schwert auf Leonidas zu, während der Gerüstete aus der Entfernung einen Pfeil auf Leonidas schoss.

Leonidas wich dem Pfeil aus und machte kurze Sprünge rückwärts, um dem brutalen Abwärtsschlag des Bärtigen auszuweichen. Mit diesem ersten Schlag ging Leonidas in den Taktikmodus über. Der Gerüstete war ganz offensichtlich kein guter Schütze, und der erste Schlag des bärtigen Spielers hatte bewiesen, dass er nicht besonders gut mit dem Schwert umgehen konnte. Also blieb nur der Anführer als echte Bedrohung übrig, denn er hatte sich mit seiner Spitzhacke erstaunlich schnell bewegt.

Leonidas sprintete auf die Straße, den Bärtigen auf den Fersen, während der Gerüstete weiter auf ihn schoss. Leonidas legte im Laufen einen weiteren Pfeil an, und in Sekundenschnelle wirbelte er herum, zielte und schoss einen Pfeil direkt auf die Brust des Bärtigen ab. Den ersten Pfeil konnte er abwehren, aber die nächsten zwei gruben sich geradewegs in sein Herz, sodass er seitlich umstürzte. Ein Ring aus Gegenständen platzte aus ihm hervor.

Aus irgendeinem Grund fühlte sich Leonidas unwohl. Obwohl er kaum Worte für den Zorn finden konnte, den er wegen der Misshandlung der Dorfbewohner durch diese Spieler empfand, fühlte er sich doch auf unangenehme Art schuldig, als er den leblosen Körper eines Spielers sah, dessen Namen er nicht einmal kannte. Trotzdem konnte er sich den Gedanken nicht verkneifen: *einer erledigt, noch zwei übrig.*

Der nächste Sieg war noch müheloser. Leonidas' Fähigkeiten als Schütze waren denen des Gerüsteten um ein Zehnfaches überlegen. Keiner der Schüsse seines Gegners hatte ihn auch nur annähernd berührt, und es war nur ein einziger Pfeil aus Leonidas' Bogen nötig, um den Gerüsteten wie seinen bärtigen Kameraden zu Fall zu bringen.

Wieder kam das Schuldgefühl in ihm hoch, jetzt noch stärker als zuvor, als ihm die Tragweite dessen klar wurde, was er gerade getan hatte. Der Spieler hatte Stans Armee nicht einmal beitreten wollen, sondern war einberufen worden.

Aber Leonidas schüttelte das Gefühl ab, wenigstens für eine Weile, als er plötzlich eine Stimme hinter sich hörte.

„Sehr beeindruckend, mein Freund. Ganz offensichtlich bist du fähiger, als du aussiehst."

Leonidas drehte sich um und starrte in die Augen des Anführers, der noch immer in der Tür des Hauses stand, in dem sich die Gegenstände der Dorfbewohner befanden. Er zeigte wieder sein verstörendes, gnadenloses Grinsen und hob einen feuerbereiten Bogen. In seiner Stimme war nicht einmal ein Anflug von Zorn zu hören, kein Anzeichen von Sorge darüber, dass Leonidas soeben seine beiden Kameraden getötet hatte. Das einzige hörbare Gefühl war kaltherzige Belustigung. Leonidas' Schläfe pulsierte vor Zorn, und er wusste, dass er keine Spur von Reue dafür empfinden würde, dem Leben des Anführers ein Ende zu setzen.

Die beiden Pfeile lösten sich gleichzeitig von der Sehne. Leonidas rollte sich seitlich ab und sah hoch. Er stellte fest, dass der Anführer es ihm gleichgetan hatte. Leonidas feuerte drei weitere Pfeile ab, denen der Boss auswich, indem er sich flach hinlegte und sich mit seiner Spitzhacke in den Boden grub.

Leonidas wusste, was der Offizier vorhatte. Er betrat den hölzernen Rahmen, der die nächste Weizenfarm umgab, sprang mit Anlauf davon ab und hielt sich an der Dachkante des nächsten Hauses fest, legte einen Pfeil an und wartete darauf, dass der Boss wieder aus dem Boden hervorkam.

Er wartete, aber er konnte nichts hören als die Geräusche des Massakers, das der Eisengolem in der Ferne anrichtete. Langsam wurde er nervös. Wo war der Kerl? Hätte er inzwischen nicht auftauchen sollen?

Noch während er sich diese Fragen stellte, hörte er, wie eine Sehne gespannt wurde. Er wandte gerade noch rechtzeitig den Kopf, um zu sehen, dass der Boss lautlos hinter ihm wieder nach oben gekommen war und dass nun ein

Pfeil direkt auf ihn zuflog. *Sehr gerissen*, dachte Leonidas verbittert, während er dem Pfeil auswich, das Gleichgewicht verlor und vom Dach des Hauses hinunterpurzelte.

Er prallte mit einem widerlich dumpfen Geräusch auf den Boden und fühlte, wie Schmerzen durch sein Bein schossen. Mit zusammengebissenen Zähnen sah er nach oben und stellte fest, dass ein Bogen gut zehn Blöcke entfernt heruntergefallen war. Gleichzeitig merkte er, dass der Boss das Haus umrundet hatte und mit Höchstgeschwindigkeit auf ihn zustürmte, die Diamantspitzhacke gezogen.

Leonidas legte sich schnell einen Plan zurecht. Er griff nach dem Bogen, bevor er sich auf den Bauch fallen ließ und so tat, als wäre er völlig außer Atem. Der Offizier grinste bösartig und stand Sekunden später über ihm. Er hob die Diamantspitzhacke, und gerade als er Leonidas den Todesstoß versetzen wollte, rammte ihm der das Eisenschwert, das er verborgen hatte, mit einem überwältigenden Stoß entgegen.

Das Schwert traf den Anführer am Arm und riss eine klaffende Wunde in seine rechte Schulter. Als er vor Schmerzen nach seinem Arm griff, konnte er Leonidas nicht mehr davon abhalten, zu seinem Bogen zu hechten und dann in weniger als zwei Sekunden vier Pfeile in seiner Brust zu versenken.

Leonidas sah dem Boss zufrieden dabei zu, wie er rückwärts in Richtung des Hauses stolperte, nur Sekunden vom Tod entfernt. Seine Befriedigung schlug jedoch sofort in Entsetzen um, als der Offizier, ohne zu zielen, einen TNT-Block auf den Boden warf und ihn mit einer Redstone-Fackel berührte, bevor er schließlich zusammenbrach.

Leonidas blieb nichts anderes übrig, als so schnell, wie es sein verletztes Bein zuließ, auf das Haus zuzutorkeln, vor dem der zischende TNT-Block lag. Sobald er merkte, wessen Haus es war, brüllte er verzweifelt: „LIBRORU! Komm da raus, schnell!" Sekunden später wurde die Haustür aufgestoßen, und Librorus schläfriges Gesicht erschien.

„Was passiert da drau…?", wollte der Dorfbewohner fragen, bevor die Explosion ihm das Wort abschnitt.

Leonidas, der verzweifelt und ohne Besinnung auf das Haus zugestolpert war, wurde von der Druckwelle der Explosion zurückkatapultiert und fühlte, wie die Hitze seine Arme versengte, als er über den Kiesweg geschleudert wurde. Nachdem seine Orientierungslosigkeit sich gelegt hatte und die Welt langsam wieder Gestalt annahm, fühlte Leonidas entsetzliche Schmerzen in beiden Beinen. Er zwang sich, sich seine Umgebung anzusehen. Bei diesem Anblick drehte sich ihm der Magen um.

Die Vorderseite von Librorus Haus war völlig weggesprengt worden. Überall lagen Blöcke auf dem Boden verstreut, und wo einst die Eingangsstufen gewesen waren, befand sich ein Krater. Obwohl jeder Instinkt ihn drängte, wegzuschauen und den Anblick des Schreckens zu vermeiden, richtete sich Leonidas' Blick nach unten auf den leblosen Körper von Libroru, der vor dem Krater neben der Leiche des Offiziers lag. Am entsetzlichsten war jedoch der Eisengolem, der am Haus vorbeigelaufen war und die Szene, die sich ihm bot, anstarrte.

Leonidas' Magen verkrampfte sich. Seine Trauer über Librorus Tod wurde völlig von seiner Angst vor dem riesigen Metallungetüm verdrängt, das nun vor ihm stand. Der Kopf des Golems bewegte sich mit einer Reihe bedrohlicher, knirschender Geräusche von links nach rechts, während er sich umsah. Leonidas wusste genau, welchen Eindruck die Szene machte – ein aufgesprengtes Haus, umgeben von den Leichen eines Dorfbewohners und der drei Spieler, die den Auftrag gehabt hatten, das Dorf zu schützen, während nur Leonidas noch am Leben war.

Leonidas konnte den Eisengolem nicht bekämpfen. Er hatte viel zu viele Geschichten von Spielern gehört, die diese Eisenmonster angegriffen hatten, um etwas so Dummes zu tun. Golems waren schneller als Spieler, sodass es keine Möglichkeit zur Flucht gab, und Leonidas' Pfeile würden von dem Körper des Golems, der aus reinem Eisen bestand, einfach abprallen. Die einzigen Angriffe, die stark genug waren, um einem Golem Schaden zuzufügen, setzten TNT oder einen außergewöhnlich heftigen Schlag mit einem Diamantschwert voraus, und Leonidas hatte auf keins von beiden Zugriff.

Aber warum dachte er darüber nach? Er wollte den Eisengolem gar nicht töten. Der Golem war das Einzige, was die Dorfbewohner vor den Unbilden der Welt von Minecraft schützte, und wenn er fallen sollte, würde das Dorf in ernsten Schwierigkeiten stecken. Er hatte nur zwei Möglichkeiten: Er musste den Golem davon überzeugen, dass er keine Gefahr für das Dorf darstellte, oder er musste ihm entkommen.

Leonidas richtete sich langsam auf und unterdrückte die brennenden Schmerzen in seinen Beinen. Er zwang sich, Librorus Tod zu verdrängen. Er kannte Libroru noch aus alten Zeiten, als der Dorfbewohner Leonidas jeden Tag einen Keks geschenkt hatte und Lachanfälle über Leonidas' schrecklich schlechte Witze bekommen hatte. Sosehr er auch trauern wollte, sah er dem Eisengolem in die Augen und zwang sich, sich auf die metallene Bestie zu konzentrieren, die vor ihm stand.

„Ich bin dafür nicht verantwortlich", brachte er hervor achtete peinlich genau darauf, dem Golem direkt in die gefühllosen roten Augen zu blicken. „Die Spieler, die sagten, dass sie die Dorfbewohner schützen würden, haben sie nur ausgenutzt. Ich wollte sie aufhalten, also haben sie Libroru getötet und versucht, auch mich umzubringen.

Ich schwöre, ich wollte keinem von euch Leid zufügen. Bitte, lass mich einfach gehen."

Kurz herrschte Stille, während der Eisengolem Leonidas anstarrte und der den Blick erwiderte. Seine Nervosität war ihm ins Gesicht geschrieben. Dann, in Sekundenschnelle, raste der Eisengolem los. Er bewegte sich schneller, als Leonidas es je bei einem Mob gesehen hatte, und sprang in die Luft. Sein riesiger Eisenarm sauste direkt auf Leonidas zu.

Er schaffte es gerade noch, sich seitlich abzurollen und der riesigen Faust auszuweichen. Seine Todesangst verdreifachte seine durch Verletzungen beeinträchtigte Geschwindigkeit. Der Golem verlor bei seinen Angriffen keine Zeit und schwang die gigantischen Eisenarme wild umher. Leonidas stürzte rücklings, und die große Metallhand verfehlte sein Gesicht nur um Zentimeter. Er sah sich panisch um und suchte verzweifelt nach irgendetwas, mit dem er sich die Flucht ermöglichen könnte.

Sein Blick traf ein Diamantschwert, das auf dem Boden lag. Die Leichen aller vier Toten waren zwar verschwunden, aber das Schwert des bärtigen Spielers war zurückgeblieben. Leonidas schnappte es sich in genau dem Moment, in dem der Eisengolem einen Schlag gegen ihn führte. Leonidas sprang keine Sekunde zu früh ab und raste zwischen den Beinen des Riesen hindurch. Er schwang sein Schwert gegen die Kniekehlen des Golems, und mit einem überwältigenden Scheppern ging der eiserne Gigant zu Boden.

Leonidas sprang auf die Beine und schrie vor Schmerz hörbar auf. Während seine Überlebensinstinkte auf Hochtouren gelaufen waren, hatte er die stechenden Schmerzen in seinen Beinen vergessen, doch nun wurden ihm die Knie weich. Im Fallen warf er einen Blick über seine Schulter. Der Eisengolem war wieder auf den Beinen und drehte sich, um einen weiteren Ansturm auf Leonidas vorzubereiten. Er richtete sich auf, sprintete, so schnell ihn seine versehrten Beine trugen, und vernahm, wie das unaufhörliche metallische Scheppern hinter ihm mit beängstigender Schnelligkeit lauter und lauter wurde.

Leonidas machte an einer Hausecke eine scharfe Rechtskurve und flüchtete in eine Seitengasse. Sofort spürte er einen Windhauch hinter sich, als der Eisengolem an ihm vorbeisprintete. Er hörte das Knirschen von Kies, als der Golem versuchte, sich neu zu orientieren, und erkannte seine Chance, die Flucht zu ergreifen. Er betrachtete die weite Wüste vor sich. Wenn er es nur bis zum Dünenmeer schaffen könnte, könnte er morgen zurückkehren und den Dorfbewohnern seine Lage erklären, die dem Eisengolem sagen könnten, dass er sich beruhigen sollte …

Seine Gedanken wurden unterbrochen, als er über eine kleine Sandgrube stolperte, kurz taumelte und vornüberstürzte. Das Diamantschwert flog aus seiner Hand und schepperte über die Blöcke. Wieder schrie Leonidas vor Schmerzen auf. Er war auf einer harten Sandsteinoberfläche gelandet. Der Boden traf Leonidas wie ein einziger, riesiger Schlag. Der Schmerz in seinem Körper war plötzlich allgegenwärtig und beschränkte sich nicht mehr nur auf seine Beine.

Leonidas schaffte es, sich auf den Rücken zu rollen, gerade rechtzeitig, um zu sehen, wie ihn der Eisengolem von der Spitze eines Sandhügels aus anstarrte. Leonidas erwiderte den Blick der Bestie nur einen Moment lang, dann schwang sie die Arme zurück und flog mit einem übermenschlichen Satz durch die Luft, die Faust ausgestreckt und direkt auf Leonidas gerichtet. Der reagierte automatisch. Innerhalb einer einzigen Sekunde suchte er nach einer Möglichkeit, sich zu schützen. Er sah das Schwert. Er ergriff es und drehte es gerade in eine Verteidigungshaltung, als der Eisenkörper aufprallte.

Obwohl er die Augen geschlossen hatte, konnte Leonidas das ohrenbetäubende metallische Scheppern hören, das um ihn herum widerhallte, bis seine Ohren schmerzten, doch er konte den Einschlag nicht spüren. Er vermutete, dass sich so der Tod anfühlen musste. Endlich von allen Schmerzen erlöst konnte man den tödlichen Schlag selbst nicht spüren. Als er die Augen öffnete, um zu sehen, wie es wohl aussah, tot zu sein, war er verwirrt. Die Welt war nicht vollständig schwarz. Sie war auch nicht weiß. Leonidas konnte nur etwas sehen, das wie ein Haufen rankenbedeckten Eisens aussah, wenige Zentimeter vor seinem Gesicht.

Benebelt und etwas verängstigt durch die Geschehnisse streckte Leonidas eine Hand aus, um die eiserne Mauer zu berühren. Er zuckte zusammen. Sein Arm pulsierte noch vom Aufprall auf den Boden. Aber … Augenblick … wenn sein Arm noch wehtat, dann … dann bedeutete das, dass er nicht tot war! Wieso war er nicht tot?

Leonidas biss die Zähne zusammen und hob beide Arme. Er bereitete sich geistig darauf vor, diesen Eisenklotz von sich zu stoßen. Zu seiner grenzenlosen Überraschung bewegte sich das Eisen jedoch mühelos bei der leisesten Bewegung. Einen kräftigen Schubser später rollte der metallene Körper zur Seite. Leonidas kämpfte sich in eine sitzende Position und sah genauer hin, um festzustellen, worum es sich bei diesem Eisenberg eigentlich handelte. Was er sah, verschlug ihm den Atem.

Neben ihm auf dem Boden lag der Eisengolem. Die Bestie regte sich nicht, ihre Augen waren geschlossen, und sie war bis auf die Brust völlig unversehrt. Auf der linken Seite, dort, wo man das Herz vermuten würde, steckte ein Diamantschwert, das sich tief in den Golem gebohrt hatte. Als Leonidas die Tatsache bewusst wurde, dass der Eisengolem sich bei seinem Angriff auf dem Diamantschwert aufgespießt hatte, überkam ihn ein Gefühl des Grauens.

Einen Sekundenbruchteil später vervielfachte sich das Gefühl, als der Körper des gigantischen Eisengolems sich in nichts auflöste und nur zwei Eisenbarren und eine rote Rose hinterließ. *Es war ein friedliches Monster*, dachte Leonidas, während ihm die Tränen in die Augen stiegen, *das nichts weiter wollte, als das Dorf und seine Bewohner zu schützen. Und jetzt ist es tot, und nichts wird die Dorfbewohner mehr gegen die Schrecken der Nacht verteidigen.*

„Mein Gott", sagte Leonidas entsetzt.

„Leo-nidas?"

Leonidas fuhr herum, und die Schmerzen, die die plötzliche Bewegung in ihm auslöste, waren nichts im Vergleich zu denen, die von seinem Magen, seinem Herzen und seiner Lunge Besitz ergriffen, als er sah, wie sämtliche Einwohner des NPC-Dorfes, Moganga allen voran, vom Rand der Grube auf ihn hinabstarrten. Die Mienen aller Dorfbewohner waren von Entsetzen, Verwirrung und Angst gezeichnet, als sie Leonidas ansahen, der neben einem Diamantschwert und den kläglichen Überresten ihres großen Verteidigers saß. Nur Mogangas Gesicht zeigte die Gefühlsregung, die die Rüstung von Leonidas' Seele durchdringen konnte: unaussprechliche Trauer.

„Leo-nidas, hast du Plat, den Eisengolem getötet?", fragte Moganga.

Leonidas brach in Panik aus. Er hatte nicht vor, Moganga anzulügen, und wusste, dass sie es merken würde, wenn er es versuchte. Er konnte nur beten, dass sie sich seine Gründe anhören würde.

„Ja, Moganga, das habe ich, aber ..."

„Und du hast auch die drei Männer getötet, die uns vor Dingen schützen sollten, die das Dorf von außen bedrohen", unterbrach sie mit unverändertem Ernst. Erste Wut war in ihrer Stimme zu hören.

„Ja, das habe ich", sagte Leonidas mit brechender Stimme, und seine Tränen begannen zu fließen. „Aber Moganga, ich schwöre dir, ich habe es nur getan, um ..."

„Das ist unwichtig, Leo-nidas", antwortete Moganga und sah vor dem Hintergrund des glühenden roten und rosafarbenen Sonnenaufgangs Furcht einflößend und wutentbrannt aus. „Mord ist in diesem Dorf nicht erlaubt. Du musst jetzt gehen."

„Nein, bitte, Moganga", heulte Leonidas und fiel auf die Knie, die Hände flehend vor sich gefaltet. „Ich wollte nichts tun, das euch schaden könnte, ich wollte euch nur helfen!" Schluchzer unterbrachen seine Worte, während Leonidas sein Herz ausschüttete und seine einzigen wahren Freunde auf der Welt bat, ihm zu verzeihen. „Erinnert ihr euch nicht? Ich bin der Geheiligte, ich habe mein Leben geopfert, um euch zu retten! Ich liebe euch doch, ihr seid meine Familie!"

Leonidas blickte flehentlich zu Moganga empor. Die Augen, die seinen Blick erwiderten, zeigten nichts als Gnadenlosigkeit. Dann verletzten vier Worte der Dorfbewohner-Priesterin Leonidas mehr, als jede Waffe es je vermocht hätte:

„Es gibt keinen Geheiligten."

Leonidas spürte nichts als Entsetzen und war nicht gewillt zu glauben, was er gerade gehört hatte. Er sah in die Gesichter der anderen Dorfbewohner. Die Kinder unter ihnen weinten lautlos und versteckten ihre Gesichter in den Roben ihrer Eltern. Alle erwachsenen Dorfbewohner blickten nun auf ihn herab wie Moganga. Ihre Anführerin hatte gesprochen, und ihre Untergebenen folgten ihrem Beispiel, ohne sie infrage zu stellen. Selbst Blerge und Mella legten nichts als Verachtung für Leonidas an den

Tag, obwohl ihre Gesichter noch von Tränen befleckt waren. Die Dorfbewohner waren unter ihrer Anführerin vereint, bereit, sich jeder Bedrohung gegen ihr Dorf zu stellen. Leonidas war nun eine dieser Bedrohungen.

Leonidas wandte sich um. Er konnte den Anblick der Dorfbewohner nicht mehr ertragen. Für seine Familie war er gestorben. Die letzten Erinnerungen an Freude und Glück, die er in Elementia hatte, waren für ihn verdorben. Und so wandte Leonidas den Dorfbewohnern den Rücken zu und ging der Wüste entgegen, in Richtung Nocturia, bereit, sich wieder dem Einzigen zuzuwenden, das er wirklich gut konnte: Zerstörung.

KAPITEL 13:

DIE NATION DER NOCTEM-ALLIANZ

„Diese Versammlung des Rats der Acht ist nun eröffnet", las Stan hastig ab. Er brannte darauf, die Formalitäten der Zusammenkunft so schnell wie möglich zu erledigen, damit sie das aktuelle Problem besprechen konnten. „Muss ich die Anwesenheitsliste durchgehen? Nein, muss ich nicht, ich sehe ja, dass alle hier sind. Reden wir also darüber."

„Ich muss schon sagen, Stan", sagte Jayden arrogant. Dafür, dass dir so wichtig ist, dem Gesetz haargenau Folge zu leisten, hast du die Eröffnung ganz schön eilig durchgezogen."

„Ach, halt den Mund, Jay!", fuhr DZ ihn entnervt an. „Dieser Teil der Eröffnungszeremonie ist sowieso bescheuert, ich weiß nicht mal, warum wir ihn eingefügt haben. Und er hat recht, wir dürfen jetzt keine Zeit verschwenden. Wir müssen herausfinden, was wir mit dem Land der Noctem-Allianz anstellen sollen, und wir werden es schnell herausfinden müssen."

„Hört sich ganz schön heuchlerisch an", antwortete G, der an der wachsenden Anspannung viel zu viel Gefallen zu finden schien. „Du willst also sagen, dass ihr alles genau nach Vorschrift machen und nichts überspringen wolltet, als Archie gestorben ist. Aber jetzt, wo die Noctems ihr eigenes Land haben, ist es eine echte Krise, in der wir keine Zeit verschwenden dürfen?"

„Pass mal auf ...", fing Charlie an.

„Lasst das, Streitereien sind nur noch mehr Zeitverschwendung", unterbrach ihn Stan, nicht laut, aber bestimmt. Charlie verstummte, während G und Blackraven, die bereits den Mund geöffnet hatten, um zu antworten, ihn wieder schlossen.

„Wie ihr alle wisst, hat die Noctem-Allianz draußen in der Tundra ihren eigenen Staat gegründet, den sie die Nation der Noctem-Allianz nennt. Dass wir etwas dagegen unternehmen müssen, ist klar. Und ehrlich gesagt", sagte Stan, „habe ich keine Ahnung, was genau wir tun sollen. Hat jemand eine Idee?"

„Also, ich schlage vor, dort einzumarschieren und alles niederzubrennen", antwortete Jayden fast beiläufig, als wäre das die offensichtlichste Lösung der Welt.

„Dem stimme ich zu", pflichtete Blackraven bei und hob die Hand.

„Ich auch", fügte G hinzu und tat es ihm gleich.

„Meint ihr das ernst?", rief DZ aus. „Euch ist aber schon klar, dass sich jetzt alles verändert hat, nur weil die Noctem-Allianz ihren eigenen Staat hat, oder?"

„Ich verstehe nicht", antwortete G mit verwirrter Miene.

„DZ hat recht", erklärte der Mechaniker weise. „Jetzt, da die Noctem-Allianz ihren eigenen Staat gegründet hat, heißt das, dass sie organisiert ist, und was noch wichtiger ist: Wir wissen, wo wir sie finden. Das ermöglicht uns, mit der Noctem-Allianz zu verhandeln und unsere Probleme friedlich zu lösen, statt zu kämpfen."

„Im Ernst?", fragte Blackraven ungläubig. „Diese Leute führen seit Wochen offen Krieg gegen uns! Und jetzt, da wir endlich wissen, wo sie sind, willst du sie nicht auslöschen?"

„Genau darum geht es", erwiderte Charlie. „Sie versuchen nicht, sich zu verstecken. Wenn sie uns weiter angreifen wollen, warum sollten sie uns dann freiwillig sagen, wo ihre Basis ist? Und sie versuchen auch nicht, uns das zu verheimlichen. Ich meine, der Bote hat uns aus freien Stücken den genauen Standort der Basis mitgeteilt, als wir danach gefragt haben."

„Na und? Das ändert doch nichts daran, dass sie uns vorher angegriffen haben!", warf G ein.

„Wisst ihr, die Noctem-Allianz greift uns nicht einfach aus Spaß an", erwiderte Charlie. „Wir kämpfen eigentlich nur gegen sie, weil sie noch immer Vorurteile gegen niedriglevelige Spieler haben. Und diese Ansicht ist zwar ganz offensichtlich falsch und fehlgeleitet, aber vielleicht ist es im Moment gar keine schlechte Idee, den Leuten mit Vorurteilen einen Ort zu überlassen, an dem sie sich von allen anderen fernhalten können."

„Du unterstützt sie damit!", schrie Jayden entsetzt. „Du willst diesen Fanatikern ihr eigenes Land überlassen und nichts dagegen unternehmen! Damit gibst du ihnen freiwillig Macht! Wenn sie ihr eigenes Land haben, können sie sich auch ihre eigenen Ressourcen beschaffen, und dann werden sie uns den Krieg erklären!"

„Und was wäre daran anders als das, was schon jetzt passiert?", konterte Kat. G drehte den Kopf und sah sie schockiert an. Ganz offensichtlich hatte er nicht erwartet, dass sie sich zu Wort meldete. „Im Moment führt die Noctem-Allianz einen Krieg, den wir nicht ausfechten wollen. Wenn wir ihnen ihr eigenes Land überlassen, dann werden sie tatsächlich stärker sein, aber wenigstens werden wir wissen, wie wir mit ihnen umgehen können, statt einen Kampf gegen eine Hydra zu führen, was wir im Moment tun."

„Und bedenkt", fuhr DZ fort, „wir sind die Großrepublik Elementia! Alle Ressourcen der Welt sind für uns griffbereit, während sie mitten in der Tundra festsitzen. Wenn wir am Ende doch einen normalen Krieg führen, werden wir ihn gewinnen."

„Genug geredet", sagte Stan, der sich jetzt sicher war, was er zu tun hatte, und inständig hoffte, dass die anderen zustimmen würden. „Hier ist mein Vorschlag. Ich reise in die Hauptstadt der NNA, und ich ..."

„Die NNA?", fragte Blackraven skeptisch.

„Die Nation der Noctem-Allianz", antwortete Stan beiläufig. „Jedenfalls reise ich in die Hauptstadt der NNA und nehme Bill, Ben und Bob zur Sicherheit mit. Ich werde mit dem Anführer der NNA sprechen und versuchen, Friedensverhandlungen zu beginnen. Wer stimmt dafür?"

Stan hob seine Hand. Charlie, DZ und Kat reckten ihre Hände ebenfalls mit verbissener Entschlossenheit empor. Der Mechaniker hob seine dagegen ruhig.

„Und wer stimmt dafür, Nocturia in Schutt und Asche zu legen?", fragte Stan lächelnd. Er wusste genau, dass er bereits eine Mehrheit erreicht hatte.

Jayden und G ließen ihre Hände, genau wie Charlie, Kat und DZ es getan hatten, in die Höhe schießen, als wollten sie zeigen, welch großes Vertrauen sie in ihre Abstimmung setzten, obwohl sie wirkungslos bleiben würde. Blackraven hob die Hand langsam – zwar bestimmt, aber nicht so lebhaft wie die jüngeren Spieler.

Gobbleguy war der Einzige, der die Hand nicht hob. Er blickte nur zögerlich von einer Seite zur anderen und konnte sich anscheinend nicht entscheiden. Stan seufzte. Er war Gobbleguys Unentschlossenheit bei jeder Wahl, die sie treffen mussten, langsam wirklich leid. Irgendwann würde er ein ernstes Gespräch mit ihm führen müssen, weil er für den Rat wirklich nicht geeignet war. Er war nur gewählt worden, weil er im Aufstand gegen König Kev eine Rolle gespielt hatte, nicht, weil er ein guter Anführer war. Stan schob diesen Gedanken beiseite. Es gab andere, wichtigere Dinge, um die er sich kümmern musste.

„Na schön, dann rede ich mit Bill, Ben und Bob. Wir reisen morgen früh ab und sind vermutlich morgen Abend zurück", sagte Stan im Aufstehen.

„Oh, und es wäre vermutlich keine gute Idee, das der allgemeinen Bevölkerung mitzuteilen", bemerkte Blackraven, in dessen Stimme noch etwas Verärgerung über die Wahl zu hören war. „Ich glaube nicht, dass die Bürger uns ihre Zustimmung dafür geben würden, mit der NNA zu sprechen, statt sie zu bekämpfen." Alle am Tisch nickten zustimmend.

Stan machte sich auf den Weg zur Tür, wurde jedoch von Kats Stimme aufgehalten. „Warte mal, hast du ‚morgen Abend' gesagt?", fragte sie.

„Ja. Wieso, gibt es ein Problem?", antwortete Stan.

„Na ja, schon irgendwie", entgegnete sie mit besorgter Miene. „Immerhin ist morgen doch das Halbfinale des Spleef-Turniers."

„Na und?", fragte Stan.

„Und Ben ist im Team", fügte DZ hinzu, und ihm war anzusehen, dass er das Problem verstanden hatte.

„Wieso ist das wichtig?", fragte Stan, den verwirrte, warum sie überhaupt darüber sprachen. „Wir sind mitten im Krieg, ihr werdet das Turnier einfach aufgeben müssen!"

„Spinnst du?", platzte Kat heraus, während DZ gleichzeitig „Auf keinen Fall!" rief.

„Wir können nicht aufgeben, das ist das Halbfinale des beliebtesten Sportturniers in Elementia!", rief Kat aus. „Was sollen denn die Fans denken?"

„Willst du mir etwa sagen", erwiderte Stan wutentbrannt – er konnte nicht fassen, was er da hörte –, „dass du die Gelegenheit, die ganze Kämpferei zu beenden, in den Wind schießen möchtest, nur weil du deine Fans nicht enttäuschen willst?"

„Stan, darf ich mich bitte einmischen?", sagte der Mechaniker, bevor DZ antworten konnte.

„Nur zu!", rief Stan und erwartete, dass der Mechaniker Kat und DZ zur Besinnung brachte.

„Ich finde, sie sollten am Turnier teilnehmen", erklärte der Mechaniker ruhig.

„Halt, was?", rief Stan, schockiert darüber, dass das älteste und vermutlich weiseste Mitglied des Rates sich auf ihre Seite geschlagen hatte.

„Stan, überleg es dir. Du magst einen Krieg führen, aber du bist auch Präsident eines Landes, und es ist deine Aufgabe, dafür zu sorgen, dass das Volk zufrieden ist. Sie haben uns als Anführer gewählt, weil sie darauf vertrauen, dass wir uns um ihre Probleme kümmern, und sie wollen nicht selbst unter den Problemen leiden."

„Was hat denn das damit zu tun?", fragte Stan.

„Wenn du Ben mitnimmst und die Zombies zwingst auszusteigen, würde das große Empörung im Volk auslösen ... dem Volk, dem du geschworen hast, es zufriedenzuhalten, Stan. Wenn das die einzige Möglichkeit wäre, sähe die Lage ganz anders aus, aber in diesem Fall könntest du problemlos jemand anders statt Ben mitnehmen."

„Ich melde mich freiwillig", sagte Charlie. „Ich komme mit dir nach Nocturia, Stan."

Stan dachte kurz darüber nach, dann nickte er und sagte „Okay, ihr habt recht. Charlie, du, Bill und Bob könnt mitkommen. Wir brechen morgen früh auf."

„Na schön", sagte Charlie und nickte.

„Ach ja, Leute ...", fügte Stan hinzu und sah zu DZ und Kat hinüber, die aufgeregt aussahen, da sie an nichts anderes dachten als an das Spleef-Match. „Versucht, morgen zu gewinnen. Und nehmt Oob mit zum Match, ja? All das hier muss ihn wahnsinnig verwirren, und der kleine Kerl könnte ein wenig Spaß vertragen." Er lächelte.

„Jawohl, Sir", antworteten sie wie aus einem Mund und grinsten breit.

„Na schön, raus mit euch allen!", befahl Charlie, und alle verließen mehr oder weniger schnell den Saal, bereit, sich auf die morgigen Ereignisse vorzubereiten. Die letzten drei Spieler, die aus dem Raum schritten, hegten jedoch finstere Gedanken.

Jayden hatte der ganze Vorgang völlig aus der Bahn geworfen. Da sich Stan, Kat, Charlie, DZ und der Mechaniker immer und in jeder Hinsicht einig waren, verfügten sie über fünf der neun Stimmen im Rat. Das war mehr als die Hälfte, was hieß, dass die fünf jedes Gesetz und jede Aktion beschließen konnten, die sie nur wollten, unabhängig davon, was er, G oder Blackraven meinten. Jayden fühlte sich so machtlos, und es gab nichts, was er dagegen hätte tun können. Schäumend vor Wut stürmte er aus dem Ratssaal und fragte sich, wie er alles wieder ins Lot bringen könnte.

G blieb einen Moment lang sitzen, noch immer wie vom Donner gerührt, weil Kat gegen ihn gestimmt hatte. Sie waren während der Kampagne gegen König Kev so glücklich miteinander gewesen, als sie rein zufällig zusammengekommen und sich immer einig gewesen waren. Nach ihrem Sieg hatte sich alles verändert. Kat hatte sich weiter und weiter von ihm entfernt, seit sie dem Rat beigetreten waren, obwohl er sein Bestes getan hatte, um sie glücklich zu machen und sogar so weit gegangen war, nicht zur Arbeit zu gehen, um sich mit ihr zu treffen. G verließ den Ratssaal völlig verwirrt und fragte sich, wie er die alte Kat zurückgewinnen könnte.

Am Ende saß nur noch eines der Ratsmitglieder am

Tisch. Blackravens Gesicht war ausdruckslos, obwohl offensichtlich war, dass sein Geist auf Hochtouren arbeitete. Nach einer Weile lächelte er. Er wusste nicht genau wie, er wusste nicht genau wann, aber als Blackraven langsam aus dem Ratssaal schlenderte, war er zuversichtlich, dass sich alles zum Besten wenden würde.

Stan zitterte am ganzen Körper. Er hatte keine Ahnung gehabt, dass es in Minecraft so kalt werden konnte. Er hatte Wälder, Dschungel, Wüsten und Berglandschaften durchquert, seit er Elementia beigetreten war, aber er hatte noch nie ein Schneebiom besucht und war darauf völlig unvorbereitet. Charlie fühlte sich ähnlich, aber im Vergleich zu Bill und Bob waren sie fast schon im siebten Himmel, denn die waren einen Großteil ihrer Zeit in Elementia im Nether gestrandet gewesen, der Dimension aus Lava und Feuer. Stan erinnerte sich, dass Bill einmal erzählt hatte, wie angenehm kühl ihnen die Wüste vorkam und dass der Wald geradezu kalt war. Nun befanden sie sich in einem Biom, in dem die Temperatur unter dem Gefrierpunkt lag. Obwohl sie sich ganz gut zu schlagen schienen, wusste Stan, dass sie innerlich an ihre Grenzen stießen. Das einzige Mitglied der Gruppe, das von der winterlichen Umgebung völlig unbeeindruckt zu sein schien, war Ivanhoe das Schwein.

Stan hatte gestaunt, als die vier mit dem Zug durch die Enderwüste gefahren waren und die sehr harte Grenze sehen konnten, an der die Wüste endete und die Tundra anfing. Stan hatte angenommen, dass es wenigstens irgendeine Art von Übergang zwischen dem kältesten und dem heißesten aller Biome geben musste. Aber nein, Wüste und Tundra grenzten tatsächlich direkt aneinander an, sodass ein Block heiß und sandig und der rechts an ihn angrenzende kalt und verschneit war. Vielleicht würde die

Biomerzeugung in zukünftigen Updates etwas weniger schroff ausfallen, dachte Stan.

Obwohl Charlie in den letzten Monaten den Bau eines Gleisnetzwerks beaufsichtigt hatte, das sich über die gesamte Enderwüste erstreckte, hatte er es noch nicht auf die Tundra ausgeweitet. Daher mussten die vier den Rest des Weges bis zur NNA laufen. Sie hatten das Gefühl, schon seit Stunden in einer Richtung unterwegs gewesen zu sein, als Stan endlich das schwache Leuchten von Lichtern in der Ferne erkennen konnte. Stan spannte sich an, als ihm bewusst wurde, dass sie in Kürze endlich zum ersten Mal Lord Tenebris gegenüberstehen würden.

Was die Mitglieder der Noctem-Allianz anging, wusste Stan so gut wie nichts. Er wusste, dass das Bündnis hauptsächlich aus hochleveligen Spielern mit Vorurteilen bestand und dass einer seiner Anführer Leonidas war, aber das war alles. Stan glaubte, sicher annehmen zu können, dass Caesar und Minotaurus als einzige weitere Überlebende von König Kevs Armee ebenfalls damit zu tun hatten.

Unter den dreien war Caesar der Höchstrangige gewesen, also ging Stan fürs Erste davon aus, dass Caesar den Titel „Lord Tenebris" angenommen hatte, der, wie ihm Blackraven erzählt hatte, lateinische Wurzeln hatte und so etwas Ähnliches wie „Herr der Nacht" bedeutete. Andererseits bestand natürlich die Möglichkeit, dass Lord Tenebris eine ganz andere Person war, jemand, den Stan nicht kannte. Er vermutete, dass er es bald herausfinden würde.

Durch den andauernden Schneesturm zeichnete sich eine gigantische Silhouette in der Dunkelheit ab. Stan kniff die Augen zusammen und erkannte, dass er eine lange, hohe Bruchsteinmauer vor sich hatte. Sie sah bedrohlich aus und löste in ihm ein Gefühl der Beklemmung aus, da der Großteil der Mauer in tiefe Dunkelheit gehüllt war. Die einzigen Lichtquellen befanden sich an der Spitze der Mauer, Fackeln, die im heulenden Blizzard flackerten, ohne je zu verlöschen. Sie erleuchteten Gestalten, die mit Bögen bewaffnet auf Stan und seine Freunde hinabstarrten. Obwohl sie das einzig erkennbare Licht im Umkreis von Meilen beleuchtete, schienen diese Spieler dennoch von Schatten verhüllt zu sein.

Charlie versuchte, ruhig zu bleiben, und Stan konnte hören, wie sein Freund tief atmete, und sehen, wie Dampf aus seinem Mund in die kalte Luft strömte. Bill und Bob sprachen nicht, sahen aber nach allem, was Stan erkennen konnte, auch nicht besonders verängstigt aus, sondern bereiteten sich mit ernster Miene auf das vor, was sie hinter der Mauer erwartete.

Als Stan sich näherte, erklang ein sirrendes und klickendes Geräusch. Eine Öffnung erschien, zwei Blöcke hoch und einen breit, gerade groß genug, dass ein Spieler hindurchgehen konnte. Die Spieler warfen sich ein letztes Mal einen Blick zu, da sie wussten, dass es von hier an kein Zurück gab. Dann, nach einem letzten tiefen Atemzug, betraten die Spieler die Hauptstadt von Noctem.

Stan sah sich um. Es überraschte ihn, wie deprimierend es hinter der Mauer aussah. Wenn das überhaupt möglich war, machte alles dort einen noch hoffnungsloseren Eindruck als die Außenseite. Es gab zwar Licht, aber es machte kaum einen Unterschied. Ein großer Bereich vor ihm enthielt nichts als schlichte Erdhütten, die in einem Raster standen, abgesehen von einem Stück ebenen, schneebedeckten Bodens, von dem Stan annahm, dass es die Hauptstraße darstellte. Aus einigen der Hütten schien zwar Fackellicht, aber das Licht wurde von der ewigen Dunkelheit, die der wirbelnde Schnee verursachte, stark gedämpft.

In der ganzen Hauptstadt gab es eigentlich nur ein wirklich beeindruckendes Bauwerk, das gleichzeitig die einzige echte Lichtquelle der Anlage war. Das Licht strömte aus einem zentral gelegenen, reich verzierten Gebäude mit mehreren Stockwerken, das hauptsächlich aus Steinziegeln mit Akzenten aus Mineralienblöcken bestand. Es war recht beeindruckend, und Stan vermutete, dass sein Bau einige Zeit in Anspruch genommen haben musste.

Während Stan, Charlie, Bill, Bob und Ivanhoe die Hauptstraße entlanggingen, fühlten sie sich immer unwohler. Sie befanden sich in feindlichem Gebiet und begaben sich freiwillig in eine Anlage der Organisation, die sich er Wochen alle Mühe gegeben hatte, sie zu töten. Hätten sie inzwischen nicht auf ein paar Spieler treffen sollen?

Kaum war Stan dieser Gedanke gekommen, als sich eine Tür unter dem Balkon des Gebäudes öffnete. Zwei Soldaten traten heraus, ganz in schwarze Lederrüstung gekleidet, mit schwarzen Schwertern in der Hand. Nur ihre Augen waren zu sehen, und keines ihrer Gesichter hatte besondere Merkmale. Die beiden starrten auf Stan und seine Freunde hinab.

„Ich bin Stan2012, Präsident der Großrepublik Elementia, und dies sind meine Begleiter", sagte Stan und zeigte auf seine drei Freunde, die daraufhin nickten. „Ich komme, um eine Audienz beim Anführer der Nation der Noctem-Allianz zu erbitten."

„Sehr wohl", sagte einer der Soldaten in einem Tonfall, der keine Gefühlsregung erkennen ließ. „Folgt uns hinein. Der Kanzler erwartet euch."

„Ach wirklich?", entfuhr es Charlie, und obwohl die anderen drei ihm wütende Blicke zuwarfen, plapperte er weiter. „Woher wusste er denn, dass wir kommen?", fragte er.

„Die Noctem-Allianz weiß viele Dinge", antwortete der andere Soldat geheimnisvoll, und mit diesen Worten machten beide Soldaten kehrt und marschierten in perfektem Gleichschritt durch die Eisentür. Stan fühlte, wie seine Gefährten hinter ihm gleichzeitig erschauerten, und er wusste, woran es lag. Es war einfach zu gruselig – der kalte, gefühllose Tonfall und die Tatsache, dass sich die beiden Soldaten perfekt synchron bewegten.

Stan atmete tief durch, versuchte, das flaue Gefühl in seinem Magen zu unterdrücken, und betrat das Gebäude. Als sie durch die Tür traten, beugte er sich zurück und zischte Charlie zu: „Halt die Klappe und überlass das Reden mir!", was Charlie mit betretenem Nicken quittierte.

Das Innere des Gebäudes folgte demselben Stil wie das Äußere, mit schmückenden Details aus Mineralienblöcken, die hier und da die Steinziegelmauer zierten. Steinsäulen erstreckten sich von der hohen Decke bis zum Boden, und sämtliches Licht kam aus Feuerstellen in der Wand, von denen Stan nur annehmen konnte, dass in ihnen Netherrack brannte. Die gesamte Gestaltung Nocturias passte zu Stans Eindruck von der Allianz: kalt wie Stein und dunkel, mit Anflügen von Pomp; jedes Licht im Inneren flackerte und warf Unheil verkündende Schatten. All das machte ihn außerordentlich nervös.

Am Ende des Korridors befand sich eine Holztür, und man führte sie hindurch. Stan merkte sich dieses Detail. Falls sie die Flucht ergreifen müssten, würde diese Tür ein weit geringeres Hindernis darstellen als die aus Eisen. Er schaute sich in dem Raum um, den sie betreten hatten. Er ähnelte auffallend der Rotunde des Gerichts von Element City. So sehr, dass Stan die Ähnlichkeit geradezu verstörend fand. Der einzige Unterschied war, dass an der Stelle, an der die Richter sitzen sollten, drei Throne standen, von denen nur einer besetzt war.

In der Rotunde, die das Zentrum des Steinbodens umgab, befanden sich etwa fünfzig schwarz gekleidete Gestalten. Stan konnte kaum einen Unterschied erkennen, für ihn schienen sie alle gleich, abgesehen von einem dünnen Streifen sichtbarer Haut auf Augenhöhe. Der einzige Thron, auf dem jemand saß, offenbarte ein vertrautes Gesicht. Stan hatte es zum letzten Mal in der Schlacht gesehen.

Er fühlte, wie Bill und Bob eine angespannte Haltung annahmen, besonders Bob. Wie beiläufig blickte er hinter sich und sah, dass die Mienen der beiden Polizeipräsidenten regungslos blieben, aber auch, dass es ihnen schwerfiel. Der Grund dafür war nicht schwer zu erraten. Der Spieler, der vor ihnen auf dem Thron saß, war der Grund, weshalb Bob auf dem Rücken eines Schweins nach Nocturia hatte reiten müssen. Er hoffte sehr, dass die beiden es schaffen würden, stumm zu bleiben.

„Willkommen in unserer Hauptstadt, Präsident Stan", sagte Caesar und klang dabei gastfreundlicher, als Stan erwartet hatte.

„Danke", erwiderte Stan und versuchte, wie der Präsident zu klingen, der er war. „Bist du der Anführer dieser Stadt, Caesar?"

„Nein, Stan, das bin ich nicht", antwortete Caesar. Einen Moment lang herrschte Stille, weil Stan erwartete, dass er fortfahren würde, aber schließlich beschloss er, ihm auf die Sprünge zu helfen.

„Und … wer ist es dann?"

„Der Anführer der Noctem-Allianz ist der allmächtige Lord Tenebris, das mächtigste Wesen in der Geschichte von Minecraft", antwortete Caesar und klang dabei fast gelangweilt. „Leider ist er momentan verhindert, da er in anderen Serverregionen Geschäfte zu verrichten hat. Bis zu seiner Rückkehr bin ich jedoch übergangsweise zum Kanzler der Noctem-Allianz ernannt worden. Ab sofort dürft ihr mich Anführer der Noctem-Allianz nennen."

Stan hatte den Eindruck, dass die Atmosphäre in diesem Raum tödliche Bedrohung ausstrahlte. Er wurde das Gefühl nicht los, dass an der ganzen Situation etwas nicht stimmte. „Was ist mit Leonidas? Ich weiß, dass er auch zu euch gehört, ich habe bei der Dschungelbasis gegen ihn gekämpft. Und was ist mit Minotaurus?"

„Nun, die beiden sind meine Verbündeten in der Noctem-Allianz, und im Moment sind sie draußen auf dem Server und erledigen verschiedene Aufträge, um die Ausbreitung der Noctem-Allianz zu unterstützen", antwortete Caesar. Ein winziges Grinsen stahl sich in sein Gesicht, und vielleicht war es die allgegenwärtige, unangenehme und bedrohliche Atmosphäre, die von Nocturia ausging, aber auf Stan wirkte es außerordentlich abstoßend. Er wollte gerade fragen, worum es bei diesen Aufträgen ging, als hinter ihm zu seiner Bestürzung eine weitere Stimme ertönte.

„Was soll das heißen, ‚Aufträge auf dem Server'?", fragte Charlie hitzig. „Ihr Noctem-Leute habt jetzt euer eigenes Land, und wir haben nicht vor, es euch wegzunehmen. Was habt ihr noch auf dem Server zu erledigen?"

Stan seufzte entnervt und hoffte, dass Caesar ihnen Charlies Ausbruch nicht übel nehmen würde. In einem Raum mit fünfzig Noctem-Soldaten war es von höchster Wichtigkeit, ihn nicht zu reizen. Caesar war jedoch nicht brüskiert, sondern grinste nur noch breiter. Beim Anblick dieses wahnsinnigen Grinsens wäre es Stan lieber gewesen, wenn Caesar sie angeschrien hätte.

„Ach ja, Stan, du hast Gefolge mitgebracht", sagte Caesar mit öliger Stimme. „Charlie, wie geht es dir denn so? Hat sich dein NPC-Freund von dem gigantischen Loch in seiner Brust erholt?", fragte er mit verstörend falscher Besorgnis, und Charlie entfuhr ein fast lautloses, aber zorniges Knurren.

„Ach, und die ehrwürdigen Polizeipräsidenten von Element City. Ich habe euch ja eine ganze Weile nicht mehr gesehen", fuhr Caesar fort. Stan fühlte, wie sie sich hinter ihm verkrampften, und auch er spürte die Anspannung, weil er ahnte, worauf Caesar hinauswollte.

„Ich dachte, ihr wärt zu dritt. Hat einer von euch ins Gras gebissen? Tja, das würde mich nicht überraschen. Es war ehrlich gesagt lächerlich einfach, dich zu verstümmeln, Bob, und wenn deine Stärke Schlüsse auf die deiner Brüder zulässt, muss man wohl kein besonders talentierter Spieler zu sein, um einen von euch zu erledigen." Er kicherte, und Bill und Bob fingen an zu zittern. Vor Wut schnaubten sie hörbar.

„Hör auf, Caesar", sagte Stan und war bemüht, sich darauf zu konzentrieren, Informationen zu bekommen. „Sag mir einfach, was genau ihr erreichen wollt, indem ihr hier draußen euer eigenes Land gründet."

„Nun, Stan, eins musst du verstehen", erwiderte Caesar und presste seine blockförmigen Hände auf fast schon professionelle Manier vor sich zusammen. „Die Allianz hat viele langfristige Ziele, nicht nur eines. Aber wo ihr schon hier seid, interessiert euch vielleicht, dass die Allianz beabsichtigt, ihre Mauern und ihre Stadt auszudehnen, bis sie das gesamte Tundra-Biom abdeckt und sich schließlich bis in andere Biome erstreckt."

„Also das wird nichts", sagte Stan langsam und fragte sich, was das für eine Aussage sein sollte. „Ihr werdet euch nicht in das Territorium von Elementia ausbreiten, Caesar. Meine Armeen werden euch aufhalten, wenn ihr eure Grenzen irgendwo über das momentane Gebiet hinaus erweitert."

Caesar zuckte die Achseln. „Nun, das werden deine Armeen nur tun, wenn du es ihnen befiehlst, Stan, und … tja …", Caesars Augen richteten sich nach unten, und er klopfte ein paarmal sanft die Hände zusammen, als stünde er kurz davor, Informationen preiszugeben, die ihm unangenehm waren, „… ich fürchte, du wirst in Kürze sterben."

Caesar hob seinen Arm von der Armlehne des Stuhls und gab den Blick auf einen Hebel dahinter frei, und bevor Stan reagieren konnte, hatte er ihn gezogen.

KAPITEL 14:

DAS SPLEEF-HALBFINALE

„Sind wir bald da, sind wir bald da, sind wir bald da, sind wir bald da, sind wir …?"

„Oob, zum dritten Mal, ja, wir sind bald da. Du kannst das Gebäude schon sehen, es ist direkt vor uns!"

„Oh! Es tut mir leid, Kat. Ich habe vergessen nachzusehen, ob wir bald da sind, bevor ich gefragt habe, ob wir bald da sind."

„Macht nichts, Oob", antwortete Kat und lachte leise. „Jeder macht mal Fehler."

„Ich kann noch gar nicht glauben, dass ich hier bin!", sagte Oob mit ehrfürchtiger Stimme, während er an dem riesigen Gebäude der Spleef-Arena hinaufblickte. „Das ist das schönste Bauwerk, das ich in meinem ganzen Leben gesehen habe, glaube ich!"

„Das glaube ich auch, Oob. Und ich verspreche dir", sagte Kat und lächelte ihn freundlich an, „dass du den besten Platz in der ganzen Arena bekommst. Den Vorbereitungsraum hat noch nie zuvor jemand mit mir, Ben und DZ besuchen dürfen. Du wirst der Erste sein!"

Kat erwartete auf dieses Versprechen hin eine weitere schwärmerische Antwort, aber als das nicht geschah, warf sie einen Blick hinter sich. Oob war wieder davongelaufen und schien sich jetzt einen in Form geschnittenen Busch anzusehen, der einem Schwein aus Blätterblöcken ähnelte. Er stupste es an und schien prüfen zu wollen, ob das Tier echt war. Kat schüttelte lachend den Kopf und packte Oob mit einem spielerischen „Komm schon!" beim Kragen. Sie führte Oob in die Arena, wo in Kürze das Halbfinale des Spleef-Turniers anfangen sollte.

Von der geschmückten Haupteingangshalle der Arena aus ging Kat durch eine Seitentür. Sie lief durch die Bruchsteinkorridore zu dem Raum, in dem DZ und Ben auf sie warteten. Als sie um die Ecke bog, stand sie einer Spielerin gegenüber, die ganz in eine weiße Lederrüstung gekleidet war und deren rote Lippen fast die Hälfte ihres blassen Gesichts ausmachten.

„Kat, Schätzchen, wie geht es dir? Es ist ja so lange her! Noch immer im Turnier, ja?"

Kat biss die Zähne zusammen. Sie kannte diese Spielerin und konnte sie nicht ausstehen. Cassandrix war Teamkapitän der Skelette und im ganzen Spleef-Turnier die Person, die sie am wenigsten mochte. Sie vereinte die komplette Bandbreite unangenehmer Eigenschaften in sich, von ihrem hochnäsigen Oberschicht-Akzent bis hin zu einer Eitelkeit, die selbst Gs Klammerei in den Schatten stellte.

„Mir geht es ganz gut", antwortete Kat und mühte sich, einen freundlichen Ton zu wahren. „Gleich geht es raus, wir spielen gegen die Ozelots."

„Ach, die Ozelots? Oh, ich würde ja zu gern mit dir tauschen, Liebes. Ich würde alles für ein Match geben, in dem ich mal eine Kat…ze zur Strecke bringen könnte, sozusagen." Cassandrix gab ein irritierendes Kichern von sich und sah Kat direkt in die Augen. Die gekünstelte Pause traf bei Kat einen Nerv.

„Tja, wenn du das versuchen würdest, würde die Katze sich mit Sicherheit wehren", erwiderte Kat und grinste verhalten. „Und ich bin sicher, dass diese hypothetische Katze nur zu gern gegen dein ganzes Team antreten würde. Und gewinnen würde sie auch." Kat sah sich um. „Wo ist überhaupt der Rest von deinem Team?"

„Oh, die baden nur im Jubel der Menge", antwortete Cassandrix. „Schließlich haben wir gerade unser Match gewonnen und rücken in das Finale der Weltmeisterschaft vor."

Kat drehte sich der Magen um. Ja, das war ein anderes Problem, das sie mit Cassandrix hatte. Kat konnte sie zwar nicht ausstehen, aber sie musste zugeben, dass sie und ihr Team ausgezeichnete Spieler waren.

„Na, herzlichen Glückwunsch", murmelte Kat. „Wenn du mich jetzt entschuldigen würdest", sagte sie, und ihre Stimme nahm einen schroffen Ton an. „Ich möchte da rausgehen ...", sie deutete mit ihrem quaderförmigen Daumen auf die Treppe, „... und mein Match gewinnen."

„Oh, Schätzchen, du wirst es *versuchen*, da bin ich ganz sicher." Mit diesen Worten tätschelte Cassandrix Kat leicht den Kopf und stolzierte durch den Korridor davon.

Einen Moment lang dachte Kat ernsthaft darüber nach, sie einem Turnieroffiziellen zu melden. Cassandrix hatte ihr den Kopf getätschelt, und Mitglieder gegnerischer Teams durften einander außerhalb der Arena nicht berühren, sonst wurden sie disqualifiziert. Aber Kat verwarf die Idee wieder. Sie wollte Cassandrix' lächerliche Visage mit fairen Mitteln besiegen.

„Entschuldige ... Kat?"

Kat drehte sich um. Sie hatte völlig vergessen, dass Oob bei ihr war. Jetzt sah er verwirrt aus.

„Was hatte das gerade zu bedeuten?"

„Ach, nichts", antwortete Kat. „Nur eine ... Freundin. Also, Oob, möchtest du jetzt mit in den Vorbereitungsraum kommen?"

„Das würde mich sehr freuen!", rief Oob glücklich. Kat führte ihn die Treppe hinauf, und sie sah einen Mann in Diamantrüstung, der vor der Eisentür stand. Kat kannte die Prozedur. Sie wartete geduldig ab, während der Spieler sie durchsuchte, dann nickte er, trat beiseite und öffnete ihr die Tür. Oob folgte ihr in den Raum und sah neugierig aus.

„Was hat der Spieler gerade mit dir gemacht, Kat?"

„Oh, er hat mich nur durchsucht. Du weißt schon, er hat sich davon vergewissert, dass ich keine Gegenstände bei mir trage."

„Warum darfst du keine Gegenstände in diesen Raum mitnehmen?"

„Weil sie nicht wollen, dass wir schummeln", antwortete Ben, der gerade die letzten Teile seiner dunkelgrünen Rüstung angelegt hatte und auf sie zuging, um sie zu begrüßen. Kat überließ die beiden ihrem Gespräch und eilte zu der Truhe hinüber, riss ihre Rüstung daraus hervor und setzte sich neben DZ, der sich noch immer mühte, seine anzulegen.

„Ich schwöre, daran werde ich mich nie gewöhnen", knurrte er vor sich hin. Er wandte sich an Kat. „Was hat dich denn aufgehalten?"

„Also, ich habe Stan versprochen, Oob mitzunehmen, aber auf dem Weg hierher hat er sich immer wieder ablenken lassen, sodass ich ihm hinterherlaufen und ihn suchen musste. Besonders, als wir am großen Platz am Park vorbeigekommen sind, das war am schlimmsten. Du kennst doch die Smaragdstatue von Avery, die dort steht? Oob war wie besessen davon. Ach ja, und ich habe auf dem Weg nach oben Cassandrix getroffen."

„Ah, Cassandrix", murmelte DZ angewidert. „Die kenne ich noch von früher. Damals war sie auch schon ein Snob."

„Ich wusste gar nicht, dass sie früher schon gespielt hat", sagte Kat überrascht.

„Oh ja, sie war dabei", antwortete DZ. „Kaum jemand erinnert sich an sie, damals war ihr Team nicht besonders gut. Aber sie war es und ist es immer noch. Sie ist jetzt berühmter, als sie es je gewesen ist, und sie brennt darauf, mich zu schlagen, weil ich, wie du ja weißt, der Beste der Besten bin, wenn es um Spleef geht. Und in allem anderen auch", fügte DZ hinzu und zeigte grinsend die Zähne.

Kat versetzte ihm lachend einen Knuff gegen die Schulter, dann konzentrierte sie sich darauf, ihre Rüstung anzulegen. Während sie dort saß, nur von Bens Stimme begleitet, der Oob erklärte, wie man die Schaufel im Kampf einsetzte, wurde sie nervös. Es lag aber nicht am Match. Beim Gedanken daran, die Spleef-Arena zu betreten, spürte Kat nur einen Adrenalinrausch, aber keine Angst.

Nein: Sie war nervös, weil sie an Stan, Charlie und die Polizeipräsidenten dachte, die inzwischen mit Sicherheit das Gebiet betreten hatten, das die Noctem-Allianz für sich beanspruchte. Um ehrlich zu sein, hatte Kat panische Angst vor der Noctem-Allianz. Als sie an der Seite von Stan und Charlie gekämpft hatte, um König Kev zu stürzen, hatte sie nie daran gezweifelt, dass sie letztendlich den Sieg davontragen würden. Aber jetzt ... Kat hatte keine Ahnung, was sie von der Noctem-Allianz erwarten sollte.

Sie hatte während ihrer Reisen gelernt, ihren Übermut zu zügeln, aber nun spielte die Noctem-Allianz mit Kats Instinkten. Sie wusste, dass sie nicht leichtsinnig sein und ihre Freunde und ihr Land in Gefahr bringen durfte, aber dennoch ... Nun, irgendetwas *musste* sie tun! Kat wusste genau, dass keiner von ihnen erahnen konnte, was als Nächstes geschehen würde, und sie konnte nur hoffen, dass ihre Freunde sich vor Fallen in Acht nahmen, die die Noctem-Allianz ihnen gestellt haben könnte. Außerdem machte es sie verrückt, dass sie hierbleiben musste, während die anderen sich auf eine gefährliche Mission begeben durften.

„Alles in Ordnung, Kat?", fragte DZ.

„Was?", fragte Kat und löste sich aus ihrer Grübelei.

„Oh ja, klar, mir geht's gut."

„Woran denkst du? Daran, Cassandrix mit einer Schaufel eins überzuziehen und sie von einer Klippe zu schubsen? Das muss dir nicht peinlich sein, für ein Teenager-Mädchen sind das ganz normale Tagträume."

„Ach Quatsch, das ist es nicht", erwiderte Kat und lachte kurz, bevor ihre Miene wieder ernst wurde. „Es ist nur ... Stan und Charlie. Ich mache mir Sorgen um sie. Und ganz ehrlich: Ich bin ein bisschen angefressen, weil ich nicht mitkommen durfte."

„Ach, Kat, du weißt doch, dass es nichts Persönliches ist", winkte DZ lässig ab. „Weißt du, Ben und ich wollten auch dabei sein."

Kat nickte und zuckte mit den Schultern. Das war keine Überraschung.

„Aber wir müssen beim Volk in der Stadt für Unterhaltung sorgen", sagte DZ. „Die Leute sollten sich keine Gedanken über Probleme machen, dazu ist der Rat da. Und komm schon, sie sind schon damit zufrieden, uns dabei zuzusehen, wie wir versuchen, uns gegenseitig umzubringen. Die haben die kürzeste Aufmerksamkeitsspanne überhaupt. Na ja, wenn man mal von Oob absieht", fügte er nachdenklich hinzu. Kat warf einen Blick in Bens Richtung und sah, dass er, weil er sich auf das Match vorbereiten musste, Oob seinen Kompass gegeben hatte, um ihn abzulenken. Oob starrte ihn fasziniert an und versuchte, die kleine rote Nadel anzustupsen, damit sie sich drehte.

Kat kicherte. „Ja, da hast du wohl recht. Na schön. Wenn die Leute eine Show wollen, sollen sie eine Show bekommen."

DZ grinste breit. „Oh ja! Auf geht's!" Mit diesen Worten fing er an, in dem Raum aus Bruchstein herumzuspringen und ein spontanes Liedchen anzustimmen.

Wer wirft euch aus dem Turnier?
Wir und unsere Schaufeln hier!
Zombies! Zombies! Wir verlieren nie!
Zombies! Zombies! Äh ... Ihr bekommt Trimethylaminurie!

Kat und Ben unterbrachen ihre Vorbereitungen und starrten ihn an. „Was war das denn?", fragte Ben erstaunt.

„Oh, meinst du das Ende?" DZ zuckte mit den Schultern. „Ich weiß auch nicht, das war einfach das erste Wort, das mir als Reim zu ,nie' eingefallen ist."

„Aber natürlich", murmelte Kat leise, dann fügte sie lauter hinzu: „Na, das war ja großartig, DZ. Vielleicht solltest du einfach unser Cheerleader werden und stattdessen Oob als dritten Mann spielen lassen."

Diese Aussage bereute sie sofort. Als Oob das hörte, war er sofort überzeugt, dass er ein Teammitglied werden musste. Zu dritt brauchten sie fünf Minuten, um ihn davon zu überzeugen, dass er für das Spleef-Spiel nicht unbedingt perfekt geeignet war. Sie hatten es gerade geschafft, ihm sein letztes Argument auszureden – „Warum ist es so wichtig, ob ich eine Schaufel oder Schneebälle richtig halten kann? Ich kann helfen ... ich konnte Mr A in die Lavagrube stoßen, wisst ihr noch?", – als die mechanische Tür sich mit einem Klicken öffnete.

„Okay, Team, los geht's!", rief DZ, ergriff seine Schaufel und schoss zur offenen Tür hinaus. Kat folgte ihm auf den

Fersen. Ben verabschiedete sich schnell von Oob und erinnerte ihn daran, sich nicht von der Stelle zu rühren und dem Match zuzusehen, dann folgte er seinem Team in die offene Arena. Die Tür schloss sich knarzend hinter ihnen, und Oob rief ein letztes Mal: „Auf geht's, Spieler!", bevor sie zufiel.

In den zehn Sekunden, die ihnen blieben, bevor das Match anfing, sah sich das Team das Spielfeld an. Im Gegensatz zur letzten Arena war dieses Feld völlig eben. Der Boden bestand ganz aus Schneeblöcken, dem Standardmaterial für Spleef-Arenen. Aber die Oberfläche war nicht das übliche flache Feld. Der Boden war von Löchern von zwei Mal zwei Blöcken Größe durchzogen, sodass der Eindruck entstand, dass die Arena ein riesiges Schachbrett aus Schnee und Leere war. Auf der anderen Seite des Felds konnten sie drei gelb gekleidete Spieler erkennen – die Ozelots, ihre Gegner.

Das Team ignorierte den Jubel der Menge und ihres Dorfbewohner-Freundes und konzentrierte sich auf das Match.

„Lasst sie auf uns zukommen", murmelte DZ, und Kat und Ben hielten sich daran. Sie beobachteten die Ozelots und warteten ab, welche Strategie sie wählen würden. Die Ozelots gingen darauf ein. Sobald sich die Tür geschlossen hatte, stürmten sie mitten durch die Arena. Sie blieben zusammen und waren bereit, den Zombies als Einheit gegenüberzutreten.

Mit schnellen Gesten gab DZ seinem Team ein Zeichen, und sie traten ohne Zögern in Aktion. DZ sprintete direkt auf die Ozelots zu und sprang wie eine Gazelle über die Löcher im Boden. Kat tat dasselbe und schwenkte dabei leicht nach rechts, weg von den Spielern. Keiner von ihnen achtete darauf, wo Ben war. Er wusste, was er zu tun hatte, und würde ihnen schon bald helfen.

In dem Moment, in dem das Ozelot-Team DZ erreichte, sprang er nach links über eine der Lücken und schlug mit der Schaufel gegen eines der schwebenden Schneefelder. Es zerfiel in genau dem Moment, in dem die Ozelots darauf landeten, in zwei Hälften. Zwei der Spieler konnten ihren Schwung ausnutzen und schafften es, auf der verbliebenen Hälfte zu landen, bevor sie weitersprangen. Der dritte wandte sich scharf nach links und lief direkt in einen kräftigen Hieb von Kats Schaufel. Der Ozelot-Spieler landete auf dem halben Feld, außer Atem, perfekt positioniert, sodass DZ in die Luft springen und ihn in das Wasser in der Tiefe treten konnte.

Als DZ jedoch landete, sah er, dass ihn die übrigen zwei Ozelots in die Zange nahmen. Sie schwangen ihre Schaufeln. DZ wehrte sich, so gut er konnte, und war kurz davor zu verlieren, als Ben aus dem Nichts auf sie zusprang. Er grub seine Schaufel in das Schneefeld, auf dem sie standen. So verschaffte er DZ die Chance, die er brauchte, um rückwärts auf ein anderes Feld zu springen, während die Ozelots es ihm gleichtaten. Einer der Gegner streckte im Sprung seine Schaufel in einem scheinbar zufälligen Winkel aus und schaffte es, Ben zu überrumpeln. Das diamantene Schaufelblatt prallte gegen seine Schläfe und warf ihn zu Boden. Durch die Menge ging ein Raunen: „Ooooh!"

Einer der Ozelot-Spieler kämpfte mit der Schaufel gegen DZ, der andere wandte sich Ben zu. Er wollte gerade das Feld zerstören, auf dem Ben stand, als ihn ein Schneeball an der Schläfe traf, sodass er rückwärtsstolperte. Er sah sich verwirrt um und erblickte Kat, die auf ihn zuraste und mit der Schnelligkeit einer Maschinenpistole Schneebälle auf ihn abfeuerte. Die Geschosse trafen den Ozelot-Spieler der Reihe nach und trieben ihn zurück. Ben bekam so genug Zeit, sich wieder aufzurichten, und sie gingen ihren Gegner zu zweit an.

Dieser Ozelot war offensichtlich der stärkste Spleef-Spieler im Team. Ohne Zeit zu verlieren, trat er nach Ben und feuerte gleichzeitig einen Schneeball in die andere Richtung ab, um Kat zu treffen. Sie schaffte es gerade noch, ihm auszuweichen, aber der Tritt traf Ben mit einem dumpfen Laut, und er schlitterte die Schneefelder entlang. Irgendwie schaffte er es, bei seinem Sturz in keines der Löcher zu fallen. Kat sprintete ihm nach. Dieser Gegner war viel zu stark, als dass sie ihn allein bekämpfen konnte. Sie musste Ben wieder auf die Beine bekommen, und zwar schnell.

Ben kam zum Stillstand und hing dabei halb über der Kante eines der quadratischen Schneefelder. Von der Hüfte abwärts baumelte er über dem Wasser unter ihnen. Kat ging in die Knie und ergriff sein Handgelenk, dann schleuderte sie ihn mit einem mächtigen Armschwung zurück auf die Schneeblöcke über ihm. Doch plötzlich fühlte sie nur noch Luft unter ihren Füßen. Sie sah hoch und konnte gerade noch den Ozelot-Spieler erkennen, der seine Schaufel zurückzog. Er wurde kleiner und kleiner, während sie hinabfiel und schließlich mit einem lauten Platschen im Wasserbecken landete.

Einige Sekunden später tauchte sie wieder auf und fluchte darüber, so leicht ausgeschaltet worden zu sein. Dann warf sie einen Blick auf den Arenaboden über ihr. Es dauerte nicht lang, bis ein weiterer Teil zerbarst und ein Spieler schreiend von oben herabfiel und platschend im Wasser landete. Kat blickte auf die Wasseroberfläche und wartete darauf, dass der Ozelot-Spieler auftauchte. Zu ihrem Schrecken sah sie jedoch, wie Bens Gesicht sich aus dem Wasser erhob.

„Ben!", rief Kat, entsetzt, dass es jetzt zwei zu eins gegen sie stand. „Was ist passiert?"

„Habe versucht ... ihn zu bekämpfen ...", keuchte Ben

und atmete schwer, „aber ich konnte … einfach nicht … weiterkämpfen …"

„Tief durchatmen, Ben", sagte Kat und schwamm mit Ben im Schlepptau zum Rand des Beckens. Während sie ihm aus dem Wasser half, sah sie nervös zum Arenaboden empor. Zwei zu eins! Kat wusste, dass DZ durchaus in der Lage war, ein Spleef-Match gegen zwei Spieler zu gewinnen, aber das gegnerische Team war offensichtlich außergewöhnlich gut. Wie sollte er …?

Dann sah sie bestürzt, wie sich in der Arena über ihnen ein weiteres Loch öffnete. DZs verschwommene Gestalt purzelte abwärts und landete mit lautstarkem Platschen im Wasser. Sekunden später tauchte er wieder auf. Seine Erschöpfung und Frustration waren ihm anzusehen, als im Stadion über ihnen ein Stimmengewirr aus Jubel, Buhrufen und überraschten Schreien aufbrauste.

„Das Spiel ist aus, Leute!", rief der Ansager. Er klang schockiert. „In einer verblüffenden Wendung haben die Ozelots die Zombies im Halbfinale geschlagen, mit zwei verbleibenden Spielern! Sie rücken in das Finale der Spleef-Weltmeisterschaft gegen die Skelette vor! Wow, das hätte wohl niemand für möglich gehalten! Damit ändern sich die Wettchancen für die Ozelots sicher gewaltig!"

DZ ruderte zum Beckenrand und sah zu Ben und Kat hinüber. Der reine Schock, der sich in seinem Gesicht abzeichnete, war unbeschreiblich.

„Es ist vorbei", sagte Kat und klang dabei fast verwirrt, als verstünde sie noch immer nicht ganz, was sie da sagte.

Während der einzelne Ozelot-Spieler im Wasser feierte, indem er die Fäuste in die Luft stieß, hörten die Zombies Geräusche von der Leiter hinter ihnen, die zu ihrem Raum führte. Oob stieg von der Leiter und wandte sich den Spielern zu. Er sah geknickt aus.

„Spieler", sagte er leise. „Ihr ... habt nicht gewonnen?"

„Nein, Oob", antwortete Ben. Seine Stimme war gleichermaßen ruhig und empört. „Das haben wir nicht."

„Das ist alles meine Schuld", stieß DZ hervor. Er war noch immer im Wasser und starrte auf den Beckenrand aus Stein, an dem er sich festhielt.

„Nein, ist es nicht", antworteten Kat und Ben wie aus einem Mund. Ihre Antwort kam reflexartig.

„Doch, ist es!", keifte DZ wütend. „Ich hätte mehr Trainings abhalten sollen! Seit der Sache mit der Noctem-Allianz habe ich es vernachlässigt, unser Team auf dieses Turnier vorzubereiten. Wie viele Übungsrunden haben wir seit dem letzten Match gehabt? Etwa zwei? Ich hätte uns mehr fordern sollen!" DZ schlug sich verzweifelt mit der Hand an den Kopf.

„Das kannst du dir doch nicht vorwerfen, Mann!", sagte Ben. „Wir kämpfen gegen die Noctem-Allianz. Spleef war nicht unser größtes Problem! Außerdem können wir immer noch nächstes Jahr antreten."

„Wenn es im nächsten Jahr überhaupt ein Turnier gibt", erklang eine abfällige Stimme zu ihrer Linken.

Die Gruppe wandte sich um und sah Cassandrix in ihrer weißen Rüstung, die auf sie zustolzierte. Hinter ihr schlurften ihre beiden Teamkameraden daher.

„Was machst du hier unten, Cassandrix?", fauchte DZ und zog sich auf den Beckenrand.

„Ach, ich wollte nur ein wenig mit euch allen plaudern. Na ja, besonders mit dir, Kat", antwortete sie unverschämt.

„Geh einfach weg", murmelte Kat durch zusammengebissene Zähne. Sie gab sich Mühe, ruhig zu bleiben, aber Cassandrix fuhr trotzdem fort.

„Zuerst möchte ich dir dafür danken, dass du meinen Rat von vorhin befolgt hast", sagte sie kichernd. „Ganz offensichtlich wolltest du auch, dass ich gegen die Ozelots antrete. Das ist jedenfalls der einzige Grund, den ich mir vorstellen kann, weshalb dein Team noch schlechter gespielt haben könnte als sonst, was ich ehrlich gesagt gar nicht für möglich gehalten hätte."

„Halt die Klappe!", rief Ben, während Kat vor Wut zu zittern begann und DZ mit den Zähnen knirschte. „Wir haben verloren, wir haben's ja kapiert! Und jetzt halt einfach den Mund und geh weg, ich will dich nicht mehr sehen, bis wir dich nächstes Jahr in Grund und Boden stampfen!"

„Oh, aber hast du mir denn nicht zugehört, Ben?", erwiderte Cassandrix mit affektiertem Lachen. „Ich glaube nicht, dass es im nächsten Jahr ein Turnier geben wird. Na, jedenfalls nicht, wenn es die NNA noch gibt."

Die drei Buchstaben trafen die Zombie-Spieler wie eine Schockwelle und raubten ihnen den Atem. Nach einem kurzen Moment der Benommenheit sprach Kat. „Woher weißt du vom Staat der Noctem-Allianz?", fragte sie. „Das sollte geheim bleiben."

„Ach was?", antwortete Cassandrix mit überheblichem Grinsen. „Tja, darauf wäre ich nie gekommen. Schließlich spricht man den ganzen Nachmittag lang über nichts anderes."

„Halt ... Moment mal ... du meinst das ernst?", fragte DZ.

„Aber natürlich, Schätzchen", sagte Cassandrix und lachte albern. „Und ich glaube nicht, dass es nächstes Jahr noch ein Turnier geben wird, wenn die NNA fortbesteht. Sie werden garantiert einen Krieg mit uns anfangen, nicht wahr? Und doch hat es der Rat dieser Stadt aus irgendeinem Grund für richtig gehalten, mit ihnen zu verhandeln, statt ihr Land vom Server zu wischen." Cassandrix grinste jetzt breit, und Kat fand, dass es fast schon bösartig aussah. „Selbstverständlich ist die Bevölkerung der

Stadt mit euch dreien im Moment nicht besonders zufrieden und mit euren Freunden auch nicht."

Oob sah sich voller Entsetzen um. Er konnte nicht verstehen, was vor sich ging, aber er war vernünftig genug, um zu begreifen, dass es etwas sehr, sehr Schlimmes war.

„Woher weißt du das alles?"

„Na, wegen der durchgesickerten Informationen natürlich", antwortete Cassandrix überrascht. „Habt ihr drei das wirklich nicht mitbekommen? Ich wusste ja, dass der Rat unfähig ist, aber doch nicht so unfähig."

„Komm zur Sache!", schrie Kat und brachte ihr Gesicht direkt vor Cassandrix', bis sich ihre Nasenspitzen fast berührten. „Von was für einem Durchsickern sprichst du?"

„Tja, das ist wohl die Frage, nicht wahr?", erwiderte Cassandrix und schob Kat sanft zurück. „Niemand weiß genau, womit es angefangen hat. Man weiß nur, dass jemand in der Burg eure Pläne für den Umgang mit dem neuen Land der Noctem-Allianz hat durchsickern lassen. Oh, und eins noch, ihr drei", fügte sie hinzu, und plötzlich war ihre Stimme finster, hart und bedrohlich. „Ich persönlich finde, dass die Noctem-Allianz eine Bedrohung ist, die man sofort auslöschen sollte, statt ihr eine Gardinenpredigt zu halten. Die anderen Bürger scheinen mit mir einer Meinung zu sein. Ich habe seit dem Bekanntwerden dieser Informationen viel Schlechtes über euch und euren Präsidenten gehört. Warum hat man uns nicht gesagt, dass die Noctem-Allianz jetzt ein Staat ist, warum mussten wir das durch den Verrat geheimer Informationen erfahren? Warum vernichtet ihr sie nicht jetzt, solange ihr die Chance dazu noch habt?

Ich bin hierhergekommen, weil ich euch das sagen wollte: Der Rat arbeitet nicht so, wie er sollte. Sorgt dafür, dass er das tut, sonst wird das Volk, und ich auch, die Sache selbst in die Hand nehmen."

Mit diesen Worten machte Cassandrix kehrt, ging zur Leiter und kletterte hinauf, gefolgt von ihren Teamkameraden. Kat, DZ, Ben und Oob blieben sprachlos zurück, benommen von dem, was sie gerade gehört hatten.

KAPITEL 15:

DAS LABYRINTH

Plötzlich hatte Stan keinen Boden mehr unter den Füßen. Caesar, der auf ihn herabgrinste, entfernte sich weiter und weiter, bis nur noch Dunkelheit an Stan vorbeisauste. Schließlich landete er mit dem Gesicht voran auf dem Boden. Er blickte sich benommen um und sah nichts als Finsternis.

Kurz darauf hörte er drei weitere dumpfe Laute wie von einem Aufprall um sich herum, gefolgt von einem schrillen Quieken.

Stan hatte keine Ahnung, was geschehen war, und er konnte nichts sehen. Er wollte gerade in Panik verfallen, als ein Licht aufflackerte. Stan blickte die Fackel an, die Bill gerade an der Wand angebracht hatte.

„Ich gehe nie ohne Notfallvorräte aus dem Haus", sagte dieser brüsk.

„Na, das ist ja sehr patent von dir", erklang eine sadistische Stimme über ihnen. „Ein Pfadfinder ist allzeit bereit, was?"

Stan sah hoch und erblickte Caesar, der vom Rand der Grube auf sie hinabgrinste. Sein diebisches Vergnügen weckte das Verlangen in Stan, ihm seine Axt ins Gesicht zu schlagen.

„Was glaubst du, was du da tust, Caesar?", brüllte Charlie, der sich neben Stan und Bill aufgerappelt hatte.

„Ach, ich dachte nur, wir könnten ein wenig Spaß mit euch haben, bevor ihr alle sterbt", erwiderte Caesar.

Was soll das heißen?, dachte Stan erschrocken und wollte gerade nachfragen, als Caesar ausrief: „Oh, Minotaurus!"

„*Was?*", erklang die Antwort mit tiefer Stimme, und Stan blieb fast das Herz stehen, als er hörte, dass sie nicht von oben kam, sondern aus ihrer Nähe. Stan sah sich in dem jetzt von der Fackel erleuchteten Raum um und erkannte, dass er überall Eingänge hatte, drei Blöcke hoch und drei Blöcke breit.

„Sie sind unten, Minotaurus! Leg los!"

„Heißt das, ich darf sie jetzt töten?"

Caesar seufzte. „Ja, Minotaurus, du darfst sie jetzt töten. Und du kannst dich glücklich schätzen, dass ich das dir überlasse, statt es selbst zu erledigen."

„Oh, okay. Danke, Caesar!"

Caesar seufzte erneut, dann sah er ein letztes Mal auf seine Gefangenen hinab. „Viel Spaß in meinem Labyrinth, Jungs. Es wird das Letzte sein, was ihr je sehen werdet." Danach hörte Stan ein leises Klicken, und über ihnen schlossen sich die Falltüren.

Stan wollte gerade allen sagen, dass sie die Ruhe bewahren und nicht in Panik verfallen sollten, als er ein leises Stöhnen vernahm. Er sah nach unten, und das Herz wurde ihm schwer. Bob war auf dem Boden ausgestreckt, und sein verletztes Bein stand in einem unnatürlichen Winkel ab. Ivanhoe lag neben ihm auf der Seite und quiekte leise vor Schmerzen.

Bill folgte Stans Blick und machte vor Schreck große Augen. Er kniete sich hastig neben seinen Bruder. „Bob, alles in Ordnung?"

„Ugh ... ja, alles gut", stöhnte dieser. „Mir hat es nur den Atem verschlagen. Was ist mit Ivanhoe? Ich kann ihn nicht sehen. Er hat meinen Fall gebremst. Geht es ihm gut?"

Charlie lief zu dem Schwein, um es sich anzusehen. Ivanhoe rieb seinen Rüssel gegen Charlies Hand, und Charlie half ihm auf die Beine. Ivanhoe konnte zwar auf den Beinen stehen, zitterte aber vor Anstrengung.

Bob holte eine Karottenrute aus seinem Inventar. Er hielt sie sich über den Kopf und pfiff. „Hierher, Ivanhoe. Hierher, Junge! Hol dir die Karotte!"

Stan, Charlie und Bill sahen Ivanhoe dabei zu, wie er auf seinen Herrn zuhumpelte. Sein linkes Vorderbein war offensichtlich verletzt. Das Schwein leckte Bob das Gesicht, und er lächelte dankbar, bevor er sich umdrehte, um die anderen anzusehen. „Ich konnte seinen Gang nicht sehen, geht es ihm gut?"

„Ich glaube, er wird durchkommen, aber er ist verletzt, Brüderchen", antwortete Bob traurig. „Ich glaube nicht, dass du ihn reiten kannst."

„Das ist ja fantastisch." Bob seufzte und sah zu Boden, bevor er sich wieder seinen Freunden zuwandte. „Leute, ihr werdet mich hierlassen müssen. Ich kann nicht allein laufen, und Minotaurus wird jede Minute auftauchen."

„Machst du Witze?", antwortete Bill und bückte sich, um seinem Bruder einen Arm unter die Schultern zu schieben. „Was haben wir an der Akademie als Erstes gelernt, Bruder?"

Bob seufzte noch einmal. „Ja, ja, ich weiß, ‚niemand wird zurückgelassen'. Aber Leute, ich halte euch nur ..."

„Hör mal, Bob, wir sind zu viert! Selbst wenn einer von uns dir hilft, kann Minotaurus niemals zwei von uns gleichzeitig bekämpfen", sagte Charlie und klang dabei, als wollte er eher sich selbst überzeugen als Bob. Stan hatte ähnliche Bedenken. Keiner von ihnen war je direkt gegen Minotaurus angetreten. Stan erinnerte sich daran, wie er G und Archie beobachtet hatte, während sie in der Schlacht um Elementia gegen ihn gekämpft hatten. Obwohl sie alle wegen Sallys Tod in Rage geraten waren, hatte Minotaurus es doch geschafft, sie in Schach zu halten und zu fliehen. Diese Erinnerung sorgte dafür, dass Stan so schnell wie möglich aus dem Labyrinth entkommen wollte.

„Keine Widerworte, Bob, wir müssen hier weg, und du kommst mit", befahl Stan und unterbrach Bobs Antwort. Bob gab sich geschlagen, und Bill zog ihn mit einem Arm um die Schulter seines Bruders in eine stehende Position.

„Hier, das könnte uns hier raushelfen", sagte Bill und benutzte seine freie Hand, um eine Karte aus seinem Inventar zu ziehen und sie Charlie zu reichen. Als dieser sie in die Hand nahm, erschien darauf ein kleiner weißer Punkt, der Charlies Standort markierte. Der Punkt befand sich direkt unter einem grauen Quadrat, das Nocturias Position auf der Karte markierte, auf allen Seiten vom Weiß der Tundra umgeben.

„Charlie, benutze die Karte, um uns durch diesen Irrgarten zu führen, bis wir nicht mehr unter Nocturia sind. Dann können wir uns nach draußen graben."

„Wie sollen wir uns nach draußen graben?", fragte Bob verzweifelt und ließ seinen Blick über die schwarzen Wände schweifen. „Die Mauern sind aus Obsidian, es wird ewig dauern, sich da durchzuschlagen!"

„Keine Sorge, ich habe eine Diamantspitzhacke, schon vergessen?", antwortete Charlie und ließ sie kurz aus seinem Inventar aufblitzen, bevor er sich wieder der Karte zuwandte.

„Beeilung, Charlie!", flüsterte Stan eindringlich. Der Boden hatte zu beben angefangen und verkündete, dass etwas sehr Großes durch die Gänge streifte und sich ihnen näherte. Kaum hatte er das gesagt, erklang eine tiefe Stimme, die aus allen Richtungen gleichzeitig zu kommen schien. Die Echos hallten von den Wänden der Kammer wider.

„Fi! Fei! Fo! Fum! Ich rieche das Blut eines … äh, ich meine das Blut von vier … äh … Spielern! Oh, und von einem Schwein auch! Ich rieche das Blut von vier Spielern und einem Schwein!"

„Hier lang", drängte sie Charlie und stürmte den linken Gang hinunter. Bill und Bob humpelten ihm nach, wobei Bob Ivanhoe das Schwein mit einer Karotte lockte, ihnen zu folgen. Stan bildete den Abschluss.

Die Gruppe huschte um die Ecken wie Mäuse und suchte verzweifelt einen Ausweg aus der schwarzen, verschlungenen Todesfalle. Minotaurus' Schritte waren allgegenwärtig. Ganz offensichtlich kannte er das Labyrinth und konnte nachvollziehen, wohin sie gingen, denn obwohl die Schritte manchmal verhallten, nahmen sie immer innerhalb einer Minute wieder ihr lautes Donnern an.

Die Mobs verschlimmerten die Lage nur noch. Es war völlig dunkel in den Gängen, und während Charlie die Fackeln anbrachte, die ihm Bill und Bob reichten, übernahm Stan die Aufgabe, die Mobs zu töten, die in der Dunkelheit gespawnt waren.

Die Zombies, Skelette und Spinnen waren leichte Gegner für Stan und seinen geübten Umgang mit Bogen und Diamantschwert. Er wurde allerdings völlig überrumpelt, als sie um eine Ecke bogen und einem Creeper gegenüberstanden.

Stan schaffte es gerade noch, ihm seine Axt in den Schädel zu schlagen, bevor die anschwellende Kreatur sie alle in die Luft sprengen konnte. Die Leiche des Creepers fiel neben Ivanhoe zu Boden, der ihr ein verächtliches Grunzen widmete, bevor sie verschwand.

„Wisst ihr, ich habe gelesen, dass Schweine und Creeper verwandt sind", sagte Charlie beiläufig.

„Ach was?", antwortete Stan, dessen Herz zu sehr pochte, um das infrage zu stellen.

„Ja, lies das mal nach. Das Modell für den Creeper ist entstanden, als Notch versucht hat, ein Modell für ein Schwein zu erstellen und dabei ziemlich versagt hat. Er hat beschlossen, das verhunzte Modell zu einem Monster zu machen, und der Creeper war geboren."

Die anderen drei Spieler warfen ihm kurz Blicke zu.

„Und ... was hat das nun zu bedeuten?", fragte Bob.

Charlie zuckte mit den Schultern. „Weiß nicht", antwortete er, und ohne das Thema länger zu erörtern, gingen die vier Spieler weiter durch das Labyrinth.

Stan war inzwischen ernsthaft beunruhigt. Die Schritte waren jetzt nervenaufreibend laut und regelmäßig. Minotaurus wusste, wo sie waren, und würde sie jede Sekunde angreifen. Schon bald erreichten sie einen langen Korridor, der in einer Sackgasse endete. Charlie sah auf die Karte. Der weiße Punkt befand sich jetzt weit außerhalb der Grenze der grauen Stadt.

„Da wären wir", erklärte Charlie, zog seine Diamantspitzhacke und fing an, auf die schwarze Wand am Ende des Korridors einzuschlagen. Stan seufzte erleichtert, drehte sich um und keuchte vor Schreck.

Dort, in der Mitte des Ganges, zeichnete sich die Silhouette des größten Spielers ab, den Stan je gesehen hatte. Minotaurus' durch Hacks und Modding entstellter Körper war gigantische zweieinhalb Blöcke hoch und anderthalb Blöcke breit. Seine Beine waren etwa so groß wie die eines normalen Spielers und von braunen Lederhosen bedeckt, aber seine nackte Brust war riesig und muskulös. Darüber befand sich der gehörnte Kopf eines Stiers. In der Hand hielt Minotaurus eine zwei Blöcke lange hölzerne Stange, an deren beiden Enden glitzernde diamantene Axtköpfe saßen.

„Hallo", sagte Minotaurus in seiner tiefen Stimme und lächelte. Die anderen drei Spieler wirbelten herum, und Charlie quietschte vor Schreck auf.

„Wie ich sehe, versucht ihr vier zu entkommen. Das wird aber nicht passieren, weil ich euch töten werde!" Und damit schritt Minotaurus vorwärts.

Als Stan sah, wie dieses Ungetüm von Spieler sich näherte, regte sich in ihm ein Gefühl, das sich wie ein Feuer von seinem Magen aus durch seine Adern ausbreitete und Herz und Verstand in Brand setzte. Das war der Spieler, der Sally getötet hatte. Er würde nicht zulassen, dass sie beide lebendig davonkämen, das schwor Stan sich.

„Grab weiter", flüsterte Stan Charlie zu, der nickte und weiter auf die Wand einhackte, inzwischen sichtlich panisch. Stan zog seine Diamantaxt und trat furchtlos vor. Er brannte geradezu auf den bevorstehenden Kampf, und zum ersten Mal in seinem Leben wollte er die Axt in seiner Hand nicht zur Verteidigung benutzen, nicht, um zu verwunden, sondern um zu töten. Er starrte dem arrogant grinsenden Minotaurus in die Augen und erwiderte das Grinsen mit der gleichen verbissenen Entschlossenheit, bevor er Kampfhaltung annahm. Stan merkte, dass jemand neben ihm stand. Er blickte zur Seite und sah, dass sich Bill mit der Angel in der Hand neben ihm befand.

„Was willst du denn damit?", zischte Stan aus dem Mundwinkel, und Bill zischte zurück: „Ich habe ein paar Asse im Ärmel."

Minotaurus war nur noch zehn Blöcke entfernt. Er hob seine Axt, dann fing er an, sie kreisen zu lassen wie einen senkrechten Hubschrauberrotor. Stan war gezwungen zurückzuweichen, als die Diamantklingen schneller und schneller wirbelten, und er wurde panisch, als Minotaurus ihn in die Richtung der Wand zwang. Als Stan kurz davor war, gegen Charlie und Bob zu stoßen, flog etwas Weißes auf Minotaurus zu. Der Schwimmer der Angelrute verfing sich in den rotierenden Klingen und band die Diamantaxt in Sekundenschnelle in einem unangenehmen Winkel an Minotaurus' Hand fest.

Der Stiermann wirkte verwirrt, was Stan gerade genug Zeit verschaffte, seine Diamantaxt über seinen Kopf zu schwingen und sie gegen Minotaurus' Brust zu führen. Dieser hob die verhedderte Axt unbeholfen vor sich, schaffte es, den mächtigen Hieb zu blocken, und stolperte rückwärts, wobei er die Angelschnur von der Rute riss.

Davon unbeeindruckt zog Bill eine weitere Rute aus seinem Inventar, während Stan zu einer zweiten Attacke überging. Minotaurus erhob sich auf die Knie und schaffte es, die Angelschnur mit einem einzigen Anspannen seiner Muskeln zu zerreißen. Er umgriff seine Axt gerade noch rechtzeitig, um Stans Angriffe abzuwehren. Stan hielt sich nicht zurück und führte einen mächtigen Hieb nach dem anderen gegen Minotaurus, in der Hoffnung, seine Abwehr zu umgehen. Es war jedoch offensichtlich, dass der Stiermann nicht nur ein hirnloser Schläger mit Muskeln war. Er war ein geschickter Axtkämpfer, der Stans sämtliche Angriffe gekonnt abblockte. Stans Einschätzung nach war er nicht annähernd so gut wie er selbst, aber dennoch ein würdiger Gegner, der über weitaus mehr rohe Kraft verfügte.

Nach einem weiteren Schlag sprang Minotaurus mit überraschender Wendigkeit von Stan zurück und schwang seine Klinge vorwärts, direkt auf Stans Kopf zu. Stan duckte sich unter dem Schlag weg und rollte sich zwischen Minotaurus' Beinen hindurch. Ohne zu zögern, wirbelte Minotaurus herum und hob seine Axt. Sie sauste in genau dem Moment nieder, als Stan die eigene hob.

Die Klingen prallten aufeinander, und Stan spürte, wie er mit Leichtigkeit überwältigt wurde, als Minotaurus seine Waffe gegen ihn drückte. Plötzlich ließ der Druck nach. Stan hob den Blick und sah, dass Bill seine Angelschnur an Minotaurus' Axtklinge verhakt hatte und nun daran zog, so fest er nur konnte, um die Last auf Stan zu erleichtern. Doch obwohl ihn zwei Spieler bekämpften, war Minotaurus der Stärkere und schaffte es, seine Axt langsam weiter nach unten zu drücken, sodass Stan schon bald gegen den Boden gepresst wurde. Er begann zu ersticken, als sich die Axt gegen seinen Hals drückte, und war kurz davor, in Panik auszubrechen, da hörte er einen leisen Aufschlag.

Ein Pfeil war von Minotaurus' Horn abgeprallt. Der Stiermann wirbelte herum und brüllte gleich darauf vor Schmerz auf, als sich ein weiterer Pfeil in seine muskulöse Brust bohrte. Stan kam wieder auf die Beine und drehte sich um, weil er herausfinden wollte, woher der Pfeil gekommen war. Bob saß auf dem Boden und legte einen weiteren Pfeil an. Außerdem sah er, dass Charlie gerade den zweiten Obsidianblock durchbrach und so eine Öffnung schuf, durch die sie fliehen konnten. Hinter den Blöcken war Erde zu erkennen. *Großartig*, dachte er. Jetzt gab es einen Ausweg.

Im Augenblick war die Flucht allerdings ihr geringstes Problem. Minotaurus bäumte sich jetzt auf und fing an, mit dem Kopf voran den Korridor hinabzurasen. Charlie rollte sich seitwärts ab, aber Minotaurus zielte nicht auf ihn. Bob, der sich nicht bewegen konnte, musste entsetzt mit ansehen, wie der gigantische Spieler wie eine Lokomotive auf ihn zustürmte.

Als Minotaurus nur noch zehn Blöcke von Bob entfernt war, wickelte sich eine Angelschnur um sein Hosenbein. Er schaffte es gerade noch, einen Arm um Ivanhoes Brust zu legen, bevor Bill sie mit der Angelrute in Sicherheit zog und Minotaurus mit dem Kopf voran gegen die Wand raste. Begleitet von einem lauten *Rumms!* stieg eine Staubwolke von seinem Einschlagspunkt auf. Die Wolke überrollte die vier Spieler und das Schwein, und sie konnten den Wind heulen hören. Als sich der Staub gelegt hatte, hob Stan den Blick, um sich einen Überblick zu verschaffen.

Minotaurus lag auf dem Bauch in dem Erdtunnel, den sein waghalsiger Ansturm hinterlassen hatte. Seine Augen waren geschlossen, er bewegte sich nicht, und auf seiner Stirn befand sich eine große Beule. Er war offensichtlich bewusstlos. Schnee rieselte auf ihn herab, denn er hatte es geschafft, direkt durch die Erde bis in den Blizzard zu rasen. Stan war erstaunt. Wie war das möglich? Sie waren unter der Erde!

Stan trat aus dem Loch nach draußen und sah, dass sie sich am tiefsten Punkt eines Tals befanden, an dessen äußerem Rand eine der Außenmauern von Nocturia stand. In dem sicheren Bewusstsein, dass ihre Flucht nun mit Leichtigkeit gelingen würde, sah Stan auf Minotaurus hinab und hob, ohne zu zögern, seine Axt.

Während er die diamantene Klinge über seinem Kopf hielt und mit tödlichem Hass das bewusstlose Monster anstarrte, das vor ihm lag, wurde Stan erneut von einem Gefühl überwältigt. Es war dasselbe Gefühl, das ihn übermannt hatte, als er vor vielen Monaten die Gelegenheit gehabt hatte, König Kev in der Schlacht vor Elementia zu töten. Minotaurus war genauso schwach, unbewaffnet und wehrlos, wie König Kev es damals gewesen war. Stan wurde klar, dass er ihm den Todesstoß nicht versetzen konnte. Es lag nicht in seiner Natur, Wehrlose zu verletzen. Stan ließ die Waffe sinken. Er wusste, dass er Minotaurus eines Tages wieder gegenüberstehen würde, und wenn dieser Tag käme, könnte er ihm unter fairen Bedingungen ein Ende setzen.

Stan drehte sich um und wollte gerade gehen, als er sah, dass an Minotaurus' Gürtel eine Flasche mit einer hellroten Flüssigkeit hing. Er steckte sie ein und ging zurück in den Tunnel, wo Bill die anderen auf Verletzungen untersuchte. Stan erklärte ihnen ihre Lage.

„Wir sind also direkt vor den Mauern von Nocturia?", fragte Bill. Stan nickte.

„Dann würde ich sagen, dass wir noch eine Weile weitergraben, und wenn wir weit genug von Nocturia entfernt sind, so weit, dass sie uns nicht sehen können, graben wir uns wieder an die Oberfläche und gehen zurück nach Element City", sagte Charlie.

„Ich kann immer noch nicht fassen, dass sie uns so angegriffen haben", sagte Bob, während Bill ihm auf Ivanhoes Rücken half, dessen Beinverletzung sie mit Minotaurus' Trank geheilt hatten. „Was wollen sie damit nur erreichen? Selbst wenn sie uns getötet hätten, hätte Elementia ihnen unweigerlich den Krieg erklärt. Warum haben sie uns nicht einfach getötet, wenn sie wollten, dass wir sterben? Das ergibt alles überhaupt keinen Sinn."

„Das liegt daran, dass wir etwas Unbekanntes vor uns haben", antwortete Charlie, während er anfing, sich von Nocturia wegzugraben. „Die Noctem-Allianz ist kein echtes Land. Ich weiß nicht, was es ist, und das weiß auch niemand sonst. Die einzigen Leute, die wissen, wie man ihr Spiel spielt, sind ihre eigenen Mitglieder, und wir können sie nur schlagen, wenn wir herausfinden, wie wir dasselbe Spiel spielen können."

„Du willst also sagen ...", meinte Stan.

„Ja", antwortete Charlie. „Unser nächster Schachzug muss sein, ein Mitglied der Noctem-Allianz lebendig gefangen zu nehmen."

„Warum graben wir uns dann einen Fluchtweg?", fragte Bob ungläubig und blieb wie angewurzelt stehen, womit er Stan und Bill zwang, es ihm gleichzutun. „Wir haben noch etwas Zeit, bis sie merken, dass Minotaurus uns nicht getötet hat. Warum nutzen wir diese Zeit nicht, um uns nach Nocturia zu schleichen und eines ihrer Mitglieder zu entführen?"

„Weißt du, das ist gar keine so schlechte ...", fing Bill an.

„Das ist nicht nötig", unterbrach ihn Charlie schnell.

„Wieso nicht, Charlie? Hast du etwa Angst?", fragte Stan entnervt.

„Ja, habe ich. Ich mache mir schon beim Gedanken an die Noctem-Allianz fast in die Hose, aber das ist nicht der Grund, aus dem es unnötig ist."

„Warum denn dann?", wollte Stan wissen.

„Weil wir bereits ein Mitglied der Noctem-Allianz gefangen genommen haben", antwortete Charlie mit einem Achselzucken. „Erinnert ihr euch an den Boten, den sie uns geschickt haben? Kat hat ihn für eine Situation genau wie diese in Brimstone einsperren lassen."

„Okay, das ist ein guter Grund", erklärte Bill gerechterweise. „Na schön, Charlie, ich glaube, wir sind jetzt weit genug weg. Warum gräbst du nicht hoch?"

Charlie nickte und zielte mit der Spitzhacke nach oben. Nachdem sie ein paar Minuten diagonal nach oben geklettert waren, traf Charlie auf Luft und trat in den pfeifenden Schneesturm hinaus, gefolgt von den anderen vier Spielern.

Charlie holte eine Karte hervor und musste die Augen zusammenkneifen, um sie in der Dunkelheit des Sturms entziffern zu können. „Okay, sieht aus, als ginge es nach Element City ... da lang!", rief er aus und zeigte in Richtung Westen. „Gehen wir."

„Oh, wie unhöflich von euch! Wir heißen euch in unserer Stadt willkommen, und ihr geht einfach, ohne euch zu verabschieden?"

Alle vier Spieler wirbelten herum und sahen sich Caesar gegenüber, der unbewaffnet zehn Blöcke hinter ihnen stand. Sie reagierten sofort. Stan zog seine Axt, Charlie hob die Spitzhacke, Bob legte einen Pfeil an, und Bill warf seine Angelschnur aus und wickelte Caesar darin ein. Bob wollte gerade schießen, als Caesar verschlagen lächelte.

„Also wirklich, Jungs. Seid ihr ganz sicher, dass ihr das wollt?"

Stan bemerkte eine Bewegung, und ihm fiel vor Entsetzen die Kinnlade hinunter, als von allen Seiten nicht weniger als fünfzig schwarz gekleidete Spieler aus dem Schneesturm hervortraten, die alle Tränke des Schadens hielten und damit geradewegs auf die vier Spieler zielten.

„Wenn euch euer Leben liebt ist, senkt ihr jetzt alle eure Waffen, und du, Bill, lässt mich sofort los."

Er sagte das sehr ruhig, und mit der gleichen Ruhe legte Bill die Angelrute auf den Boden. Er stieß sie mit einem Tritt auf Caesar zu, dann hob er mit resignierter Miene die Hände. Die anderen drei Spieler taten es ihm gleich und senkten die Waffen.

„Es amüsiert mich, dass ihr vier wirklich dachtet, dass ihr aus Nocturia entkommen könnt", sagte Caesar, während er die Angelschnur abschüttelte. „Es amüsiert mich sogar so sehr, dass ich glaube, dass ich euch damit davonkommen lassen werde." Er schnippte mit den quaderförmigen Fingern, und sofort traten die schwarzen Gestalten an der östlichen Seite des Kreises beiseite, sodass eine Lücke entstand.

Stan starrte Caesar an. Ganz offensichtlich hatte er es mit einem Verrückten zu tun. „Was hast du vor, Caesar?"

„Nun, im Moment habe ich vor, dich gehen zu lassen, Stan", sagte Caesar, als wäre das selbstverständlich. Er zeigte auf die Lücke. „Das habe ich doch gerade gesagt."

„Aber warum dann die …?"

„Ist das *Warum* denn so wichtig, Charlie?", fragte Caesar spielerisch. „Ich mache dir ein Geschenk. Nimm es an."

„Aber das ist nicht …", erwiderte Bill.

Wieder schnippte Caesar mit den Fingern, und die schwarzen Gestalten brachten ihre Wurfarme in Position. Stan, sicher, dass Bills letzter Ausbruch sie gerade ihr Leben gekostet hatte, zuckte zusammen und bereitete sich darauf vor, gleich von dem rotbraunen Gas umgeben zu sein, das ihr Ende bedeuten würde. Stattdessen sah er mit Erstaunen, wie die Männer in Schwarz ihre Handgelenke drehten und ihre Tränke stattdessen hinter sich warfen. Die Flaschen zerschellten weit entfernt von dem Kreis auf dem Boden und färbten ihn tiefrot.

„Die hätten auf euch zufliegen können, behaltet das im Kopf", sagte Caesar, der inzwischen irritiert klang. „Lord Tenebris hat mir befohlen, euch in Nocturia eine Falle zu stellen, und mir gesagt, dass es euch, falls ihr Minotaurus schlagen könntet, gestattet sein soll, als Lohn für euren Erfindungsreichtum zu überleben. Ich persönlich würde euch nur zu gern töten, also schlage ich vor, dass ihr euch schleunigst wieder in dem Loch verkriecht, das ihr Element City nennt, bevor ich meine Meinung ändere und meinem Meister den Gehorsam verweigere!"

Nach Caesars Tirade herrschte kurz Stille, dann durchschritt Stan schnell die Lücke, die die Noctem-Soldaten gebildet hatten, seine Freunde dicht auf den Fersen. Während sie durch die Tundra liefen, weg von Caesar und seinen Männern und auf die Stadt zu, war Stan so verwirrt, dass er sich fühlte, als würde sein Kopf platzen.

„Je schneller wir das Spiel verstehen, das diese Psychopathen spielen, desto besser", murmelte Stan. Das war an niemanden direkt gerichtet, aber trotzdem pflichteten ihm drei Stimmen murmelnd bei.

KAPITEL 16:

GEHEIMNISVERRAT

Caesar marschierte ungeduldig im Gemeinschaftsraum auf und ab. Oh, er würde Minotaurus umbringen! Wie hatte er sich nur von diesen Spielern besiegen lassen können? Caesar legte sich gerade genau zurecht, was er sagen würde, als es an der Tür klopfte.

„Was?", bellte er.

Die Tür öffnete sich, und einer seiner Soldaten, ganz in Schwarz gekleidet, kam herein. „Kanzler Caesar, ich glaube, es wäre für Euch dienlich zu wissen, dass General Leonidas soeben eingetroffen ist."

Eine weitere Welle des Zorns überlief Caesar. „Sag ihm, dass er sofort heraufkommen soll!", antwortete Caesar laut, und der Soldat hastete aus dem Raum.

In seinem Zorn auf Minotaurus hatte Caesar seine vorherige Wut auf Leonidas ganz vergessen. Leonidas hätte sofort nach dem Kampf mit Stan bei der Dschungelbasis nach Nocturia zurückkehren sollen, und er hatte Enderperlen gehabt, um seine Reise zu beschleunigen. Aber es ging bereits auf die vierte Nacht nach der Schlacht zu!

Wieder öffnete sich die Tür, und Minotaurus schlurfte herein. Dank seiner wuchtigen Gestalt musste er sich ducken, um sich nicht den Kopf am Türrahmen zu stoßen. Er ließ sich auf einen der Stühle am Feuer fallen und fing an, sich den Hinterkopf zu reiben. Caesar hatte noch nicht einmal den Mund geöffnet, als Leonidas durch die Tür humpelte. Er sah fürchterlich aus. Caesar hatte kein Mitleid mit Leonidas. Er hatte einiges zu erklären. Er ließ Leonidas einen Trank aus der Truhe in der Ecke holen, sein Bein heilen und sich neben Minotaurus auf einen Stuhl setzen. Dann baute er sich vor ihnen auf, den Rücken zum Feuer.

„Du hast mich enttäuscht", sagte Caesar schlicht.

Leonidas sah empört aus. „Ich habe dich enttäuscht? Was zum …?"

„Um dich kümmere ich mich gleich", unterbrach ihn Caesar. Seine Stimme war vor lauter Zorn besonders leise. Er stieß seinen eckigen Finger gegen Leonidas. „Du, Minotaurus", sagte Caesar, und der riesige Stiermann hob den Kopf und blickte ihn müde an. „Willst du mir vielleicht erklären, warum du diese unverschämten Spieler hast leben lassen?"

„Ich habe versucht, sie zu töten, so wie du es gesagt hast", erwiderte Minotaurus mit tiefer Stimme. Er klang erschöpft. „Stan ist ein sehr guter Axtkämpfer, Caesar, das weißt du doch."

„Ja, das weiß ich", gab Caesar ungehalten zurück. „Ich weiß zufällig auch, dass du weißt, dass du Stan so oder so nicht töten darfst! Selbst wenn Lord Tenebris Stan höchstpersönlich töten will, heißt das nicht, dass du die anderen drei einfach laufen lassen durftest!"

„Caesar, ich …"

„Das ist unentschuldbar! Einer von ihnen ist ein Krüppel, der auf einem Schwein reitet!", schrie Caesar. Er stand jetzt über Minotaurus und brüllte ihm ins Gesicht. „Wie inkompetent kann man denn sein?"

„Caesar, lass ihn in Ruhe!", rief Leonidas. Er runzelte wütend die Stirn, als Minotaurus vor Angst die Tränen in die Augen stiegen.

„Vielleicht hätte er es geschafft, sie zu erledigen, wenn du ihm da unten geholfen hättest!"

Caesar wirbelte herum und starrte Leonidas an. „Ah, du bist also scharf darauf, jetzt auch an die Reihe zu kommen, was? Aber gern! Warum hast du so lange gebraucht, um zurückzukommen?"

„Ich bin verletzt worden!", bellte Leonidas giftig zurück und sprang aus seinem Stuhl auf, um Caesar in die Augen zu sehen. „Ob du es glaubst oder nicht, als ich gegen Stan gekämpft habe, hat er mich doch tatsächlich verletzt. Weißt du, er ist sogar ein ziemlich guter Kämpfer. Ach ja! Stimmt ja! Das kannst du gar nicht wissen, weil du den ganzen Tag nur auf deinem hohen Ross sitzt, während Minotaurus und ich für dich die Drecksarbeit erledigen müssen!"

Caesar hob die Hand und versetzte Leonidas einen harten Schlag ins Gesicht, sodass der zu Boden geschleudert wurde. Leonidas hielt sich die schmerzende Wange. Der Schlag würde mit Sicherheit Spuren hinterlassen. Er bemühte sich, die Augen zu öffnen, und als es ihm endlich gelang, blickte er die Klinge eines Diamantschwertes entlang bis zu Caesars Gesicht hinauf, das vor Wut fast unmenschlich verzerrt war.

„Wage es nie wieder, so mit mir zu sprechen!", brüllte Caesar. „Ich habe beim Führen dieser Allianz meine Aufgaben, und du hast deine! Und wenn du dich nicht vor Lord Tenebris rechtfertigen willst, wirst du mir ohne Widerrede gehorchen! Hast du das verstanden, Leonidas?!"

In den letzten vier Silben schwang so viel Hass mit, dass Leonidas sich wie erstickt fühlte. Er zog die Beine an, schob das Diamantschwert sanft beiseite und richtete sich vollständig auf. Er sah Caesar direkt in die Augen. Die beiden waren exakt gleich groß, so groß wie jeder andere Minecraft-Spieler mit Ausnahme von Minotaurus, der dieses Drama, das sich da vor ihm abspielte, mit Entsetzen in den Augen beobachtete.

Während sich die Blicke der beiden trafen, beide voller Missgunst, steckte Caesar sein Schwert wieder in die Scheide, ohne sich abzuwenden. „Ich gehe jetzt in den Lageraum", sagte Caesar leise. „Ich muss unsere Pläne für den nächsten Angriff auf Element City fertigstellen. Und du gehst und prüfst den Zustand der Truppen. Ich erwarte bei Sonnenuntergang einen Bericht."

Mit diesen Worten wandte Caesar sich um und verließ den Raum. Er zog die Tür sanft hinter sich zu und ließ einen Leonidas zurück, der mit leidenschaftlichem Abscheu die Stelle anstarrte, an der der Kanzler gerade gestanden hatte.

„Oh Mann, ich bin ja so froh, zu Hause zu sein", sagte Stan, während der Zug beschleunigte.

„Pst, sei ruhig, Mann! Ich will nur die Fahrt genießen!", erwiderte Bob, der hinter Stan in der Minenlore saß. Ivanhoe hockte in einer Lore hinter ihm. Stan konnte Bob keinen Vorwurf machen. Von all den Erfindungen des Mechanikers gefiel auch ihm die Verbindung zwischen transkontinentaler Eisenbahn und Schwebebahn mit am besten.

Der Lokführer kletterte auf jede der Antriebsloren hinter ihnen und schüttete mehr Kohle hinein, damit der Zug genug Geschwindigkeit für die Bewältigung der Gefällstrecke vor ihnen aufnehmen konnte. Stan sah, wie die scharfe Neigung auf sie zukam, dann spürte er das berauschende Gefühl, vom Waldboden abzuheben, über die Mauer zu fliegen und direkt im Schwebebahnsystem von Element City zu landen.

Stan hatte das Schwebebahnsystem schon oft zuvor genutzt, aber die Begeisterung darüber, mit halsbrecherischer Geschwindigkeit über die Köpfe der Bürger der Stadt zu reisen, ebbte nie ab. Von hier oben sah alles kleiner aus, und Stan konnte alle Häuser und Läden in der Stadt sehen. Der Zug verlangsamte sich schließlich, als er sich der riesigen Burg näherte. Stan fiel eine große Ansammlung von Spielern im Hof auf, und er fragte sich, was dort wohl vor sich ging. Dann bogen sie von der Hauptstrecke ab, der Lokführer deaktivierte die Antriebsloren und benutzte jetzt ein besonderes goldenes Antriebsgleis, das ihren Zug um die Mauern der Burg herum bis in den königlichen Bahnraum beschleunigte.

„Okay, aber *jetzt* bin ich froh, zu Hause zu sein", sagte Stan, als die Lore quietschend auf deaktivierten Antriebsgleisen, die auch als Bremse dienten, zum Halten kam. Er verließ die Lore und vertrat sich die Beine.

„Zustimmung!", sagte Bill, während er Ivanhoe aus seiner Lore hob und seinem Bruder dabei half, auf das Schwein zu klettern.

„Schön", sagte Charlie und stieß zu den anderen. „Bill und Bob, ihr solltet euch besser im Polizeirevier melden und dann eine Gruppe organisieren, um das Gefängnis in Brimstone zu besuchen. Stan und ich stoßen zu euch, nachdem wir mit dem Rat gesprochen haben."

„Großartig!", rief Bob. „Zurück in den Nether!" Ivanhoe schnaufte zustimmend. Seit dem neuesten Update konnten Tiere Netherportale durchschreiten, und Ivanhoe schien die Liebe, die sein Besitzer für die Feuerdimension empfand, zu teilen.

„Okay, danke, SourDog, du kannst jetzt gehen", sagte Stan und winkte dem Lokführer SourDog50 zu, der den Diamanten auffing, den ihm Stan als Trinkgeld zuwarf. Dann sprang SourDog zurück auf den Zug und drückte auf einen Knopf an der Wand. Die Antriebsgleise wurden eingeschaltet, und der Zug raste zurück auf die Schwebebahnführung.

„Hey, DarthTater, bitte kündige eine Ratsversammlung an", befahl Stan einem der obersten Königlichen Butler, der eine Darth-Vader-Maske auf dem Kopf trug, während der Rest seines Körpers an eine Kartoffel erinnerte. Darth-Tater nickte knapp, bevor er sich aufmachte, um die Ankündigung zu verbreiten.

Stan und Charlie begaben sich in den Ratssaal und setzten sich in ihre Stühle am Tisch. Während sie dasaßen und auf das Eintreffen der anderen Ratsmitglieder warteten, lachte Stan leise.

„Was ist denn?", fragte Charlie.

„Es ist nur komisch", sagte Stan lächelnd. „All diese Butler bedienen uns von vorn bis hinten und erfüllen uns jeden Wunsch, und trotzdem haben wir von allen Bewohnern Elementias vermutlich den größten Stress."

Diesmal lachte Charlie. „Ja, also, wir müssen eine ganze Menge Leute glücklich machen. Ich glaube, wir verdienen ab und zu ein wenig Luxus dafür, dass wir unsere Arbeit richtig machen."

Stan nickte gerade zustimmend, als sich die Tür mit einem Klicken öffnete und die Ratsmitglieder einer nach dem anderen eintraten. Stan merkte sofort, dass etwas nicht stimmte. Sie alle sahen erschöpft und gestresst aus, und besonders zwischen Kat und G schien große Spannung zu herrschen. Stan vermutete, dass diesmal nicht nur ihre Beziehung in Gefahr war.

Stan holte die Papiere hervor und kümmerte sich um die Formalitäten der Eröffnung. Diesmal schloss er sie ab. Er hatte Jaydens und Gs Anfechtungen satt und fand, dass es leichter war, sie zu besänftigen, statt sich mit ihnen zu streiten. Als er fertig war, fragte er: „Okay, irgendetwas bedrückt euch ganz offensichtlich. Was ist denn jetzt passiert?"

Am ganzen Tisch wurden betretene Blicke gewechselt.

„Äh … sollen wir es ihm sagen, oder zeigen wir es ihm einfach?", fragte Gobbleguy.

„Was soll das heißen?", fragte Charlie erschrocken. „Was wollt ihr uns zeigen?"

„Also, äh … komm einfach mit", sagte Kat, stand auf und ging zur Tür. Stan und Charlie folgten ihr durch die Burg, bis sie auf der Brücke angekommen waren, von der aus sie den Hof überblicken konnten. Bei dem Anblick, der sich ihm bot, wurde Stan schlecht.

Die Versammlung, die er bei seiner Ankunft in der Burg gesehen hatte, war nicht weniger als ein wütender Mob, der sich um die Burgtore drängte. Davor standen Soldaten und wahrten die Ordnung, indem sie mit erhobenen Schwertern eine Absperrung bildeten. Die Menge schrie und brüllte, und der Lärm hatte einen unverkennbar wütenden Klang.

„Seht mal, da ist er, oben auf der Brücke! Präsident Stan!", rief eine Stimme aus der Masse.

Die Menge brach sofort in noch größere Raserei aus. Das Geschrei und das Brüllen waren lauter als alles, was Stan je zuvor gehört hatte. Als er entsetzt lauschte und zusah, drangen Schreie wie „Eure Verschwörung wird versagen, Stan!", „Kämpfe gefälligst für uns, du Feigling!" und „Vielleicht sollten wir deine beiden Burgen abbrennen!" an seine Ohren.

Stan duckte sich, weil er fürchtete, dass jemand ihn mit etwas bewerfen oder auf ihn schießen könnte. Er und Charlie wandten sich an Kat.

„Kat, was ist passiert? Warum sind alle so wütend?"

„Jemand hat unsere Pläne für den Umgang mit der Noctem-Allianz verraten", antwortete Kat ernst.

„Was soll das heißen?", fragte Charlie mit tellergroßen Augen. Schweiß tropfte von seiner Stirn.

„Ich meine, dass jemand aus der Burg oder der Armee

der Öffentlichkeit gesagt hat, dass die Noctem-Allianz ihr eigenes Land gegründet hat", erwiderte sie. „Und auch, dass ihr hingereist seid, um mit ihnen zu reden, statt sie anzugreifen. Wie ist das überhaupt gelaufen? Wenn ihr Erfolg hattet, könnten wir die Krise vielleicht noch abwenden."

„Also, es war ein Fiasko. Ich erzähle dir mehr darüber, wenn wir wieder im Ratssaal sind", antwortete Charlie.

Kat schüttelte verzweifelnd den Kopf. „Das könnte unsere letzte Chance gewesen sein."

„Unsere letzte Chance wofür?", fragte Stan, verwirrt und krank vor Sorge. „Worüber regen sie sich denn so auf?"

„Na ja, da wären mehrere Gründe", sagte Kat eilig und machte sich wieder in Richtung Ratssaal auf. „Erstens hat ihnen nicht gefallen, dass wir ihnen etwas so Wichtiges nicht mitgeteilt haben. Zweitens gefällt ihnen nicht, was wir getan haben. Die meisten scheinen zu glauben, dass es nach allem, was uns die Noctem-Allianz angetan hat, klüger gewesen wäre, ihre Stadt zu zerstören."

„Okay, Moment, du hast *die meisten* gesagt", warf Charlie ein. „Heißt das, dass es noch Leute gibt, die finden, dass wir mit der friedlichen Herangehensweise das Richtige getan haben?"

„Oh, na klar", antwortete Kat ernsthaft und sah aus irgendeinem Grund noch verstörter aus. „Ich würde sagen, das glaubt etwa die Hälfte der Bevölkerung. Es gibt auch einige, die finden, dass es richtig von uns war, die Mission geheim zu halten. Sie sagen, dass es unsere Aufgabe ist, sich darum zu kümmern, und dass sie nichts davon wissen wollen."

„Und das ist ein Problem, weil …?", fragte Charlie, den noch immer verwirrte, dass Kat so ausgesprochen düster auf diese Tatsachen reagierte.

„Die Stadt ist völlig gespalten!", meinte Kat. „Sie streiten untereinander darüber, was die richtige Herangehensweise gewesen wäre und wer in dieser ganzen blöden Sache recht hatte! Es ist genau das, was mit unserem Rat geschehen ist, nur passiert es jetzt allen!"

Schweigend gingen sie weiter und kamen schließlich wieder bei den anderen im Ratssaal an. Stan wollte nicht unbedingt sprechen. Er hatte noch immer Kopfschmerzen, ausgelöst von dieser Entwicklung, aber er und Charlie erklärten dem Rat im Detail, was während ihrer Reise nach Nocturia geschehen war.

„Willst du mir sagen, dass ihr gar nicht mit Caesar verhandelt habt?", rief Jayden.

„Habt ihr Hohlschädel nicht zugehört?", erwiderte DZ, um sie zu verteidigen. „Caesar hat sie in eine Grube geworfen, bevor sie irgendetwas sagen konnten. Er hatte gar nicht vor, mit ihnen zu verhandeln!"

„Wir hatten also recht!", verkündete G triumphierend. „Es war sinnlos, unsere Probleme mit ihnen zu diskutieren, und es wäre besser gewesen, wenn wir sie einfach angegriffen hätten!"

„Es geht nicht darum, wer recht hat und wer nicht!", mischte sich der Mechaniker ein. „Vielleicht war es den Versuch wert, mit ihnen zu reden, vielleicht auch nicht, aber das ist jetzt nicht das Problem. Wir müssen die Wut einer ganzen Stadt besänftigen, wir können jetzt nicht diskutieren, wer in einer Sache falsch- oder richtiglag, die inzwischen vorbei ist."

„Obwohl wir recht haben ...", murmelte G.

„Es wäre ein kalter Tag im Nether, wenn das passiert", zischte Charlie leise zurück.

„HÖRT AUF!", brüllte Blackraven und schlug mit der Faust auf den Tisch. „Der Mechaniker hat recht, diese Frage ist jetzt nicht wichtig. Vielleicht können wir später darüber diskutieren, aber jetzt müssen wir uns um Wichtigeres kümmern."

„Was wir herausfinden müssen", fuhr der Mechaniker fort, „ist, wer diese Informationen weitergegeben hat. Derjenige muss dafür, dass er geheime Verschlusssachen des Rates weitergegeben hat, verhaftet werden."

„Das stimmt", erwiderte Charlie. „Aber es ist nicht unsere Aufgabe, das herauszufinden."

„Was redest du da!", schrie G. „Natürlich ist es *unsere* Aufgabe. Wer auch immer unsere Informationen verraten hat, ist ein Verräter und muss eingesperrt werden! Ohne Gerichtsverhandlung!"

„Ach komm schon, denkst du eigentlich je gründlich über irgendetwas nach?", fauchte Kat. „Erst nimmst du dir einen Tag frei, um mich zu sehen, und jetzt das. G, wenn wir die Person ohne Verhandlung einsperren, werden die Leute, die jetzt gerade im Hof randalieren, noch viel wütender! Ich wette, dass die halbe Stadt, sobald sich jemand dazu bekennt, ihn einen Helden dafür nennen wird, dass er bekannt gemacht hat, was wir vor ihnen verborgen haben. Und wenn wir ihn dann einsperren, ganz besonders, wenn wir ihm keine Verhandlung zugestehen, was meinst du, was sie dann von uns halten werden?"

„Hört sich an, als hättest du darüber lange nachgedacht, Kat", erwiderte Jayden misstrauisch, während G sie ungläubig anstarrte. „Kann es sein, dass du mehr über die Sache weißt als wir anderen?"

„Ach, halt die Klappe, Jayden, wir haben alle viel darüber nachgedacht", konterte Kat. „Tut mir ja leid, wenn ich über die Konsequenzen meiner Handlungen nachdenken möchte, bevor ich Operation Bombt-alles-in-Schutt-und-Asche und Projekt Sperrt-Leute-ohne-Verhandlung-ein zustimme!"

„Ach ja, aber deine Ideen sind wie lupenreine Diamanten!", giftete Jayden zurück. „Ja, dein Plan dafür, mit der NNA zu verhandeln, ist reibungslos abgelaufen, nicht wahr?"

Kat stand von ihrem Platz auf und warf dabei ihren Stuhl um.

„Du mieser, kleiner …"

Gooooooooonnnngggg!

Der Notenblock klang laut und klar durch den Raum, dank des Holzknopfs unter dem Tisch, auf den Stan gerade geschlagen hatte. Er hatte so fest zugedrückt, dass der Knopf gesprungen war, aber das war ihm egal. Stan war jetzt mehr als nur in Rage. Er hatte den Punkt erreicht, an dem er die Ratsversammlungen, die er früher genossen hatte, hasste.

„Der Nächste", sagte Stan mit vor Wut bebender Stimme, „der irgendjemand anderen an diesem Tisch beleidigt, wird aus dem Rat geworfen! Für immer!"

„Was?", rief Jayden schockiert aus.

„Du kannst nicht einfach so mit leeren Drohungen um dich werfen", meinte DZ erschrocken.

„Und ob ich das kann!", erwiderte Stan, zog eine Ausgabe der Verfassung unter dem Tisch hervor und schlug eine Seite auf, die er schon seit geraumer Zeit mit einem Lesezeichen versehen hatte. „Hier steht, dass ich jeden für die Entfernung aus dem Rat nominieren kann, sofern mindestens drei weitere Ratsmitglieder meine Entscheidung unterstützen. Und ich weiß ja nicht, ob euch das aufgefallen ist, aber ihr seid zwiegespalten, und auf beiden Seiten stehen mindestens drei Leute."

Während die Wahrheit, die hinter dieser Aussage stand, den Ratsmitgliedern dämmerte, herrschte kurz Stille. Alle saßen stumm da und dachten darüber nach, bis Charlie sich schließlich zu Wort meldete. „Was ich vorhin sagen wollte", erklärte er fast schon verängstigt, „ist, dass es nicht unsere Aufgabe ist, denjenigen zu finden, der die Informationen weitergegeben hat. Das ist Aufgabe der Polizei. Ich werde mit Bill, Ben und Bob darüber sprechen, dass sie eine Untersuchung anleiern."

„Okay, danke, Charlie", antwortete Stan. Er war froh, dass das erledigt war. Es gab andere Punkte auf der Tagesordnung, um die sie sich kümmern mussten. „Mechaniker, du musst mir einen Gefallen tun."

Der alte Spieler nickte. „Heraus damit."

„Du bist gut im Erklären. Ich brauche dich, um eine Verkündung an das Volk vorzubereiten, die ihnen klarmacht, warum wir ihnen die Informationen über den Angriff vorenthalten haben und warum wir Hinweise darauf brauchen, wer die Informationen verraten hat. Kannst du das tun?"

„Ich werde mein Bestes geben, Stan", erwiderte der Mechaniker.

Stan nickte. „Na schön. In der Zwischenzeit sollten wir anderen aufhören, uns über den Geheimnisverrat Gedanken zu machen, und uns um unser größtes Problem kümmern: die Noctem-Allianz. Seien wir mal ehrlich, Leute. Wir wissen absolut nichts über sie, wie sie arbeitet und welche Pläne sie hat. Der einzige Weg, das herauszufinden, ist, einen von der Allianz zu befragen."

Jayden schnaubte. „Ach ja?" Er lachte sarkastisch. „Weil wir natürlich einen gefangenen Noctem-Soldaten herumliegen haben."

„Ja, haben wir", konterte Kat mit einem Anflug von Arroganz. „Ich habe angeordnet, dass der Bote, der uns von der NNA erzählt hat, in eine Hochsicherheitszelle in Brimstone gesteckt wird."

Jayden hielt inne. „Oh", erwiderte er nach einer kurzen Pause betreten.

Stan ignorierte Kats selbstzufriedenes Grinsen und

sprach weiter. „Ich werde persönlich nach Brimstone gehen, um ihn zu befragen. Charlie, Kat und DZ, wollt ihr mitkommen?"

Charlie und Kat nickten, und DZ stieß die Faust in die Luft. „Cool!", rief er. „Das wird ganz wie in alten Zeiten! Nur dass wir diesmal keinen Drachen töten, sondern ein politisches Verhör durchführen! Erste Sahne!"

Stan konnte sich nicht helfen. Er grinste. „Okay!", verkündete er und klatschte in die Hände. „Die Sitzung ist beendet!" Mit diesen Worten legte er die Verfassung wieder unter den Tisch und ging durch die Tür.

Im Korridor schloss Stan eine Tür, die DZ offen gelassen hatte. Er wollte gerade in sein Zimmer gehen, als er aus einem Seitenflur in der Nähe von Kats Zimmer Lärm hörte.

„... geh weg, G, ich will gerade nicht mit dir reden."

„Komm schon, Kat, nur eine Sekunde."

Kurz herrschte Stille. Stan lehnte sich mit dem Rücken an die Wand und schlich sich Stück für Stück näher an den Flur. Obwohl er ganz genau wusste, dass es ihn nichts anging, musste er einfach in Erfahrung bringen, was sich zwischen G und Kat abspielte.

„G, ich habe keine Zeit für ..."

„Warum willst du nicht mit mir reden?", jammerte G. „Wir haben seit dem Elementiatag gar keine Zeit mehr miteinander verbracht."

Kat schnaubte. „Ja, das war der Tag, an dem Archie umgekommen ist, und seitdem haben wir pausenlos daran gearbeitet, die Verantwortlichen zur Rechenschaft zu ziehen."

„Aber ich vermisse dich, Kat."

„Ach, reiß dich zusammen, G! Es waren nur fünf Tage, so lange ist das nicht! Und ganz ehrlich, bei allem, was in letzter Zeit schiefgelaufen ist, war unsere Beziehung das Letzte, worüber ich mir Gedanken gemacht habe."

G grunzte zynisch. „Pff, ja, klar … erst seitdem …"

„Was soll das nun wieder heißen?"

„Komm schon, Kat, vergiss die anderen, geh nicht mit ins Gefängnis. Bleib hier bei mir."

„Wie kannst du das auch nur *sagen*?" Kat klang entsetzt.

„Sie sind immer noch zu dritt, sie brauchen dich nicht wirklich."

„Aber ich will gehen, G! Das ist wichtig, und ich möchte dabei sein!"

„Wenn du mich wirklich magst, dann bleibst du hier, Kat."

„Also hör mal, G, du weißt doch, dass ich dich mag. Das ist nicht fair!"

„Nein! Weißt du, was nicht fair ist?", rief G. Er klang inzwischen wütend. „Früher warst du anders. Du hast zu mir gehört, und ich habe dich damals wirklich gemocht. Aber was passiert jetzt? Ich lasse die Arbeit sausen, um dich zu besuchen, und ich bin so nett zu dir. Und wie dankst du es mir?"

Einen Moment lang herrschte Stille. Stan versteifte sich und griff instinktiv nach seiner Axt. Er hatte das Gefühl, dass er würde einschreiten müssen.

„Ich sage dir, wie. Du meinst, ich soll wieder an die Arbeit gehen, und dann verbringst du mehr Zeit mit deinen Freunden als mit mir." Jede Silbe, die G aussprach, betonte er voller Verachtung.

„G, ich …"

„Und im Rat stimmst du gegen mich und meine Freunde! Wie kann mich meine eigene Freundin so verraten? Sag mir das, Kat. Warum?", brüllte G.

Wieder herrschte Stille, die nur von Gs wütendem Schnauben unterbrochen wurde. Dann sprach er plötzlich weiter und klang dabei schlagartig anders, sanft und freundlich. Der plötzlich veränderte Tonfall ließ Stan schaudern.

„Hey, Kat, das ist doch kein Grund, so sauer auszusehen", sagte G in einem mitleidig klingenden Ton, den Stan noch verstörender fand.

„Doch, das ist es", fauchte Kat. G tat, als hätte sie nichts gesagt. Er sprach weiter.

„Das ist schon in Ordnung, Kat. Ich verzeihe dir. Selbst wenn du nicht perfekt bist, mag ich dich trotzdem sehr, und ich bin gewillt, dich zu behalten, wenn nur alles wieder so werden kann, wie es früher war. Du weißt schon. Glücklich. Was meinst du?"

Während der folgenden Pause hielt Stan den Atem an. Die nächste Stimme, die erklang, war wieder Gs, nicht die von Kat.

„Weißt du was, Kat? Du bleibst bei mir, statt dir das Gefängnis anzusehen, und wir machen uns einen schönen Tag. Wir unternehmen einen Ausflug und denken gar nicht an all die politischen Debatten und das Kriegsgerede.

Wieder Stille.

„Na los, Kat, lass dich drücken."

„Ich will dich nicht umarmen, G", war Kat schließlich wieder zu vernehmen. Sie klang wutentbrannt.

„Ach komm schon, Kat, ich versuche, dir entgegenzukommen. Nur eine Umarmung, dann lasse ich dich …"

„Nein, G", rief Kat. „Ich gehöre dir nicht, und du bist nicht derjenige, der entscheidet, was ich tun und lassen soll!"

„Ich will doch nur eine Umarmung. Das ist doch nicht schwer."

„Ich habe *Nein* gesagt, G!", brüllte Kat.

G schrie frustriert auf. Seine Stimme troff jetzt vor Wut. „Du bist die mieseste Freundin, die man sich vorstellen kann, weißt du das? Ich bin noch bereit, dich zu behalten, selbst nach allem, was du mir angetan hast, und du willst mir nicht mal eine blöde Umarmung gönnen?"

Stan hatte genug gehört. Er schoss um die Ecke und stellte sich in die Mitte des Flurs. Er machte große Augen vor Sorge, während sich Kat und G ins Gesicht schrien.

„Gibt es Probleme?", fragte Stan.

G drehte sich zu Stan um, und Kat nutzte die Ablenkung, um G von sich wegzustoßen, sodass er rückwärts gegen die Wand stolperte.

„Um Himmels willen, Kat, ich will nur eine Umarmung!", rief G. „Stan, ist das zu viel verlangt? Eine Umarmung von meiner Freundin? Mehr will ich doch nicht." Er wandte sich wieder Kat zu. Seine Augen blitzten auf. „Was hast du bloß für ein Problem?"

„Ich bin nicht diejenige, die ein Problem hat, sondern du!" Kat sah G angewidert an, bevor sie sich Stan zuwandte. „Er will mir nicht zuhören, und er versucht, mich zu zwingen, mich von euch zu trennen. Wie lange hast du schon hinter der Ecke gestanden?"

„Lang genug", antwortete Stan ernst.

Kat warf G einen verächtlichen Blick zu. „G, eins sage ich dir gleich: Wenn du versuchst, mich zu umarmen, ohne dass ich es dir erlaube, werde ich mich wehren. Und ich werde gewinnen."

„Und wehe, du sprichst noch einmal so mit ihr", fügte Stan kühl hinzu.

„Sonst?", keifte G.

„Sonst lasse ich dich aus dem Rat entfernen und aus der Burg werfen", erwiderte Stan.

Kurz herrschte angespanntes Schweigen. G sah verblüfft aus und schaute zwischen Kat und Stan hin und her, die ihn beide voller Verachtung im Blick behielten. Kurz darauf entspannte sich G. Er schaute Stan an.

„Von mir aus", sagte er und schien sich geschlagen zu

geben, doch als er sich Kat zuwandte, war seine Stimme voller Verbitterung. „Tja, ich hoffe, du amüsierst dich allein, Kat, mit uns ist es nämlich vorbei."

„Du hast mir das Wort aus dem Mund genommen", erwiderte Kat mit gleicher Verachtung.

G öffnete den Mund, als wollte er noch etwas sagen, doch dann schloss er ihn wieder. Endlich, mit einem letzten Blick auf Kat, der mehr sagte, als jede Beleidigung es vermocht hätte, drehte sich G um und ging mürrisch den Gang hinunter. Stan und Kat sahen ihm nach, als er sich am Ende nach links wandte und sein Zimmer betrat, sodass Stan und Kat allein zurückblieben.

Sie schwiegen betreten. Stan wusste, dass er etwas sagen sollte. „Äh ... Kat?", fragte er einen Moment später. „Wirst du ... ich meine, kommst du ...?"

„Ja, ich komme klar." Kat seufzte und sah zu Boden. „Ich wollte schon seit einer Weile Schluss machen. Danke für die Unterstützung, Stan", sagte Kat, und ihr Blick verriet etwas, das Stan in ihren Augen schon lang nicht mehr gesehen hatte: echte Freude. „Du bist ein guter Freund."

Kat lächelte ihn ehrlich an. Stan erwiderte das Lächeln und versuchte, wortlos auszudrücken, dass er wusste, dass sie immer füreinander da sein würden, egal was auch geschah. Plötzlich sagte Kat mit so lauter, aufgeregter Stimme, dass sie Stan damit völlig unvorbereitet traf: „Und jetzt komm schon, Stan! Der Noctem-Gefangene wird sich wohl nicht selbst befragen!"

KAPITEL 17:

DER GEFANGENE VON BRIMSTONE

In Anbetracht der Tatsache, dass Kat in Kürze eine Dimension betreten würde, die die gefährlichsten lebenden Verbrecher der gesamten Geschichte von Elementia beherbergte, fand Stan es erstaunlich, wie aufgekratzt sie war. Er saß jetzt neben ihr, zusammen mit Charlie und DZ, während sie darauf warteten, dass ihre Eskorte auftauchte, um sie durch das Portal in das Gefängnis Brimstone zu führen.

„Also, Kat und DZ, wie ist das Spleef-Halbfinale gelaufen?", fragte Stan.

„Ach ja, das hatte ich ganz vergessen!", rief Charlie. „Erzählt uns alles!"

Während Stan und Charlie die beiden erwartungsvoll anstarrten, sah DZ plötzlich geknickt aus, und all die Freude, die sich in Kats Miene aufgebaut hatte, verschwand in einem kurzen Augenblick.

„Was ist denn los, Leute?", fragte Charlie besorgt.

„Ihr habt doch ... ich meine, ihr habt das Match doch gewonnen, oder etwa nicht?", hakte Stan nach.

„Aber natürlich haben sie gewonnen!", erwiderte Charlie, als wäre das offensichtlich. „Allen Statistiken und Tabellen zufolge hatten die Ozelots keine Chance ..."

„Nein, Charlie", seufzte DZ. „Wir haben verloren."

„Ach komm, das habt ihr nicht." Charlie lachte. „Ihr seid

viel besser als das andere Team, ihr habt an der Spitze der Tabelle gestanden, es ist unmöglich, dass ihr gegen ein so mittelmäßiges Team wie die Ozelots verlieren könntet."

„Schönen Dank auch, Charlie", konterte Kat verbittert. „Es ist ja nicht so, dass wir das von jeder einzelnen Person gehört hätten, mit der wir darüber gesprochen haben, und Cassandrix hat uns damit ganz bestimmt kein Salz in unsere Wunden gestreut, oh nein! Wir haben das alles noch *nie* gehört, Charlie, besten Dank, dass du uns darauf hinweist!"

„Boah, ist ja gut!", sagte Charlie und hob die Hände. „Immer ruhig bleiben, ich kann es nur nicht fassen. Ihr habt wirklich verloren?"

„Joah", antwortete DZ und seufzte. „Tja, ich schätze, uns bleibt noch das nächste Jahr."

„Andererseits bleibt uns auch noch dieses Jahr!", erklang hinter ihnen eine begeisterte Stimme.

Die vier Spieler blickten zur Tür und sahen, wie Ben eintrat. Er wedelte mit einem Stück Papier und machte dabei einen freudig erregten Eindruck.

„Wovon redest du, Ben?", wollte Kat verwirrt wissen.

„Wir sind wieder im Turnier, Leute!", rief er aus.

„Augenblick mal ... was?", fragte Kat und war so überrascht, dass sie beim Versuch, ihre Eisenstiefel anzuziehen, rückwärts von ihrem Stuhl purzelte.

„Im Ernst, Mann?", fragte DZ und rannte zu Ben, um sich das Papier anzusehen. Kat folgte ihm sofort, nachdem sie wieder auf die Beine gekommen war. „Wie zum Herobrine ist das denn passiert?"

„Lest selbst", antwortete Ben grinsend und streckte das Papier vor, damit seine Teamkameraden es sehen konnten. Kat las laut vor.

„An die Mitglieder des Spleef-Teams ‚Zombies': Das Spleef Team ‚Ozelots', das im kommenden Finale der

Weltmeisterschaft hätte antreten sollen, wurde wegen unsportlichen Verhaltens von der Teilnahme am Turnier ausgeschlossen. Daher werdet ihr, die Zweitplatzierten im Halbfinale, an ihrer Stelle im Finalspiel der Spleef-Weltmeisterschaft antreten!" Als Kat fertig war, schrie sie vor Freude auf, sprang in die Luft und warf sich in eine Gruppenumarmung mit ihren Teamkameraden.

„Die Ozelots wurden disqualifiziert?", fragte DZ beeindruckt. „Was haben sie denn getan?"

„Das habt ihr noch nicht gehört? Man redet von nichts anderem", antwortete Ben. „Die Leute sprechen darüber sogar noch mehr als über die verratenen Informationen. Anscheinend waren die Ozelots auf einer Siegesparty, als Cassandrix und die anderen Skelette ankamen und anfingen, sie blöd anzumachen. Ihr Anführer wurde so wütend, dass er einen von Cassandrix' Mitspielern geschlagen hat. Die, die es gesehen haben, sagen, es sei kaum der Rede wert gewesen und dass dabei kein bleibender Schaden entstanden ist, aber Cassandrix bauscht das Ganze künstlich auf und tut so, als hätte ihr Teamkamerad einen Pfeil ins Herz bekommen oder so ähnlich."

„Ja, das hört sich nach Cassandrix an", sagte Kat verächtlich. „Sie versucht rauszuholen, was geht."

Ben nickte gravitätisch, dann fuhr er so lebhaft wie zuvor fort. „So oder so, der Zwischenfall mag ja übertrieben worden sein, aber die gute Nachricht ist, dass sie die Ozelots disqualifiziert haben, als die Liga davon erfahren hat, und jetzt sind wir wieder im Spiel! Wir bekommen eine zweite Chance!"

Die drei Zombies vollführten Freudentänze, stimmten Siegesschreie an und drehten vor Freude fast durch. Charlie und Stan sahen amüsiert zu und lächelten breit.

„Okay", sagte DZ. „Jetzt, da wir wieder dabei sind, werden wir bis zum Finale jeden Tag wie verrückt trainieren müssen. Es sind nur noch ein paar Wochen, also werden wir härter arbeiten müssen als je zuvor, sobald wir aus Brimstone zurück sind."

„Seid ihr sicher, dass ihr noch mitkommen wollt?", fragte Charlie. „Ich habe keinen Zweifel daran, dass Stan und ich die Befragung auch allein durchführen können, und ihr müsst trainieren." Stan nickte zustimmend.

„Willst du mich veräppeln?", lachte DZ. „Erst die Arbeit, dann der Sport. Wir werden die Befragung des Kerls doch nicht versäumen, nur damit wir trainieren können. Ich meine, ganz ehrlich, vielleicht finden wir endlich heraus, was die Noctem-Allianz vorhat." Kat unterstützte ihn mit einem schnellen Nicken.

„Na schön, dann macht mit der Untersuchung weiter", sagte Ben, als die Wachen, die zur Eskorte gehörten, den Raum betraten.

„Ich muss schon sagen, es ist zu schade, dass wir nicht mitkommen können. Bob scheint das am meisten zu stören, aber meine Brüder und ich stellen eine Untersuchung an, um die Quelle des Geheimnisverrats zu finden, also sollte ich mich jetzt besser damit befassen." Stan nickte, und der purpurrot gekleidete Polizeipräsident verließ den Raum.

Während er ging, bildeten die vier Wachen in Armeeuniform, die sie in das Gefängnis von Brimstone begleiten sollten, eine quadratische Aufstellung um die vier Ratsmitglieder. Stan seufzte. Er mochte es nicht, mit Wachen zu reisen, und sehnte sich in die Zeit zurück, in der er ohne Begleitung überallhin gehen konnte. Seit jedoch die Angriffe der Noctems begonnen hatten, wollten die Bürger ihren Präsidenten schützen, also hatte Stan die Wachen zum Schutz auf der Reise in die gefährliche Dimension herangezogen.

Die acht Spieler gingen in Zweierreihe durch das violett

leuchtende Portal. Als Stan durch den mysteriösen Nebel schritt, spürte er das qualvoll drückende Gefühl, das er befürchtet hatte, als hätte er ein schwarzes Loch im Bauch. Dann, so schnell, wie es begonnen hatte, verflog das Gefühl wieder. Stan atmete die warme, trockene Luft ein, die ihn umgab, während er sich im Nether umsah.

Stan hatte den Nether seit der offiziellen Eröffnung des Gefängnisses von Brimstone vor dem letzten großen Update nicht betreten, aber es sah aus, als hätte sich nichts verändert. Die Höhle aus Netherrack wirkte so bedrohlich wie immer. Das Lavameer war so majestätisch, wie er es in Erinnerung hatte, und auch die Netherfestung, die weiter hinten emporragte, war beeindruckend wie eh und je.

Die Netherfestung bestand inzwischen hauptsächlich aus Bruchstein und erinnerte eher an eine alte Bastille als an eine höllische Albtraumfestung. Vor Monaten hatte RAT1, König Kevs Assassinenteam, das aus Leonidas und seinen zwei jetzt verstorbenen Komplizen bestanden hatte, Stan in dieser Festung in die Enge getrieben. Charlie hatte es geschafft, Stan, Kat und die Netherjungs zu retten, bevor RAT1 den Großteil der Festung gesprengt hatte. Nach der Schlacht hatte man einen Ort benötigt, an dem man die gefährlichen Kriegsgefangenen einsperren konnte. Die weggesprengten Teile aus Netherziegeln waren mit Bruchstein wiederaufgebaut worden, und die Festung wurde zum Gefängnis Brimstone.

Damals, als es umbenannt wurde, hatte Stan das Gefängnis zum letzten Mal gesehen. Er wusste jedoch, dass sich in der Festung in der Zwischenzeit vieles geändert hatte. Ursprünglich hatten Wachgruppen die Gefangenen darin beaufsichtigt, doch eines Tages hatte er die Nachricht erhalten, dass all seine Wachen in der Festung getötet worden waren. Stan hatte einen Späher geschickt, der herausfinden sollte, was vorgefallen war, und dieser hatte entdeckt, dass Brimstone jetzt gigantische schwarze Skelette beherbergte, die man Witherskelette nannte. Nach einiger Recherche hatten sie herausgefunden, dass diese Monster beim letzten Update von Minecraft im Gefängnis erschienen waren. Sie konnten einen Spieler mit einem einzigen Schlag ihrer riesigen Steinschwerter vergiften.

Stan rechnete es Blackraven hoch an, dass er eine Lösung für dieses Problem gefunden hatte. Er hatte entdeckt, dass die Witherskelette weit intelligenter waren als die anderen bösartigen Mobs im Spiel. Er hatte es geschafft, mit ihnen zu verhandeln, und sie davon überzeugt, als Wachen von Brimstone zu dienen. Die Mobs waren ein sadistisches Volk und hatten Spaß an den Qualen der verzweifelten Gefangenen. Sie boten dem Gefängnis ihre Dienste nur zu gern an, sofern sie stetig neue Gefangene erhielten, die sie der Quelle des Elends, aus der sie sich nährten, hinzufügen konnten.

Als sie die Bruchsteinbrücke überquerten, die zum Gefängniseingang führte, spürte Stan, dass Charlie neben ihm zitterte.

„Wie kannst du nur zittern?", fragte Stan und wischte sich den Schweiß von der Stirn. „Hier drin müssen es doch mindestens vierzig Grad sein!"

„Nein, das ist es nicht", stammelte Charlie. „Nur diese … diese … Dinger da drin … die machen mir Angst …"

„Was, die Witherskelette?", mischte sich Kat ein. Charlie nickte.

„Alter, keine Sorge, die sind auf unserer Seite. Sie werden uns nicht angreifen, versprochen", sagte Stan. So selten er Blackraven sonst zustimmte, vertraute er doch darauf, dass er seine Arbeit gewissenhaft erledigte.

„Ich weiß, dass sie auf unserer Seite sind, das glaube ich

ja, es ist nur ... Ich fühle mich nicht gut dabei, Hilfe von einem Monster zu bekommen, das von Schmerzen lebt und mit Gift angreift."

„Das nennt sich Withereffekt, nicht Gift", korrigierte ihn Kat und warf ihm einen erstaunten Blick zu. „Na komm schon, Charlie, du bist doch der Bücherwurm, das solltest du alles wissen."

„Und, wo liegt der Unterschied?", fragte Charlie.

„Oh, die Wirkung ist genau gleich, bis auf die Tatsache, dass der Withereffekt einen tatsächlich umbringen kann, während Gift einen nur unglaublich schwächt."

Charlie wollte gerade antworten, doch stattdessen schrie er überrascht auf, weil er etwas hinter den anderen Spielern entdeckt hatte. Über dem Viadukt aus Bruchstein schwebten nicht weniger als drei riesige, würfelförmige Quallen empor. Alle hatten leuchtend rote Augen, und Feuerbälle flogen aus ihren Mündern. Drei der Wachen sprangen vor, um die Schüsse auf die Spieler abzufangen, aber Stan, Kat und DZ hatten bereits drei Pfeile angelegt und auf die Geschosse abgefeuert. Sie trafen exakt, sodass sie in die Gegenrichtung davongeschleudert wurden.

Während die Wachen wieder auf die Beine kamen, konnten sie nur mit einiger Ehrfurcht zusehen, wie die vier Elite-Spieler einen Pfeilhagel auf die Ghasts niedergehen ließen. Einmal stieg ein vierter Ghast hinter ihnen auf, aber bevor sein Feuerball sie erreichen konnte, schnellte DZ herum und schlug sein Diamantschwert gegen das Geschoss, sodass es zu seinem Ursprungsort zurückschlingerte. Der Ghast sank etwas ab, bevor er sich wieder stabilisierte, womit DZ genug Zeit gewann, um in die Luft zu springen und ihm einen Pfeil in die Stirn zu schießen. Die riesige weiße Bestie stürzte ab und landete mit einem zischenden Geräusch auf einer Netherrack-Insel inmitten des Lavameers, bevor sie verschwand.

DZ wandte sich zu seinen Kameraden um, die gerade die anderen drei Ghasts erledigt hatten. Die vier wechselten einen Blick, erkannten, dass niemand verletzt war, und atmeten kurz erleichtert auf. Dann sahen sie zu den vier Wachen hinüber, die sie mit offenem Mund anstarrten. Anscheinend wurde ihnen erst jetzt klar, dass ihre Aufgabe sinnlos war. Die vier Spieler, die sie bewachen sollten, waren Helden, die sich ihren Ruf erarbeitet hatten, indem sie durch Elementia gereist waren und es von einigen der größten Bedrohungen in Minecraft befreit hatten.

„Äh ...", sagte eine Wache mit buschigem Schnurrbart. „Sollen wir ...?"

Stan kicherte amüsiert. „Geht", sagte er, woraufhin die Wachen über die Bruchsteinbrücke zurück zum Netherportal eilten. Alle vier Ratsmitglieder lachten kurz in sich hinein, bevor sie weiter in Richtung des furchterregenden Gefängnisses Brimstone gingen.

Als sie sich dem Haupttor näherten, sah Stan zum ersten Mal in seinem Leben die Witherskelette, unter deren Führung dieser Ort jetzt stand. Sie waren furchterregend. Diese untoten Monster, fast so groß wie ein Enderman, mit schwarzgrauen, verblichenen Knochen, ließen gigantische Steinschwerter auf dem Boden hinter sich herschleifen. Zwischen ihnen stand ein einzelner Spieler, der eine Armeeuniform trug.

Als sich die Gruppe näherte, feixten die beiden Skelette, die die Tür bewachten, die Spieler bedrohlich an. Die Wache trat vor und sprach mit rauer, emotionsloser Stimme: „Nennt euer Anliegen."

„Präsidiales Gesuch zur Vernehmung des Gefangenen Nummer 02 892", sagte DZ, der sich die Identifikationsnummer gemerkt hatte.

Der Wächter sah Stan kurz an und nickte, dann wandte er sich zu einem der Witherskelette um. Die vier Spieler sahen neugierig zu, als er eine Reihe von Klicks und Lauten von sich gab, die das Witherskelett in einer Art Gespräch erwiderte. Nach einer Minute wandte sich der Wächter wieder DZ zu und beschrieb ihm den Weg zur Zelle des Gefangenen. DZ nickte dankend und betrat das Gefängnis. Die anderen drei mussten sich beeilen, um ihm auf den Fersen zu bleiben.

„Was war das gerade, DZ?", fragte Kat voller Staunen.

„Oh, Blackraven hat den Kerl lernen lassen, die Sprache der Witherskelette zu sprechen", antwortete er.

„Wo soll er das gelernt haben?", fragte Stan.

„Im Internet", erklärte DZ beiläufig.

„Was?", rief Kat ungläubig aus. „Wo im Internet hat er denn so etwas gefunden?"

DZ wandte sich langsam um, sah sie an und erwiderte: „Kat, das Internet ist ein seltsamer Ort ... stell es einfach nicht infrage." Ohne weitere Diskussion gingen die vier Spieler weiter ins Innere der Festung.

Das Wort „unheilvoll" wurde dem Gefühl, durch das Gefängnis zu gehen, kaum gerecht. Die Decke war aus Bruchstein, aber Teile des Bodens bestanden noch immer aus den ursprünglichen Netherziegel-Blöcken der Festung, sodass im schummrigen Licht der Eindruck entstand, dass der Boden von Blutpfützen bedeckt war. Die Beleuchtung war schwach. Stan wusste, dass Witherskelette, so wie normale Skelette, in der Dunkelheit lebten. Es gab keine Fackeln, und nur das Lavameer und Stalaktiten aus Glowstone an der Decke der Netherrack-Höhle spendeten einen Lichtschimmer.

Während die vier Spieler den Gang entlanggingen, alle mit einem flauen Gefühl im Magen, konnte Stan durch die Fenster der Eisentüren einige Blicke auf das Innere der Zellen erhaschen. Was er sah, erweckte einen Anflug von

Mitleid in ihm. Die Spieler hatten sich auf dem Boden zusammengerollt, hoffnungslos, ohne etwas, wofür es sich zu leben lohnte. Stan musste sich jedoch nur daran erinnern, dass sie ehemalige Mitglieder von König Kevs Armee waren und dass sie, hätte man sie nicht gefangen genommen, inzwischen sicherlich für die Noctem-Allianz kämpfen würden. Dieser Gedanke ließ seine Sympathie für sie sofort wieder ersterben.

Eine bestimmte Zelle erweckte Stans Aufmerksamkeit, und er blieb hinter den anderen zurück, weil er einfach hineinsehen musste. Voller Abscheu starrte Stan auf den Gefangenen, der aufrecht saß, den Rücken gegen die Bruchsteinwand gelehnt, und seinen Blick erwiderte. Der Spieler trug eine schwarze Skimaske. Über seiner schwarzen Hose war seine muskulöse Brust nackt. Zum ersten Mal hatte Stan diesen Spieler gesehen, als Jaydens Bruder, der verrückte Steve, erschossen worden war. Beim zweiten Mal hatte sich Jayden gerächt. Stan war nie in den Sinn gekommen, dass der Griefer hier hätte landen können. Kat musste schreien, damit Stan seinen faszinierten Blick von ihm löste.

Schließlich erreichten die Spieler das Ende des Ganges, und Stan erkannte sofort an der Tür, dass sie die Zelle mit der höchsten Sicherheitsstufe erreicht hatten. Stan war an einigen der Witherskelette vorbeigekommen, die durch die Gänge patrouillierten, aber hier bewachten vier von ihnen die Eisentür. DZ ging auf sie zu und drückte auf einen Steinknopf an der Tür. Die Eisentür öffnete sich mit einem Klicken, gab aber nur eine zweite Tür frei. Die vier Spieler passierten die erste, woraufhin sie hinter ihnen ins Schloss fiel.

„Jetzt müssen wir nur darauf warten, dass der Redstone-Schaltkreis sich aktiviert und die Tür öffnet. Dann stehen wir dem Kerl endlich gegenüber", erklärte DZ.

Sie warteten etwa eine halbe Minute lang. In der Zwischenzeit atmete Stan tief durch. Er konnte es nicht genau erklären, aber irgendetwas an der ganzen Situation erschien ihm verdächtig. Er wusste zwar, dass es gut möglich war, dass das gruselige alte Gebäude seiner Wahrnehmung einen Streich spielte, aber etwas an der Vorstellung, diesen Noctem-Boten überhaupt zu verhören, machte ihn nervös, ohne dass er eine Ahnung hatte, woran es lag. Endlich öffnete sich die letzte Tür, und die vier Spieler zogen ihre Waffen und betraten die Zelle. *Je schneller wir diese Vernehmung hinter uns bringen, desto besser*, dachte Stan, der vor Hitze und Unwohlsein schwitzte.

Der Raum wurde von Fackeln erleuchtet, vermutlich um zu verhindern, dass darin Mobs spawnten. Doch das Innere war weiterhin schwarz, da die Wände aus Obsidian bestanden. Genau in der Mitte der kleinen Zelle saß ein Spieler und wandte Stan und den anderen den Rücken zu. Stan erkannte den grauen Overall, den schwarzen Schal und die Kapuze. Es war in der Tat der Noctem-Bote, der ihnen die Nachricht von der NNA überbracht hatte.

Die zweite Tür fiel hinter ihnen zu, und Stan wusste, dass das Verhör nun anfangen musste. Er machte einen Schritt auf den Spieler zu, doch bevor er auch nur den Mund öffnen konnte, erklang die Stimme des Spielers und hallte bedrohlich von den Wänden wider.

„Ich weiß, warum ihr hier seid."

Stan warf seinen Freunden einen Blick zu. DZ sprach als Erster.

„Ach was, wirklich?", feixte er.

„Ja", antwortete der Bote. „Ihr wollt mich verhören, weil ihr hofft, dass ihr so mehr über die inneren Abläufe der Noctem-Allianz erfahren könnt, von der ihr so wenig wisst."

„Na, da ist aber jemand schnell von Begriff", erwiderte Kat. Sie runzelte die Stirn, und ihre Hand umschloss fest ihr Schwert. „Kommen wir zur ersten Frage: Wirst du mit uns kooperieren, oder müssen wir dich zwingen? Du hast die Wahl."

„Habt ihr schon mal innegehalten und die Schönheit der Nacht bewundert?"

Die Spieler warfen einander einen Blick zu und hoben die Brauen, dann erwiderte Stan: „Beantworte ihre Frage!"

„Die Nacht ist faszinierend. Am Tag scheint das Licht der Sonne auf uns herab. Wir können ihm nicht entkommen, und es zeigt uns alle so, wie wir wirklich sind. Doch bei Nacht ruht dieses Licht. Dunkelheit und Mysterien beherrschen die Welt. Man kann sein, was auch immer man sein möchte, denn man ist vor aller Augen verborgen. Und Urteile sind nur die hübscheren Zwillinge des Augenlichts."

„Hör auf, in Rätseln zu sprechen, sonst stellen wir dich ruhig!", rief DZ und riss eine Flasche mit blaugrauer Flüssigkeit aus seinem Inventar.

„Schwarz ist die Farbe der Nacht, eine Zeit der Zuflucht vor den allgegenwärtigen Urteilen der Welt, die sich zivilisiert nennt. Schwarz ist auch die Farbe der Noctem-Allianz, eine Zuflucht vor der allgegenwärtigen Verfassung von Elementia, die sich gerecht nennt und uns doch zwingt, unsere Welt mit dem niedriglevelingen Abschaum zu teilen, der sie nicht verdient."

„Okay, Leute. Betäuben wir ihn", befahl Stan, und während der Spieler weitersprach, zogen sie alle ihre Tränke.

„Das Schwarz der Allianz hat mich schon einmal gerettet. Und nun wird mich die Farbe Schwarz erlösen!" Aus den Händen des Spielers flogen zwei schwarze Schemen, aus denen Stichflammen hervorgingen, als sie auf dem

Boden aufschlugen. Sie umgaben den Gefangenen mit einer dunklen Rauchfahne.

„Angriff!", brüllte Stan. Vier Tränke flogen in den Rauch und zerschellten mit lautem Klirren. Stan war verdattert. Allen Spielern in diesem Gefängnis wurden ihre sämtlichen Gegenstände abgenommen, bevor man sie in den Nether brachte! Wie war das hier nur möglich?

Als sich der Rauch legte, erfasste Stan eine zweite Welle der Angst, und ein beklemmendes Gefühl machte sich in seiner Brust breit. Irgendwie hatte der Bote es geschafft, sich mit einem Würfel aus Obsidian zu umgeben, das er aus dem Nichts geholt hatte. Und woher nahm er all dieses Material?

Als Charlie anfing, mit seiner Spitzhacke auf den schwarzen Kubus einzuhacken, flog eine Reihe schwarzer Gegenstände aus einem Loch an der Vorderseite des Würfels. Als sie auf die Tür trafen, gingen die Feuerkugeln in sengenden Stichflammen auf.

Stan sprintete auf das Loch zu, voller Adrenalin und mit einem Trank der Langsamkeit in der Hand. Er wurde sofort gezwungen, einen Satz rückwärts zu machen und entging so knapp dem TNT-Block, der aus dem Würfel auf ihn zuflog. Stan konnte nur noch überwältigt zusehen, als der Block auf die Eisentür traf. Die durch die Hitze geschwächte Tür zerfiel, und das TNT landete in dem Korridor aus Obsidian. Einen Sekundenbruchteil später explodierte es mit der Wucht eines Creepers, und die Spieler wurden von der Druckwelle erfasst. Stan musste seine Axt heben, um sich zu schützen. Als sie ihre Verteidigungshaltungen aufgaben, hatte der Bote eine Enderperle durch die geborstenen Türrahmen in den Gang geworfen. Er verschwand in einer Wolke aus violettem Rauch.

Die gesamte Flucht war in weniger als zehn Sekunden vonstattengegangen.

Stan, Kat, Charlie und DZ starrten einander kurz an. Stan war völlig sprachlos. Es dauerte einen Moment, bis er überhaupt begreifen konnte, was gerade geschehen war. Dann, mit einem Schlag, verstand er es. Die Noctem-Allianz spielte hier einmal mehr ein Spiel mit ihnen. Es gab nur eine Möglichkeit, herauszufinden, wie der Noctem-Bote im Gefängnis an so viel Material gekommen war. Sie mussten ihn gefangen nehmen.

„Na los!", brüllte Stan, woraufhin seine Freunde aus ihrer Trance zu erwachen schienen. Sie folgten ihm, sprangen über die brennende Tür und liefen in den Gang.

Der Bote sprang und rollte sich wie ein Kaninchen durch den Raum, aber die Schwerthiebe der Witherskelette verfehlten ihn immer wieder nur knapp. Ein regelrechter Wall der großen, finsteren Mobs versperrte den Eingang zum Gefängnis, und Stan konnte gerade noch den Umriss des Wächters vom Eingang erkennen, der versuchte, das Chaos zu verstehen, das in der Festung ausgebrochen war. Stan starrte ihn an.

„Hol Verstärkung!", brüllte Stan dem Wächter zu. Nachdem dieser sich umgeblickt hatte, Stan erkannte und verstand, was er gesagt hatte, nickte er und sprintete über die Bruchsteinbrücke auf das Netherportal zu.

Stan, der sich fühlte, als würde eine riesige Hand sein Herz umklammern, spürte Erleichterung, die jedoch sofort versiegte und doppelter Beklemmung wich, als er sah, dass der Bote zum Eingang gelangt war. Er durfte keine Zeit verlieren. Wenn sie sich beeilten, würden sie ihn noch erreichen können. Sie hatten Enderperlen griffbereit, aber es gab keinen Platz, um sich zu teleportieren. Vor ihnen stand die Menge aus Witherskeletten. Stan schob und drückte sich durch die Masse der untätigen Monster.

Moment mal, dachte Stan. Die Erkenntnis überkam ihn, während er sich näher und näher an den Ausgang schob.

Wenn ein hochgefährlicher Krimineller dabei war zu entkommen ... und die Witherskelette hier waren, um das Gefängnis zu bewachen ... warum standen sie dann tatenlos herum, während der wichtigste Gefangene floh? Warum kämpften sie nicht mehr? Als Stan sich endlich an die Spitze der Menge gedrängt hatte, sah er den Grund und kam vor Schreck ins Straucheln.

Die Witherskelette verharrten regungslos, während der Noctem-Bote am Fuß der Treppe zur Festung stand. Er gab klickende Geräusche von sich, die Stan als die Sprache der Skelette erkannte. Er hatte kaum genug Zeit, davon überrascht zu sein, dass der Bote die Sprache dieser Monster beherrschte, als dieser schon mit einem Finger direkt auf Stan und seine Freunde zeigte und etwas von sich gab, das in der klickenden Sprache wie ein mächtiger Befehl klang.

Stans Instinkt übernahm die Kontrolle, und er wich zurück, die Treppe hinab, während nicht weniger als drei riesige Steinschwerter auf ihn zurasten. Er schaffte es, den Angriffen zu entkommen, verlor jedoch das Gleichgewicht und fiel die Treppe hinab. Nach einer schmerzhaften Landung auf dem Rücken befand er sich auf der Bruchsteinbrücke. Stan hob den Blick und sah, wie die schwarzen Skelette seine Freunde umringten. Bis auf eines, das die Treppe herabsprintete und zu einem weiteren Hieb mit der Waffe ausholte. Stan griff hastig nach seiner Axt, die neben ihm auf den Boden gefallen war, doch bevor er sie erreichen konnte, zerfiel das Skelett unter dem Schwert, das ihm der Festungswächter in die Seite gestoßen hatte. Er reichte Stan die Hand.

„Sind Sie verletzt, Präsident Stan?", fragte der Wächter und zog Stan hoch.

„Nein, mir geht es gut", antwortete Stan barsch und klopfte den Staub von seiner Kleidung. Er sah wieder zur

Festung hinüber. Seine Freunde erkämpften sich langsam einen Weg nach draußen, vorbei an den gigantischen schwarzen Skeletten.

„Was ist da drin passiert?", fragte der Wächter besorgt.

„Das ... das weiß ich selbst nicht", antwortete Stan und versuchte, sich an den Wahnsinn zu erinnern, der in den letzten sechzig Sekunden ausgebrochen war. Seine Gedanken wandten sich dem Boten zu, der mit den untätigen Witherskeletten gesprochen hatte. „Hör mal", sagte Stan hastig und wirbelte herum, um der Wache in die Augen zu sehen. „Hast du gehört, was er gesagt hat? Der Kerl, der geflohen ist? Zu den Skeletten?"

„Ja", erwiderte der Wächter. Er sah verwirrt aus. „Er hat so etwas gesagt wie ‚Dies ist der Moment, meine Freunde, erhebt euch gegen die Tyrannen und kehrt heim zu eurem Meister'. Aber ich verstehe noch immer nicht, wie er ..."

„Entschuldige, wir können das später klären, aber wir müssen den Kerl schnappen!", rief Kat. Sie atmete schwer, nachdem sie zu Stan gelaufen war. Die anderen folgten ihr dichtauf.

„Wo ist er hin?", keuchte DZ, als er bei ihnen ankam.

„Da ist er, da drüben!", schrie Charlie und zeigte auf die Brücke. Der Bote hatte schon ein Drittel der Bruchsteinkonstruktion zurückgelegt und lief auf das Netherportal zu.

„Kommt nicht infrage!", brüllte Kat und warf eine Enderperle die Brücke hinunter, auf den Boten zu.

„Du", sagte Stan und wandte sich dem Wächter zu, während Kat in einer violetten Rauchwolke verschwand und Charlie und DZ ihre Perlen in dieselbe Richtung warfen. „Riegle die Festung ab und versuch, sie wieder zur Ruhe zu bringen." Er zeigte auf die Witherskelette, die sich aus Gründen, über die nachzudenken er keine Zeit hatte, in die Festung zurückzogen. Stan wartete die Antwort nicht ab, bevor er seine Enderperle die Brücke hinabwarf. Einen Augenblick später spürte er, wie die Luft um ihn herum brauste, als er in die Luft gezogen wurde und mit den Füßen voran auf festen Ziegeln landete.

Um ihn herum war die Hölle los. Kat und DZ hatten ihre Schwerter gezogen, Charlie seine Spitzhacke, und sie schlugen und stachen wild umher in der Hoffnung, auch nur einen Treffer gegen den Noctem-Boten zu landen oder überhaupt irgendetwas auszurichten, um ihn festzusetzen. Es schien jedoch vergeblich zu sein, da sich der Bote durch jeden Angriff wand, duckte, auf- und abtauchte, als wäre er ein Vogel, der auf einem Luftstrom segelte. Von seinem Rücken stieg sich kräuselnder hellblauer Rauch auf. Er versuchte nicht zu kontern und hatte noch nicht einmal eine Waffe gezogen. Es schien ein weiteres Mal, als würde ein Agent der Noctem-Allianz nur mit ihnen spielen.

Stan wusste, dass es sinnlos war, seine Axt zu ziehen. Das würde im Kampf nicht weiterhelfen. Einen Gegner wie diesen musste man mit Präzision erledigen. Stan griff nach Pfeil und Bogen, spannte die Sehne und sah am Schaft des Pfeils entlang. Immer wieder wechselte er das Ziel, während der Bote sich duckte und hüpfte wie eine Springbohne. Endlich, nachdem der Bote einem Schwung von DZs Schwert besonders knapp ausgewichen war, erkannte Stan seine Chance und feuerte.

Der Pfeil näherte sich der Schulter des Boten um einen Fingerbreit, bevor er spürte, dass er in Gefahr war und beiseitesprang, direkt in einen mächtigen Schwung von Charlies Spitzhacke. Der Schlag traf ihn, und der Bote taumelte rückwärts, stieß gegen die seitliche Brüstung der Brücke und stürzte darüber. Im freien Fall näherte er sich dem Lavameer Hunderte Blöcke unter ihnen.

Stan sprintete zum Rand der Brücke und sah, dass eine Insel aus Netherrack aus der Lava hervorragte. Er wusste, dass er nicht zulassen durfte, dass der Noctem-Offizier in den Tod stürzte – viel zu viele kostbare Informationen hingen von ihm ab. Ihm kam eine wahnwitzige Idee, und so sprang er dem Boten über den Rand der Brücke hinterher.

Stan war zu konzentriert darauf, seinen außerordentlich riskanten Plan in die Tat umzusetzen, als dass seine Beschleunigung ihm hätte Angst einjagen können. Er zog zwei Enderperlen aus seinem Inventar und warf eine davon auf den Boten. Als sie aufprallte und zerplatzte, spürte Stan, wie er mit Schallgeschwindigkeit flog, um dann in einer violetten Rauchwolke neben dem Boten zu erscheinen, dessen Augen sich entsetzt weiteten. Bevor er reagieren konnte, umklammerte ihn Stan und warf die zweite Enderperle auf die Netherrack-Insel, die auf sie zuraste.

Der Effekt trat sofort ein. In dem Moment, in dem das Duo mit Endgeschwindigkeit auf dem Boden hätte aufprallen sollen, zerbrach die Perle und begann zu wirken. Beide Spieler wurden von violettem Rauch umgeben abgesetzt, und nur ein leichtes Stechen in ihren Beinen deutete auf den Sturz hin.

Stan trat den noch immer benommenen Boten von sich weg, sprang auf die Beine, zog Pfeil und Bogen aus dem Inventar und zielte damit auf seinen Gegner. Der Bote schüttelte sich, um den Schock loszuwerden, und rannte auf den Rand der Insel zu. Er wollte gerade hinabspringen, als Charlie in einer violetten Wolke vor ihm erschien, den Bogen im Anschlag. Der Bote schlug einen Haken nach links und schickte sich an, in diese Richtung zu springen, als sich ihm plötzlich DZ in den Weg stellte, gefolgt von Kat, die ihm gegenüber erschien. Auch diese beiden hatten Bögen gezogen. Der Bote war umzingelt.

Er sah die vier Spieler der Reihe nach an, bevor er schließlich leise lachte und die Hände hob.

„Na schön", sagte er und klang amüsiert. „Ihr habt mich erwischt. Gut gemacht, ihr vier. Also, aus irgendeinem Grund wollt ihr mich unbedingt haben. Worum geht es?"

„Wir wollen Antworten", erwiderte Stan barsch und spannte die Bogensehne etwas fester.

„Ja, und wehe, du lügst!", rief DZ.

„Ach komm schon, DZ." Der Bote kicherte, und alle vier hoben die Augenbrauen, als er seinen Namen aussprach.

„Die Noctem-Allianz ist vieles, aber sie ist nicht ehrlos, und als Agent der großen Organisation bin auch ich das nicht. Ihr vier habt mich, Graf Drake, mit Fug und Recht im Kampf besiegt. Daher werde ich euch alle Antworten geben, die mir zu geben gestattet sind. Natürlich werde ich nicht lügen. Das wäre nicht sonderlich ehrenhaft, nicht wahr?"

„Ich verstehe nicht, was dich so amüsiert", sagte Kat. Es war unübersehbar, dass ihr Graf Drakes fröhlicher Tonfall gegen den Strich ging. „Aber egal. Woher hast du das Material bekommen, um aus Brimstone auszubrechen?"

„Es ist mir natürlich gegeben worden", antwortete Drake, als wäre das ganz offensichtlich.

„Von wem?", bohrte Kat nach.

„Ach, das wisst ihr nicht? Meine Güte, mir war ja bekannt, dass euer Rat zerrüttet ist, aber ich hatte keine Ahnung, dass er so zerrüttet ist."

„Halt die Klappe!", schäumte Kat. Ihr entfuhr ein kleines Knurren, und ihre Nasenlöcher blähten sich vor Zorn. „Wovon redest du?"

„Von dem Spion, meine liebe Kat", erwiderte Drake mit leisem Lachen. „Der Spion in eurer Mitte hat mir die Materialien, die für meine Flucht nötig waren, zukommen lassen, zusammen mit meiner täglichen Mahlzeit."

„Soll das heißen, ihr habt einen Spion in Elementia?", keuchte DZ.

„Ach je, ich muss es euch wirklich erklären, nicht wahr?", antwortete Drake mit gespielter Frustration. „Ja, in der Führungsriege von Element City gibt es einen Spion. Der Spion hat seit den Anfängen der Noctem-Allianz in eurer Stadt gelebt. Gemeinsam mit Kanzler Caesar und den Generälen Minotaurus und Leonidas war er sogar einer der ersten Anhänger des großen Lord Tenebris."

„Wer ist dieser Lord Tenebris überhaupt?", fragte Charlie, bevor Stan etwas erwidern konnte. „Selbst nach allem, was wir dank euch durchmachen mussten, haben wir keine Ahnung, wer der Kerl ist. Was ist los, hat er Angst, sich zu zeigen?"

„Charlie, bleib bei der Sache", zischte Kat, die genau wie Stan nicht fassen konnte, dass Charlie noch an irgendetwas denken konnte außer der Tatsache, dass sich angeblich ein Spion in Elementia befand.

„Ach, Kat, keine Sorge", erwiderte Drake mit spöttisch gespielter Sorge. „Es wird jede Menge Zeit geben, um alle Fragen zu beantworten. Außerdem werde ich es nie leid sein, unseren großen Anführer Lord Tenebris zu preisen."

„Na schön, raus damit! Wer ist er?", fragte Charlie.

„Lord Tenebris", erklärte Drake, „ist das mächtigste Wesen, das Minecraft je bewohnt hat. Ihn nur einen Spieler zu nennen, wäre eine Beleidigung. Er hat experimentiert und die Grenzen des Spiels erweitert. Damit ist Lord Tenebris mächtiger geworden, als zu begreifen ist. Er überwindet alle Beschränkungen des durchschnittlichen Spielers, selbst die eines Spielers mit Operatorenrechten. Es gibt Gründe dafür, dass er sich noch nicht gezeigt hat, und ich bin nicht in der Position, sie euch zu nennen. Aber glaubt mir ruhig, meine ehrwürdigen Häscher: Wenn sich der große Lord Tenebris schließlich zeigt, wird es ein schwarzer Tag für die widerwärtigen Ideale werden, die ihr Gerechtigkeit nennt." Mit diesen Worten feixte Graf Drake bösartig und leckte sich drohend die Lippen.

Bis zu diesem Moment hatte Stan sich Mühe gegeben, damit er genauso mächtig und voller Selbstvertrauen erschien wie er, um den Noctem-Agenten einzuschüchtern und ihn vom Lügen abzuhalten. Aber als er Drake dabei zuhörte, wie er zum ersten Mal über seinen Anführer sprach, überkam ihn eine Welle der Angst. Während er sprach, war in seiner Stimme ein Feuer, eine Leidenschaft zu hören, die dazu führte, dass Stan sich kurz fragte, ob sie den Anführer der Noctem-Allianz vor sich hatten. Einen Moment später kam Stan wieder zur Besinnung. Er würde später noch genug Zeit haben, sich über diese Frage Gedanken zu machen. Im Moment gab es dringendere Probleme.

„Egal", schoss Stan zurück und versuchte, mit ruhiger Stimme zu sprechen. „Zurück zum Spion. Wer ist es?"

Drakes Lächeln verblasste etwas, doch ein Anflug davon blieb bestehen, als er sich zu Stan umwandte.

„Stan, ich habe dir geschworen, dass ich ehrlich sein würde", erwiderte der Graf. „Und ich werde dich jetzt nicht anlügen. Aber so wie bei den Plänen des großen Lord Tenebris gibt es auch einige Informationen, die ich nicht preisgeben darf. Die Identität des Spions in eurer Mitte gehört dazu."

Stan hob eine Braue, und er umklammerte seinen Bogen noch fester, als Charlie vor Wut über Graf Drake explodierte. „Genug von dem Gerede um den heißen Brei, Drake! Sag uns, wer es ist, sonst wird es für dich unangenehm!"

Drakes Lächeln wuchs wieder zu seiner vollen Breite an.

„Oh, bitte, erschießt mich nur. Ich habe euch alle Informationen gegeben, die ich euch geben darf. Ich nütze euch nicht mehr. Die Noctem-Allianz wird nicht mit euch verhandeln, wenn ihr mich als Geisel nehmt, denn für das große Ganze bin ich nicht von Bedeutung. Abgesehen davon habe ich …"

Er unterbrach sich mit einem Würgen, als Kat vorschnellte, schneller als eine zubeißende Klapperschlange, und Drake den Knauf ihres Schwertes hart gegen die Brust stieß. Gleich darauf hielt sie ihn mit dem Knie am Boden fest, das Schwert gezogen. Sie hatte die Grenzen einfacher Wut schon lange überschritten. Ihr Gesicht war vor Zorn so verzerrt, dass sie geradezu unmenschlich aussah.

„Wenn das so ist, wollen wir doch sehen, ob ein wenig Schmerz dich zum Reden bringt!", knurrte Kat und begann, die Spitze ihres Schwerts langsam auf Drakes Gesicht hinabzusenken.

„Kat, nein!", brüllte DZ und sprang vor, um das Schwert beiseitezustoßen. Doch Graf Drake kam ihm zuvor, und mit einer fließenden Bewegung schlug er das Schwert mit der Hand von sich, stieß sich vom Boden ab und hievte sich auf die Beine. Dann machte er einen Salto rückwärts zwischen Kat und DZ und stürzte in das Lavameer unter ihnen. Stans Blick folgte ihm nach unten in die Weite des orangefarbenen Magmas, und als Drakes Körper in die geschmolzene Flüssigkeit eintauchte, sah Stan eine verräterische orangefarbene Rauchfahne über der Lava.

„Er hat überlebt, Leute." Stan seufzte. „Er hatte einen Trank der Feuerresistenz." Aber als er wieder aufsah, erkannte er, dass ihm niemand zuhörte. Charlie und DZ starrten stattdessen Kat voller Sorge an. Sie schäumte noch immer vor Wut, aber in ihren Augen lag auch ein anderer Ausdruck, als wäre sie kurz davor, in Tränen auszubrechen. Stan hatte ihn schon einmal gesehen. Vor langer Zeit, in der Enderwüste, als Stan zugeschaut hatte, wie Kat kurz davorstand, einen unbewaffneten Soldaten von König Kevs Armee zu töten, hatte sie genauso ausgesehen.

„Kat ... was sollte das?", fragte DZ und sah Kat an, wie er es noch nie zuvor getan hatte.

„Es ... es tut mir leid ...", keuchte Kat und atmete tief und schwer. „Ich bin nur ... die Noctem-Allianz und ihre Spielchen so leid ... das ist nicht meine Art zu kämpfen. Ich trete gegen jeden in einem Schwertkampf an, aber dieses ... dieses ... was auch immer es ist ..."

Kat atmete etwas ruhiger, aber Stan sah ihren Ausdruck der völligen Niedergeschlagenheit mit Entsetzen. „Ich kann einfach nicht mehr."

„Mir geht es genauso, Kat", sagte Charlie mit Inbrunst. „Ich glaube, keiner von uns kann diese Psychospielchen noch viel länger ertragen. Aber du kannst nicht versuchen, Leute zu foltern, um an Informationen zu gelangen. Wir spielen vielleicht ein anderes Spiel als sie, aber wenn unsere Werte überleben sollen, müssen wir uns an sie halten. Das verstehst du doch, oder?"

„Oh ja, sicher", erwiderte Kat hastig und versuchte, jeden Zweifel daran so schnell wie möglich zu zerstreuen. „Es tut mir leid. Ich habe eine Sekunde lang die Kontrolle verloren."

DZ und Charlie seufzten erleichtert auf, aber Stan warf einen finsteren Blick auf das Lavameer, in dem Drake wenige Momente zuvor verschwunden war. Der Moment, dessen Eintreffen er so lange befürchtet hatte, war gekommen. Die Noctem-Allianz hatte einen von ihnen fast bis zum Äußersten getrieben. Stan hatte Kat in einer Zeit gekannt, in der sie ohne Reue tötete, um zu bekommen, was sie wollte. Doch selbst damals hätte sie nie auch nur daran gedacht, einen Spieler für Informationen zu foltern, das wusste er.

Die Noctem-Allianz hatte sie korrumpiert. Sicher, es hatte nur einen Moment lang gedauert, und von ihnen allen hatte sie die schwierigste Vergangenheit gehabt, aber die Anspannung, der sie die allgegenwärtige Präsenz der Noctem-Allianz unterzog, hatte sie in diesem Moment gebrochen. Und wenn die Allianz es schaffte, einen von ihnen so weit zu treiben, dass er seine Ideale verriet, war es nur eine Frage der Zeit, bis andere folgen würden.

Hatten sie nicht sogar bereits angefangen, dem zum Opfer zu fallen? Stan wurde bewusst, dass Jayden und G schon begonnen hatten, der Gerechtigkeit den Rücken zu kehren, bereit, alles Erdenkliche zu tun, um die Allianz zu vernichten, die für den Tod ihres besten Freundes verantwortlich war. Nocturia ohne weitere Bedenken in Schutt und Asche legen wollen, Ratsmitglieder ohne Wahl ernennen, Gefangene foltern, um an Informationen zu gelangen: Es war alles dasselbe, oder etwa nicht? All das richtete sich gegen die Prinzipien der Demokratie und der Gleichbehandlung aller. Sie dachten nur so, weil die Noctem-Allianz sie so sehr unter Druck setzte.

Dennoch musste Stan sich eingestehen, dass Caesar niemals mit ihm verhandeln würde, dessen war er sich sicher. Vielleicht wäre es also tatsächlich besser gewesen, Nocturia in Schutt und Asche zu legen. Und vielleicht hätte ein wenig Schmerz Graf Drake wirklich dazu gebracht, die angeblich geheimen Informationen preiszugeben.

Stan schüttelte den Kopf und fing sich wieder. *Nicht zu fassen!*, dachte er. *Jetzt überlege ich schon, ob es eine gute Idee wäre, meine Ideale zu verraten, nur um die Allianz schneller zu besiegen! Das ist doch ganz offensichtlich falsch, oder? Stimmt doch?*

Sosehr die Frage, was richtig und was falsch war, Stan

auch verwirren mochte, wusste er doch eins ganz genau: Die Lage war inzwischen kritisch. Obwohl sie fast keine Informationen hatten, auf die sie sich berufen konnten, war es von zentraler Bedeutung, die Noctem-Allianz so bald wie möglich zu beseitigen. Sie hatte bereits begonnen, den Kern dessen, was Elementias Gerechtigkeit ausmachte, zu verderben. Sie mussten die Gruppierung auslöschen, bevor dieser Kern durch und durch verrottet war.

KAPITEL 18:

DIE WARNUNGEN

Leonidas zuckte zusammen, als Minotaurus' dröhnende Schritte näher und näher kamen. Mit jedem seiner Tritte lösten sich Erdbrocken von der Decke von Leonidas' Unterschlupf vor Element City.
Leonidas wischte angewidert den Schmutz von seiner schwarzen Lederrüstung. Es war schlimm genug, dass er sich mit sechs anderen Spielern ein winziges Erdloch teilen musste. Einer von ihnen hatte dank Mods die doppelte Größe eines normalen Spielers.
„Autsch!", brüllte jemand vom Eingang des Lochs her. Zwei Erdblöcke lösten sich von der Oberkante der Tür und fielen zu Boden. Bei ihrem Sturz prallten sie von etwas Unsichtbarem ab.
„Halt die Klappe!", zischte Leonidas. „Willst du, dass das ganze Königreich erfährt, dass wir hier sind, du dämlicher Hornochse? Und setz die Erdblöcke wieder ein!"
„Tut mir leid, Leonidas", antwortete Minotaurus mürrisch, während die Erdblöcke nach oben schwebten und sich wieder an der Wand der Höhle festsetzten. Leonidas schauderte. Er hatte sich noch immer nicht an die Wirkung des Unsichtbarkeitstranks gewöhnt. Sie machte ihm ein wenig Angst.
„Und trink deine Milch, wenn du damit fertig bist", erinnerte Leonidas Minotaurus.

„Was? Ach ja." Bei diesen Worten tauchte mitten in der Luft ein Eimer Milch auf und begann sich zu leeren. Die Milch verschwand im Nichts. Augenblicke später hob die Milch die Wirkung des Tranks auf, und die gigantische, muskelbepackte Gestalt von Minotaurus wurde in der Höhle sichtbar. Hinter ihm erschienen drei weitere Eimer, und in wenigen Sekunden nahmen drei Noctem-Soldaten Gestalt an.

„Habt ihr alles vorbereitet?", fragte Leonidas und versuchte, seine überwältigende Langeweile nicht anklingen zu lassen.

„Ja, haben wir", erwiderte Minotaurus. „Der Sprengstoff ist vollständig verdrahtet. Sobald die nächste Person die Maschine benutzt, wird es bumm machen!"

„Und der Brief?", fragte Leonidas.

„Erledigt", antwortete Spyro, der Gefreite, der Minotaurus am nächsten stand. „Alles ist perfekt aufgebaut. Wenn sie die Trümmer der Maschine durchsuchen, werden sie die Nachricht finden. Alles, was danach geschieht, hat Kanzler Caesar in der Hand."

„Ja, ich weiß", zischte Leonidas durch zusammengebissene Zähne. „Kanzler Caesar entscheidet voll und ganz darüber, was wir als Nächstes tun."

„Jap", erwiderte Spyro und klang dabei nervtötend vergnügt. „Na dann, zurück nach Nocturia mit uns!"

„Noch nicht." Leonidas seufzte.

„Wieso nicht?", fragte Spyro und neigte den Kopf zur Seite wie ein verwirrter Hundewelpe.

„Der ach so große Kanzler Caesar sagt, dass wir warten müssen, bis sie hochgeht."

„Und ... warum ist ...?"

„Ich weiß es nicht, Junge, klar?", blaffte Leonidas. „Es wird wohl derselbe Grund sein, aus dem Caesar uns befohlen hat, dieses winzige Erdloch zu buddeln, statt ein

Versteck in normaler Größe zu bauen, wie jeder Minecraft-Spieler!"

„Aber", unterbrach ihn Minotaurus, „Kanzler Caesar hat gesagt, dass wir ein kleines Versteck brauchen, damit wir weniger primitiv aussehen!"

„Das Wort, das er benutzt hat, war ‚plakativ', Minotaurus, nicht ‚primitiv'." Leonidas seufzte und legte eine Hand an die Stirn. *Ich bin von Idioten umgeben*, dachte er, während die anderen Soldaten kicherten.

„Machen wir es uns hier einfach so bequem, wie wir können", murmelte Leonidas. „Wir gehen nach Nocturia zurück, sobald es möglich ist."

Während sich die Soldaten an den Wänden des Erdlochs niederließen, zog Leonidas einen Pfeil aus seinem Inventar. Er hielt ihn in der Hand wie einen Bleistift, zeichnete damit ungelenk ein Strichmännchen in den Boden und stach ihm ins Herz, wobei er sich vorstellte, dass es Caesars Gesicht hatte. Zu Leonidas' Überraschung linderte das seine Anspannung tatsächlich ein wenig. Während er überlegte, was das bedeuten könnte, lehnte er sich gegen die Höhlenwand und schloss die Augen. Er hoffte, etwas schlafen zu können, bevor die Bombe explodierte.

„Meinst du das ernst?", fragte Blackraven entsetzt.

„Würde ich mit solchen Sachen Scherze treiben?", erwiderte Charlie ernst. „Wir warten noch immer auf einen offiziellen Lagebericht von Bill, Ben und Bob. Mit Sicherheit wissen wir nur, dass die Witherskelette der Noctem-Allianz beigetreten sind und dass sie Graf Drake bei der Flucht aus Brimstone geholfen haben."

„Na, das ist ja großartig", stieß Jayden angewidert hervor. „Wisst ihr, vielleicht sollten sich G und ich ab sofort um die Verhöre kümmern. Es sieht aus, als würde sich unsere Lage jedes Mal verschlimmern, wenn ihr das übernehmt!"

„Vielleicht sollte ich aber auch darauf hinweisen, dass ihr euch um die Witherskelette auf unserer Seite gekümmert habt und dass sie ganz schön schnell auf uns losgegangen sind! Fast als wären sie von Anfang an bereit gewesen, uns in den Rücken zu fallen."

„Gib Jayden und Goldman nicht die Schuld für meine Fehler!", donnerte Blackraven. Seine laute Stimme hallte von den Wänden der Ratskammer wider. „Ich war es, der versucht hat, mit diesen Monstern zu verhandeln. Ich bin derjenige, der die Verantwortung für ihren Verrat übernehmen sollte!"

„Du bist nicht schuld, Blackraven! Denk daran, was die Wache Drake hat sagen hören. ‚Dies ist der Moment, erhebt euch gegen die Tyrannen und kehrt heim zu eurem Meister'", warf der Mechaniker beschwichtigend ein. „Er muss mit den Skeletten gesprochen haben, während er gefangen war, und sie dazu überredet haben, der Noctem-Allianz beizutreten. Aber ich kann mir kaum vorstellen, was er gesagt haben muss, um sie zu überzeugen ..."

„So schwer ist es nicht, sich das vorzustellen", sagte Charlie. „Skelette gewinnen ihre Stärke aus dem Leid von Spielern, und die Noctem-Allianz ist eine Terrorgruppe. Ich glaube kaum, dass Leid etwas ist, das bei ihnen knapp werden könnte."

Ein Klingeln aus fünf Tönen erklang, während Charlie seinen letzten Satz beendete, und Bill betrat den Saal. Seine Miene ließ in Stans Kopf Alarmglocken schrillen. Er sah am Boden zerstört aus.

„Wie ist die Lage, Bill?", fragte Stan fast zögerlich.

„Es sieht nicht gut aus, Stan, gar nicht gut", erwiderte Bill ernst, und Stan rutschte das Herz in die Hose. Während Bills Bericht fühlte er sich zunehmend schlechter.

„Wir haben ein Team losgeschickt, um die Netherfestung zu sichern, und wie sich herausstellt, hat Drake in den zehn Minuten, die wir gebraucht haben, um dorthin zu gelangen, ganze Arbeit geleistet. Das komplette Gefängnis war leer. Er hat sämtlichen Gefangenen in Brimstone zur Flucht verholfen. Ich gehe davon aus, dass er sie auch alle davon überzeugt hat, der Noctem-Allianz beizutreten, denn sobald wir Suchtrupps ausgeschickt haben, sind wir unter schweren Beschuss von unsichtbaren Schützen geraten. Blöde Unsichtbarkeitstränke. Also", schloss Bill mit einem schweren Seufzer, „werden wir mit Klauen und Zähnen kämpfen, aber im Moment hat die Noctem-Allianz den Nether unter Kontrolle. Und was noch schlimmer ist", fuhr er düster fort, „solange die Noctems den Nether haben, können sie schnell reisen."

„Was heißt das?", fragte Kat besorgt.

„Mit jedem Block, den man im Nether zurücklegt, legt man acht Blöcke in derselben Richtung in der Oberwelt zurück. Wenn man bedenkt, dass die Noctems Unsichtbarkeitstränke benutzen können, um sich vor den Ghasts zu schützen, können sie jetzt Portale benutzen, um sich in Minutenschnelle quer durch die ganze Oberwelt zu teleportieren."

Alle acht Ratsmitglieder am Tisch staunten mit offenem Mund über diese Aussage, doch bevor einer von ihnen antworten konnte, wurde die Tür wieder aufgestoßen. Diesmal stürzten Ben, Bob und Ivanhoe in den Ratssaal. Das Schwein kam schlitternd zum Halten. Stan spürte die ersten Anzeichen einer Migräne, als er bemerkte, dass die beiden anderen Polizeipräsidenten Bills Gesichtsausdruck teilten.

„Was ist diesmal passiert?", fragte Stan. Er war nicht sicher, wie viele weitere schlechte Nachrichten er noch ertragen konnte.

„Die Noctem-Allianz hat einen Bombenanschlag auf die Tennismaschine verübt", erklärte Bob grimmig.

„*Was?*", platzte es gleichzeitig aus Stan, Kat, DZ und Jayden heraus.

„Was haben sie getan?", hauchte der Mechaniker vom Schock benommen.

„Die Tennismaschine ist explodiert, während Leute damit gespielt haben. Als die Polizei bei den Trümmern eingetroffen ist, haben wir ein Buch mit dem Titel *Die Forderungen von Lord Tenebris* darin gefunden. Wir haben es noch nicht gelesen, es liegt im Moment in der Spurensicherung. Die Bombe ist vor etwa zwanzig Minuten hochgegangen. Dabei sind zwanzig Leute umgekommen, und die Bürger sind panisch. Wir mussten mit dem Militär eine Ausgangssperre durchsetzen und die Spieler zurück in ihre Häuser zwingen. Da sind sie jetzt und warten auf Anweisungen."

Kurz herrschte Stille, während ihnen der Ernst der Lage bewusst wurde. Die Noctem-Allianz hatte gerade etwa fünfzig Mitglieder gewonnen, die aus dem Gefängnis von Element City entkommen waren. Sie hatte jetzt die Kontrolle über den gesamten Nether. Mithilfe dieser Dimension könnten sie sich in kürzester Zeit von einem Ende der Welt zum anderen teleportieren. Und jetzt hatten dieselben Spieler mitten in Element City eine Bombe gezündet und dabei Bürger der Stadt getötet. *Das ist der Tropfen, der das Fass zum Überlaufen bringt*, dachte Stan. Die Noctem-Allianz hatte Bürger von Elementia getötet. Es war Zeit, zum Angriff überzugehen.

„Wir sind gekommen, um deine offizielle Erlaubnis für eine Einberufung der Bürger zu erbitten, Stan", sagte Bill müde. „Unsere normale Armee ist nicht groß genug, um alles zu erledigen, was getan werden muss, jetzt, da sie unsere Bürger getötet haben. Wir müssen etwa die Hälfte unserer vorhandenen Truppen einsetzen, um die Noctems im Nether zu bekämpfen, und wir werden noch viel mehr Leute brauchen, um Brimstone den Witherskeletten zu entreißen."

„Und das ist nur diese Dimension", fuhr Bob fort. „In der Oberwelt müssen wir noch mehr Truppen in die Stadt schicken, um feindliche Aktivitäten aufzudecken, die Mauern zu sichern und herauszufinden, wie die Attentäter hereingekommen sind. Die meisten Soldaten werden wir jedoch für die Invasion von Nocturia brauchen. Wir brauchen nur noch eine offizielle Kriegserklärung des Rats gegen die NNA, dann marschieren wir mit zweihundert Mann nach Nocturia und zerstören die Allianz ein für alle Mal."

„Tja, ich glaube, inzwischen wird dir der Rat bei einer Kriegserklärung auf jeden Fall beipflichten", erwiderte Stan, und hinter ihm erklang grimmiges, zustimmendes Murmeln. „Aber ich muss euch bitten, eurer Liste noch einen weiteren Punkt hinzuzufügen."

„Stan, wir können all das unmöglich auf einmal erledigen", knurrte Bob. „Wir führen hier gleichzeitig Krieg im Nether und in Nocturia. Unsere Truppenstärke wird ohnehin schon aufs Äußerste strapaziert sein. Was auch immer wir für dich tun sollen, muss etwas wirklich Wichtiges sein."

„Glaub mir, das ist es", sagte DZ. „In unserer Regierung befindet sich ein Spion. Drake hat es uns gesagt, und glaub mir, er hat nicht gelogen."

„Stan, kannst du mich hören?"

Stan machte große Augen und spitzte die Ohren. Diese Stimme. Die Stimme, die er in der letzten Woche fast vergessen hatte und die von irgendwo weit über den Server hinaus widerhallte. Sally.

Er sprang auf. Den anderen schwirrte noch immer der

Kopf von der Verkündung der Tatsache, dass sich ein Spion unter ihnen befand, aber Stan vertraute voll und ganz darauf, dass Charlie, Kat und DZ sich darum kümmern und den Polizeipräsidenten mitteilen würden, was Drake ihnen gesagt hatte. Jetzt musste er sich darauf konzentrieren, sich Sallys Stimme nicht mehr entgleiten zu lassen.

„Sally hat sich bei mir gemeldet, Leute, ich bin bald zurück", rief Stan und rannte, ohne auf eine Antwort zu warten, aus dem Ratssaal direkt in sein Zimmer. Er zog den Hebel, der die Eisentür schloss, und setzte sich auf sein Bett. Dann konzentrierte er sich.

„Sally, kannst du mich hören?"

„Ja, ich höre dich, Stan", kam die Antwort. Stan seufzte erleichtert.

„Gut, von dir zu hören, Sal."

„Ja, gleichfalls, Noob. Ich bin zwischen allen möglichen Orten in Elementia hin und her gesprungen, und weil ich so viel gehört habe, habe ich eine gute Vorstellung davon, was seit unserem letzten Gespräch geschehen ist. Seitdem ist ganz schön viel passiert, was?"

Stan zögerte kurz. In der vergangenen Woche war so viel vorgefallen, dass es Stan schwerfiel, sich daran zu erinnern, wann er zum letzten Mal mit Sally gesprochen hatte. Tatsächlich konnte er sich nicht daran erinnern, seit dem Elementiatag auch nur einmal an sie gedacht zu haben, geschweige denn daran, was sie gesagt hatte. Dann fiel es ihm ein. Am Nachmittag des Elementiatags, von statischem Rauschen unterbrochen, hatte ihn Sallys Stimme erreicht. Sie hatte ihn vor einem Angriff auf die Stadt gewarnt ... und sie hatte auch gesagt ...

„Sally!", rief Stan. Seine Erinnerung an das Gespräch war jetzt klar und deutlich. „Woher hast du gewusst, dass die Noctems die Tennismaschine sprengen würden?"

„Oh, ist das passiert?", antwortete sie niedergeschlagen. „Augenblick … Stan, wie konnte das geschehen? Ich habe dir doch gesagt, dass es passieren würde. Warum hat du keine zusätzlichen Sicherheitsmaßnahmen für die Maschine eingerichtet?"

„Na ja, die anderen haben dir am Anfang nicht geglaubt", erklärte Stan. „Und ich habe versucht, sie zu überreden, wenigstens Vorkehrungen zu treffen. Aber dann kam der Angriff, und … du weißt, was mit Archie passiert ist, oder?"

„Ja", erwiderte Sally. „Ich habe gehört, wie die Leute in der Stadt darüber geredet haben. Wirklich ein Jammer. Archie war ein guter Kerl. Ich habe ihn lange gekannt."

„Nun, es ist also passiert", fuhr Stan fort, „und danach haben die Ereignisse sich überschlagen, also war ich ein wenig abgelenkt."

„Kein Wunder", sagte Sally verständnisvoll. „Auf jeden Fall bin ich sicher, dass du weißt, dass die Noctem-Allianz von Tag zu Tag stärker wird, aber ich glaube nicht, dass du weißt, *wie* stark. Stan, das wird dir nicht gefallen, aber sie haben angefangen, auch gegen mich vorzugehen."

„Was? Wie ist das möglich?", fragte Stan verwirrt. „Du bist nicht mal mehr in Elementia, was sollen sie gegen dich unternehmen können?"

„Ich weiß es genauso wenig wie du", sagte Sally grimmig. „Aber hast du dich nicht gefragt, warum meine Stimme immer so verrauscht war, wenn wir gesprochen haben?"

„Na ja, schon, aber ich dachte, das läge daran, dass es schwierig ist, die Bannliste zu umgehen, und dass die Verbindung so gestört wird."

„Das ist es zum Teil auch, aber glaub mir, Stan, ich bin kein schlechter Hacker. Wenn es eine normale Bannliste wäre, hätte ich sie umgangen und könnte Elementia schon wieder beitreten. Aber irgendjemand in der Noctem-Allianz schafft es, immer mehr Firewalls und andere Sicherheitsmaßnahmen aufzubauen, sodass es fast unmöglich wird, sich mit Hacks wieder in Elementia einzuloggen. Und das ist noch nicht alles. Wenn ich versuche, an den neuen Sicherheitsmaßnahmen vorbeizukommen, finde ich im Code Nachrichten. In allen steht, dass der Versuch, sich nach Elementia zu hacken, sinnlos ist und dass ich die Situation der Spieler von Elementia nur verschlimmere. Die Nachrichten sind von einem Lord Tenebris unterzeichnet.

„Das ... heißt also ...", sagte Stan langsam und versuchte, in Gedanken die Puzzleteile zusammenzufügen.

„Genau, Stan. Die Noctem-Allianz hat selbst jemanden mit etwas Technikverständnis, und wer auch immer es ist, kontert all meine Hackversuche."

Stan seufzte. „Heißt das, dass du ihre Gespräche jetzt nicht mehr belauschen kannst?"

„Nein, das glaube ich nicht. Ich habe sogar Grund zu der Annahme, dass sie jetzt wissen, ob ich sie gerade ausspioniere."

„Warum glaubst du das?"

„Weil sie mich einmal auf frischer Tat ertappt haben. Erst gestern habe ich mich gefreut, weil ich mich zufällig mitten nach Nocturia teleportiert habe, als Caesar seinen Leuten gerade die weiteren Pläne mitteilte. Er hat ein paar ziemlich interessante Informationen preisgegeben, aber dann kam ein Bote und hat ihm ausgerichtet, dass er von einem von Elementia gestützten Hacker ausspioniert wird, also haben sie ihr Gespräch anderswo fortgeführt. Ganz ehrlich, wen könnten sie denn sonst gemeint haben?"

„Das ist wirklich schade", sagte Stan. „Hast du wenigstens viel von ihren Plänen mitbekommen, bevor sie dich erwischt haben?"

„Ja, habe ich, Stan. Und das ist, wovon ich dir eigentlich erzählen wollte. Caesar hat praktisch neue Rekruten der Noctem-Allianz eingewiesen. Ich konnte einen Blick auf die Rekruten selbst werfen, und es waren Hunderte. Die Beitritte zur Allianz müssen in der letzten Woche stark zugenommen haben. Wenn ich raten müsste, würde ich sagen, dass die meisten neuen Mitglieder Spieler sind, die die Niedrigleveligen schon immer gehasst haben, aber bis jetzt dachten, dass die Allianz zu schwach sei, um einen Beitritt zu riskieren."

Stan schauderte. Ihm war nicht klar gewesen, dass er vermutlich die ganze Zeit über seine eigenen Bürger an die Noctem-Allianz verloren hatte und dass immer mehr intolerante Spieler abtrünnig wurden, weil sie Vertrauen in die Stärke der Allianz gewonnen hatten.

„Was waren ihre Pläne, Sally?", fragte Stan schließlich.

„Nun, wie sich herausstellt, wissen die Noctems, dass Elementia nach der Übernahme von Brimstone und dem Anschlag auf die Tennismaschine keine andere Wahl bleibt, als der Noctem-Allianz den rückhaltlosen Krieg zu erklären. Und die Allianz bereitet sich auch auf einen Kampf vor. Ihre Anführer schicken jede Menge Truppen in den Nether, um diese Dimension zu sichern, vermutlich, damit sie schnell reisen können. Und sie haben eine ganze Armee darauf vorbereitet, auf ihrem Territorium der Oberwelt zu kämpfen.

„War das alles?", fragte Stan nach. Bis jetzt hatte er nichts gehört, was er nicht ohnehin erwartet hatte.

„Nein, war es nicht, Stan. Es gibt noch eine wichtige Information, die Caesar preisgegeben hat."

„Dann raus damit!", drängte Stan.

„Zusammengefasst", sagte Sally, und aus Gründen, die Stan nur erahnen konnte, wurde ihre Stimme etwas hastiger und drängender, „weiß die Noctem-Allianz, dass du annehmen wirst, dass die Anführer der Allianz die Truppen von ihrer Burg in Nocturia aus befehligen werden. Sie wissen auch, dass die Anführer von Elementia auf dem Schlachtfeld kämpfen werden, statt aus großer Entfernung das Heer zu führen. Im Grunde ist ihr Plan, dich in die Burg in Nocturia zu locken, dich dort gefangen zu nehmen und zu töten."

„Na, wäre es das dann nicht wert?", fragte Stan. „Ich meine, ich bin sicher, dass wir gegen ihre Anführer kämpfen und sie besiegen können. Und selbst wenn wir in Nocturia gefangen sind, bin ich überzeugt, dass wir uns aus allen Fallen, die sie uns stellen können, befreien werden."

„Das ist es ja, Stan. Die Anführer werden nicht in Nocturia sein. Sie haben das gesamte Gebäude zu einer gigantischen Bombe gemacht, und die Noctem-Truppen, die um Nocturia herum kämpfen, werden dich tief ins Herz der Burg locken und dich dann in die Luft jagen. Das ist das Wichtigste, was du wissen musst, Stan. Die Anführer der Noctem-Allianz werden sich während dieses Krieges nicht in Nocturia aufhalten. Sie werden anderswo sein."

„Wo?", fragte Stan. Der grausame Trick, den die Noctem-Allianz anwenden wollte, widerte ihn an.

„Ich weiß nicht, wo. Caesar hat den Ort nur ‚Die Sonderbasis' genannt. Sie ist ein weit entfernter Noctem-Außenposten, auf dem die Anführer der Noctem-Allianz das Ende des Kriegs in Sicherheit abwarten können. Ich bin auch nicht ganz sicher, aber er hat angedeutet, dass das der Ort ist, an dem sich Lord Tenebris die ganze Zeit über versteckt hat. Stan, wenn du die Noctem-Allianz zerstören willst, wirst du die Sonderbasis finden und angreifen müssen."

„In Ordnung", sagte Stan langsam. Er versuchte, all diese neuen, wichtigen Informationen zu verarbeiten. Zwei Hauptfragen kristallisierten sich heraus. „Ich habe ein paar Fragen. Erstens: Wenn sich die Noctem-Anführer in der Sonderbasis verstecken, wer befehligt dann die Truppen?"

„Caesar hat seinen Männern gesagt, dass während er und die anderen wichtigen Anführer abwesend sind, die Armee von General Leonidas und Graf Drake geführt wird, wer auch immer das ist."

Stan lief bei der Erinnerung an den verschlagen Grafen Drake ein kalter Schauer über den Rücken. Er wusste genau, was für hinterhältige Taktiken er im Krieg einsetzen würde. Was Leonidas anging, war Stan etwas überrascht, dass er offenbar nicht als einer der wichtigen Anführer der Noctem-Allianz galt, die sich in der Sonderbasis in Sicherheit brachten. Dann schüttelte er angewidert den Kopf, als ihm klar wurde, dass Leonidas, der ein rücksichtsloser Mörder war, sich vermutlich freiwillig für diese Aufgabe gemeldet hatte, weil er die Raserei des Krieges einem sicheren Zufluchtsort vorzog.

„Okay, noch eine Frage, Sal: Du hast gesagt, dass Caesar wusste, dass du mithörst. Glaubst du, dass sie deshalb ihre Pläne ändern könnten?"

„Das glaube ich ehrlich gesagt nicht. Als sie gegangen sind, hat der Bote Caesar gesagt, dass ich nur kurz zugehört hätte. Und sofort danach bin ich von der beeindruckendsten Ansammlung von Firewalls vom Server geworfen worden. Ich habe den ganzen Tag gebraucht, um sie zu umgehen und dich zu erreichen. Abgesehen davon waren die Pläne, die die Allianz geschmiedet hat, sehr kompliziert. Sie haben ihre ganze Hauptstadt in eine Bombe umgewandelt und eine weit entfernte Basis gebaut, nur um dich zu fangen. Ich glaube wirklich nicht, dass sie ihre Pläne verwerfen würden, nur weil jemand vielleicht wissen könnte, was sie vorhaben. Nach allem, was sie wissen, konnte ich dir wegen der Firewalls noch nicht einmal die Informationen darüber überbringen. Sie werden vermutlich einfach ihren ursprünglichen Plan durchführen."

„Okay, danke, Sally", sagte Stan und dachte bereits fieberhaft nach. „Ich werde dafür sorgen, dass die Armee ein paar Späher auf dem ganzen Server ausschickt, um diese Sonderbasis zu finden. Auch wenn ich nicht weiß, wie sie diese Truppen zusammenkratzen sollen. Wir müssen schon jetzt einen Krieg an zwei Fronten führen."

„Keine Sorge. Ich bin sicher, dass du einen ... warte ... Ooooh Mann ..."

„Was ist los, Sally?", fragte Stan. Die plötzliche Veränderung ihres Tonfalls erschreckte ihn.

„Die Allianz hat gerade ein paar neue Firewalls hochgezogen. Auch noch richtig fiese. Ich werde in ein paar Minuten den Kontakt mit dir verlieren, Stan. Wie wäre es, wenn du jetzt gehst und mit den anderen Pläne schmiedest? Ich habe dir alles gesagt, was ich dir sagen muss, und wenn ich mich jetzt auslogge, kann ich die neuen Sicherheitsmaßnahmen vielleicht loswerden, bevor sie ihre ganze Wirkung entfalten."

„Na schön, tu, was nötig ist, Sal", antwortete Stan. Er wusste sehr wenig über Hacken und Computer und vertraute darauf, dass Sallys Vorschlag das Beste wäre.

„Alles klar. Bis später, Noob!" Mit einem Ploppen verschwanden Sallys Stimme und das leichte statische Rauschen, das ihre Anwesenheit begleitete.

Stan verlor keine Zeit. Er sprintete durch den Gang zurück in den Ratssaal.

„... wichtig es ist, das zu untersuchen, Charlie", rief Bill entnervt und starrte Charlie über den Tisch hinweg an, „aber ich verstehe einfach nicht, wie wir das anstellen sollen! Ich will sagen, dass wir selbst mit einer Einberufung nicht genug Spieler haben, um all das gleichzeitig zu schaffen!"

„Ah, Stan, du bist zurück", begrüßte ihn der Mechaniker. Bei diesen Worten richteten sich die Blicke aller Anwesenden auf ihn.

„Hey, Stan", sagte Kat. „Hat Sally dir etwas Wichtiges erzählt?"

„Ja, jede Menge", erwiderte Stan. Sofort erklärte er dem Rat und den Polizeipräsidenten alles, was Sally ihm mitgeteilt hatte.

„Sie will, dass wir Späher aussenden?", rief Bill panisch, als Stan zum Ende kam. „Es tut mir leid, aber das ist völlig unmöglich!"

„Mir ist egal, ob es unmöglich ist, Bill", erwiderte Stan verärgert. „Es muss trotzdem getan werden! Wenn es sein muss, zieh Truppen von der Front ab, aber wir müssen diese Sonderbasis finden, wenn wir auch nur eine Chance haben wollen, die Noctem-Allianz loszuwerden!"

„Hörst du dir eigentlich selbst zu?", schnauzte Bob. „Ohne mindestens hundert Mann an der Front können wir nicht verhindern, dass die Allianz bis an unsere Türschwelle marschiert. Besonders, wenn das, was du sagst, stimmt und sie wirklich Hunderte neuer Rekruten haben!"

„Ich persönlich sehe im Grunde nur eine einzige Möglichkeit", sagte Blackraven ruhig.

„Dann spuck sie aus", rief Charlie, und alle nickten eifrig. Inzwischen war ihnen jede Lösung recht.

„Wir müssen die doppelte Einberufung einführen", erklärte Blackraven knapp.

Im ganzen Saal herrschte Totenstille. Blackraven hatte gerade in das Wespennest gestochen, das alle vermeiden wollten.

„Nein", sagte DZ bestimmt.

„Es geht nicht anders", erwiderte Blackraven.

„Ich werde das jedenfalls nicht unterstützen", sagte DZ wieder, diesmal mit deutlicher Schärfe. „Es wäre tyrannisch, das jetzt zu tun, besonders zu Kriegsbeginn. Wenn wir den Krieg verlieren würden, sähe es vielleicht anders aus, aber ..."

„Ich glaube, Blackraven könnte recht haben", unterbrach Gobbleguy, und alle starrten ihn überrascht an.

„Glaubst du wirklich?", fragte Blackraven. Selbst er machte einen überrumpelten Eindruck.

„Ja, glaube ich", antwortete Gobbleguy. „Die Stadt muss um jeden Preis gesichert werden. Die doppelte Anzahl an Soldaten im Vergleich zu einer normalen Einberufung würde es möglich machen, alle nötigen Verteidigungsmaßnahmen für Elementia zu ergreifen, ohne dass irgendwo Engpässe entstehen."

„Soll das ein Witz sein?", schrie Kat mit bösartigem Lachen. „Du hast zum ersten Mal eine Meinung zu irgendetwas, und dann unterstützt du gleich die größten Verzweiflungsmaßnahmen, die wir haben?"

„Halt die Klappe, Kat!", brüllte G. „Es ist nicht deine Entscheidung, sondern seine! Mensch, denkst du überhaupt je vernünftig nach?"

„Was soll das denn heißen?", wollte Kat wissen.

„Ach, mal sehen", konterte G mit vor Sarkasmus triefender Stimme. „Vielleicht die Tatsache, dass du es riskieren willst, mit zu wenigen Soldaten in den Krieg zu ziehen, wenn mehr als genug davon nur eine Abstimmung entfernt sind."

„Das reicht jetzt, ihr zwei!", schritt der Mechaniker ein. G kicherte, und Kat knurrte feindselig. „Ihr könnt eure persönlichen Probleme außerhalb des Ratssaals lösen. Und jetzt zurück zum Thema. Ich finde, wir sollten darüber abstimmen."

„Gute Idee", sagte Stan in der Überzeugung, dass sie diese Idee schnell abschmettern könnten. Wenigstens waren er und seine Freunde klug genug, um zu verstehen, dass sie die Bürger der Stadt nur wütender auf den Rat machen würden, als sie es ohnehin schon waren, wenn sie die halbe Stadtbevölkerung mithilfe der doppelten Einberufung zum Dienst in der Armee zwingen würden. Selbst wenn die Anzahl der Spieler, die der Armee durch die normale Einberufung hinzugefügt würde, jetzt etwas gering ausfiele, war sich Stan sicher, dass sie zurechtkommen würden. Falls sie in Zukunft in eine ausweglose Lage gerieten, könnten sie die doppelte Einberufung noch immer einführen.

„Wer stimmt für die doppelte Einberufung?", fragte Stan mit dem Anflug eines Grinsens. Er blickte sich am Tisch um und sah, wie sich die Hände nach und nach hoben. Blackraven … G …… Jayden … Gobbleguy … der Mechaniker … haha, wie Stan erwartet hatte, hatten sie nur fünf Stimmen … halt … fünf Stimmen? Die doppelte Einberufung hatte fünf Stimmen erhalten? Der Vorschlag war angenommen?

„Na … wenn das so ist …", erklang eine Stimme. Stan fuhr zusammen. Er hatte vergessen, dass die Polizeipräsidenten noch anwesend waren. Bob sprach weiter. „Wenn ihr wirklich glaubt, dass die doppelte Einberufung die beste Lösung ist, werde ich gehen und es den Bürgern verkünden." Mit diesen Worten führte er Ivanhoe aus der Tür, gefolgt von Bill und Ben. Sie alle sahen erschüttert aus.

„Was hast du dir dabei gedacht?", rief Charlie und wirbelte herum, um den Mechaniker anzusehen.

„Ja, wie kannst du nur die doppelte Einberufung unterstützen? Das ist maßlos übertrieben, nichts weiter!", pflichtete DZ bei.

„In einer gewöhnlichen Situation würde ich sagen, dass ihr recht habt", erwiderte der Mechaniker ruhig. „In einem normalen Krieg wäre es zu viel des Guten, die Hälfte unserer Bürger einzuberufen. Aber uns steht die Noctem-Allianz gegenüber. Sie hat uns schon mehrfach bewiesen, dass sie nicht davor zurückschreckt, hinterhältige und ehrlose Taktiken im Kampf einzusetzen. Wenn wir also rechtschaffen bleiben wollen, müssen wir sie mit aller Gewalt bekämpfen, die wir aufbringen können."

Einen Moment lang herrschte Stille im Ratssaal. Stan seufzte. Warum musste er auch etwas derart Logisches sagen?

„Na, und was ist mit den Bürgern?", bohrte Kat nach.

„Was willst du denen sagen? Die Leute finden jetzt schon, dass wir dabei versagen, den Server zu führen, ganz besonders nach dem Geheimnisverrat und all den Angriffen der Noctem-Allianz ... Sie vertrauen uns ja kaum noch. Wie sollen wir ihnen sagen, dass einer von zwei Bürgern dieser Stadt gegen seinen Willen in die Armee einberufen wird?"

„Der Schlüssel zu alledem ist Zufriedenheit", antwortete Blackraven weise. „Wenn wir die Bürger davon abhalten wollen, uns zu verachten oder sich sogar gegen uns aufzulehnen, müssen wir dafür sorgen, dass sie glücklich sind. Während die Armee ihre Pflicht erfüllt, müssen wir uns Möglichkeiten ausdenken und umsetzen, mit denen wir die Bürger, die in der Stadt bleiben, zufriedenstellen können."

„Wie wäre es hiermit?", rief Stan. Ihm war eine geniale Idee gekommen. „In ein paar Wochen steht das Spleef-Finale an. Wie wäre es, wenn wir dafür Stimmung machen und Sorge tragen, dass sich alle richtig darauf freuen?"

Stille breitete sich im Saal aus. Sie hatte eine gewisse Schwermütigkeit, und Stan merkte, dass er gerade etwas Falsches gesagt hatte.

„Was ist denn?", fragte er vorsichtig.

„Stan ... Während du weg warst und mit Sally gesprochen hast, ist ein Soldat mit einer weiteren Nachricht gekommen", erklärte Charlie zögernd.

Stan schluckte. Was konnte in dieser kurzen Zeit noch geschehen sein?

„Weißt du noch, dass man in der zerbombten Tennismaschine ein Buch gefunden hat?", fuhr Charlie fort. „Sie haben es sich endlich genauer angesehen, und es war eine Drohung von Lord Tenebris. Ich habe das Buch sogar hier." Mit diesen Worten holte Charlie ein Buch aus seinem Inventar und warf es Stan zu. Der lederne Einband war angesengt, aber Stan konnte Titel und Autor noch lesen: *Die Forderungen von Lord Tenebris*, von Caesar894. Mit zitternden Händen öffnete Stan das Buch und blätterte es durch. Bis auf die erste Seite war es gänzlich leer. Stan las.

Dies ist eine Nachricht an den Rat der Acht und den Präsidenten von Element City.

Wenn ihr diese Nachricht lest, ist die Bombe, die wir in eurer Unterhaltungsmaschine platziert haben, aktiviert worden. Die folgende Explosion hat höchstwahrscheinlich mindestens einen, vermutlich mehrere eurer Bürger getötet. Sie hat jedoch nichts im Vergleich zu der Zerstörung und dem Leid verursacht, das ihr hervorrufen werdet, wenn ihr den Forderungen der Noctem-Allianz nicht nachkommt.

Die Forderungen lauten wie folgt: Ihr werdet das Finale der Spleef-Weltmeisterschaft in der Spleef-Arena von Element City nicht abhalten. Ihr werdet keinerlei Ersatzveranstaltung an einem anderen Ort durchführen. Weiterhin werdet ihr das Spleef-Spiel in eurem Land bis zum Ende von Elementia verbieten. Solltet ihr euch nicht an diese Forderungen halten, beschwört ihr damit Terror jenseits aller Vorstellungskraft herauf.

Ich unterzeichne diese Nachricht im Namen des glorrei-

chen Lord Tenebris, Gründer und Oberster Anführer der Noctem-Allianz.

Kanzler Caesar894

Als Stan fertig gelesen hatte, legte er das Buch nieder und sah seine Freunde an.

„Was kümmert es die Noctem-Allianz, ob wir Spleef spielen oder nicht?", fragte er entgeistert.

„Das kann ich dir sagen", erwiderte der Mechaniker ernst. „Weil dieser Lord Tenebris, wer er auch sein mag, weit brillanter ist, als wir gedacht haben. Er kennt unsere momentane Lage genauso gut wie wir, wenn nicht sogar besser. Er weiß, dass wir eine riesige Zahl an Spielern und Materialien brauchen werden, um diesen Krieg zu führen, was unsere Bürger noch wütender auf uns machen wird, als sie es ohnehin schon sind. Und jetzt hat er uns in eine noch schwierigere Position gebracht.

Wenn wir Spleef verbieten, werden uns die Bürger dafür hassen, dass wir es ihnen genommen haben, und es wird nichts geben, das sie von den Schrecken des Krieges ablenkt. Wenn wir seine Forderungen ignorieren, werden die Bürger darüber empört sein, dass wir sie nur um eines Sportturniers willen in Gefahr gebracht haben. Wir könnten die Forderungen ignorieren und ihnen nichts davon sagen, aber wenn wir das tun, wird der Plan an die Öffentlichkeit gelangen, und sie werden uns dafür verabscheuen, dass wir ihnen Informationen vorenthalten haben. Was wir auch tun, wir verlieren dabei."

Stan war entsetzt. Einen Moment lang konnte er keinen klaren Gedanken fassen, aber dann sog er die Wahrheit, die in den Worten des Mechanikers steckte, wie ein Schwamm in sich auf. Er hatte recht. Die Noctem-Allianz hatte sie in eine Schachmattposition gezwungen. Es gab keinen Ausweg. Keine Möglichkeit zu gewinnen. Außer …

„Ein Teil unserer Armee wird weiterhin zur Sicherheit durch die Stadt patrouillieren", sagte Stan. „Warum setzen wir nicht einige der Soldaten ein, um die Spleef-Arena während der Veranstaltung zu schützen?"

Einen Augenblick lang herrschte Stille, während alle über diesen Vorschlag nachdachten. Schließlich sagte der Mechaniker: „Weißt du was, Stan? Ich glaube, das könnte funktionieren. In der Stadt befinden sich jetzt ein paar Truppen mehr, weil die doppelte Einberufung in Kraft ist. Ich vermute, dass wir ein paar von ihnen entbehren könnten, um die Spleef-Arena zu verteidigen."

„Na schön", sagte DZ. „Hier ist also der Plan: Wir verkünden, dass wir die doppelte Einberufung einführen, damit wir der Noctem-Allianz den Krieg erklären können. Dann sagen wir ihnen, dass sie mit einem Angriff auf die Spleef-Arena gedroht haben, aber dass wir keine Angst vor ihnen haben, also wird das Finale stattfinden, nur unter militärischer Bewachung."

„Gut", erwiderte Charlie. „Wer ist für diesen Plan?"

Zum ersten Mal, seit Stan sich erinnern konnte, hoben alle neun Ratsmitglieder die Hände.

KAPITEL 19:

DAS SPLEEF-WELTMEISTERSCHAFTSFINALE

Die zwei Wochen zwischen dem Bombenattentat auf die Tennismaschine und dem Finale der Spleef-Weltmeisterschaft waren die nervenaufreibendsten, die Stan je erlebt hatte, und stellten alles in den Schatten, was seit dem Elementiatag geschehen war.

Sobald die Ratsversammlung beendet war, hatte Stan einen Tag der Proklamation ausgerufen und DZs Mitteilung an die Bürger von Elementia verlesen. Er erzählte allen von der Kriegserklärung gegen die NNA, der doppelten Einberufung und der Drohung der Noctems gegen die Spleef-Arena, und dass das Spiel trotzdem stattfinden würde. Die Zeit, in der jede Verkündung von Stan auf tosenden Applaus traf, war jedoch längst vorbei. Die Menge war laut, doch diesmal war der Lärm eine Mischung aus bewundernden Rufen, empörtem Geschrei, und allem, was dazwischenlag. Nicht ein Zuhörer war still. Jeder hatte seine eigene Meinung und das Bedürfnis, ihr hörbar Ausdruck zu verleihen.

In den zwei Wochen nach dem Bombenanschlag brachen mehrfach Proteste gegen die doppelte Einberufung und gegen den gesamten Krieg aus. Bei einer der Demonstrationen kam es zu Gewaltausbrüchen, und die frischen Rekruten kamen zu ihrem ersten Einsatz, als sie den Protest beendeten. Die gewalttätigen Demonstranten, die man verhaftet hatte, mussten in Gefängnissen in ganz Element City untergebracht werden, da Bill das Gefängnis Brimstone noch nicht aus den Händen der Witherskelette befreit hatte.

Bill und Bob hatten ihre neuen Truppen nach deren Einberufung eingesetzt, um schwere Angriffe auf beide Stützpunkte der Noctem-Allianz zu starten. Bill führte die Hitzefront – so lautete der Codename für die Invasion des Nethers. Bob war für die Kaltfront verantwortlich, den Angriff auf Nocturia. Die Kaltfront spielte sich nicht vollständig in der Kälte der Tundra ab, da die Noctem-Allianz es geschafft hatte, Bobs Truppen zurückzudrängen, als sie auf Nocturia zumarschiert waren. Einige der Soldaten von Elementia waren bis in die Enderwüste versprengt worden. Die Kaltfront bestand jetzt aus mehreren Befestigungen, die Nocturia in der Tundra und der Wüste umgaben. Beide Seiten griffen einander gelegentlich an, ohne dabei Land zu gewinnen.

Während seine Brüder an den beiden Fronten kämpften, überwachte Ben als letzter verbleibender Polizeipräsident alle Operationen, die außerhalb des Kriegsgebiets durchgeführt werden mussten, auch in Element City selbst. Stan sah mit schwerem Herzen, wie die Truppen durch die Straßen der Stadt patrouillierten, aufgrund von Hinweisen Verhöre durchführten und so seinen Bürgern die Angst in die Gesichter zeichneten.

Die bei Weitem strapazierteste Abteilung des Militärs waren die Kriminalbeamten, die mit den weitreichenden Untersuchungen fast überfordert waren. Die wichtigste davon war, den Spion in Element City zu identifizieren. Alle Bediensteten der Burg, alle Besucher und selbst die Ratsmitglieder wurden verhört. Stan war überrascht, als ihm eines Tages einer der Beamten mitteilte, dass jetzt sein Verhör an der Reihe sei. Natürlich fügte sich Stan und beantwortete alle Fragen des Polizisten wahrheitsgemäß, und man kam zu dem Schluss, dass er nicht schuldig war. Leider war das auch bei allen anderen befragten Spielern der Fall, und so lief die Untersuchung weiter.

Auch die Quelle des Geheimnisverrats, die noch immer nicht aufgedeckt war, wurde untersucht, sowie die Frage, wie der Bombenanschlag auf die Tennismaschine passiert war. Man stellte zwar fest, dass beides vermutlich mit dem Spion zu tun hatte, aber die Kriminalbeamten wollten keine voreiligen Schlüsse ziehen.

Eine weitere von Bens Aufgaben war es, Späher über den gesamten Server auszusenden, um die Sonderbasis zu finden. Sie durchquerten riesige Gebiete und versuchten, jeden möglichen Hinweis auf ihren Standort zu finden. In diesen zwei Wochen gab es keine Neuigkeiten. Ben erstattete Stan darüber Bericht, und er bestand darauf, die Suche fortzuführen.

Alle Ratsmitglieder hatten Tag und Nacht alle Hände voll zu tun, die gesamten zwei Wochen lang. Die meisten verbrachten ihre Zeit damit, freiwilligen Militärdienst zu leisten und alles zu geben, was ihre Talente zuließen. Der Mechaniker erzählte Stan, wie er eine kompliziert verdrahtete Falle aufgebaut und aktiviert hatte, um einen Wüstentempel zu sprengen, den die Noctem-Allianz zu einer Basis umgebaut hatte. Jayden berichtete ihm von seinem Besuch an der Hitzefront und zeigte die Brandwunde an seinem Arm, die ein unsichtbarer Noctem-Soldat dort mit einem Wurftrank des Schadens verursacht hatte.

Kat verbrachte ihre Zeit hauptsächlich im Polizeihauptquartier und bildete unablässig neue Truppen aus. Zum ersten Mal seit dem Elementiatag nahm Kat Rex überallhin mit. Sie hatte ihn der Polizei geliehen, während sie in Ratsversammlungen saß und in den Nether reiste. In der Zwischenzeit hatte er einen anderen Wolf namens

Diamond kennengelernt, und die beiden waren sich nähergekommen, was Kat auf eine Idee brachte. Mithilfe des verrotteten Fleisches, das die Polizei gelagert hatte, brachte sie Rex und Diamond dazu, einen Wurf Welpen hervorzubringen. Nachdem diese ebenfalls etwas von dem Fleisch gefressen hatten, wurden sie zu ausgewachsenen Wölfen. Mit dem vorhandenen Vorrat an Knochen konnten die neuen Rekruten die erwachsenen Wölfe zähmen und so einen Gefährten für die Schlacht und darüber hinaus für sich gewinnen. Wenn sie nicht gerade mit den Wölfen aushalf, verbrachte Kat jede freie Minute damit, zusammen mit Ben und DZ für das Spleef-Finale zu trainieren.

Charlie verrichtete seinen Freiwilligendienst in der ganzen Stadt und bereitete die Bürger auf das Finalspiel vor. Dabei stellte er zu seiner Überraschung fest, dass die meisten Spieler fast wütender darüber waren, dass das Spiel stattfinden sollte, als sie über eine Absage gewesen wären. Es hatte nicht einmal mit der Bedrohung durch die Noctem-Allianz zu tun. Viele der Stadtbewohner fanden einfach, dass die Skelette automatisch zum Siegerteam erklärt werden sollten, weil die Zombies schon einmal verloren hatten und nur aus Formalitätsgründen wieder am Turnier teilnehmen durften.

Fest entschlossen, die Stimmung in der Stadt zu heben, nutzte Charlie das Missfallen der Bürger aus und gründete zwei Klubs, einen für die Unterstützer der Skelette, einen für die der Zombies. Beide Klubs trafen sich jeden Abend. So setzte er die Rivalitäten der Fans ein, um die ganze Stadt bis zum Tag des Finalspiels bei Laune zu halten.

Unterdessen verbrachte Stan die zwei Wochen mit vielen Projekten. Wann immer Kat ihm meldete, dass neue einberufene Rekruten eingetroffen waren, ging er selbst zum Hauptquartier der Polizei und dankte ihnen für ihren

Dienst an ihrem Land, bevor sie in den Krieg zogen. Zu seiner Überraschung hob es ihre Stimmung tatsächlich, dass der Präsident persönlich zu ihnen sprach.

Außerdem nutzte er einen großen Teil seiner Zeit für Versuche, mit Sally in Kontakt zu treten, aber das stellte sich als hoffnungslos heraus. Irgendjemand bei der Noctem-Allianz kannte sich ganz offensichtlich mit Computern aus, denn obwohl Stan es ab und zu schaffte, im statischen Rauschen seinen Namen zu hören, war er nicht in der Lage, ein ganzes Gespräch mit Sally zu führen.

Den größten Teil seiner Freizeit verbrachte Stan jedoch mit Oob. Nachdem er der Öffentlichkeit verkündet hatte, dass Elementia Nocturia den Krieg erklärt hatte, wurde Oob panisch und sagte Stan, dass er nach Hause wolle. Oobs Dorf war ganz am anderen Ende der Enderwüste, die zum Kriegsgebiet der Kaltfront geworden war. Die Züge, die sie durchquerten, dienten nur dem Transport von Truppen und Material, und selbst sie mussten von Konvois bewaffneter Soldaten begleitet werden. Stan hatte noch immer seine drei Männer im Dorf postiert, die es vor bösartigen Mobs schützen sollten, aber es erschien ihm höchst unwahrscheinlich, dass die Noctems es angreifen würden.

Stan hatte den restlichen Truppen mit Nachdruck befohlen, sich um jeden Preis von NPC-Dörfern fernzuhalten, damit sie nicht zu Zielscheiben würden.

Weil er nicht nach Hause konnte, blieb Oob fast immer bei Stan und besuchte gelegentlich Kat, Charlie und DZ. Wenn er mit Stan zusammen war, hörte er nie auf zu fragen: „Wie lange muss ich noch bis zum Spleef-Finale warten?"

Stan hatte die Fragerei so satt, dass er Oob aus Rache am Tag des Spiels nichts sagte, bis sie schon auf dem Weg zum Stadion waren, um zuzusehen.

Nach den zwei schwersten Wochen in der Geschichte von Element City war der Tag des Finalspiels der Spleef-Weltmeisterschaft endlich gekommen.

Da er ein Mitglied des Teams war, hatte Ben einem Beamten seiner Polizeitruppen den Schutz der Spleef-Arena übertragen. Vor dem Spiel war das gesamte Stadion durchsucht worden, und jedes erdenkliche Versteck für Sprengstoff oder Noctem-Agenten wurde überprüft. Die Polizei fand zwar nichts, durchkämmte aber weiterhin die Arena und hielt die Augen nach allem Verdächtigen offen. Das Spiel sollte abends stattfinden, aber die Fans begannen schon mittags in das Stadion zu strömen. Jeder einzelne Spieler, der die Arena betrat, wurde von einem Polizisten auf Sprengstoff und Waffen durchsucht.

Kat befand sich auf dem Weg zur Arena. Sie hatte sich etwas verspätet, weil sie noch mit den Wölfen bei der Polizei ausgeholfen hatte, und so huschte sie eilig durch die Seitentür der Spleef-Arena. Sie sprintete einen schlichten Bruchsteinkorridor entlang, der zu ihrem Treffpunkt mit Ben und DZ führte. Sie bog gerade zum zweiten Mal nach links ab, um zur Treppe zu gelangen. Als sie um die Ecke kam, sah sie, dass jemand an der Wand neben der Tür zu ihrem Zimmer lehnte. Beim Anblick der gänzlich weißen Lederrüstung und der roten Lippen, die die Hälfte des blassen Gesichts der Spielerin ausmachten, stieg Kat die Galle hoch.

„Hallöchen, Kat, Schätzchen", sagte Cassandrix mit affektiertem Lächeln, dann grinste sie überheblich.

„Solltest du nicht in deinem Zimmer auf der anderen Seite sein?", schnaubte Kat.

„Oh, keine Sorge, Liebes." Die Worte glitten geradezu über Cassandrix' Lippen. Heute war ihr Oberschicht-Akzent ganz besonders irritierend, stellte Kat verbittert fest. „Ohne mich werden sie das Spiel schon nicht anfangen.

Ich bin nämlich ziemlich wichtig, weißt du? Im Gegensatz zu gewissen anderen Spielern habe ich mir meinen Platz im Finale nämlich verdient. Mir ist er nicht einfach so ausgehändigt worden."

„Tja, da du diejenige bist, die ihn mir ausgehändigt hat", schäumte Kat, rasend vor Wut, weil sie Cassandrix nicht vorhalten konnte, unrecht zu haben, „würde ich an deiner Stelle die Klappe halten, wenn du weißt, was gut für dich ist."

„Nun, meine Liebe, es tut mir ja leid, dass ihr das Halbfinale verloren habt, aber ganz ehrlich, überrascht dich das? Ich könnte mich natürlich irren, aber ihr habt zwischen Viertel- und Halbfinale nur dreimal trainiert, oder? Also, wenn ihr findet, dass ihr damit euer Bestes gegeben habt ..."

„Okay, du unausstehlicher kleiner Snob, pass mal auf", knurrte Kat, trat vor und brachte ihr Gesicht genau vor das von Cassandrix, die noch immer breit grinste. „Erstens haben wir seit zwei Wochen jeden Tag von früh bis spät trainiert, also werden wir ja sehen, wie großmäulig du noch sein wirst, nachdem du gegen uns in Bestform angetreten bist. Zweitens ist der einzige Grund, weshalb wir zwischen den letzten zwei Spielen nur dreimal trainieren konnten, die Tatsache, dass wir damit beschäftigt waren, dich jämmerliches Würstchen vor der Noctem-Allianz zu schützen!"

„Oh ja, und das habt ihr ja ganz großartig hinbekommen", sagte Cassandrix kichernd. „Ja, einen Krieg an zwei Fronten führen und Leute gegen ihren Willen dazu zwingen, ihn auszutragen ... sehr edelmütig, Kat, so steht man für die Gerechtigkeit ein."

Kat konnte sich nicht beherrschen. Ihre Wut kochte über. Sie holte mit der Faust aus und schickte sich an, sie Cassandrix mit voller Wucht ins Gesicht zu schlagen, als sie plötzlich von jemandem nach hinten gezogen wurde. Kat versuchte, sich zu befreien, aber ehe sie sichs versah, hatte man sie schon in den Vorbereitungsraum gezerrt. Die Eisentür schloss sich hinter ihr und ließ Cassandrix' irres Gelächter verstummen. Kat warf Ben, der sie zurückgezogen hatte, giftige Blicke zu, weil er sie daran gehindert hatte, einen außerordentlich befriedigenden Volltreffer zu landen.

„Ich *bringe sie um!*", knurrte Kat.

„Reg dich ab, Kat", sagte Ben ruhig. „Sie will dich nur aufstacheln und deine Konzentration ruinieren. Die beste Rache ist, sie in der Spleef-Arena bloßzustellen."

Kat atmete tief durch und versuchte, sich selbst einzureden, dass Ben recht hatte, aber sie konnte an nichts denken als an Cassandrix' Gesicht und daran, dass sie ihr so große Schmerzen wie nur möglich zufügen wollte. Sie nahm kaum Notiz davon, dass DZ sie freundlich begrüßte, und antwortete nur mit einem düsteren Schnauben. Sie legte ungeschickt ihre Rüstung an und merkte gar nicht, dass sie ihren Helm falsch herum aufgesetzt hatte, bis DZ sie darauf hinwies.

Als sich die Eisentüren endlich öffneten und so signalisierten, dass das Spiel begonnen hatte, griff sich Kat ihre Diamantschaufel und raste in den Schnee. Kurz ließ sie sich vom Tosen der Menge Kraft verleihen, dann schottete sie ihre Gedanken vor allem außer ihren Teamkameraden, der flachen, schneebedeckten Arena und den weiß gekleideten Gestalten auf der anderen Seite des Feldes ab.

„Okay, Leute, es geht ums Ganze", sagte DZ ohne eine Spur von Fröhlichkeit. Jetzt wurde es ernst. „Startet Operation Heldenflanke-K."

Kat und Ben nickten und liefen neben DZ her. Ben bog leicht nach links ab, während DZ sich nach rechts wandte und Kat in der Mitte vorwärtsstürmte. Das K im Namen zeigte an, dass Kat den Mittelpunkt von Operation Heldenflanke bilden sollte. Sie grinste. DZ musste von ihrer Feindseligkeit dem anderen Team gegenüber gewusst und beschlossen haben, dass sie einen Frontalangriff starten durfte. Sie würde ihn bestimmt nicht enttäuschen.

Die Skelette blieben als Gruppe beisammen, während sie vorwärtssprinteten. Kat wusste, dass sie die Strategie einsetzen würden, für die sie bekannt waren: Sie würden Rücken an Rücken stehen und als Einheit alle angreifen, die ihnen zu nahe kamen. Kat grinste noch breiter. Sie hatten sich darauf vorbereitet und die Heldenflanke-Strategie entworfen, um genau dieses Spiel zu kontern.

Kurz bevor Kat die Skelette erreichte, machte sie einen Satz rückwärts und schlug mit der Schaufel nach unten, um einen breiten Graben im Schnee auszuheben. Die Skelette verlangsamten ihren Sprint, um nicht hineinzufallen, da sie keinen Platz hatten, um darüberzuspringen. So konnte Kat dank tänzelnder Schritte und schneller Schaufelstöße zwei kleinere, gebogene Gräben in den Schnee hacken, sodass eine Kurve die beiden verband, die DZ und Ben von rechts und links ausgehoben hatten. Die Skelette wirbelten erschrocken herum, als Ben und DZs Schaufeln aufeinandertrafen und den Ring aus Nichts um sie herum vollendeten. Die drei Spleef-Spieler standen nun in der Mitte einer Insel aus Schneeblöcken, umgeben von einem Kreis, der direkt in die Wassergrube unter ihnen führte.

Okay, dachte Kat und hob einen Schneeball vom Boden auf, während die Skelette eindringlich miteinander flüsterten. *Jetzt geht's los!* Und schon warf sie einen Schneeball direkt auf Cassandrix.

Die unerklärliche Kraft, die Schneebällen in Minecraft innewohnt, wurde entfesselt, und Cassandrix wurde von den Füßen gehoben, flog durch die Luft und prallte direkt gegen die von Ben geschwungene Schaufel. Er traf ihre Brust, und sie stolperte rücklings in die Grube. Sie wäre auch in den Abgrund gestürzt, wenn sich ihr Teamkamerad nicht zu Boden geworfen und ihre Hand ergriffen hätte. Ben schnellte vor, um beide in die Tiefe zu stoßen, doch Cassandrix schwang sich auf den äußeren Rand des Kreises hinüber und trat Ben dabei in den Bauch.

Ben purzelte hintenüber zu Boden, und Cassandrix verfolgte ihn mit erhobener Schaufel. Einer ihrer Schergen sprang über den Graben, um ihr zu Hilfe zu kommen, wurde jedoch mit einem Schaufelschlag von Kat getroffen. Sie war erstaunt, als er nicht in den Abgrund stürzte, sondern sich an der Kante festhielt und von dort aus in die Luft sprang. Sein Fuß traf Kats Hand und schleuderte ihre Schaufel davon.

Mann!, dachte Kat. *Die sind wirklich gut!* Sie sprintete zu ihrer Schaufel, um sie aufzuheben, und ihr Gegner versuchte lieber, zusammen mit seinem Teamkameraden DZ anzugreifen, statt sie zu verfolgen. In einem verzweifelten Versuch, ihm zu helfen, wollte Kat gerade zu DZ rennen, als sie etwas entdeckte.

Eine Gestalt, ganz in Schwarz gekleidet, stand auf dem höchsten Rang der Spleef-Arena ... der Spieler hielt einen Bogen in der Hand, und ein Pfeil sauste durch die Luft auf die beiden Spieler vor ihr zu.

„Passt auf!", schrie Kat, während sie auf Ben und Cassandrix zusprang, die sich noch immer mir ihren Schaufeln bekämpften. Sie hatten kaum Zeit, sich umzudrehen, als Kat sie bereits umrempelte und sie zu dritt zu Boden fielen. Der Pfeil streifte Kats Schulter und blieb im schneebedeckten Boden stecken.

Kat drehte den Kopf und bemerkte die Schreie, die die Arena erfüllten, während sie zu den anderen sah. Einer von Cassandrix' Schlägern fiel mit dem Gesicht voran zu

Boden. Ein Pfeil ragte aus der Rückseite seines Lederhelms. Eine Sekunde später bohrten sich neben Kats Kopf zwei weitere Pfeile in den Boden, und kurz darauf fanden die nächsten beiden das Herz des anderen Skeletts, sodass es niederging. Einer bohrte sich in DZs Arm, und die Wucht des Angriffs ließ ihn rückwärts in ein Loch im Boden stürzen.

„Geh von mir runter!", knurrte Cassandrix und schob Kat von sich. „Was soll denn das?"

Kat fand ihr Gleichgewicht wieder. Sie spürte instinktiv eine Gefahr und duckte sich gerade noch rechtzeitig, als etwas über ihren Kopf hinwegsauste. Sie hörte einen Schmerzensschrei, als sich ein Pfeil in Cassandrix' Bein bohrte. Die weiß gekleidete Spielerin wurde rückwärts in den Abgrund geschleudert.

Kat konnte Cassandrix nicht helfen. Sie konnte nicht einmal an sie denken. Sie konnte sich nur auf die schwarz gekleidete Gestalt konzentrieren, die soeben in einer violetten Rauchwolke inmitten der Arena erschienen war. Der Noctem-Agent warf Feuerkugeln auf den Boden, sodass sie um ihn herum einen Kreis in die Schneeblöcke brannten, bis er auf einem einzigen Block in der Luft schwebte. Unter ihm waren DZ und Cassandrix zu sehen, die sich mühten, ihre Wunden zu heilen und gleichzeitig über Wasser zu bleiben. Die Gestalt war weit von den Rändern des schneebedeckten Spielfelds entfernt. Es gab keine Möglichkeit, sie zu erreichen.

Als der schwarz gekleidete Spieler seinen Helm absetzte, bemerkte Kat den schwarzen Schal, der auf seinen Schultern lag, und als sein Gesicht zum Vorschein kam, erkannte Kat mit einiger Angst, dass es Graf Drake war, der in der Arena stand. Seine schmierige, schlangengleiche Stimme schien verstärkt worden zu sein, als er sprach. „Ihr hattet eure Chance, auf uns zu hören, Bürger von Elementia", hallte diese Stimme nun durch die Arena. „Wir haben euch davor gewarnt, mit der Noctem-Allianz Scherze zu treiben, und jetzt ist die Zeit gekommen, euch für eure Dreistigkeit büßen zu lassen. Ich rufe die große Macht der Noctem-Allianz an, um die Strafe für die Bürger von Element City heraufzubeschwören! VIVA LA NOCTEM! Feuer marsch!"

Mit diesen Worten zog Graf Drake eine blaugrüne Kugel und warf sie weit von sich. Kat konnte nur mit hilflosem Entsetzen zusehen, wie sich der Graf umwandte. Ihre Blicke trafen sich, er grinste bösartig und verschwand in einer weiteren violetten Rauchwolke.

Dann, ganz plötzlich, überflutete grelles Licht die Spleef-Arena, sofort gefolgt von panischen Schreien. Von den Dächern der Tribünen ergoss sich flüssige Lava aus unsichtbaren Quellen. Als Kat das fließende Feuer starr vor Schreck anstarrte, wurde ihr klar, dass es aus den Werfern kam, die gewöhnlich nach einem Sieg Feuerwerk verschossen.

Ben und Kat standen in der Mitte der Arena, weit von allen anderen entfernt und mit nichts als einer Schaufel bewaffnet, und konnten nur den gigantischen Wall aus geschmolzenem Feuer ansehen, der sich über die Ränge ergoss und auf die Mitte der Arena zukam. Die Welle aus Lava trieb eine Welle von Spielern vor sich her, die die Ränge hinabbrannten, über die Tribünen und selbst übereinander kletterten, um dem brennenden Tod zu entkommen, der sie verfolgte. Sie sahen, wie einige der Spieler stolperten und sofort von der panischen Herde der Zuschauer niedergetrampelt wurden. Andere fielen zurück und wurden von der Lava erfasst, sodass sie darin ertranken.

Als die letzten Spieler die Arena durch die Tore verließen, waren Kat und Ben sprachlos. Sie hatten gedacht, dass sie sich vorbereitet hätten, dass sie vielleicht nicht alles vorhersehen konnten, was die Noctem-Allianz ihnen antun könnte, aber dass sie doch damit würden umgehen können. Aber dieser Vorfall … nichts auf der Welt hätte sie darauf vorbereiten können.

Die Lava entsprang Quellblöcken, und die einst so stolzen Tribünen der Spleef-Arena hatten sich in nicht enden wollende Lavafälle verwandelt, die sich über die Brüstungen in die Grube unter ihnen ergossen. Die Schneeblöcke am Rand der Arena hatten zu schmelzen begonnen, aber so erschüttert Kat auch war, wusste sie, dass sie nicht in Gefahr waren.

Sie standen nun im Zentrum der Arena. Ihre Schneeblöcke waren zu weit von der Lava entfernt, um zu schmelzen. Die einzigen Spieler, die sich jetzt noch Sorgen machen müssten, wären alle, die sich aus irgendeinem Grund noch …

Die Erkenntnis traf Kat mit voller Wucht, und sie packte Ben bei den Schultern und schüttelte ihn. „Ben!", brüllte sie. „Wir müssen DZ und Cassandrix helfen, sie sind noch da unten!"

Ben war anzusehen, dass auch er verstand, und beide stürmten zum Rand der Grube, um hinabzublicken. Tatsächlich hatte sich die Lava über die Wände der Arena ergossen und traf jetzt auf die Ränder des Wassersees. Das Wasser verwandelte sich bei Kontakt mit der Lava zwar zu Stein, doch der wurde sofort von mehr Lava überspült, sodass noch mehr Stein entstand. Genau in der Mitte des immer kleiner werdenden Wasserbeckens schwammen DZ und Cassandrix, wobei Letztere hysterisch war und von DZ beruhigt werden musste.

Ben und Kat kam gleichzeitig dieselbe Idee. Mit ihren Diamantschaufeln schlugen sie auf zwei Bodenblöcke ein und komprimierten die vier entstandenen Schneebälle wieder zu einem Block. Mit diesen Blöcken rasten sie auf die Kante der noch verbliebenen Schneeblöcke zu.

„Hier oben!", schrie Kat und warf ihren Schneeblock nach unten, während Ben es ihr gleichtat. Die beiden Spieler blickten hoch. Sie verstanden, was geschah, fingen die Blöcke, platzierten sie auf dem Boden und sprangen hinauf.

Es war ein verzweifelter Wettlauf gegen die Zeit. Die Lava näherte sich den beiden Spielern im Loch, und Kat und Ben beeilten sich, sosehr sie nur konnten, um den beiden unter ihnen die Schneeblöcke zukommen zu lassen. Ben warf seine Blöcke Cassandrix zu, Kat zielte auf DZ. Als die Schneetürme drei Blöcke hoch waren, hatte die Lava den Fuß der Gebilde völlig umschlossen. Als sie die vierten Blöcke einsetzten, war der unterste bereits dahingeschmolzen.

Als sie das sahen, arbeiteten Kat und Ben noch hektischer und warfen die Schneeblöcke, so schnell sie nur konnten, nach unten zu den anderen beiden Spielern. Es sah überhaupt nicht gut aus. Für zwei Blöcke, die sie der Spitze der Schneestapel hinzufügten, schmolzen die unteren drei in der brennenden Hitze. Als DZ und Cassandrix sich lediglich noch fünf Blöcke unter Ben und Kat befanden, waren ihre Türme nur noch zwei Blöcke hoch und schmolzen weiter.

„Vergiss die Blöcke, wir haben keine Zeit mehr!", rief Ben. „Hilf mir einfach, sie hochzuziehen!"

Kat und Ben warfen sich auf den Boden und griffen nach Cassandrix, die ihnen am nächsten war. Sie ging in die Hocke, sprang hoch und klammerte sich an Kats Hand. Die beiden oberen Spieler zogen mit einem Ruck, und Cassandrix flog aus dem Loch. Sie landete zusammengekrümmt auf dem Arenaboden.

Ohne Zeit zu verlieren, legten sie sich wieder hin und

sahen entsetzt, dass DZs Turm nur noch aus einem Block bestand. Er sprang genau in dem Moment hoch, als er unter seinen Füßen schmolz. Seine ausgestreckte Hand schnellte hoch und verfehlte Kats Fingerspitzen um Haaresbreite, bevor er wieder auf die Lavagrube zustürzte.

„NEIN!!!", schrie Kat, bevor sie, ohne nachzudenken, in das Loch sprang und DZs Arm ergriff. Sie spürte, wie auch er ihren Arm packte, dann wurde ihr klar, was sie getan hatte. Sie fühlte, wie sie hinabstürzte, und mit jeder Sekunde stieg die Hitze der Lava spürbar an. Dann, ganz plötzlich, wurde ihr Sturz gebremst. Kat drehte den Kopf und sah, wie Ben ihr Bein umklammerte, als hinge sein Leben davon ab. Doch langsam wurde auch er durch das Gewicht von Kat und DZ in die Grube gezogen. Gerade als die drei Zombies gemeinsam in die Lava zu stürzen drohten, sah Kat, obwohl sie in Erwartung des Sturzes immer wieder die Augen zukniff, wie ein Paar weiße Hände, die zweifellos Cassandrix gehörten, sich um Bens Oberkörper schlossen.

Kat öffnete eine halbe Minute lang die Augen nicht. Sie hatte das vage Gefühl, dass die Hitze der Lava stetig abnahm. Sie ließ DZs Hand los, nachdem sie ihn in Sicherheit gezogen hatte, obwohl sie sich kaum daran erinnerte. Schließlich öffnete sie die Augen, als sie die sanfte Kühle des Schnees an ihrem Gesicht spürte, und sie sah, dass DZ, Ben und Cassandrix erschöpft in einem Haufen übereinanderlagen.

Kat richtete sich auf und blickte sich im Sitzen um. Die Kabine des Stadionsprechers, die Präsidententribüne und alles andere, das aus den Zuschauerrängen hervorgeragt hatte, war in Flammen aufgegangen. Als sie sich umwandte und das brennende Gefälle aus Feuer und Tod sah, in das sich ihre geliebte Spleef-Arena verwandelt hatte, rollte eine einzelne Träne ihre Wange hinab und fiel lautlos in den Schnee unter ihr. Die Schwere und das Grauen der Situation drangen endlich in ihr Bewusstsein, und ihr Geist weigerte sich, noch mehr davon zu verarbeiten. Sie fiel neben den drei anderen Spleef-Spielern in Ohnmacht.

TEIL III

EINBRUCH DER NACHT

KAPITEL 20:

EIN KRISENTREFFEN

Es klopfte an der Holztür. Leonidas hob den Kopf. Das Geräusch hatte ihn aus seinen Gedanken gerissen.
„Herein", sagte er.
Die Tür öffnete sich, und ein eisiger Windstoß traf Leonidas' Gesicht. Aus zusammengekniffenen Augen erkannte er den Gefreiten Spyro, der sich mühte, die Tür gegen den Druck des eisigen Schneesturms zu schließen. Als er es endlich geschafft hatte, salutierte er sofort.
„Ich habe Ihr Abendessen, General", verkündete er respektvoll.
Leonidas lachte leise. „Gefreiter, wie oft muss ich das noch sagen? Ich bin durchaus in der Lage, mir mein Abendessen selbst zu beschaffen, wenn es mir passt." Dennoch merkte Leonidas, wie hungrig er doch war, und er nahm zwei gebratene Hühnchen aus Spyros Inventar entgegen.
„Ich weiß, Sir", erwiderte Spyro. „Ich dachte nur, ich sollte es Ihnen vielleicht bringen, weil ich sowieso hierher unterwegs war. Unteroffizier Tess schickt mich mit einer Nachricht."
„Und worum geht es?", fragte Leonidas und machte sich auf schlechte Neuigkeiten gefasst. Leonidas hatte sich gemeinsam mit den anderen Truppen über Nacht von den Schlachtfeldern zurückgezogen, die Nocturia umgaben,

und so wusste er, dass es sicherlich nicht um die Kämpfe ging. Es konnte nur eine einzige Nachricht sein, und um ehrlich zu sein, wollte Leonidas sie nicht hören.

„Leutnant Drake ist soeben aus Element City zurückgekehrt. Er hat uns berichtet, dass der Angriff auf die Spleef-Arena reibungslos verlaufen ist. Alles ist genau nach Plan geschehen."

Großartig, dachte Leonidas verbittert. Er fand, dass er genauso gut jetzt fragen und die Antwort in Spyros offizieller, militärischer Ausdrucksweise hören könnte, statt Drakes Prahlereien darüber zu ertragen. „Und wie viele Todesopfer hat es gegeben?", fragte er müde, ohne die Antwort wirklich wissen zu wollen.

„Der Leutnant hat einen Späher in die Stadt geschickt, und er hat gehört, wie die hochrangigen Ratsmitglieder darüber gesprochen haben. Keiner der höheren Beamten von Elementia ist umgekommen. Zwei der Spleef-Spieler sind von unseren Scharfschützen erschossen worden, und die Lavafalle hat neunundfünfzig Zivilisten getötet."

Die letzten Worte ließen Leonidas schaudern. Ihm war unbegreiflich, wie Caesar glauben konnte, dass ein Angriff wie dieser, auf Spieler, die niemandem etwas getan hatten, ehrenvoll, gerechtfertigt oder irgendetwas anderes als bösartig war. Dennoch wusste Leonidas, was er zu tun hatte, und er kannte die Konsequenzen, falls er versagte.

„Richte Leutnant Drake aus", erwiderte Leonidas schleppend, „dass er unsere Truppen vorm Hauptquartier versammeln soll, damit ich ihm offizielle Glückwünsche aussprechen und ihn zum Hauptmann befördern kann."

„Jawohl, Sir", erwiderte Spyro. Er machte kehrt und marschierte zur Tür hinaus, wobei er wieder Mühe hatte, sie gegen den kalten Wind zu schließen. Leonidas spie angewidert aus, und die Kälte ließ ihn frösteln. Er rückte näher ans Feuer. Selbst jetzt, als Übergangskommandant der Noctem-Armee, war er gezwungen, in einer winzigen Steinhütte inmitten all der anderen Pferche zu hausen, die die Soldaten beherbergten.

Leonidas' Geduld mit Caesar hatte fast ihre Grenze erreicht. Schließlich hatte er praktisch zugegeben, dass er Leonidas als ihm weit unterlegen betrachtete. Warum sonst sollte Caesar Leonidas befohlen haben, im Kriegsgebiet zu bleiben, während er selbst sich mit Lord Tenebris in die Sicherheit der Sonderbasis zurückzog? Leonidas wusste, dass Caesar ihn nicht in Nocturia haben wollte, weil er ihn für einen guten Anführer hielt. Graf Drake lobte er regelmäßig in den höchsten Tönen und sagte, er wäre in der Lage, die Armee ganz allein zu führen. Er hatte ihn zum Leutnant befördert und Leonidas befohlen, ihn erneut zu befördern, wenn sein Angriff auf die Spleef-Arena Erfolg hätte. Vor diesem Hintergrund fiel Leonidas kein guter Grund ein, weshalb er nicht mit den anderen in der Sonderbasis sein durfte.

Doch Leonidas' Wut auf Caesar wog noch schwerer, weil er ihm nicht nur befohlen hatte, zurückzubleiben und zu kämpfen, sondern auch noch Minotaurus mitgenommen hatte. Er hatte behauptet, dass das zur Verteidigung geschähe, damit zwei der stärksten Kämpfer der Noctem-Allianz Lord Tenebris verteidigen könnten, falls Stans Truppen die Basis entdecken sollten.

Leonidas wusste aber auch, dass Caesar erkannt hatte, dass Leonidas der stärkere Kämpfer von beiden war. Schließlich hatte Leonidas es geschafft, Stan, Kat und acht ihrer Soldaten in der Dschungelbasis zu entkommen, während Minotaurus praktisch einen Kampf zwei gegen einen in Nocturia verloren hatte und nur dank Stans Gnade noch am Leben war. Selbst wenn man ihre Kampfstile bedachte, ergab die Entscheidung keinen Sinn. Minotaurus' gigantische Kriegsaxt und rasender Kampfstil passten perfekt zu einer großen Schlacht, während Leonidas' präzise, tödliche Pfeile ihn zu einem idealen Leibwächter machten.

Ganz offensichtlich waren hier andere Beweggründe im Spiel. Die Entscheidungen, die Caesar getroffen hatte, machten Leonidas zwar wütend, weil sie so unfair waren, doch sie ergaben auf lange Sicht keinen Sinn. Es musste einen anderen Grund dafür geben, dass Caesar Leonidas befohlen hatte, in Nocturia zu bleiben. Als er seine Galarüstung für Graf Drakes Beförderungszeremonie anlegte, war Leonidas sicher, dass dieser Grund, was er auch sein mochte, nichts Gutes bedeutete.

„Die Anwesenheitsliste wurde geprüft, und hiermit eröffne ich diese Ratsversammlung der Großrepublik Elementia", sagte Stan und beendete damit die formelle Einleitung zu der Sitzung, die er nur Jayden, G und Blackraven zuliebe einberufen hatte. Als er damit fertig war, wurde ihm jedoch klar, dass in dieser Versammlung nicht viel debattiert werden würde. Am Tisch herrschte angespanntes Schweigen, und es war offensichtlich, dass alle ähnliche Gedanken hegten. Besonders DZ schien geradezu geladen zu sein. Sein Arm war nach dem Angriff auf die Spleef-Arena noch immer verletzt.

„Freunde", sagte Stan, und seine kräftige Stimme füllte den Raum. „Der Tag, den wir so lange gefürchtet haben, ist eingetroffen. Die Noctem-Allianz hat einen groß angelegten Terroranschlag auf unsere Stadt ausgeführt. Sie haben eines unserer stolzesten Gebäude zerstört und neunundfünfzig unserer Bürger getötet. Das ist ein unverzeihliches Verbrechen. Gräueltaten auf dem Schlachtfeld sind das eine, aber Gräueltaten gegen Zivilisten sind etwas ganz anderes. Wir müssen zweifellos handeln."

„Ich bin deiner Meinung, Stan", sagte Jayden. „Ich glaube, einige Ratsmitglieder werden mir zustimmen, wenn ich sage, dass ich in der Vergangenheit meine Meinungsverschiedenheiten mit dir und deinen engeren Freunden hatte. Aber nach diesem Zwischenfall glaube ich, dass wir uns einig sind."

„Ordnen wir uns nicht als Freunde und engere Freunde ein", erklang die alte Stimme des Mechanikers, müde und erschöpft. „Wenn wir eine Chance gegen die Maschinerie des Bösen haben wollen, die die Noctem-Allianz darstellt, müssen wir vereint handeln, ohne Barrieren zwischen uns."

Am Tisch erklang zustimmendes Murmeln.

„Ich glaube, es besteht kein Zweifel, dass diese nicht ungestraft bleiben dürfen", fuhr Stan fort. Er war den Spielern dankbar, dass sie ihre Meinungen beisteuerten, aber auch entschlossen, schnell zu einer Einigung auf einen Plan zu kommen. „Hat jemand Vorschläge, was wir nun tun können?"

„Ich habe zwar keinen Vorschlag", meldete sich Kat zu Wort, „aber ich habe Informationen, die ich euch nicht vorenthalten sollte."

„Erzähl", forderte Stan sie auf.

„Auf meinem Weg hierher habe ich einen Boten von Ben getroffen", erklärte Kat. „Er sagte, ihre Spione hätten möglicherweise Hinweise auf den Standort der Sonderbasis gefunden."

„Wirklich?", rief DZ. „Das ist ja großartig!" Er stieß triumphierend die Faust in die Luft, zuckte aber sofort vor Schmerz zusammen. Ganz offensichtlich hatte er die Pfeilwunde in seinem Arm vergessen.

„Ja, ist es", fuhr Kat fort und blickte noch immer ernst drein. „Er sagte, die Polizei hätte gerade den Bericht eines Boten erhalten, der die Ferne Westliche Wüste abgesucht hat. Anscheinend ist er gerade an der Grenze zum Meer entlanggewandert, als er ein Boot entdeckt hat, das von einem ganz in Schwarz gekleideten Spieler gefahren wurde. Er hat beobachtet, wie der Spieler sich immer weiter nach Nordosten bewegte, bis er ihn aus den Augen verloren hat."

„Also befindet sich die Sonderbasis vermutlich auf einer Insel im Nordwestlichen Meer!", rief Jayden.

„Wie viele Inseln gibt es in diesem Meer?", fragte Stan, der die Region nicht kannte.

„Jede Menge", antwortete G. „Damals, als Jay und ich für Adoria gearbeitet haben, hat sie uns dorthin geschickt, um Karten der Insel zu erstellen und ab und zu Aufträge auszuführen. Die Gegend ist nicht besonders gut erforscht. Ich glaube nicht, dass sie je von Spielern vor uns kartografiert worden ist, und niemand geht dorthin, wenn er nicht gerade die Ferienorte auf der Kleinen Pilzinsel besuchen will."

„Mit anderen Worten", unterbrach DZ, „ist sie ein perfektes Versteck für die Noctem-Allianz."

„Na schön", erwiderte Stan. „Dann sollten wir unsere Suche auf diese Gegend konzentrieren. Blackraven, du gehst zum Polizeihauptquartier und besprichst die Strategie mit Ben. Lass ihn seine Späher zurückrufen und schick sie zum Meer, um die Inseln auszukundschaften."

Blackraven knurrte und nickte, bevor er aufstand und den Raum verließ.

„Wenn es nicht mehr zu besprechen gibt, schließe ich die Sitzung hiermit. Hat noch jemand etwas zu sagen?" Das hatte niemand, und einer nach dem anderen standen die acht übrigen Spieler auf und verließen den Raum.

Stan ging den Gang hinunter, ohne ein bestimmtes Ziel zu haben, und landete schließlich im Aufenthaltsraum. Das Netherrack-Feuer loderte so hell wie immer, und Stan setzte sich davor und versank in Gedanken. Er bemerkte, dass die anderen sich nach und nach zu ihm gesellten. Nach der dritten Ankunft blickte Stan auf und sah, dass Charlie, DZ und Kat auf den Stühlen neben ihm saßen. Rex hatte sich neben dem Kamin zusammengerollt und schlief.

„Es ist zum Verrücktwerden, nicht wahr?"

Stan sah zu Kat, die seinen Blick erwiderte. Auch DZ und Charlie schauten auf.

„Meinst du etwas Bestimmtes, Kat? Ehrlich gesagt macht mich im Moment alles Mögliche verrückt", murrte DZ und rieb seine Pfeilwunde.

„Es ist nur ... ich weiß nicht ... die Noctem-Allianz hat mit ihrem Angriff auf die Arena alle Grenzen überschritten. Und was haben wir unternommen?"

„Du weißt doch, was wir tun, Kat!", rief Charlie überrascht. „Wir konzentrieren unsere Suche auf die Inselregion, und Ben hat mir versprochen, dass das Militär die Zahl der Durchsuchungen und Razzien verdoppeln wird."

Kat seufzte. „Das weiß ich doch, aber damit halten wir uns nur an die Regeln. Beim Angriff auf unsere Spleef-Arena hat die Noctem-Allianz die Regeln der Kriegsführung praktisch mit dem Vorschlaghammer zerschmettert! Gehört zu diesen Regeln etwa nicht, keine Zivilisten anzugreifen?"

Jetzt war Charlie an der Reihe zu seufzen. „Das stimmt, Kat, aber die Tatsache, dass *wir* uns an die Regeln halten, macht den Unterschied zwischen uns und der Noctem-Allianz aus. Wir bekämpfen sie mit ehrlichen Mitteln, und du weißt, dass die Gerechtigkeit am Ende immer siegt."

„Aber das ist es ja gerade!", schnauzte Kat ihn an. Inzwischen war sie gereizt. „Ich weiß, dass wir mit unseren ehrlichen Mitteln das Richtige tun, aber das Problem ist ... die ehrlichen Mittel bewirken nichts! Was haben wir seit

Kriegsbeginn denn erreicht? Absolut gar nichts! Und was hat die Noctem-Allianz erreicht? Sie haben mit ihren Angriffen Dutzende unschuldiger Leute getötet!"

„Kat", sagte DZ beschwichtigend, „ich möchte, dass du dir eine Frage stellst: Wenn wir diesen Krieg gewinnen, möchtest du, dass wir ihn mit fairen Mitteln und ehrenhaft gewonnen haben, oder möchtest du, dass wir mit Gräueltaten wie ihren siegen?"

Kat wandte sich um und sah DZ direkt in die Augen. „Du hast gesagt ‚wenn wir diesen Krieg gewinnen', DZ. Und um ehrlich zu sein, glaube ich nicht, dass wir gewinnen werden, wenn wir so weiterkämpfen wie bisher."

Stan fiel vor Schreck fast aus seinem Stuhl. „Wie kannst du so etwas auch nur …?"

„Stan, sag mir eins", meinte Kat bestimmt und blickte nun ihn direkt an. „Was ist besser: einen mit unfairen Mitteln geführten Krieg gewinnen oder einen fair geführten verlieren?"

Stan war nicht in der Lage zu sprechen, und als er Charlie und DZ ansah, erkannte er, dass auch sie sprachlos waren. Ihnen wurde jedoch erspart, antworten zu müssen, da die Tür aufgestoßen wurde. Ein Soldat marschierte in den Raum und nahm Haltung an, als er Stan sah. Zu Stans Überraschung folgte ihm Oob, der einen verwirrten Eindruck machte.

„Ich habe eine Nachricht für Präsident Stan", meldete der Soldat mit offiziellem Gebaren.

„Der Mann in der Uniform ist mir begegnet, als ich auf der Treppe war, und jetzt will er mir die Nachricht nicht sagen", jammerte Oob.

„Herr … äh … Oob", sagte der Soldat peinlich berührt, „bitte warten Sie draußen, während ich dem Präsidenten und seinem Rat die Nachricht überbringe."

„Oob, Kumpel, warte draußen, ja?", meinte DZ.

„Nein!", rief Oob und stampfte mit dem Fuß auf. „Ich will auch die Nachricht hören!"

„Komm schon, Oob", sagte Charlie ernst. „Geh raus! Bei diesen Nachrichten geht es meistens um ziemlich schlimme Sachen, die im Krieg passieren, das willst du gar nicht hören."

„Aber ich möchte helfen!", sagte Oob entnervt. „Ich kann genauso kämpfen wie ihr! Erinnerst du dich nicht, dass ich den Griefer Mr A bei der Lavagrube besiegt habe?"

Stan seufzte. „Oob, es ist die Aufgabe des Boten, die Nachricht jenen Leuten zu überbringen, für die sie bestimmt ist, und niemand anders. Wenn du brav vor die Tür gehst und dort wartest, erzähle ich dir vielleicht, nachdem wir es erfahren haben, worum es geht."

Oob öffnete den Mund, um zu protestieren, doch dann schloss er ihn wieder. Er runzelte die Stirn, als dächte er sehr angestrengt nach, dann entspannte er sich. „Gut, Stan", sagte er schließlich. „Ich werde draußen warten." Mit diesen Worten machte Oob kehrt und ging durch die Holztür hinaus, dann schloss er sie hinter sich.

DZ wirbelte zu Stan herum. „Warum hast du ihn angelogen!?", rief er anklagend.

„Ich habe nicht gelogen", erwiderte Stan und seufzte. „Worum auch immer es geht, ich bin sicher, wir können es ihm erzählen ... du weißt schon, wenn wir alles etwas familienfreundlicher ausdrücken."

Der Bote sah inzwischen außerordentlich betreten aus und sagte: „Äh, Herr Präsident ... ich glaube nicht, dass Sie diese Nachricht familienfreundlicher machen können."

Stan spürte, wie ihn kalte Angst packte. Offensichtlich hatte sich etwas ganz besonders Schreckliches ereignet.

„Die Noctem-Allianz hat ein Ziel in der Enderwüste angegriffen", erklärte der Bote.

Stan wartete gespannt auf mehr. Das waren keine großen Neuigkeiten, so etwas geschah ziemlich häufig. „Und ...", fuhr der Bote schließlich fort. Er atmete tief durch, dann fuhr er fort.

„Das Ziel des Angriffs war kein militärisches, Herr Präsident. Es war das NPC-Dorf."

Stan wurde übel, und er fühlte sich nicht in der Lage, einen klaren Gedanken zu fassen. Er nahm wahr, dass die Mienen seiner drei Gefährten von ähnlichem Entsetzen gezeichnet waren. Dann wurde ohne Vorwarnung die Tür aufgestoßen, und Oob trat ein. Offensichtlich hatte der Dorfbewohner an der Tür gelauscht. Sein Mund stand offen, seine Brauen waren hochgezogen, seine Hände hingen schlaff an der Seite, und in seinen Augen spiegelte sich entsetzliche Verzweiflung wider.

KAPITEL 21:

RÜCKKEHR ZUM DORF

Die Sonne stand hoch am Himmel, während Hauptmann Drake zum Horizont blickte. Er wusste, dass sie bald zurückkehren müsste. Ihr Ziel war nicht weit von dem Noctem-Außenposten entfernt, in dem sich Drake befand. Sie würde keinen langen Fußweg haben. Eine improvisierte Sandsteinmauer umgab die hastig auf der Düne errichteten Erdhütten, und auf dieser Mauer hockte Drake.

Während Drake auf die Rückkehr seiner Kameradin wartete, lächelte er, als er über seinen neuen Titel nachdachte. Hauptmann Drake. Wie das schon in Gedanken klang, fühlte sich gut an. *Hauptmann Drake.* Vielleicht sollte er den Titel des Grafen ganz loswerden und sich nur Hauptmann nennen lassen.

Während Drake den Blick über die Wüstenebenen schweifen ließ, konnte er das Lager von Elementia in der Ferne sehen, in dem kleine Punkte hin und her huschten. Er vermutete, dass sie wohl eine Art Gefechtsübung durchführten. Nun, was auch immer sie taten, Drake war sich sicher, dass er sich darüber keine Gedanken machen musste. Seine Aufgabe bestand nur darin, alles zu kontern, womit die Armee von Elementia ihn angriff, und ab und zu ein Scharmützel vom Zaun zu brechen, falls es hier an der Kaltfront, wie man sie in Element City gern nannte, zu ruhig wurde.

Endlich erspähte er einen schwarzen Punkt am Horizont, der sich dem Hügel näherte. Als er immer größer wurde, erkannte er das rosige Gesicht von Unteroffizier Tess, die auf die Tore zuging.

Gespannt darauf zu hören, wie die Operation verlaufen war, kletterte Drake von der Mauer herunter und ging zu den Reihen provisorischer Hütten, um sie am Eingang zu treffen.

„Na, wenn das nicht der große, böse Hauptmann Drake ist", sagte sie grinsend, als sie durch die Tür trat.

„Hört sich das nicht gut an?", erwiderte er. „Das ist die Sorte Name, an die sich die Leute erinnern ... Hauptmann Drake, Held der Noctem-Allianz ..."

„Na sicher", lachte Tess und verpasste Drake einen Klaps auf die Schulter, um ihn aus seinen Tagträumen zu reißen. „Dir ist aber schon klar, dass wir den Krieg gewinnen müssen, bevor alle Welt anfängt, Lobeshymnen auf dich zu singen, Hauptmann Hohlbirne?"

„Stimmt schon, stimmt schon", erwiderte Drake.

„Jedenfalls", fuhr Tess fort, „vermute ich, dass du jetzt hören willst, wie der Angriff auf das Dorf verlaufen ist."

„Natürlich", antwortete Drake lächelnd.

„Es wird dich überraschen zu hören, dass im Dorf gar keine Soldaten waren. Da war auch kein Eisengolem."

„Ach nein?", entfuhr es Drake überrascht. „Aber ich dachte, Präsident Stan hätte ..."

„Ja, dachte ich auch." Tess zuckte mit den Schultern. „Ich habe nicht mal den Unsichtbarkeitstrank gebraucht, um es zu erledigen. Ich habe einfach ihre Häuserfronten gesprengt, bin auf eines der Dächer geklettert und habe den Vollmond den Rest erledigen lassen."

„Exzellent", kommentierte Drake grinsend. „Und ist einer der Dorfbewohner ... na, du weißt schon ..."

„Das weiß ich noch nicht", erwiderte Tess. „Ich habe

den Gefreiten Spyro dort stationiert, für den Fall, dass sie sich verwandeln, und wenn es keiner von ihnen tut, können wir immer noch ein anderes Dorf finden."

„Stimmt", sagte Drake und nickte. „Na schön, der Angriff auf das Dorf wäre also erledigt ... Tess, tu mir einen Gefallen und schick einen Boten zu General Leonidas in Nocturia. Er soll ihn darüber informieren, wie erfolgreich der Angriff war."

Tess nickte und lief davon, um die Nachricht zu versenden, und Drake lächelte breit in sich hinein. *Fantastisch! Kanzler Caesars Plan ist perfekt aufgegangen! Ich kann kaum erwarten, dass General Leonidas davon hört, wie gut der Angriff auf das NPC-Dorf verlaufen ist ... er wird so stolz sein ...*

Stan hatte gemischte Gefühle dabei, zuzulassen, dass Oob ihn, Kat, Charlie und DZ auf ihrer Zugfahrt zum NPC-Dorf begleitete. Einerseits war es sein Dorf, und Stan war klar, dass Oob sie alle dafür gehasst hätte, wenn sie ihn daran gehindert hätten, in dieser Stunde der Not seine Heimat aufzusuchen. Andererseits wusste Stan ganz genau, was sie erwartete, wenn sie im Dorf ankämen. Er selbst nahm tiefe Atemzüge und bereitete sich darauf vor, um nicht völlig zusammenzubrechen. Die Vorstellung, wie Oob auf das reagieren würde, was sie in Kürze sehen würden, war unerträglich.

Trotz seiner Zweifel saßen die vier Spieler jetzt gemeinsam mit Oob im Zug, während ein Lokführer die fünf durch die Enderwüste fuhr. Die untergehende Sonne ließ den Himmel in Pastellfarben leuchten. Es war zu schade, dass keiner der Passagiere den Anblick genießen konnte. Alle konzentrierten sich zu sehr auf das, was vor ihnen lag.

Nach einer viel zu kurzen Fahrt zeichneten sich die Umrisse der Häuser des NPC-Dorfes vor dem prächtigen Sonnenuntergang ab. Der Lorenzug verlangsamte sich und kam schließlich quietschend zum Stehen. Rex erschien aus dem Nichts neben Kats Lore. Während Stan und seine Freunde herauskletterten, kam Stan der Gedanke, dass das Dorf aus der Entfernung fast unverändert aussah. Doch das flaue Gefühl in seinem Magen verstärkte sich zusehends, als er sich näherte und immer mehr Details sichtbar wurden.

Der einst makellose Kiesweg war mit Kratern übersät, überall steckten Pfeile. Und am schlimmsten war, dass die Vorderseite jedes einzelnen Hauses von etwas weggesprengt worden war, das eine riesige Explosion gewesen sein musste. Weit und breit war kein Dorfbewohner zu sehen.

Überall im Kies und im Sand fanden sich in Panik und Verzweiflung hinterlassene Fußabdrücke, und alle schienen direkt in die Kirche zu führen. Und doch, trotz aller Anzeichen eines Massakers herrschte nur ohrenbetäubende Stille, als die Spieler langsam auf die Kirche zugingen. Rex schnüffelte an den Fußspuren und winselte. Seine Ohren und sein Schwanz waren niedergeschlagen gesenkt.

„Wo sind die Leichen?", flüsterte Kat mit zitternder Stimme.

„Sie müssen schon verschwunden sein ... oder sie sind entkommen", antwortete DZ mit gebrochener Stimme.

„Nein", antwortete Charlie tonlos. „Dorfbewohner sind nicht mehr wie Spieler und Mobs. Ich habe gehört, dass ihre Körper aus irgendeinem Grund seit dem letzten Update nicht mehr ansatzweise so schnell verschwinden."

Oob trat vor. Seit sie das Dorf betreten hatten, waren ihm stille Tränen die Wangen hinuntergeflossen. Sein Mund hatte offen gestanden, während er versuchte, die groteske Zerstörung seiner Heimat zu begreifen. Doch nun ging er auf die Tür der Kirche zu.

„Oob", sagte Stan, und seine Stimme schwankte unglaublich, während er weinte und um Fassung rang. Er trat vor und legte eine Hand auf die Schulter des Dorfbewohners. „Ich würde diese Tür nicht öffnen, Oob. Du willst nicht sehen, was da drin ist."

Einen Moment lang war nichts zu hören als das erstickte Schluchzen von Charlie und DZ, während Kat und Stan blass vor Sorge Oob anstarrten. Dann wandte sich Oob zu den Spielern um. Sein Gesicht war tränenüberströmt, aber seine Stimme war fest.

„Nein", flüsterte er. „Ich muss es wissen."

Mit diesen Worten drehte sich Oob um und öffnete die Kirchentür.

„AURAUUURGH!!!"

Oob schrie panisch, als die Zombies aus der Tür schlurften. Ihre ausgestreckten Arme ruderten durch die Luft. Vor lauter Angst fiel Oob hintenüber, und der Zombie kniete sich hin, um seine Beute zu fassen. Dazu hatte er jedoch keine Chance. DZs Schwert traf seinen Rücken, hielt ihn am Boden fest und tötete ihn. Er starb mit einem letzten, erstickten Laut. Rex fing an, wie wild zu bellen. Als DZ sein Schwert wieder in die Scheide steckte, hörten die vier Spieler ein Schluchzen. Sie sahen zu Boden, wo Oob niederkniete und sich die Augen aus dem Kopf weinte, während er wie versteinert auf das starrte, was er durch die offene Tür sehen konnte. Stan wandte sich um und spähte ins Innere. Sofort ergriff ihn ein Gefühl wie eine eiskalte Faust, die sein Herz umklammerte.

In der Kirche waren die Dorfbewohner über die Bänke gestreckt und auf dem Boden verstreut. Sie alle hatten während des Angriffs dort Zuflucht gesucht, doch vergebens. Stan ging zögerlich weiter und konnte nur das entsetzliche Blutbad vor seinen Augen anstarren. Mit dumpfem Schmerz erkannte er Ohsow, den Metzger, und Leol, den Schmied. Er kämpfte gegen einen fast unkontrollierbaren Brechreiz an, als er Moganga sah, die Priesterin und Anführerin des Dorfes, die gegen den Altar gelehnt war, die Augen friedlich geschlossen. Zwei Pfeile ragten aus ihrem Herzen. Neben ihr, von vielen Monsterwunden übersät, Mella, Oobs Mutter, Blerge, Oobs Vater, und Stull, Oobs kleiner Bruder.

Dann, während Stan noch auf Oob hinabstarrte, der über den leblosen Körpern seiner Familie weinte, und sich fragte, wie er seinen Dorfbewohner-Freund ansprechen könnte, zuckte Mellas Augenbraue.

„Oob!", rief Stan überrascht. „Sie hat sich bewegt!"

„Was?" Oob schluchzte auf und hob sein Gesicht, tränenüberströmt und mit rot geweinten Augen, aus seinen Händen.

„Deine Mutter hat sich gerade bewegt! Und dein jüngerer Bruder auch!"

Denn auch Stull hatte gerade mit dem Arm gezuckt. Stan sah mit Erstaunen, wie auch Stull und Mella anfingen, sich zu rühren.

„Leute, kommt schnell hier rein!", rief Stan. Die anderen drei Spieler, die sich die Situation betroffen von außen angesehen hatten, sprinteten zu ihm herüber. Kat befahl Rex, zu bleiben, und er gehorchte, sah aber ausgesprochen nervös dabei aus.

„Was ist los?", fragte Charlie und zog seine Spitzhacke.

„Sie leben noch!", rief Stan und zeigte auf Mella und Stull, die sich aus ihrer Position erhoben. Oobs Gesicht strahlte vor plötzlicher Freude.

Die Mienen der anderen zeigten freudige Verwirrung, doch plötzlich, im Bruchteil einer Sekunde, nahm Charlies Gesicht einen Ausdruck des Entsetzens an. „Oob!", brüllte er und schnellte vor, als sich Oob bückte, um seine Familie zu umarmen. „Geh weg von ..."

Aber es war zu spät. Blitzschnell hob Stull das kleine Gesicht, das eine widerlich grüne Farbe angenommen hatte. Seine Augen leuchteten rot auf, als er nach vorn schnellte und seine Zähne in Oobs Brust grub. Die vier Spieler waren starr vor Schreck und Grauen. Oob schrie vor Schmerz, zuckte kurz und fiel dann leblos zu Boden.

Wie in einer Trance zog Stan seine Axt. Er hatte keine Ahnung, was sich gerade abspielte. Im Moment hatte sein Gehirn ehrlich gesagt Schwierigkeiten, überhaupt irgendetwas zu verarbeiten. Er wusste nur, dass diese Kreaturen nicht Oobs Familie waren. Offensichtlich waren sie irgendeine neue Art von Monster, und sie verletzten Oob. Stan hob die Axt und zielte auf das, was er für Mella gehalten hatte.

„Nein, Stan!", rief Charlie panisch und schlug Stans Axt beiseite. „Du bringst Oobs Familie um!"

„Die Dinger sind nicht seine Familie!", keuchte Stan entsetzt, während Oobs blasse Haut eine widerliche schleimgrüne Farbe annahm.

„Doch, das sind sie, Stan. Sie sind infiziert!", schrie Charlie und versuchte, sich zu beruhigen. „Das ist im letzten Update hinzugefügt worden. Wenn ein Zombie einen Dorfbewohner beißt, besteht eine Chance, dass sich dieser selbst in einen Zombie verwandelt!"

„D...du meinst also ...", stammelte Stan, als die drei zombifizierten Dorfbewohner sich aufrichteten, „dass Oob und seine Familie ... für immer Monster sein werden?"

„Nein, werden sie nicht ...", sagte Charlie und wich vor den Zombie-Dorfbewohnern zurück. Die anderen taten es ihm gleich. „Man kann sie heilen ... ich weiß nicht, wie, aber ich kann es herausfinden."

„Wie lange werden sie so bleiben, wenn wir kein Heilmittel finden?", fragte Kat, während sie sich rückwärts durch die Tür aus der Kirche schoben.

„Sie bleiben so, bis jemand sie heilt. Oder, na ja, bis sie irgendwie sterben", erwiderte Charlie, als die Zombies ihnen folgten und mit ausgestreckten Armen auf sie zukamen. Rex fing an, wie verrückt zu bellen, verstummte aber auf Kats Befehl.

„Und was sollen wir bis dahin mit ihnen anstellen?", quietschte DZ. Die Panik in seiner Stimme war fast spürbar, während die Familie aus drei Zombiedorfbewohnern sich langsam näherte.

„Sie kommen mit mir", erklang eine Stimme neben ihnen.

Die vier Spieler rissen sich vom Anblick der Zombies Oob, Mella und Stull los und sahen, dass auf dem Kiesweg, am Rande eines Kraters, ein Spieler stand. Er war ganz in Schwarz gekleidet und hatte einen Bogen gezogen, den Pfeil angelegt.

Ohne zu zögern, holten die vier Spieler ihrerseits Pfeile und Bögen hervor und zielten auf den Noctem-Agenten. Ganz offensichtlich war das einer der Soldaten, die das Dorf angegriffen hatten. Er war der Grund, weshalb die Bewohner, die sich nicht selbst helfen konnten, die Stan und seinen Freunden so große Gastfreundschaft erwiesen hatten, jetzt leblos auf dem Boden lagen oder in Zombies verwandelt waren. Stan wollte gerade den Pfeil abschießen und plante bereits seine nächsten Angriffe mit der Axt, als der Spieler erneut sprach.

„Lasst die Waffen fallen, sonst sterben eure NPC-Freunde."

Stan musste nicht zweimal darüber nachdenken. Seine Waffe schepperte zu Boden, gemeinsam mit denen der anderen. Stan wusste, dass die Dorfbewohner Zombies sein mochten, aber dennoch Dorfbewohner waren. Solange sie geheilt werden konnten, sah er es als seine Pflicht an, sie zu schützen.

Der Noctem-Soldat lächelte. „Und jetzt kein Wort, sonst sterben sie."

Bei diesen Worten bemerkten die drei Zombiedorfbewohner seine Anwesenheit. Ihre Augen richteten sich auf den Bogen in seinen Händen. In dem Bewusstsein, dass er sie bedrohte, wandten sie sich dem Soldaten zu. Der kleine Stull schien weitaus schneller zu sein als seine Mutter und sein Bruder und sprintete mit Höchstgeschwindigkeit auf den Soldaten zu.

Dieser lächelte erneut. „Aber, aber", sagte er im Plauderton zu den Zombies, „würdet ihr mich wirklich töten, wenn ich euch mehr Fleisch verschaffen kann, als ihr essen könnt?"

Die drei Zombies blieben wie angewurzelt stehen. Einen Moment lang starrten sie den Spieler mit durchdringender Neugierde an. Dann öffnete sich Oobs Mund.

„Du ... gibst ... uns ... Fleisch?" Die Stimme, die aus seinem Mund kam, klang wie rostige Nägel, die an einer Tafel entlangkratzen.

Stan war baff. Er hätte nicht sprechen oder sich bewegen können, wenn er es gewollt hätte, so geschockt war er. Hatte der Zombie gerade gesprochen?

„Ja, ich kann euch Fleisch geben. Ich bin Gefreiter Spyro, und ich gehöre zu einer Organisation namens Noctem-Allianz. Wenn ihr der Noctem-Allianz beitretet, bekommt ihr so viel Fleisch, wie ihr euch nur wünschen könnt."

Die Zombies schwiegen einen Moment. Dann fragte Zombie-Mella mit ihrer rauen Stimme: „Wo ... bekommt ... ihr ... Fleisch?"

„Die Noctem-Allianz", erwiderte Spyro ruhig, als spräche er mit einem beliebigen Spieler, „kämpft momentan gegen ein Land namens Elementia. Im Krieg nehmen wir viele Gefangene. Ihr könnt alle Gefangenen essen, die wir bekommen."

Stan öffnete angewidert den Mund, aber bevor er etwas sagen konnte, richtete Spyro den Bogen auf ihn, und die Luft entwich aus seinen Lungen.

„Spie-ler ... uns ... nicht ... töten?", fragte Zombie-Oob schwerfällig.

„Die Noctem-Allianz wird euch nicht töten, wenn ihr uns beitretet", sagte Spyro und richtete seinen Bogen wieder auf Zombie-Oobs Stirn. „Die Gefangenen, die wir euch zu essen geben, werden ebenfalls nicht versuchen, euch zu töten. Wir werden sie bewusstlos schlagen, bevor ihr euch über sie hermacht."

Stan hörte ein Geräusch zu seiner Linken, und aus dem Augenwinkel sah er, dass DZ sich übergab. Spyro ignorierte das.

Die drei Zombies blickten einander an und gaben eine Reihe von stöhnenden Lauten von sich. Stan sah entsetzt zu. Wie konnte das geschehen? Die Noctem-Allianz rekrutierte direkt vor ihren Augen die Zombiedorfbewohner, und sie konnten nichts dagegen tun!

Nachdem das Stöhnen sich gelegt hatte, wandte sich Zombie-Mella Spyro zu und schaffte es zu Stans Entsetzen hervorzustoßen: „Wir ... treten ... bei ... Noc-tem ... Li-anz."

Spyro grinste. „Gut", sagte er. „Und euch ist klar, dass das heißt, dass ihr jedem Befehl gehorchen müsst, den ich euch gebe?"

„Wir ... ge-horchen ... dir", antwortete Zombie-Oob.

„Großartig!", erwiderte Spyro freudig. Er blickte über die Schulter nach Westen. Die Sonne war endlich hinter dem Wüstenhorizont verschwunden. Er war nicht der Erste, der es bemerkte. Seit einer halben Minute hatte Stan immer wieder in die Wüste geblickt und mit wachsendem Unbehagen die Monster bemerkt, die überall um sie herum gespawnt waren. Es waren die gewöhnlichen Zombies, die mit Bögen bewaffneten Skelette, die huschenden Spinnen, die bedrohlichen Creeper und selbst einige große, schwarze, unheilvolle Endermen, mit denen Stan sorgfältig jeden Blickkontakt vermied.

„Wie heißt ihr?", fragte Spyro.

„Mel…la", krächzte Mella.

„Oob", fügte Oob hinzu.

„Stull!", spuckte das winzige Zombiekind hervor.

Stan war schockiert. Trotz der Zombifizierung erinnerten sie sich aus irgendeinem Grund an ihre Namen. Sein Herz machte einen fürchterlichen Sprung, als ihm klar wurde, dass dies nur bedeuten konnte, dass die drei Dorfbewohner in den untoten Monstern noch immer weiterbestanden.

„Na schön. Mella, ich will, dass du alle feindlichen Mobs in diesem Gebiet in die Nähe rufst. Aber sag ihnen, dass sie noch nicht angreifen sollen", erklärte Spyro, den Bogen noch immer auf Oobs Kopf gerichtet.

Angsterfüllt sah Stan zu, wie Mella gehorchte, ihren Mund öffnete und ein grauenerregendes Brüllen hören ließ, ein aggressives Zombie-Stöhnen von gewaltiger Lautstärke. Als sie das tat, richteten sich die Augen aller feindlicher Mobs im Gebiet auf sie. Nach einer Reihe von kürzeren Tönen fingen alle Monster an, auf die Spieler und die Zombiedorfbewohner zuzukommen. Stan begann, unkontrolliert zu zittern, als der Kreis aus Mobs immer enger wurde und sich unaufhörlich näherte. Er konnte die Anspannung nicht mehr ertragen und schloss die Augen, doch plötzlich gab Mella noch ein Stöhnen von sich, und Stan hörte, dass die Schritte der Monster verstummten. Er öffnete die Augen und sah, dass eine

Meute aus feindseligen Mobs die fünf Spieler und die drei Zombiedorfbewohner umgab.

Der Gefreite Spyro sprach. Noch immer zielte er mit dem Bogen auf Oob. „Ich gebe dir diese eine Chance, unversehrt abzuziehen, Präsident Stan. Aus Gründen, die ich nicht preisgeben darf, will Lord Tenebris noch nicht, dass du und deine Kumpane sterben. Aber eins musst du wissen. Die Noctem-Allianz befehligt jetzt die Armeen der feindseligen Mobs. Wenn du uns die Gewalt über die Mobarmeen entreißen willst, wirst du deine drei Dorfbewohner-Freunde töten müssen. Denk daran, Präsident Stan ... sie mögen jetzt Zombies sein, aber sie könnten noch immer gerettet werden."

Er wandte sich an die Zombiedorfbewohner. „Stull", befahl er, „sag den Monstern, dass sie diese vier Spieler unversehrt passieren lassen sollen. Folgt ihnen nicht. Wenn sie sprechen oder versuchen sollten, sich zu bewaffnen, tötet sie sofort."

Daraufhin gab der kleine Stull eine Reihe fiepsender Heultöne von sich, und einige der bösen Mobs traten beiseite und bildeten eine Gasse bis zu den Gleisen. Stan wollte keine weitere Sekunde mehr in diesem verlassenen Dorf bleiben, machte kehrt und marschierte schweigend durch die Monsterhorde. Während er sich dem Zug näherte, arbeitete sein Hirn auf Hochtouren. Er spürte inzwischen kaum Trauer, stattdessen rangen zwei Gefühle darum, seinen Geist zu beherrschen.

Eines dieser Gefühle war schiere Angst. Die Noctem-Allianz hatte es geschafft, intelligente Monster der Oberwelt auf ihre Seite zu bringen. Damit hatten sie die absolute Kontrolle über alle Monster in Minecraft an sich gerissen. Er hatte keine Ahnung, wie sie die wortwörtlich endlose Zahl der Mobs bekämpfen sollten, die die Armeen der Untoten aufstellen könnten.

Das zweite Gefühl war Zerrissenheit. Die Armeen der Nacht waren unglaublich gefährlich, und man könnte sie der Noctem-Allianz im Handumdrehen entreißen, wenn sie nur Oob, Mella und Stull töten würden. Aber genau da lag das Problem. Wie konnten sie das Oob, Mella und Stull antun?

KAPITEL 22:

ENTSCHEIDUNGEN

Nicht zum ersten Mal kam ein Soldat an die Tür von Leonidas' Hütte, um nach ihm zu sehen, und wieder schickte ihn Leonidas mit tränenüberströmtem Gesicht fort. Obwohl sich die Weinkrämpfe gelegt hatten, wurde Leonidas' Körper doch von Zeit zu Zeit von heftigem Schluchzen geschüttelt. Er hatte es nicht fassen können, als ihm Hauptmann Drake die Nachricht überbracht hatte. Jeder Bewohner des NPC-Dorfes ... Ohsow, Mella und Blerge und selbst Moganga ... alle tot ...

Das war seine Schuld, dachte Leonidas unter Tränen. Die Schuldgefühle drohten ihn zu ersticken. Er war derjenige, der den Eisengolem getötet und seine Familie so allen Angriffen schutzlos ausgeliefert hatte. Und er hatte auch Stans Soldaten getötet, die, so schrecklich sie auch waren, sicherlich wenigstens ihr eigenes Leben verteidigt hätten, wenn es zu Attacken der Noctems gekommen wäre.

Bei diesem Gedanken wurde Leonidas mit einem Schlag deutlich, dass es kein Zufall war. Seine Trauer über den Angriff auf das NPC-Dorf hatte ihn so überwältigt, dass ihm nicht klar geworden war, dass es genau das gewesen war: ein Angriff. Ausgeführt von der Noctem-Allianz, der Organisation der er, Leonidas, sein Leben verschrieben hatte. Seine eigene Organisation hatte die Attacke zu verantworten, in der seine Familie umgekommen war.

Erinnerungen drängten wie eine Flutwelle auf Leonidas ein und drohten ihn zu ertränken. Das Massaker in der Gefangenensiedlung. Die Bombe in der Tennismaschine. Der Anschlag auf die Spleef-Arena. Und jetzt auch das NPC-Dorf. All diese Attacken waren von der Noctem-Allianz ausgeführt worden. Alle waren ohne guten Grund geschehen. Alle waren gegen Unschuldige gerichtet gewesen, die unvorbereitet und wehrlos waren. *Und das,* dachte Leonidas, *bringt das Fass zum Überlaufen.*

Mit einem Schlag traf Leonidas einen Entschluss. Er dachte nicht zum ersten Mal über ihn nach. Tatsächlich war er schon eine ganze Weile lang in seinen Gedanken herangereift und hatte sich mit den Wochen zu einem ausgeklügelten Plan entwickelt. Bisher hatte Leonidas zu viele Vorbehalte gehabt, um ihn durchzuführen, aber jetzt wusste er, dass die Zeit gekommen war, ihn in die Tat umzusetzen.

Leonidas holte eine Karte aus seinem Inventar und betrachtete sie. Das nächste Lager der Armee von Elementia befand sich ein ganzes Stück weit von Nocturia entfernt. Leonidas würde Hauptmann Drake befehlen, all seine Truppen zu sammeln und einen direkten, weitreichenden Angriff auf das Lager auszuführen. Leonidas wusste, dass Drake den Plan nicht infrage stellen würde. Die Armeen, die er in Nocturia hatte, waren mehr als in der Lage, das Lager zu erobern. Und was noch wichtiger war: Ein Lager dieser Größe könnte beträchtliche Gegenwehr aufbringen. Mit etwas Glück würde die Offensive Drake lang genug ablenken, um es Leonidas zu ermöglichen, seinen Plan auszuführen.

Leonidas dachte angestrengt nach, während er aus seiner Hütte in den Blizzard marschierte und einen Boten suchte, der Drake den Befehl zum Angriff auf das Lager überbringen konnte. Dabei prüfte er seinen Plan in Gedanken auf Schwachstellen und versuchte herauszufinden, wie er fehlschlagen könnte. Es war schließlich von zentraler Bedeutung, dass er auf Anhieb Erfolg hatte.

„Stan! Kat, Charlie, DZ! Gott sei Dank seid ihr zurück!", rief Ben und sprang von seinem Sitz im Bahnhof auf, als der Lorenzug ankam. „Schnell, ihr müsst zu der Ratsversammlung, die gerade stattfindet. Es hat überraschende Entwicklungen im Krieg gegeben!"

„Lass mich raten", fauchte Kat verbittert, und Ben war überrascht, dass auch die Miene der drei anderen Spieler ihre mürrische Laune widerspiegelte. „Bis jetzt haben die Armeen von Elementia und der Noctem-Allianz nachts Waffenstillstände ausgerufen, um sich nicht mit den feindlichen Mobs auf dem Schlachtfeld herumschlagen zu müssen. Aber seit unserer Abreise hat die Noctem-Allianz angefangen, bei Nacht zu kämpfen, und die feindlichen Mobs haben ihnen dabei geholfen."

Ben war verblüfft. „Wie ... wie zum ... wie kannst du ...?", stammelte er, bevor er endlich hervorbrachte: „Woher weißt du das nur?" Noch während er das sagte und sah, wie bedrückt sie aussahen, erkannte er, was nicht stimme. Einer fehlte.

„Moment mal ...", sagte er langsam. „Leute ... wo ist Oob?"

Stan seufzte. „Die Noctem-Allianz hat ihn erwischt", antwortete er. Es klang angewidert.

„Was?", keuchte Ben. Sein Gesicht nahm einen angsterfüllten Ausdruck an. „Wollt ihr damit sagen, dass er ... ich meine, haben sie ihn ..."

„Nein", stieß DZ hervor, „er ist nicht tot. Es ist noch schlimmer. Er arbeitet jetzt für die Noctem-Allianz."

Ben hörte die Worte, doch verstand sie nicht und konnte sie nicht glauben.

„Aber ..."

„Er ist infiziert worden und so zum Zombie mutiert", erklärte Charlie mit heiserer Stimme und Tränen in den Augen. „Das war der Grund, aus dem die Noctem-Allianz das NPC-Dorf angegriffen hat. Sie müssen das Dorf geschwächt und dann bei Vollmond dortgeblieben sein, damit die Zombies die Dorfbewohner angreifen und sie infizieren konnten. Die Zombiedorfbewohner können mit Spielern kommunizieren, also hat die Allianz sie für ihre Armee rekrutiert, damit sie in der Befehlskette das Bindeglied zwischen Noctem-Allianz und feindlichen Mobs bilden können."

„Komm mit, wir erklären den Rest im Ratssaal", sagte Kat und befahl Rex, sich hinzulegen, bevor sie den Gang hinunterging. Die anderen vier Spieler folgten ihr, und Ben stammelte noch immer verwirrt vor sich hin.

Als Stan hinter Kat den Ratssaal betrat, richteten sich die Augen der vier Ratsmitglieder am Tisch auf sie. Stan fiel auf, dass jemand fehlte. Ein kurzes Durchzählen brachte ihn zu dem Schluss, dass es Blackraven war. Der Grund dafür war ihm einigermaßen egal.

„Gut, ihr seid zurück!", rief G. Er sah angespannt aus, ebenso wie die vier anderen Spieler am Tisch. „Ihr vier solltet gehen und den Angriff auf das Dorf untersuchen. Was habt ihr herausgefunden?"

Die vier Spieler sahen einander betreten an. Schließlich richteten sich alle Blicke auf Charlie. Er öffnete den Mund, um zu sprechen, doch bevor er ein Wort herausbrachte, schluchzte er wieder auf und brach weinend zusammen. Er legt die Hände auf den Tisch und verbarg sein Gesicht darin.

„Reiß dich zusammen, Charlie!", knurrte G barsch. „Was habt ihr im Dorf gefunden?"

„Um Himmels willen, lass ihm doch einen Moment

Zeit!", rief der Mechaniker. Vor Sorge riss er die Augen weit auf. „Was immer sie vorgefunden haben, hat ihn offensichtlich mitgenommen! Stan", sagte er ernst und wandte sich ihm zu. „Ist es das, was ich befürchtet hatte?"

Stan nickte und blickte zu Boden. „Sogar schlimmer", erwiderte er. Der Mechaniker gab einen überraschten Laut von sich und griff sich ans Herz, voller Angst vor dem, was sich ereignet haben könnte.

Bevor Jayden, G oder einer der anderen Spieler weitere Fragen stellen konnte, ergriff Kat das Wort und erklärte alles, was sie im NPC-Dorf gesehen und durchlitten hatten. Die anderen Spieler machten lange Gesichter, als sie vom tragischen Ende sämtlicher Dorfbewohner hörten. Ihre Mienen nahmen einen Ausdruck des Entsetzens an, als sie erfuhren, dass Oob zum Zombie geworden war.

„Es gibt auch gute Nachrichten", sagte Stan, als Kat ihren Vortrag beendet hatte. Er versuchte zwar, optimistisch zu klingen, versagte aber. „Die Zombiedorfbewohner können irgendwie geheilt werden, und sobald wir herausfinden, wie, können wir Oob und seine Familie wieder zurückverwandeln und der Noctem-Allianz die Kontrolle über die feindlichen Mobs entreißen."

„Okay, ich habe ein paar Fragen", sagte G langsam, nachdem alle einen Moment lang geschwiegen hatten. „Erstens habt ihr gesagt, dass Oob und sein Bruder und seine Mutter in Zombies verwandelt wurden ... Was ist mit seinem Vater, hatte Oob nicht auch einen Vater?"

„Er hat sich nicht verwandelt", krächzte Charlie und sprach zum ersten Mal, seit sie den Ratssaal betreten hatten. Seine Augen waren rot und aufgedunsen, und seine Stimme war voller Schmerz. „Nicht alle Dorfbewohner sind von Zombies getötet worden. Manche sind durch Skelette, Spinnen und sogar Endermen umgekommen. Selbst wenn die Zombiedorfbewohner geheilt werden können, werden die anderen Dorfbewohner ... nie ... wieder ..." Charlie brach erneut zusammen.

Stan stand auf, ging zu seinem Freund und klopfte ihm auf die Schulter. Kat tat dasselbe. Natürlich waren alle Freunde erschüttert darüber, dass die NPC-Dorfbewohner der Noctem-Allianz zum Opfer gefallen waren. Stan gab sich große Mühe, die Fassung zu bewahren, und wusste, dass man sie nur durch die Entschlüsse dieser Ratsversammlung würde rächen können. Aber Charlie ... Charlie war den NPCs am nächsten gewesen.

Stan erinnerte sich an die Zeit, die sie im Dorf verbracht hatten. Während Stan und Kat die Invasion der Enddimension vorbereitet hatten, war Charlie mit DZ im Dorf gewesen und hatte mit Oob und seinen Verwandten herumgewitzelt. Selbst nachdem ihre Aufgabe erledigt war, hatten die beiden das Dorf öfter besucht als alle anderen. Stan konnte sich kaum vorstellen, wie traumatisch die Ereignisse für Charlie waren.

„Also", sagte G unbehaglich, „diese neueste Entwicklung bedeutet, dass die Noctem-Allianz die Kontrolle über drei Zombiedorfbewohner hat, die ihnen Macht über die bösen Mobs verleihen?"

„Ganz genau", erwiderte Stan düster.

„Dann müssen sie sterben."

Sieben Ratsmitglieder richteten ihren Blick schlagartig auf DZ, und Stan sah seinen Gesichtsausdruck mit Entsetzen. Seine Augen waren dunkel, und er verströmte eine Aura von Bösartigkeit, die Stan noch nie an ihm gesehen hatte. Ehrlich gesagt hatte er so etwas noch nie gespürt. Die finstere Macht, die plötzlich von DZ ausging, flößte ihm Angst ein, umso mehr, als DZ weitersprach.

„Sie müssen jetzt sterben. Die Noctem-Allianz ist diesmal einen Schritt zu weit gegangen. So schlimm ihre Angriffe auf uns auch waren, sie sind passiert, weil sie unsere Ideale nicht teilen. So schrecklich der Anschlag auf die Tennismaschine war, er ist geschehen, weil wir sie offen bekämpft haben. So entsetzlich das Attentat in der Spleef-Arena war, sie haben es ausgeführt, weil wir ihre Warnung ignoriert haben. Aber das ... was wir im Dorf gesehen haben, kann nichts auf der Welt rechtfertigen."

„DZ ...", fing Jayden an, aber DZ war noch nicht fertig.

„Die NPC-Dorfbewohner haben nie etwas Böses getan. Sie waren friedlich. Sie haben sich um ihre eigenen Angelegenheiten gekümmert. Vor diesem Zwischenfall gab es keinerlei Kontakt zwischen den Dorfbewohnern und der Noctem-Allianz. Aber jetzt sind all diese Leute, all die Dorfbewohner, die ich kannte, mit denen ich Witze gerissen habe, die meine Freunde waren ... alle tot, ohne Grund, nur, um es der Allianz leichter zu machen, diesen idiotischen Krieg zu gewinnen!"

Ben blinzelte zweimal verblüfft. „Aber, DZ, ich ... ich meine, wir benutzen jetzt schon mehr Ressourcen, als wir sollten, um zu bewältigen, was wir jetzt tun."

„Das ist mir egal!", brüllte DZ, das Gesicht zu fast unmenschlichen Zügen verzerrt. „Zieht mehr Soldaten ein, wenn es sein muss! Die Noctem-Allianz muss büßen! Sie dürfen diese Gräueltaten nicht ungestraft begehen! Wir müssen sie fertigmachen!"

„Beruhige dich, DZ", sagte der Mechaniker und atmete selbst tief durch, um ruhig zu bleiben. „Ich verstehe ja, dass du das Bedürfnis hast, etwas Drastisches zu unternehmen, und zwar sofort ... Glaub mir, uns hat dieses tragische Ereignis alle erschüttert ..."

„Nicht so wie mich!", schrie DZ. Die Adern an seiner Schläfe traten hervor. „Nicht wie Charlie!" Er stieß seinen Zeigefinger in Charlies Richtung, der noch immer schluchzte, während Stan und Kat ihn trösteten.

„Das stimmt sicherlich", erwiderte der Mechaniker. DZ fühlte sich, als hätte man ihm eine Ohrfeige verpasst. Er hatte so sehr erwartet, dass der Mechaniker eine andere Meinung als seine haben würde, dass er das Bedürfnis empfand, ihn anzuhören, als er ihm beipflichtete.

„Du und Charlie, ihr standet den NPC-Dorfbewohnern ohne Zweifel am nächsten, und deshalb spürt ihr den Schmerz ihres Verlustes am stärksten. Aber aus genau diesem Grund bitte ich euch, keine überstürzten Reaktionen vorzuschlagen. Die Noctem-Allianz wird besiegt werden. Aber um ihren Sturz zu beschleunigen, müssen wir mit Verstand handeln, nicht aus Rache."

Eine Pause entstand, in der niemand sprach.

„Na schön", erwiderte DZ. Er atmete tief und angestrengt. „Das ist wohl vernünftig ... Aber ehrlich", sagte er und sah Ben mit großen Augen und bedeutungsvollem Blick an, „meinst du wirklich, dass es absolut nichts mehr gibt, das in unserer Macht steht und das wir gegen die Noctem-Allianz unternehmen können?"

„Wie wäre es, der Allianz den Kopf abzuschlagen?"

Wieder drehten sich alle neun Spieler um und sahen zur Tür, als Blackraven in den Ratssaal platzte. Er sah aufgeregt aus. Während er fast schon zum Tisch sprintete, folgte ihm eine Soldatin, die außerordentlich selbstzufrieden aussah.

„Was meinst du, Blackraven?", fragte der Mechaniker.

„Ich meine damit, dass wir jetzt die Gelegenheit haben, die Noctem-Allianz zu vernichten, indem wir ihre Anführer aus dem Spiel nehmen", erwiderte er breit grinsend.

Stan machte große Augen, als er verstand, was Blackraven andeutete. „Moment ... Blackraven, soll das heißen ...?"

„Ja, Stan", erwiderte Blackraven triumphierend. „Wir haben die Sonderbasis gefunden."

Sofort brach am Tisch Jubel und Applaus aus. Selbst Charlie brachte ein hoffnungsvolles kleines Lächeln zustande, und DZs finstere Grimasse verschwand im Handumdrehen.

„Genauer gesagt war es diese tapfere Soldatin", fuhr Blackraven fort und zeigte auf die Soldatin, die demütig vortrat, als ihr klar wurde, wem man sie gerade vorstellte. „Dies ist Unteroffizier Elaine der Armee von Elementia. Sie war unter den Marinespähern, die wir zum Auskundschaften der Nordwestlichen Inseln geschickt haben."

„Wo ist also die Sonderbasis, Unteroffizier?", fragte Stan, löste sich von Charlie und setzte sich wieder auf seinen Platz. „Und wie hast du sie gefunden?"

„Sie haben mich angegriffen, Herr Präsident", antwortete Unteroffizier Elaine respektvoll, aber auch stolz. „Mein Kommandant hat mir befohlen, im Meer südlich der Pilzinseln zu patrouillieren, um nach Anzeichen für Feindesaktivitäten an der Südküste zu suchen. Ich bin mit dem Boot nahe ans Ufer gekommen und mit Pfeilen beschossen worden. Ich habe Noctem-Soldaten gesehen, alle in Booten, die auf mich gezielt haben und aus Richtung der Inseln auf mich zukamen.

Ich wusste, dass ich nicht alle drei auf einmal bekämpfen könnte, und weil ich an dem Tag keine Verstärkung dabeihatte, bin ich geflohen. Ich habe sie nach Osten geführt. Wären sie mir gefolgt, wären sie auf die schwer bewaffnete Armada getroffen, die sich an der Seebasis von Elementia gesammelt hat. Ich habe einen Blick zurückgeworfen und gesehen, dass sie kehrtgemacht hatten und sich auf die Passage zwischen den beiden Pilzinseln zubewegten. Die Klippe hat mir die Sicht genommen, also konnte ich nicht erkennen, an welcher der beiden Inseln die Boote angelegt haben. Ich wäre zurückgegangen, um die Inseln zu untersuchen, aber ich wollte nicht riskieren, in einen

Hinterhalt zu geraten. Sofort danach habe ich alles, was ich gesehen habe, meinem Kommandanten gemeldet."

„Der Kommandant der Seebasis", fuhr Blackraven fort, „hat zwei weitere bewaffnete Späher entsandt, um die Pilzinseln genauer auszukundschaften. Sie konnten bestätigen, dass es Noctem-Aktivitäten in den Gewässern um die Inseln gibt. Als Dank für ihre Entdeckung und für ihren Mut hat der Kommandant Elaine daraufhin zum Unteroffizier befördert."

„Nun, dann danke ich dir, Unteroffizier Elaine", erwiderte Stan. „Diese Information ist für den Sieg unerlässlich, und wir stehen in deiner Schuld. Du kannst jetzt gehen."

Elaine neigte den Kopf. „Danke, Herr Präsident", antwortete sie, dann machte sie zackig kehrt und marschierte aus der Tür.

„Der Kommandant der Seebasis hat mir versichert, dass es die richtige Stelle ist", erklärte Blackraven dem Rat. „Er hat außerdem eine Seeblockade um die Inseln hergestellt. Die Armee plant eine Operation, um ein Netzwerk alter Minentunnel unter den Inseln zu sichern, damit es unmöglich wird zu fliehen, indem man sich nach unten gräbt. Er ist nur nicht sicher, was er jetzt tun soll. Der offensichtliche nächste Schritt wäre, einen Flottenangriff auf die Insel zu starten. Aber wir müssen vorsichtig an diese Situation herangehen. Schließlich handelt es sich um die Pilzinseln."

Charlie, DZ und der Mechaniker nickten verständnisvoll, aber Stan, Kat, Jayden und G sahen verwirrt aus.

„Warum können wir die Inseln nicht angreifen?", fragte Jayden.

„Ja, wenn wir wissen, dass die Noctem-Allianz dort ist, worauf warten wir dann noch?", fragte Kat, und Stan und Charlie nickten zustimmend. Stan selbst wusste nichts über die Pilzinseln, auch nicht über irgendwelche anderen Inseln im Nordwestlichen Meer. Aber wenn die Noctem-Allianz auf den Inseln war, war ihm eigentlich egal, was sich sonst auf ihnen befand. Sie würden eine Invasion starten müssen.

Blackraven seufzte entnervt. „War denn keiner von euch dabei, als wir den Abschnitt der Verfassung entworfen haben, in dem es um die Pilzinseln geht?"

Stan zögerte. Ehrlich gesagt hatte er diesen Teil der Verfassung ganz vergessen. Als sie all die Gesetze entworfen hatten, in denen es um die Pilzinseln ging, hatten die anderen angefangen, über ziemlich komplizierte politische Themen zu sprechen, und er hatte ihnen die Lösung dieser Fragen ganz überlassen, weil sie ihm zu hoch waren. Ganz offensichtlich ging es Kat, G und Jayden auch so. Er antwortete jedoch nicht auf Blackravens Frage, weil er wusste, dass er sich sowieso erklären würde.

„Wegen einiger Übereinkünfte, die wir damals mit ein paar Leuten getroffen haben, als wir die Verfassung entworfen haben, dürfen wir ungeachtet der Lage keine Militäraktionen auf den Inseln durchführen."

„Wenn man darüber nachdenkt, ist völlig logisch, dass sich die Noctem-Allianz dort versteckt", sagte Charlie mürrisch. „Welcher Ort wäre besser geeignet als einer, zu dem unser Militär keinen Zugang hat?"

„In dem Gesetz gibt es eine Lücke", erwiderte der Mechaniker scharfsinnig. „Als Präsident hat Stan das Recht, von einem kleinen Wachtrupp begleitet zu werden, wohin er auch geht. Außerdem hat er das Recht, jeden Teil von Elementia jederzeit zu inspizieren. Stan könnte die Inseln besuchen und behaupten, dass es sich nur um einen Besuch handelt, aber den Aufenthalt als Deckmantel benutzen, um die Inseln nach der Noctem-Allianz abzusuchen."

„Du willst also sagen", meinte Stan langsam und versuchte zu verstehen, wovon die Rede war, „dass ich eine

Visite als Vorwand benutzen soll, um auf die Inseln zu gelangen, und dann meine Leibwächter einsetzen, um Soldaten mit mir auf die Insel zu bringen?"

„Ganz genau", antwortete der Mechaniker lächelnd. „Und wir werden eine bewaffnete Eskorte von Soldaten als deine Leibwache einsetzen."

„Ich melde mich freiwillig für deine Eskorte, Stan", sagte Charlie und wischte sich die letzten Tränen von den Wangen. „Ich habe jede Menge Bücher über die Pilzinseln gelesen, und ihre Geografie kenne ich ebenfalls."

„Ich komme auch mit", fügte DZ hinzu. Sein fürchterlicher Jähzorn war verflogen, aber noch immer brannte Feuer in seinen Augen. „Wir planen auf keinen Fall eine Mission, um die Noctem-Allianz zu zerstören, ohne dass ich mitkomme!"

Kat öffnete den Mund, und sie war ganz offensichtlich begierig darauf, sich den anderen drei anzuschließen, aber bevor sie sprechen konnte, meldete sich Blackraven.

„Ich glaube, es wäre zum Besten, wenn nur diese beiden Stan begleiten", sagte er.

„Wieso denn?", fragte Kat erbost.

„Wenn wir die Noctem-Allianz besiegen wollen, sollten wir sie gleichzeitig von allen Seiten angreifen. Die Ratsmitglieder sollten die Truppen in einem Großangriff anführen, um die Hitzefront und die Kaltfront gemeinsam zu erobern. Wenn wir den richtigen Zeitpunkt erwischen, werden alle Teile der Allianz auf einen Schlag getroffen, und die Organisation bricht zusammen."

„Gute Idee, Blackraven", erwiderte der Mechaniker und nickte, wie auch Kat, mit dem Kopf. „Stan, Charlie und DZ, ihr nehmt Boote von der Diamantbucht aus zu den Pilzinseln, findet die Sonderbasis und tötet die Anführer der Noctem-Allianz. Jayden und G können den Angriff an der Hitzefront anführen, Ben und Kat tun dasselbe an der

Kaltfront. Gobbleguy und Blackraven, ihr bleibt hier bei mir und führt den Rat, während die anderen weg sind."

„Hört sich nach einem Plan an", sagte Stan. „Wir brechen morgen bei Sonnenaufgang auf. Hat jemand Einwände?"

Am Tisch herrschte Schweigen.

„Na gut!", rief DZ aus und stieß seine Faust in die Luft. „Packen wir's an!"

Die zehn Spieler im Saal gingen auseinander. Die Tage, an denen sie Wache gehalten und darauf gewartet hatten, dass die Noctem-Allianz zuschlug, während sie beteten, dass sie ihr etwas entgegensetzen könnten, waren vorüber. Jetzt gingen sie in die Offensive. Endlich hatte die Großrepublik Elementia einen Plan, um die Noctem-Allianz ein für alle Mal zu besiegen.

KAPITEL 23:

DIE SCHLACHT VOM ARCHIPELAGO

Stan rieb sich die Augen und gähnte. Er fühlte sich irritiert und benommen. Er wusste zwar, dass er befohlen hatte, dass alle bei Sonnenaufgang zu ihren Missionen aufbrachen, aber trotzdem störte es ihn, dass der Mechaniker ihn wortwörtlich in der Sekunde geweckt hatte, in der die Sonne über den Horizont lugte. Stan seufzte. Warum mussten alte Leute nur so früh aufwachen?

So müde er auch war, wusste Stan doch, dass es am besten war, früh anzufangen. In der Nacht zuvor hatten Charlie, DZ und er sich mit allen Vorräten eingedeckt, die sie für ihre Reise brauchten. Nach den Vorbereitungen am frühen Morgen traten sie den langen Weg zum Marinehafen der Diamantbucht an. Element City lag in einer Ebene, und Element Castle, die Burg, lag am Rand der Ebene. Direkt hinter Element Castle befand sich eine steile Klippe. Stan, Charlie und DZ hatten einen Weg gewählt, der diese Klippe hinabführte. Sie setzen jeden Schritt auf dem gefährlichen Pfad langsam und sorgfältig, bis sie endlich den Meeresspiegel erreicht hatten. Am Fuß der Klippe begann ein Sumpfbiom, durch das sie einen beträchtlichen Weg zurücklegen mussten, bis sie endlich am Marinehafen ankommen würden. Dank ihres frühen Aufbruchs erreichten sie ihr Ziel zur Mittagszeit.

Es war Stans erster Besuch im Marinehafen der Diamantbucht, und er war zutiefst beeindruckt. Die gezackte Küste war dort, wo der Sumpf auf das Meer traf, mit Bruchsteinblöcken aufgefüllt worden, sodass eine riesige, flache Steinoberfläche auf Höhe des Meeresspiegels entstanden war. Auf dieser Oberfläche standen hohe Lagerhallen, von denen Stan annahm, dass sie Vorräte des Militärs enthielten. Hölzerne Stege erstreckten sich in das scheinbar endlose Wasser, und an ihnen lagen Hunderte von Einmannbooten, mehr als Stan zählen konnte. Als er die Stege entlangblickte, sah er Hütten, bei denen sich die Soldaten bereits in Bewegung setzten. Unbewusst nickte Stan anerkennend. Er wusste, dass das Militär von Elementia, so schwierig es an Land auch zu führen sein mochte, auf Angriffe über das Meer gut vorbereitet war. Stan beobachtete die Bunker der Truppen, bis nach kurzer Zeit ein Soldat von den Baracken aus auf ihn zugelaufen kam. Er trug volle Eisenrüstung, unter der ein braunes Gesicht zu erkennen war.

„Guten Morgen, Herr Präsident", sagte der Soldat und salutierte. „Unsere Truppen haben soeben die Vorbereitung der Schiffe für Ihre Eskorte abgeschlossen. Wir bringen Sie bis zur Seebasis von Elementia, die auf etwa drei Viertel des Weges zur Kleinen Pilzinsel liegt. Dort können Sie Ihren Besuch mit dem Kommandanten der Basis planen."

„Danke, Soldat", sagte Stan und nickte.

Stan war nicht entgangen, dass der Soldat „Besuch" gesagt hatte. Er rief sich in Erinnerung, dass sie bei ihrem Überfall auf die Noctem-Basis vorsichtig sein mussten. Den Soldaten war mitgeteilt worden, dass Stan, Charlie und DZ einen präsidialen Besuch der Pilzinseln unternehmen würden, nur um sie zu inspizieren. Lediglich der Kommandant der Seebasis und der Botschafter von Elementia, der auf der Kleinen Pilzinsel lebte, wussten, dass der Besuch nur ein Vorwand war, um eine Noctem-Basis zu finden und zu überfallen.

Obwohl Stan noch immer nicht ganz davon überzeugt war, dass all diese Heimlichtuerei nötig war, hatte der Mechaniker ihn daran erinnert, wie wichtig es war, diese Fassade zu wahren. Als sie in ihre Einmannboote stiegen, prägte er DZ und Charlie noch einmal ein, welch hohe Bedeutung die Geheimhaltung hier hattte.

„Machst du Witze, Stan?", rief DZ, während Charlie verständnisvoll nickte. „Wann habe ich jemals etwas ausgeplaudert?"

„Na ja, du hast mir zum Beispiel geschworen, Kat nicht zu erzählen, dass ich am ersten April die Farbe von Rex' Halsband geändert habe, aber du hast es ihr trotzdem gesagt", sagte Charlie und hob leicht anklagend eine Braue.

„Ach komm schon, du hättest stolz sein sollen, dass du dahintergesteckt hast!", sagte DZ, als wäre das offensichtlich. „Das war der beste Aprilscherz überhaupt! Rex sieht so durchschnittlich aus, dass sie ihn von keinem einzigen der anderen Hunde mit grünen Halsbändern unterscheiden konnte!"

„Und dann war da das eine Mal, als du Oob erzählt hast, dass sein wahrer Name ‚Testificate' wäre."

„Kommt schon, Leute, das war grausam, und das wisst ihr auch. Der arme Kerl hat sich danach allmählich gefragt, ob vielleicht alles in seinem Leben eine Lüge ist!"

„Und dann hast du Gobbleguy gesagt, wo wir die Ambosssammlung der Burg gelagert hatten, obwohl wir dir ausdrücklich gesagt haben ..."

„Hey!", unterbrach DZ. „Er hat einfach nicht aufgehört, danach zu fragen, und ich dachte mir: ‚Na, was ist schon das Schlimmste, das passieren könnte?' Und eigentlich war der Mechaniker schuld. Wer entwirft denn bitte einen Raum, in dem sich der Hebel, der die Regale unter den

Ambossen zurückzieht, direkt neben dem Lichtschalter befindet?"

Charlie wollte gerade ein weiteres Beispiel bringen (ganz spontan fielen ihm mehrere Dutzend ein), als ein Soldat zu ihnen kam und ihnen sagte, dass die Zeit für ihre Abreise gekommen sei.

„Darüber sprechen wir später weiter." Charlie grinste DZ an, als die beiden vor Stan weg in den Hafen fuhren.

Stan schreckte ein wenig davor zurück, das Boot zu steuern. Im echten Leben hatte er das noch nie getan, in Minecraft erst recht nicht. Der Soldat hatte Stan erklärt, dass er das Boot bewegen sollte, indem er ihm in Gedanken Befehle gab. Er konnte nur hoffen, dass das funktionieren würde. Der Rest der Flotte hatte bereits abgelegt, und Stan sah an seinem Boot weder Ruder noch Segel, auch keinen anderen Antrieb.

Zögerlich dachte Stan *Vorwärts*, und sofort machte das Boot einen Satz in Richtung des offenen Meeres, sodass Stan zurückgeworfen wurde und fast vom Heck fiel. Nachdem er sich etwas von der Überraschung über seinen eigenen Erfolg erholt hatte, probierte Stan es noch einmal und versuchte, das Wort mit etwas mehr Feingefühl zu denken. Nach einigen Versuchen war er in der Lage, sein Boot mit Gedanken zu lenken, zu beschleunigen, abzubremsen und zu wenden.

Nachdem er mit seiner Beherrschung der Steuerung zufrieden war, raste Stan mit Höchstgeschwindigkeit voran, um die etwa fünfzig Boote einzuholen, die seine Militäreskorte zur Seebasis bildeten. Glücklicherweise warteten sie an der Mündung der Diamantbucht auf ihn. Als er sich ihnen anschloss, sprach der Soldat an der Spitze der Flotte zu allen.

„Okay, wir sind bereit, zur Seebasis von Elementia auszurücken. Wir werden einen kleinen Umweg machen müssen, um das Eis am Taiga-Archipel zu meiden, aber danach geht es geradeaus. Wir erwarten, bei Einbruch der Nacht an der Seebasis anzukommen. Haltet einfach meine Geschwindigkeit, dann kommen wir schnell und ohne Zwischenfälle dorthin."

Mit diesen Worten verließ der Soldat die Mündung der Bucht und fuhr in die Weite des Ozeans hinaus, den sie das Nordwestliche Meer nannten. Über seine Schulter warf Stan einen Blick zurück wie ein neugieriges Kind, das die Welt zum ersten Mal sieht. Langsam entfernte sich die Küste von Elementia weiter und weiter. Schon bald konnte Stan den atemberaubenden Anblick der Burg Element Castle genießen, die auf der Klippe über Sumpf und Meer in den Himmel ragte. Während die Flotte immer tiefer in die endlose blaue Fläche des Meers vordrang, überkam Stan ein unheimliches Gefühl. Als er über die Schulter seine Burg dabei beobachtete, wie sie im weit entfernten Rendernebel verschwand, beschlich ihn die unheilvolle Vorahnung, dass er Element City nie wiedersehen würde.

Stan wurde jedoch sofort wieder aus diesem Gefühl gerissen, weil DZs Holzboot auf ihn zuraste, auf sein eigenes prallte und ihm so einen so festen Stoß versetzte, dass Stan beinahe ins Wasser gefallen wäre.

„Was sollte das denn?", fragte Stan, während er versuchte, sein Gleichgewicht wiederzufinden.

„Bäm! Volltreffer, Mann! Na, wie gefällt dir das?", fragte DZ verschmitzt und grinste durchtrieben.

Stan verstand, was DZ sich dabei gedacht hatte, erwiderte das Grinsen, führte sein Boot in einer Kurve auf das von DZ zu und stieß es zur Seite.

„Oh, jetzt bist du dran, Stan! JAWOLL!", brüllte DZ und schickte sich an, sein Boot noch einmal gegen Stans krachen zu lassen, während der dasselbe tat, sodass beide auseinanderschlingerten und ausgelassen lachten.

Stan amüsierte sich prächtig. Bei all der Last des Krieges und dem Stress, den er dank der Noctem-Allianz durchgemacht hatte, in all der Trauer über das Schicksal der NPC-Dorfbewohner hatte Stan ganz vergessen, wie gut es sich anfühlte, manchmal einfach Spaß zu haben.

„Hey", sagte Stan leise. Während er beobachtete, wie DZ einen weiteren Angriff vorbereitete, war ihm eine brillante Idee gekommen.

„Was denn?", fragte DZ und unterbrach seine Vorbereitungen.

„Lass uns Charlie überfallen", antwortete Stan und konnte sich ein aufgeregtes Lachen kaum verkneifen. Er zeigte auf Charlie, der ruhig seine Unterlagen durchlas und die Welt um sich herum ganz vergessen hatte, während er friedlich vor ihnen dahinsegelte.

DZ keuchte. „JA!", rief er und strahlte. „Stan, kennst du Operation Kiesfalle? Du weißt schon, die Spleef-Strategie, die ich damals entwickelt habe?"

„Kein Stück", erwiderte Stan.

„Großartig! Probieren wir sie aus!", sagte DZ freudig und steuerte sein Boot schnell von Stan weg. Er manövrierte sich auf der rechten Seite direkt hinter Charlie, warf Stan einen bedeutungsvollen Blick zu und gestikulierte in seine Richtung. Stan hatte keine Ahnung, was er tun sollte, und beschloss spontan, sich Charlie von der linken hinteren Seite zu nähern. DZ nickte anerkennend, was wohl bedeutete, dass Stan etwas richtig gemacht hatte.

Stan warf einen vorsichtigen Blick nach vorn und sah amüsiert, dass Charlie noch immer nicht bemerkt hatte, dass sie sich genähert hatten. Er war viel zu sehr in die Informationen über die Inseln versunken, die sie besuchen würden. *Tja*, dachte Stan grinsend, *wird Zeit, dass Charlie mal eine Pause einlegt und etwas Spaß hat.* Er sah, wie DZ in Charlies Richtung winkte, und da klar war, was dieses Signal heißen sollte, steuerten beide Spieler ihre Boote mit Höchstgeschwindigkeit vorwärts und rammten Charlies Gefährt von hinten.

Charlies Boot zerschellte. Das winzige hölzerne Dingi ging in einem weißen Rauchwölkchen auf und verschwand, wobei es drei Holzblöcke und zwei Stöcke in die Luft spuckte. Sie fielen wieder herab und versanken, vermutlich auf den Meeresboden. So schockiert Stan war, fand er das seltsam. Er hatte vermutet, dass die hölzernen Materialien schwimmen würden. Charlie fiel mit einem lauten Platschen ins Wasser. Seine Papiere flogen kreuz und quer durch die Luft.

Kurz herrschte betretenes Schweigen, und DZ und Stan verstanden, was passiert war. Dann, mit unglaublichem Geschick, zog DZ sein Schwert und schaffte es dank seiner so verlängerten Reichweite, alle Papiere von Charlie aufzuspießen, bevor sie ins Wasser fallen konnten, wo Charlie nun verwirrt herumruderte.

Stan steuerte sein Boot zu Charlie, bereit, ins Wasser zu greifen, ihm herauszuhelfen und sich für diesen Unfall zu entschuldigen. Doch bevor er eine Chance dazu hatte, bohrte sich ein Pfeil in Charlies Lederrüstung, und er sank langsam unter die Wasseroberfläche.

Kurz war Stan wie vom Donner gerührt. Dann, nachdem er verarbeitet hatte, was gerade geschehen war, brauchte er nicht weiter nachzudenken. Stan hörte, wie Pfeile durch die Luft sausten und die Soldaten erschrocken aufschrien, als er aus seinem Boot ins Wasser sprang.

Er ließ seinen Augen einen Moment lang Zeit, sich an die dunkle, verschwommene Unterwasserwelt aus Erde und Sand unter ihm anzupassen, die vom himmelblauen Wasser eingefärbt war. Inmitten dieser bedrohlichen Umgebung versank Charlie schnell. Blasen stiegen aus seinem Mund auf. Mit Erleichterung stellte Stan fest, dass es in

Minecraft viel leichter war, die Luft anzuhalten als im echten Leben. Er schaffte es also einigermaßen schnell, nach unten zu tauchen und Charlie zu erreichen, gerade als dieser am Meeresgrund ankam, gefährlich nahe an einem tiefen Graben.

Stan hakte seine Arme unter Charlies und versuchte dabei, seinen Luftvorrat einzuteilen. Bis zur Oberfläche war es ein weiter Weg, und er würde nur mit den Beinen schwimmen und das Gewicht eines weiteren Spielers tragen müssen. Stan blickte nach oben und bereitete sich vor, musste Charlie jedoch wieder loslassen, als er sah, was sich über ihm befand. Er schaffte es gerade noch, seitlich auszuweichen, um einem Schwerthieb von oben zu entgehen.

Als Stan wieder mit den Füßen auf dem Meeresboden stand und Charlie erneut versank, erkannte Stan einen Spieler, dessen Züge vollständig unter einer schwarzen Lederrüstung und einem Kürbis auf seinem Kopf verborgen waren. Die Gestalt hatte ein Diamantschwert gezogen und schwamm erneut auf ihn zu. Stan versuchte, nicht panisch zu werden, zog seine Diamantaxt und stürzte sich in den Kampf mit dem Spieler.

Das Wasser, das sie umgab, veränderte diesen Kampf auf eine Art und Weise, die Stan noch nie erlebt hatte. Sein Gegner hatte ganz offensichtlich Übung im Unterwasserkampf, denn er schwamm gewandt und setzte präzise Hiebe mit seinem Schwert. Dennoch schaffte es Stan trotz seiner Verwirrung, alle Angriffe zu blocken, wobei die Gewalt jedes Stoßes beide Spieler rückwärts durchs Wasser gleiten ließ.

Je länger der Kampf anhielt, desto mehr strengte es Stan an, pausenlos den Atem anzuhalten. Nach einem besonders heftigen Schwerthieb trudelte er nach unten und landete auf dem kiesbedeckten Meeresboden auf dem Rücken. All die Luft, die er so sorgsam aufgespart hatte, entwich seinem Mund in einer kolossalen Blase, und Stan fühlte, wie sich sein Mund mit Salzwasser füllte.

Benommen und benebelt sah Stan zu seinem Angreifer hinauf. Ganz offensichtlich half diesem der Kürbishelm auf seinem Kopf irgendwie dabei zu atmen. Während die dunkle Gestalt immer näher kam, zwang Stan seinen Körper, der ihm den Dienst zu verweigern drohte, zu reagieren. Er hob seine Diamantaxt vor die Brust und versuchte, sich wenigstens zu verteidigen.

Dann, aus dem Augenwinkel, bemerkte Stan etwas. Ein Strahl aus Luftblasen schnellte von der Oberfläche aus auf das Trio der Spieler zu. Der Noctem-Angreifer warf einen Blick über seine Schulter, den Bruchteil einer Sekunde bevor DZs Diamantschwert, das er mit ausgestrecktem Arm hielt, ihm den Rücken durchbohrte. Stan bemerkte eine leichte violette Färbung an DZs Klinge, die im Wasser fast unsichtbar war, und schon trat der Effekt der Rückstoß-Verzauberung ein. Der Noctem-Soldat wurde tief in den nahen Abgrund geschleudert und verschwand fast sofort in der Dunkelheit.

In seiner Benommenheit spürte Stan fast nichts mehr und bemerkte nur undeutlich, wie DZ Charlie unter einen Arm und ihn selbst unter den anderen klemmte. Dann, ganz plötzlich, schoss er wie eine Rakete nach oben und durchbrach die Wasseroberfläche in Sekunden. Fast eine halbe Minute lang spuckte Stan Wasser wie ein Gartenschlauch. Er hörte, wie die Geräuschkulisse des Krieges immer lauter wurde. Endlich hatte er genug Kraft geschöpft, um die Augen zu öffnen und nach unten zu blicken. Die drei Spieler lagen über einem Boot. DZ musste es unter Wasser aufgebaut und seinen Auftrieb genutzt haben, um sie an die Oberfläche zu katapultieren. Dann sah Stan die Quelle des Kampflärms.

Weit rechts von der Flotte befand sich eine kleine Inselkette, umgeben von weitläufigen Eisblöcken, die sich bis ins Meer erstreckten. Die Inseln selbst waren von Schnee und einigen Fichtenwäldchen bedeckt, was zu der Beschreibung des Taiga-Archipels passte, die Stan kannte. Auf der Eisfläche, die die Insel umgab, standen fünf Noctem-Soldaten, die alle Pfeile auf die Flotte schossen, die ihrerseits das Feuer erwiderte.

Stan sah, dass sechs ihrer Boote jetzt unbesetzt waren und herrenlos auf dem Meer trieben. Der Inhalt der Inventare ihrer ehemaligen Besitzer war um sie herum verstreut. Ihnen war es jedoch nicht schlechter ergangen als der Noctem-Allianz, deren Standort auf der eisbedeckten Küste praktisch mit den Gegenständen ihrer gefallenen Kämpfer übersät war. Als Stan sich umsah, hätte er schwören können, dass der ranghöchste Soldat der Noctem-Soldaten ihm einen Moment lang direkt in die Augen schaute, bevor er seine Hand hob und seinen Männern so das Signal gab, das Feuer einzustellen.

Der Anführer der Flotte hob ebenfalls die Hand, und die Soldaten von Elementia hörten auf zu schießen. Kurz herrschte Stille. Dann ...

„Anführer und Soldaten des Königreichs Elementia", verkündete der Soldat, und seine Stimme donnerte über das leere Gewässer zwischen ihnen. „Was ihr gerade erlebt habt, war ein absolutes Kinderspiel im Vergleich zu dem Terror, der euch erwartet, wenn ihr eure Reise fortsetzt. Die Sonderbasis der Noctem-Allianz ist uneinnehmbar, und solltet ihr leichtsinnig genug sein, einen Angriff auf sie zu versuchen, werden wir Terror und Zerstörung von unbegreiflichen Ausmaßen entfesseln."

„Wir werden eure Basis nicht angreifen!", rief der Anführer von Stans Soldaten. Nach allem, was er wusste, sagte er die Wahrheit. „Wir eskortieren hochrangige Mitglieder des Rats der Acht auf einer diplomatischen Mission."

„Wie dem auch sei, die Nation der Noctem-Allianz hat während dieses Krieges viele Inseln im Nordwestlichen Meer erobert. Wenn ihr euch uns ein weiteres Mal widersetzt, werden wir, ohne zu zögern, Vergeltung üben."

Dann gab der Anführer der Noctem-Truppen einen Wink nach hinten, und seine übrigen Soldaten sprinteten über das Eis zurück in den dichten Fichtenhain auf der nächsten Insel. Unterdessen blickte der Anführer der Flotte von Elementia Stan an. „Möchten Sie, dass wir die Inseln überfallen, um diese Soldaten gefangen zu nehmen, Präsident Stan?"

Stan sah sich um. Viele seiner Soldaten sahen mitgenommen aus und hatten Pfeilwunden erlitten, während die wenigen leeren Boote von der Meeresströmung fortgetragen wurden. Charlie kam wieder zu sich und hatte angefangen, sich zu rühren, und DZ sah erschöpft aus. Stan selbst konnte die Auswirkungen des knapp verhinderten Ertrinkens noch spüren. Er schüttelte den Kopf.

„Nein", sagte er. Er atmete noch schwer. „Je schneller wir die Seebasis erreichen können, desto besser."

Der Soldat nickte. Fünf Minuten und Dutzende Heiltränke später waren alle Soldaten und auch Charlie wieder wohlauf und bereit weiterzureisen. Als die Schiffe sich langsam wieder in Bewegung setzten, wandte sich Stan an DZ. „He, DZ?", sagte er. Daraufhin drehte sich DZ zu ihm um.

„Ich wollte mich nur bedanken. Du weißt schon, dafür, dass du mir da unten das Leben gerettet hast."

DZ winkte ab und schüttelte bescheiden den Kopf. „Ach, schon gut. Es hat sogar ziemlichen Spaß gemacht. Es war abgefahren, so unter Wasser zu kämpfen."

Stan grinste. „Ja, *la vida loca* wird ausgelebt", antwortete er, was DZ ein schwaches Lachen entlockte, bevor sie zu Charlie am Ende der Flotte stießen.

Von diesem Zeitpunkt an war der Tag recht ereignislos. Stan erholte sich langsam von der Übelkeit, die seine Nahtoderfahrung ausgelöst hatte, und er empfand das sanfte Schaukeln des Bootes als recht entspannend. Von Charlie konnte man das nicht behaupten. Er sah fast so krank aus wie an dem Tag, als er versehentlich ein Stück verrottetes Fleisch gegessen hatte.

Die Zeit verstrich langsam. Keiner der Spieler hatte besonders gute Laune, und Stan und DZ wagten es nicht, auch nur daran zu denken, Charlie nach den Vorfällen am Morgen noch einen Streich zu spielen. Stan hatte also für den Rest des Tages nichts weiter zu tun, als sein Boot konzentriert vorwärtszutreiben, auf Höhe der anderen zu bleiben und sich Gedanken über die Noctem-Allianz zu machen. Während die Stunden vergingen, bewegte sich die quadratische Sonne zu ihrem höchsten Punkt, bevor sie im Westen sank. Der hellblaue Himmel ging langsam in ein leuchtendes Rosa über, bevor er orangefarbene, rote und violette Töne annahm.

Kurz nachdem die Sonne hinter dem Horizont verschwunden war und das weite Meer in das majestätische Dunkel der Nacht tauchte, hörte Stan vor sich Geräusche und sah auf. Sein Blick wurde sofort von einem großen, leuchtenden Umriss in der Ferne angezogen, der gerade aus dem Rendernebel über der Wasseroberfläche auftauchte.

„He!", rief Stan dem Soldaten zu, der die Mannschaft anführte. „Wir sollten besser einen großen Bogen um diese Insel machen. Wenn sich die Noctem-Allianz in diesem Gebiet aufhält, wollen wir sie jetzt ganz bestimmt nicht bekämpfen. Es wird spät, und bei Nacht würden sie im Vorteil sein."

Der Soldat drehte sich um und sah Stan direkt in die Augen.

„Das ist keine Insel", antwortete er. „Das ist die Seebasis."

KAPITEL 24:

DIE SEEBASIS VON ELEMENTIA

Selbst im ersterbenden Tageslicht machte die Seebasis von Elementia einen überwältigenden Eindruck auf Stan. Wie schon beim Gefängnis Brimstone und dem Marinehafen der Diamantbucht wurde Stan erst bei diesem Anblick klar: Während er und seine Freunde im Ratssaal feststeckten und entschieden, was mit Elementia geschehen sollte, hatten ihre Untergebenen jede Menge wirklich beeindruckender Dinge gebaut.

Die Seebasis selbst war eigentlich ein Standardgebäude. Sie bestand aus einer quadratischen Plattform über dem Meeresspiegel, auf der sich Dutzende grauer Gebäude und eine Reihe von Stegen befanden, die ins Meer hinausragten. Glowstoneblöcke erleuchteten die Anlage und ließen sie bei Nacht strahlen, doch es war das Wasser, das Stan faszinierte. Aus dem Wasser drang Licht nach oben, und Stan erkannte, dass Glowstoneblöcke im Meer schwebten, das die Basis umgab. In ihrem Licht konnte er sehen, dass sich unter der Basis selbst kein Land befand.

Der gesamte Komplex schwebte auf einer künstlichen Bruchsteininsel auf dem Ozean. Stan wusste, was das bedeutete. Die Erbauer hatten Säulen errichtet, die vom Meeresboden bis an die Oberfläche reichten, die Glowstoneblöcke und die Basis daran angebracht und die Säulen am Grund schließlich wieder abgerissen. Das hinzubekommen, musste eine technische Meisterleistung gewesen sein.

Während sich die Flotte immer weiter der Seebasis näherte, wuchs Stans Faszination stetig an. Die Gebäude bestanden aus Steinziegelblöcken, demselben Material, aus dem die Burg bestand. Soldaten mit Bögen auf dem Rücken marschierten in der Anlage ein und aus. Stan war nicht sicher, wer der Kommandant dieser Basis war, aber ganz offensichtlich traf er Vorbereitungen für den Krieg.

Stan folgte den anderen Mitgliedern seiner Flotte zu den Docks und ging, nachdem er sein Boot sicher an seine Anlegestelle gesteuert hatte, von Bord. Er reckte die Arme hoch und streckte den Rücken. Es fühlte sich gut an, nach einem Tag auf See endlich wieder festen Boden unter den Füßen zu haben. Er entdeckte Charlie und DZ ein Stück von ihm entfernt auf dem Steg und ging zu ihnen hinüber.

„He, Stan, alter Kumpel, alter Freund!", rief DZ und wandte sich Stan zu.

„Hey, DZ", erwiderte Stan und lächelte, während er einen Arm kreisen ließ. „Oh Mann, es fühlt sich ja so gut an, nicht mehr in diesem Boot zu sitzen."

„Auf jeden Fall", sagte DZ und streckte den Hals. „Und sieh dich nur um! Ist euch aufgefallen, dass die Basis auf dem Meer schwimmt? Und die Glowstoneblöcke da unten sind der Hammer!"

„Soweit ich weiß", bemerkte Charlie verständig, „erleuchten diese Glowstoneblöcke das Wasser unter der Basis, damit man es sofort bemerkt, wenn die Basis von unten angegriffen wird. Es gibt Wachen, die sich in Räumen aus Glas unter Wasser befinden und nach Feinden Ausschau halten."

„Das ist ganz schön clever", fand Stan. „Wisst ihr, wir

sagen den Leuten immer, dass sie einfach bauen und ihren eigenen Plänen folgen sollen, aber wir sollten uns irgendwann mal mehr davon ansehen! Ich meine, das ist der Wahnsinn!"

„Ja, wir sind auch recht stolz darauf", erwiderte ein Soldat mit dem Rangabzeichen eines Unteroffiziers. „Und wir bieten Ihnen gern eine vollständige Führung, wenn Ihr Besuch auf den Pilzinseln vorüber ist. Jetzt ist jedoch Ausgangssperre. Bitte folgen Sie mir in Ihre Quartiere. Wir wecken Sie morgen früh, um Sie zu Ihrem Treffen mit dem Kommandanten zu eskortieren."

Als er das hörte, wurde Stan bewusst, wie müde er war. Ob es nun an dem Kampf am Vormittag lag oder an der Seereise unter der brennenden Sonne danach, er war völlig erschöpft.

Ein Blick auf seine Kameraden bestätigte ihm, dass es ihnen genauso ging, also nickten sie zustimmend und folgten dem Unteroffizier in das Gebäude und zu ihren Schlafgemächern.

Am nächsten Morgen war Stan extrem gereizt, während er einem anderen Soldaten zu dem Besprechungszimmer folgte, in dem sie den Kommandanten treffen sollten. Es war nicht so, als hätte er nicht schlafen können. Ganz im Gegenteil: Er fühlte sich erfrischt, wach und voller Aufmerksamkeit.

Stans Träume in der letzten Nacht waren jedoch von entsetzlichen Albträumen durchsetzt gewesen. Er konnte sich lebhaft daran erinnern, die ganze Nacht über grauenhafte Szenen aus seiner Vergangenheit erneut durchlebt zu haben. Er hatte immer und immer wieder zugesehen, wie Archie von der Explosion beim Gericht in Stücke gerissen wurde, wie die Menge der Spieler verzweifelt versuchte, sich vor der Lavawelle zu retten, die über die Ränge der Spleef-Arena floss, und wie Oobs Brust von den Zähnen seiner mutierten Familie aufgerissen wurde. Es waren nicht nur die Kämpfe mit der Allianz, die Stans Träume heimgesucht hatten. Er hatte in dieser Nacht auch die tragischen Ereignisse der vergangenen Monate durchmachen müssen. Er musste hilflos mit ansehen, wie Adorias Dorf niederbrannte. Er war wehrlos, als Jaydens Bruder, der verrückte Steve, vor seinen Augen starb. Er war machtlos, als König Kev einen Pfeil in Averys Kopf versenkte. Hilflosigkeit war das Gefühl, das ihn in seinen Träumen am häufigsten heimsuchte. In dem Moment, in dem er aufgewacht war, verstand er, dass Hilflosigkeit gegenüber der Noctem-Allianz seine größte Angst darstellte.

Kämpfe an und für sich waren leicht. Nun ja, nicht leicht, aber Stan wusste, was er zu tun hatte und wie er es zu tun hatte. Doch die wahre Stärke der Noctem-Allianz war, dass sie in ihm ein Gefühl der Machtlosigkeit auslöste. Und aus diesem Grund, dachte Stan, war es unerlässlich, dass diese Mission Erfolg hatte. Endlich wussten sie mit Sicherheit, wo die Allianz war. Sie waren jetzt diejenigen, die das Überraschungsmoment auf ihrer Seite hatten und damit die Möglichkeit, die Allianz unerwartet zu treffen. Man konnte nicht genug betonen, wie wichtig es war, dass dieser Angriff genau nach Plan verlief.

Schließlich führte der Soldat die drei Spieler zu einer Tür und winkte sie hindurch. Stan trat ein und fand einen Raum vor, der dem Ratssaal in Element City sehr ähnelte: ein schlichtes Bruchsteinzimmer mit einem quadratischen Konferenztisch in der Mitte. Am anderen Ende des Tisches saß ein Spieler. Er trug zwar eine Armeeuniform, hatte jedoch langes, wirres schwarzes Haar und einen ähnlich zerzausten Bart. Er hatte offenbar schon viele Schnittwunden im Gesicht erlitten und war vernarbt. Über seinem linken

Auge trug er eine Augenklappe. Als er die drei Spieler sah, sprang er auf.

„Verdammt! Schon so spät? Na, moin, moin, Käpt'n Stan. Und ahoi, Ratsmitglieder Charlie und DZ", sagte er. Es war unmöglich, den Akzent richtig einzuordnen, aber er klang vage nordländisch.

„Hallo ...", erwiderte DZ zögernd. Wie die anderen verunsicherte ihn die Sprechweise des Spielers etwas.

„Wegtreten, Gefreiter!", brüllte er, und der Soldat, der sie begleitet hatte, verließ den Raum und schloss die Tür hinter sich. Der Spieler ging auf Stan zu, und sein Gang ließ sich nur als zuckendes, energiegeladenes Stolzieren beschreiben. Er ergriff Stans Hand und schüttelte sie kräftig, während er sagte: „Ich bin Kommandant Crunch von der Marine der Großrepublik Elementia. Wie geht es heut so an diesem schönen Tag?"

„Mir geht es ganz gut", antwortete Stan und warf Charlie einen Blick zu, der ihn ungläubig erwiderte. *Das* war der brillante Kommandant der Seebasis von Elementia?

„Wunderbar! Das hört man gern!", rief Kommandant Crunch aus und lächelte breit. „Und was ist mit euch? Ratsherr Charlie? Ratsherr DZ?"

Charlie öffnete den Mund, um zu antworten, aber bevor er das konnte, unterbrach ihn DZ und sagte: „Okay, ich muss einfach fragen. Woher kommt dieser Akzent?" Stan seufzte entnervt. Natürlich musste DZ unbedingt die Frage stellen, die alle zwar stellen wollten, die sie sich aber verkniffen hatten.

Der Kommandant war jedoch nicht beleidigt, sondern lachte fröhlich in sich hinein.

„Oh Mann! Ganz schön vorlaut, was? Na, ganz ehrlich, ich hab mir nicht ausgesucht, so zu quatschen. Ich hab mal mit den Einstellungen von Minecraft rumgespielt und die Sprache aus Versehen auf ‚Pirat' geändert. Seitdem hab ich

sie nicht zurücksetzen können. Aber ehrlich, inzwischen behagt mir das sogar. Besonders mit meinem Namen."
„Du heißt Crunch? Und du bist Kommandant?", fragte DZ.
„Aye", erwiderte Kommandant Crunch.
„Na dann", sagte DZ und konnte sich bei dem Gedanken an seine Lieblings-Frühstücksflocken, die einen ähnlichen Namen trugen, ein Kichern nicht verkneifen, „vermissen Sie sicher die gute, alte Zeit, in der Sie Käpt'n waren, was?"
„Ich hab keinen Schimmer, was du da quatschst", erklärte der Kommandant ernsthaft.
„Moment mal, man kann seine Sprache auf ‚Pirat' einstellen?", fragte Stan verblüfft. „Warum sollte man das überhaupt einprogrammieren?"
„Keine Ahnung. War sicher so ein Grund wie der für die riesigen, fliegenden, feuerspuckenden Quallen", antwortete der Kommandant und zuckte mit den Schultern.
„Aber das ist nicht der Grund, warum wir quatschen wollten. Ich hab vor einer Weile eine Nachricht vom Rat in Element City bekommen. Ihr wollt Soldaten der Noctem-Allianz auf den Pilzinseln finden? Und ihr wollt das als normalen Besuch von Präsident Stan hier tarnen?"
„Ganz genau", erwiderte Charlie. „Und ich weiß, dass du weißt, warum ausgesprochen wichtig ist, dass wir diesen Vorwand aufrechterhalten."
„Entschuldigung", unterbrach Stan leicht irritiert. „Aber könnte mir mal jemand erklären, warum wir die Insel nicht einfach zu einem Sperrgebiet erklären können? Ihr wisst schon, einfach jeden Winkel von Soldaten durchsuchen lassen? Ich meine ... uns steht das gesamte Militär zur Verfügung. Warum können wir das nicht?"
Kommandant Crunch warf Stan einen ungläubigen Blick zu, dann wandte er sich an Charlie und DZ.

„Wie um alles in der Welt weiß er nix von der Pilzinseln-Doktrin?", fragte Crunch.

„Wir haben diesen Teil der Verfassung geschrieben", erwiderte DZ. „Er war nicht dabei."

„Keine Sorge, Stan", sagte Charlie freundlich. „Ich erkläre es dir."

Und so fing Charlie an, Stan die Lage deutlich zu machen, während sich DZ und Kommandant Crunch zusammensetzten und anfingen, die Details des Angriffs zu diskutieren.

„Damals, als König Kev noch über Elementia geherrscht hat, ist die Große Pilzinsel, also die größere von beiden, von Leuten besiedelt worden, die König Kevs tyrannischer Herrschaft entkommen wollten. Sie haben sich den Pilzstamm genannt und geschworen, dort zu überleben, ohne je mit der modernen Welt Kontakt zu haben. Das würden sie mithilfe der Mooshrooms erreichen, Mischungen aus Pilzen und Kühen, die auf den Inseln lebten und den Leuten eine unerschöpfliche Quelle für Pilzsuppe boten.

Als die Menschen in Elementia von den Mooshrooms erfahren haben, sind sie auf die Idee gekommen, dass sie wertvoll sein mussten, also haben sie jahrelang versucht, sie von den Inseln zu stehlen. Aber sie haben es nie geschafft. Die Stammesmitglieder haben die Mooshrooms unter Einsatz ihres Lebens verteidigt und dabei einen Hass auf Element City und die moderne Welt entwickelt. Das ging so weiter, bis Adoria Jayden auf die Insel geschickt hat. Er hat es geschafft, einige moderne Materialien mit dem Stamm zu tauschen und dafür zwei Mooshrooms zu bekommen, mit denen die Dorfbewohner züchten und deren Produkte sie verkaufen konnten.

Aber sobald die Stammesmitglieder die modernen Materialien in die Hände bekamen, haben einige von ihnen beschlossen, dass sie das einfache Leben satthatten und dass ihre Heimat der ideale Standort für einen Badeort wäre. Daraufhin ist ein Bürgerkrieg im Pilzstamm ausgebrochen, der etwa zur selben Zeit geschah wie unser Aufstand gegen König Kev. Am Ende hat sich der Stamm in den Großen Stamm auf der Großen Pilzinsel und den Kleinen Stamm aufgespalten, der auf die Kleine Pilzinsel umgesiedelt ist und dort seinen Badeort eröffnet hat. Die Leute vom Kleinen Stamm lieben uns, weil die Bürger von Elementia ihren Badeort besuchen. Die vom Großen Stamm hassen uns, weil wir jahrelang versucht haben, sie zu bestehlen, und weil unsere Touristen den Kleinen Stamm unterstützen. Als wir die Verfassung geschrieben haben, sind wir zu dem Schluss gekommen, dass wir die Spannungen zwischen den Inseln so gering wie nur möglich halten müssen, und deshalb haben wir ein Gesetz zu den Pilzinseln hinzugefügt. Dieses Gesetz besagt, dass wir auf keine der Pilzinseln Soldaten bringen dürfen, sofern nicht einer der beiden Stämme unsere Bürger angreift. Deshalb können wir keine Soldaten dorthin bringen."

So beendete Charlie seine Erklärung, und kurz herrschte Schweigen, während Stan über all das nachdachte. Dabei kamen ihm einige Fragen in den Sinn.

„Also ... dieses Gesetz ist der Grund dafür, dass auf den Inseln keine Militäraktionen erlaubt sind? Und wir umgehen dieses Gesetz, indem wir behaupten, dass ich nur einen Besuch mache und das Recht habe, Leibwächter bei mir zu haben?"

„Ja", erwiderte Charlie und nickte.

„Okay", antwortete Stan. „Dann habe ich ein paar Fragen. Erstens: Warum ändern wir nicht einfach das Gesetz? Es ist doch dumm, es beizubehalten, besonders jetzt, da die Noctem-Allianz sich dort aufhält!"

Charlie schnaubte verächtlich. „Stan, kannst du dir vorstellen, wie die Leute reagieren würden, wenn sie herausfinden, dass wir noch mehr unserer eigenen Gesetze geändert haben, nur um den Krieg voranzutreiben? Sie würden durchdrehen, sagen, dass uns die Verfassung egal ist, und sie würden wieder anfangen zu demonstrieren! Und wenn wir versuchen, es ihnen zu verheimlichen, wird es nur wieder verraten werden."

„Na schön, na schön", sagte Stan hastig. „Haben wir denn auf einer der Pilzinseln schon Untersuchungen angestellt?"

„Ja", erwiderte Charlie und nickte. „Der Botschafter der Kleinen Pilzinsel hat die örtliche Polizei eingesetzt, um die gesamte Kleine Insel zu durchkämmen. Sie haben nichts gefunden. Trotzdem werden wir unsere eigenen Untersuchungen durchführen. Das Team, das der Mechaniker als Leibwächter für dich eingesetzt hat, ist für Detektivarbeit ebenso geeignet wie für Kämpfe."

„Ja, das wusste ich", sagte Stan. Er hatte mitbekommen, dass das Einsatzteam aus Sonderkommando-Soldaten bestand, den Besten der Besten aus allen Zweigen des Militärs.

„Eine letzte Frage. Warum sollte die Noctem-Allianz ausgerechnet diese Inseln als Standort für ihre Basis wählen? Ich weiß, dass das Kein-Militär-Gesetz für sie von Vorteil wäre, aber Lord Tenebris hat sich vermutlich denken können, dass wir einen Weg finden würden, es zu umgehen. Und wenn man von dem Gesetz absieht, ist die Kleine Pilzinsel mehr oder weniger unter der Kontrolle von Elementia, und die Große Pilzinsel ist voll von Leuten, die alle Fremden hassen. Ich glaube, beide Inseln wären kein idealer Standort, um eine Basis zu errichten."

„Na ja", erklärte Charlie, „im Moment nehme ich an, dass sie auf der Großen Pilzinsel sind, weil sie nicht zivilisiert ist und es viel mehr Verstecke gibt, sie ist schließlich viel größer. Ich glaube, dass sie die Basis vermutlich heimlich errichtet haben, wahrscheinlich irgendwo unter der Erde. Und wenn sie Unsichtbarkeitstränke benutzt haben, wäre es für den Großen Stamm sehr schwierig, sie zu sehen. Aber es wird ausgesprochen schwierig für uns werden, die Große Pilzinsel zu durchsuchen, nicht nur wegen des Gesetzes, sondern auch, weil wir uns selbst mit dem Großen Stamm herumschlagen werden müssen, während wir suchen."

Stan nickte verständnisvoll. Er sah ein, dass die Sonderbasis, wenn sie sich tatsächlich auf der Großen Pilzinsel befand, ein schwer anzugreifendes Ziel sein würde, besonders, wenn sie die Aufmerksamkeit des Großen Stammes nicht erregen durften. Und wenn man in Element City hörte, dass Stan sich in die Angelegenheiten einer geschützten Pilzinsel einmischte ... Stan bezweifelte, dass selbst eine brillante Rede des Mechanikers die Empörung eindämmen könnte. In dieser Operation war absolute Präzision nötig, Geschick, ohne jeden Spielraum für Fehler.

„Ey!", erklang ein Ruf von Kommandant Crunch, während er auf sie zulief und die Pause in ihrem Gespräch ausnutzte. „Fertig damit, alles doppelt und dreifach zu erklären, Ratsherr Charlie?"

„Ich glaube, ich bin jetzt auf dem Stand der Dinge", sagte Stan zu Charlie und nickte dabei.

„In dem Fall, ja", antwortete Charlie dem Kommandanten.

„Prima! Tja, so leid es mir tut, ich hab gerade schlechte Neuigkeiten von den Landratten unter meinem Befehl bekommen", sagte der Kommandant, dessen Lebhaftigkeit von schlechten Neuigkeiten offenbar völlig unbeeinträchtigt blieb.

Stan seufzte. „Und worum geht es?"

„Ich hab einen Blick zwischen all meine Piaster geworfen, und in die Logbücher", fuhr er fort, gleichzeitig aufgeregt und niedergeschlagen. „Aber ich hab leider keine einzige Karte von der Großen Pilzinsel gefunden."

„Und in Element City haben wir auch keine. Ich habe nachgesehen, bevor wir aufgebrochen sind", erklärte DZ verbittert. Er wandte sich an Charlie. „Du hattest doch all diese Unterlagen. War eine Karte der Großen Pilzinsel dabei?"

„Na ja, ich hatte eine aus Adorias Dorf", sagte Charlie vorwurfsvoll, „aber leider ist sie zerstört worden, als ihr mein Boot kaputt gemacht habt und DZ sie mit seinem Schwert aufgespießt hat."

„DZ!", rief Stan entnervt.

„Hey, schrei mich nicht an, Stan. Du hast dabei auch mitgemacht!", konterte DZ.

„Na, na, keine Kabbelei, Matrosen", lachte Kommandant Crunch, versetzte Charlie einen freundschaftlichen Klaps auf den Rücken und warf ihn damit zu Boden. „Hat noch nie was gebracht, wütend zu werden. Wir gucken einfach, ob es nicht auf der Kleinen Pilzinsel eine gibt, und wenn nicht, müssen wir das eben ohne schaffen."

Charlie hob einen seiner quaderförmigen Finger und öffnete den Mund, um zu protestieren, doch dann schloss er ihn wieder.

„Na ja ...", sagte Charlie nach einer kurzen Pause. „Mir gefällt das nicht, aber wenn es unsere einzige Option ist, muss es wohl so gehen. Und, nur als Vorschlag", fuhr er fort und strahlte, als ihm eine Idee kam, „wie wäre es denn, wenn wir den Stamm um Hilfe bitten? Also ihnen sagen, dass sich gefährliche Leute auf ihrer Insel verstecken und dass wir sie beseitigen können, wenn sie uns helfen, die zu finden?"

Nach diesem Vorschlag herrschte Stille, während Stan, DZ und Kommandant Crunch, die alle unterschiedlich viel über die Situation wussten, darüber nachdachten. Schließlich sprach Kommandant Crunch, enthusiastisch wie immer, aber jetzt doch etwas zögerlich.

„Tja … wenn wir das den Stämmen so verkaufen … kann sein, dass sie uns helfen … Und wir haben sonst keine Karten, also ist das wohl unsere größte Chance."

Nach kurzem Zögern nickten Stan und DZ zustimmend.

„Fantastisch! Wir haben einen Plan. Ich sage meiner Mannschaft Bescheid. Punkt zwölf stechen wir in See!", rief Kommandant Crunch, bevor er den Raum verließ und dabei vor Aufregung fast hüpfte. DZ folgte ihm und machte im Gehen seinerseits ein Tänzchen. Die Aufregung war deutlich zu spüren. Schon bald würden sie wieder kämpfen. Charlie wollte DZ gerade folgen, als sich eine Hand auf seine Schulter legte. Er drehte sich um und sah Stan hinter sich.

„Ich muss schon sagen, Charlie", meinte Stan und hob eine Augenbraue, „ich bin ganz schön beeindruckt. Du hast dir einfallen lassen, eine Insel anzugreifen, über die wir nichts wissen, um eine von Allianzmitgliedern bewachte Basis zu finden, und das, indem wir versuchen, uns mit einem Stamm von Spielern anzufreunden, die allen Fremden gegenüber feindlich eingestellt sind. Das auch nur vorzuschlagen, ist ganz schön mutig. Ich hätte ehrlich gesagt nie gedacht, dass du so etwas tun könntest. Was ist passiert?"

Charlie seufzte und sah Stan direkt in die Augen. „Stan, die Noctem-Allianz führt Krieg gegen uns. Sie haben unsere Zivilisten angegriffen, uns in Fallen gelockt, eines unserer Ratsmitglieder, einen Freund, getötet, und sie haben Oob und seine Familie entstellt. Die Noctem-Allianz ist ein Fluch für Minecraft, und wenn eine blinde Invasion dieser Insel der schnellste Weg ist, sie loszuwerden, dann werde ich ihn beschreiten."

Mit diesen Worten ließ er Stans Hand mit einem Achselzucken von seiner Schulter gleiten und ging. Stan blieb zurück, verblüfft von den Gedanken seines Freundes, den er einst für einen Feigling gehalten hatte.

KAPITEL 25:

DIE ZWEI STÄMME

Kat saß allein im Gemeinschaftsraum von Element Castle. Die Redstone-Lampen, die das Zimmer sonst erleuchteten, waren ausgeschaltet, und die Fenster waren mit den Redstone-Fensterläden des Mechanikers verschlossen worden. Nur das Kaminfeuer spendete flackerndes Licht und warf unheimliche Schatten auf die Wände. Aber Kat beachtete sie nicht. Sie saß in einem bequemen Stuhl, kraulte Rex gedankenverloren das Fell, starrte ins Feuer und dachte darüber nach, was ihr widerfahren war.

Kat und Rex hatten nicht zum ersten Mal die Kaltfront besucht, ein Lager der Armee von Elementia, das zwischen zwei strategisch wichtigen Kommandoposten in der Enderwüste lag. Kat hatte neue Rekruten ausbilden sollen, um so die Gefreiten, die gerade einberufen worden waren, auf ihre erste Kampfmission vorzubereiten. Was sie nicht erwartet hatte, war der Überraschungsangriff der Noctems mitten in der Einsatzbesprechung.

Kat hatte den neuen Rekruten befohlen, sich ins Lager zurückzuziehen, nur um feststellen zu müssen, dass auch dort Kämpfe stattfanden. Vor dem Hauptgebäude hatte sich eine hemmungslose Schlacht entsponnen, und die Luft um die ganze Basis herum war von Wurftränken in allen Farben vernebelt gewesen. Kat hatte den verängstigten Rekruten schnell befohlen, die nächste Sichere Basis von Elementia aufzusuchen und ihre Gegner unterwegs abzuwehren. Dann hatte sie ihr Schwert gezogen und sich mit Rex an ihrer Seite auf die Welle von Soldaten gestürzt, die auf sie zubrandete. Obwohl sie nicht genau wusste, ob sie es schaffen konnte, war sie fest entschlossen gewesen, alle Truppen bei der Basis selbst zu bekämpfen, in der Hoffnung, den Rekruten so Zeit für ihre Flucht zu erkaufen.

Kat und Rex hatten so viele der Noctem-Soldaten erledigt, wie sie nur konnten. Sie waren den schwarz gekleideten Truppen zwar technisch weit überlegen gewesen, aber es waren einfach zu viele. Schließlich hatten die Noctems die Basis erobert, und die wenigen noch in der Basis verbliebenen Soldaten hatten Kat angewiesen zu fliehen. Sie hatte den Rekruten zugerufen, ebenfalls wegzulaufen. Aber daraufhin waren ihr nur drei von den dreißig gefolgt. Die anderen waren bereits von der Noctem-Allianz getötet worden.

Und während sie den pixeligen Flammen dabei zusah, wie sie in der Feuerstelle aus Netherrack tanzten, dachte Kat über den Verlust von siebenundzwanzig Spielern nach. Obwohl sie es geschafft hatte, die drei Rekruten in der schwer befestigten Bahnlinienbasis in der Nähe in Sicherheit zu bringen, waren die übrigen siebenundzwanzig, für die Elementia noch eine so neue Welt war, für immer daraus verschwunden.

In diesem Moment war Kat klar geworden, was genau dieser Krieg mit sich brachte. Die meisten Bürger von Element City waren niedriglevelige Spieler, und deshalb galt das auch für die Bürger, die zum Kriegsdienst einberufen wurden. Und wenn Elementia nun niedriglevelige Spieler in den Kampf gegen die Noctem-Allianz schickte, die sie vernichten wollte ... wäre es wohl möglich, dass ...

Die Tür wurde aufgestoßen, und Kat sprang erschrocken auf, als der Mechaniker eintrat. „Kat! Da bist du ja. Ich habe wichtige Informationen."

Kat schwirrte kurz der Kopf. Es hatte sie geschockt, so plötzlich aus ihren Gedanken gerissen zu werden, doch sie sammelte sich schnell. „Na schön", meinte sie und nickte. „Dann raus damit."

„In Ordnung, aber erst muss ich dich etwas fragen. Hast du Blackraven irgendwo gesehen? Ich brauche ihn hier, aber seit gestern Morgen hat ihn niemand gesehen."

Kat zuckte mit den Schultern. „Keine Ahnung, wo er ist. Kümmert er sich nicht um seinen eigenen Kram, wenn nicht gerade Ratsversammlung ist? Er ist wahrscheinlich irgendwo in der Stadt."

Der Mechaniker seufzte. „Na ja, ich bin sicher, dass wir ihn bald finden. Kommen wir zu wichtigeren Dingen. Wir haben gerade von der Seebasis von Elementia gehört. Stan, Charlie, DZ und Kommandant Crunch haben die Basis verlassen und sind inzwischen vermutlich auf der Kleinen Pilzinsel. Du weißt, was das bedeutet."

„Morgen findet der Angriff statt", flüsterte Kat gebannt. Endlich würde es geschehen. Die Noctem-Allianz stand kurz vor ihrem Fall. Schon bald würden keine Unschuldigen mehr sterben müssen.

„Und wir werden vorbereitet sein", sagte der Mechaniker beherzt. „Kat, heute Nacht werden alle Ratsmitglieder ihre Rüstung anlegen und zu den Soldaten an beiden Fronten stoßen. Morgen bei Tagesanbruch werden wir einen rückhaltlosen Angriff auf alle Befestigungen der Noctem-Allianz gleichzeitig ausführen. Wenn alles nach Plan verläuft, wird die Allianz die Kontrolle über ihre Gebiete zum gleichen Zeitpunkt verlieren, in dem Stan und die anderen ihre Anführer ausschalten, und sie wird endlich vernichtet sein."

„Ich sage den anderen in der Burg Bescheid", sagte Kat

und stand auf. Ihre Gedanken überschlugen sich, wenn sie an all die Vorbereitungen dachte, die sie über Nacht treffen mussten. Auch Rex sprang auf und wedelte aufgeregt mit dem Schwanz. Der Mechaniker nickte und eilte dann zur Tür hinaus, um Blackraven zu suchen.

„Aah, das Meer", seufzte Kommandant Crunch, die Augen strahlend vor Staunen. „So mysteriös, so wunderschön. So ... äh ... nass. Wir beginnen unsere Erzählung in ..."

„Ähm ... was redest du da?", fragte DZ und zog in seinem Boot neben dem des Kommandanten eine Grimasse.

„Hä?", erwiderte Kommandant Crunch. Er hatte fast vergessen, dass ihn jemand auf der Reise zur Kleinen Pilzinsel begleitete. „Ach ... äh ... Entschuldigung, da hab ich wohl geträumt. Aber findest du es nicht schön?" Er nahm einen tiefen Atemzug durch die Nase und schauderte wohlig. „Heulende Höllenhunde, wie ich den frischen Geruch der salzigen Seeluft liebe ... wie das Schiff sanft schaukelt ... und nichts als blauer Ozean, so weit das Auge reicht!"

„Kommandant?", warf Charlie demütig ein, als hätte er Angst vor der möglichen Reaktion des Kommandanten. „Wir ... äh ... sind nicht mitten im Ozean. Wir sind nicht von Wasser umgeben, so weit das Auge reicht. Eigentlich ... äh ... fahren wir gerade in den Hafen der Pilzinsel ein."

Der Kommandant starrte Charlie an, blinzelte zweimal und sah sich um. Auf einen Schlag kam er wieder zu sich und nahm die beiden Inseln wahr, die sich direkt vor ihnen befanden. Endlich brachte er hervor: „So ist das wohl, mein Junge ... verdammt ... wie konnte ich das übersehen ...?"

Während Kommandant Crunch noch verwirrt auf den

Hafen starrte, wandte sich Charlie um, um Stan und DZ anzusehen, die beide ähnlich entnervt aussahen, wie er sich fühlte.

„Sagt mal, seid ihr sicher, dass das der weltberühmte, brillante Kommandant der Seebasis ist, von dem alle dauernd reden?"

„Also ... äh ... will sagen ...", stotterte Stan unbeholfen, dann fing er sich wieder. „Blackraven hat den Kerl ausgiebig überprüft, bevor wir beschlossen haben, ihn in diesen Plan einzuweihen. Ich meine, klar, er mag ja ein wenig exzentrisch sein, aber hey, waren die größten Denker der Geschichte nicht immer auch ein bisschen verrückt?"

„Klar doch! Sieh *mich* an!", rief DZ. „Ich bin in jeder erdenklichen Hinsicht ein Genie, und ich bin irre!"

„Tja, vielleicht hast du recht ...", meinte Charlie zögerlich. *Aber trotzdem*, dachte er, während die Flotte aus vierzehn Booten im Hafen einfuhr, *behalte ich ihn im Auge.*

Bei ihrer Ankunft war Stan überwältigt, wie sehr sich dieser Ort von seiner Vorstellung unterschied. Er wusste, dass die Insel die Annehmlichkeiten der Minecraft-Zivilisation erst vor Kurzem angenommen hatte, und sich deshalb eine Insel mit schlichten Strukturen vorgestellt, die sich langsam anschickte, Größeres zu erreichen.

Was er nicht erwartet hatte, war eine ausgewachsene Stadt auf einer Hügelkuppe, voller gigantischer Gebäude aus Gold, Diamant, Lapislazuli und anderen kostbaren Edelsteinen. Er hatte sich keine grellen Lichter vorgestellt, die selbst tagsüber dafür sorgten, dass die gesamte Insel zu strahlen schien. Als die Flotte anlegte und ihre Boote an den hölzernen Docks festmachte, musste Stan seine Augen vor dem blendenden Licht abschirmen, das von Tausenden blinkenden Redstone-Lichtern ausging, die auf der ganzen Insel verteilt waren. Es war so hell, dass Stan die Augen zusammenkneifen musste, um zu sehen, dass ein Spieler am Dock auf sie zukam.

„Ah, Präsident Stan und Begleitung!", rief der Spieler mit tiefer Baritonstimme. Er verbeugte sich knapp. Stan sah, dass er eine Sonnenbrille und einen Smoking trug. Bei seinem breiten Lächeln blitzten sehr weiße Zähne auf. „Willkommen, alle miteinander, auf der Kleinen Pilzinsel, der besten Adresse in Elementia für Spaß, Entspannung und Unterhaltung! Von unseren Hotels bis zu unseren hochklassigen Restaurants werden Sie sich nirgendwo so zu Hause fühlen wie hier! Ich hoffe, die Reise war angenehm?"

Meine Güte, dachte Stan. *Was will der denn verkaufen?* „Ja, sie war ganz in Ordnung", antwortete er höflich, dann stolperte er überrascht zurück, als Kommandant Crunch einen Satz nach vorn machte.

„Tut mir leid, mein Junge, aber wir haben keine Zeit für dein förmliches Gequatsche, wir haben viel vor", unterbrach ihn Crunch mit lebhafter Wichtigkeit. „Du weißt doch sicher, wozu wir hier sind?"

„Ach ja, Sie sind sicher der ... ähm ... berühmte Kommandant der Seebasis von Elementia", erwiderte der Spieler und sah peinlich berührt aus. Ganz offensichtlich hatte er schon von Kommandant Crunchs seltsamem Gebaren gehört. Er riss sich jedoch schnell wieder zusammen und zeigte lächelnd die Zähne. „Nun gut, dann werde ich mich kurzfassen. Mir ist bewusst, dass Sie für einen präsidialen Besuch der Inseln hier sind. Ich bin DanPitch, aber Sie können mich Danny nennen, und ich werde für die Dauer Ihres Aufenthalts hier auf der Kleinen Pilzinsel Ihr Begleiter sein."

Bevor wir die Insel jedoch betreten, muss ich fragen, warum Sie Soldaten mit sich führen", sagte Danny und zeigte auf die Spieler, die hinter Charlie standen. Sie trugen

Diamantschwerter an den Gürteln und Bögen auf dem Rücken und blickten grimmig drein. „Ich bin sicher, dass Sie, Herr Präsident, wissen, dass laut Gesetz keinerlei militärische Manöver auf der Insel gestattet sind?"

„Tod und Teufel!", brüllte Kommandant Crunch empört, und alle Umstehenden zuckten erschrocken zusammen. „Bist du wirklich so dämlich zu glauben, dass wir das Gesetz brechen würden? Hast du wirklich geglaubt, diese Truppen sollten hier 'ne Art Angriff ausführen?"

„Alter, beruhig dich!", rief Charlie und warf Kommandant Crunch einen entsetzten Blick zu. Während dieser verärgert vor sich hin prustete, wandte sich Charlie ruhig an Danny, den der Wahnsinnige unter seiner Aufsicht sichtlich schockierte.

„Danny, wie Sie sicherlich wissen, befindet sich Elementia im Krieg gegen die Nation der Noctem-Allianz. Laut Verfassung ist der Präsident berechtigt, zu seinem persönlichen Schutz Leibwächter bei sich zu haben. Ich versichere Ihnen, dass diese Soldaten ...", er zeigte auf die bedrohlichen Krieger, „... während unseres Aufenthalts auf dieser Insel keinerlei militärische Operationen ausführen werden."

„Na, dann ist es ja gut!", rief Danny. Seine Augenbrauen zuckten leicht, als fiele es ihm schwer, sein Lächeln aufrechtzuerhalten. Ganz offensichtlich hatte ihn Kommandant Crunchs Ausbruch etwas mitgenommen. „In diesem Fall bringe ich Sie zum Rathaus. Kommen Sie mit, mir nach!"

Mit diesen Worten ging Danny einen Kiesweg entlang, der den Hang hinauf auf die Stadt zuführte. Die anderen folgten dichtauf. Im Gehen bemerkte Stan, dass der Boden links und rechts des Kiesweges nicht aus Gras bestand, sondern aus einem grauen, fadenartigen, faserigen Material. Winzige graue Partikel stiegen aus den Blöcken in die Luft und wurden vom Wind davongetragen. Sie rochen leicht erdig. Stan holte zur Spitze der Gruppe auf und fragte Danny, was das sei.

„Oh, beachten Sie das gar nicht, Präsident Stan", erwiderte Danny hastig und mit leicht angewiderter Miene, als wären ihm die grauen Blöcke peinlich. „Das ist nur Myzel. Es entsteht hier auf den Pilzinseln auf natürliche Art. Aber ich kann Ihnen versichern, Präsident Stan, dass uns durchaus bewusst ist, wie hässlich es ist und wie unangenehm es riecht, und wir tun alles, was möglich ist, um unsere Insel davon zu befreien."

„Wirklich? Ich finde es gar nicht so schlimm", erwiderte Stan mit einem Achselzucken. „Und wachsen Pilze auf Myzel nicht besonders gut?"

Danny sah gekränkt aus, geradezu beleidigt. „Sie müssen wissen, dass wir Mitglieder des Kleinen Stammes ein zivilisiertes Volk sind, Präsident Stan. Wir weigern uns, so tief zu sinken, dass wir Pilze vom Boden essen, wie diese Wilden auf der Großen Pilzinsel. Ausnahmslos alle Pilze, die wir hier essen, werden auf weitaus kultiviertere Art geerntet, indem wir sie von den Pilzen schneiden, die auf dieser Insel beheimatet sind. Ich versichere Ihnen, Herr Präsident: Wenn Sie erst die köstlichen Pilzspezialitäten unserer Insel probieren, werden die nicht aus Zutaten bestehen, die einfach aus dem Dreck gezogen wurden."

Oh Mann, dachte Stan, *die nehmen ihr Image ja wirklich ernst.* „Aber hören Sie mal!", rief er. „Sie sind doch der Pilzstamm, Sie haben hier Dinge, die man nirgendwo sonst in Minecraft finden kann! Warum sind Sie darauf nicht stolz?"

Danny drehte sich langsam zu Stan um, blieb dabei jedoch nicht stehen. Er sah irritiert aus.

„Präsident Stan, ich bitte um Verzeihung, aber Sie klingen genau wie die Wilden, die auf der Großen Pilzinsel leben. Wir zivilisierten Bewohner der Kleinen Pilzinsel haben früher auch so gedacht, aber dann wurde uns klar, dass die Pilzinseln in Wahrheit ein widerlicher, grauenhafter Ort waren. Wir haben den Glauben hinter uns gelassen, dass die Pilzinseln heilig oder auch nur etwas Besonderes sind, im Gegensatz zu den ideologisch verblendeten Wilden auf der Großen Insel.

Wir haben die Kleine Pilzinsel durch eigenständige, harte Arbeit aus einem Nichts in das großartigste Urlaubsparadies in der Geschichte von Minecraft verwandelt. Wir haben versucht, mit unseren Brüdern und Schwestern auf der Großen Insel zu reden, aber sie bleiben stur. Wann immer wir ihnen dabei helfen wollen, fortschrittlich zu werden, werden wir von ihnen beschimpft, und Konflikte entstehen. Für einen Stamm, der von sich behauptet, die natürliche Schönheit und Harmonie der Welt so zu schätzen, erscheinen ihre Angriffe auf uns recht scheinheilig.

Die Pilzinseln mögen einzigartig sein, eine Gegend, die keiner anderen in Elementia gleicht, aber wie bei jedem anderen Gebiet ist es unsere Pflicht, sie zu verbessern, so wie wir es hier getan haben ... und das ist eine Wahrheit, die die degenerierten Subjekte auf der Großen Insel einfach nicht einsehen wollen."

Danny beendete seinen Vortrag, und Stan schwieg, unsicher, wie er darauf reagieren sollte. Glücklicherweise blieb ihm eine Antwort erspart, weil Danny weitersprach.

„Oje", sagte er, als er sich umsah und erkannte, dass sie die Tore der Stadt erreicht hatten. „Verzeihung, Präsident Stan, ich bin vom Thema abgekommen. Jedenfalls nähern wir uns jetzt der Hauptstraße. Bewundern Sie ruhig den Anblick unserer Stadt, während Sie mir folgen."

Das ließ sich Stan nicht zweimal sagen. Als sie endlich die Hügelkuppe erreicht hatten, konnte er die Hauptstraße entlangsehen, die man auf der Insel errichtet hatte. Die Gebäude ragten Dutzende Stockwerke hoch in den Himmel, und die kostbaren Juwelen, die er von außen gesehen hatte, bedeckten auch die Vorderseiten der Bauwerke. Das betraf nicht nur einige Gebäude, die gesamte Stadt bestand aus kostbaren Mineralienblöcken.

Hier befanden sich auch Spieler, Hunderte. Stan war verblüfft darüber, wie viele seiner Bürger auf dieser Insel entweder lebten oder sie besuchten. Die Straßen waren voller Spieler, die zwischen den Badeorten hin und her liefen, und auf beiden Seiten der Straße priesen Händler ihre Waren an. Stan sah, dass Kommandant Crunch ihnen allen giftige Blicke zuwarf.

Die Stadt hatte schon von außen grell gewirkt, aber jetzt, im Herzen dieser Metropole, strahlte das gleißende Licht heller als die Sonne. Wo man auch hinsah, blinkten Redstone-Schriftzüge mit den Namen von Kasinos und Hotels. Ihr Licht wurde von den Mineralienblöcken widergespiegelt, und zwar so stechend hell, dass Stan die Augen tränten.

„Das ist eine ganz schön beeindruckende Stadt", sagte Charlie und öffnete unter Schmerzen die Augen, um in Dannys Richtung zu schauen, der all das gewohnt und völlig unbeeindruckt war.

„Und hell ist sie auch", fügte DZ hinzu und konnte sich, obwohl er seine Augen mit der Hand abschirmte, ein Zusammenzucken nicht verkneifen.

„Oh, danke", erwiderte Danny und klang dabei gelangweilt, als sähe er tagtäglich geblendete Touristen. „Und keine Sorge wegen des Lichts, Ihre Augen werden sich bald daran gewöhnen. Außerdem sind Sie ja nur für einen Tag hier."

„Es ist nur ... einfach ... Autsch!", rief DZ, der seine Augen kurz geöffnet hatte, um Danny anzusehen, und kniff sie sofort wieder zu. „Wie haben Sie es nur geschafft, all diese kostbaren Materialien zu sammeln?"

„Oh, das war sogar recht einfach", antwortete Danny. DZs schmerzerfüllte Laute ignorierte er. „Wissen Sie, nachdem wir die Barbarei hinter uns gelassen und die Moderne angenommen hatten, haben wir die gesamte Unterseite der Inseln abgebaut und alles, was wir gefunden haben, in Element City gegen genug Material eingetauscht, um unsere Insel in einen Badeort zu verwandeln. Als dann die ersten Touristen kamen, haben wir unsere Einnahmen benutzt, um das zu verbessern, was bereits vorhanden war, was noch mehr Gäste angezogen hat. So haben wir noch größere Profite machen können. Es ist ein Kreislauf des Gewinns, der es uns ermöglicht hat, uns immer mehr von unseren schlichten Brüdern und Schwestern abzuheben."

„Wow", flüsterte Charlie leise, und Stan riss sich von Dannys Monolog los, um sich ihm zuzuwenden. „Hast du jemals so etwas Hochnäsiges erlebt?"

„Nicht, dass ich wüsste", erwiderte Stan und warf einen irritierten Blick auf Danny, der noch immer weitersprach, obwohl ihm niemand zuhörte. „Er redet über den Großen Stamm, als ob alle Mitglieder wertlos wären. Ehrlich gesagt finde ich es schwer, ihm dabei zuzuhören."

„Amen", pflichtete DZ bei und mischte sich in ihr Gespräch ein. „Ich finde sogar, dass der Große Stamm sich eigentlich ganz cool anhört. Also, nur ein paar Jungs und Mädchen, die mitten in der Natur auf der Insel leben, ohne modernes Zeug. Erinnert mich etwas an meine Zeit in der Enderwüste, bevor ich euch damals getroffen habe. Das war echt gut. Ich meine, versteht mich jetzt nicht falsch, ich liebe euch, Leute", schob DZ hastig hinterher, als er Stans und Charlies Reaktion auf seine Worte sah. „Und deshalb bin ich auch gegangen, weil ich euch helfen wollte, Elementia von seinem König zu befreien. Aber ich muss zugeben, dass mir das einfache Leben manchmal fehlt."

Charlie kicherte. „Haha, wie du meinst, DZ. Ich weiß nicht, wie es dir geht, Stan, aber ich bin mit den modernen Annehmlichkeiten, die Minecraft bietet, ganz zufrieden. Wenn du mich fragst, haben wir sie uns verdient." Mit diesen Worten wandte sich Charlie wieder nach vorn und musste sofort seine Augen gegen das Licht abschirmen. DZ wollte gerade dasselbe tun, als Stan ihn ansprach.

„He, DZ, eine Frage noch."

„Raus damit."

„Hast du es ernst gemeint, als du gesagt hast, du würdest gern wieder in die Wüste gehen?"

DZ, der seit ihrer Ankunft in der Stadt gegrinst hatte, wurde plötzlich ernst. Nach einer kurzen Pause antwortete er: „Also, weißt du ... schau mal, Stan, es ist so. Du, Charlie, Kat und die anderen, ihr seid meine besten Freunde, und es ist toll, mit euch zusammen zu sein. Und ich weiß, dass ihr meine Hilfe braucht, um die Stadt zu regieren. Und selbst wenn es nicht so wäre, mache ich es wirklich gern. Ich liebe mein Leben auf diesem Server, ganz ehrlich.

Es ist nur ... ab und zu sehne ich mich danach, wie einfach alles in der Wüste war. Es gab keinen Krieg, keine Konflikte, eigentlich so gut wie gar nichts. Da war nur ich, ganz allein, mit einem Leben in Einsamkeit, das mir nie langweilig geworden ist. Schließlich habe ich dauernd gegen Mobs und Nomaden und anderes Cropzeug kämpfen müssen, nur um am Leben zu bleiben. Und als ich mich euch angeschlossen habe, war es eine bewusste Entscheidung, dieses Leben hinter mir zu lassen, um das Richtige zu tun.

Manchmal erinnere ich mich eben an die Gründe, wieso ich die Stadt ursprünglich verlassen habe. Zum Beispiel mitten in der Schlacht um Elementia ... Irgendwann konnte ich einfach nicht mehr kämpfen, weil ich wusste, dass es nur zu noch mehr Gewalt in der Zukunft führen würde. Und so war es auch. Ich meine, schau dir doch nur an, was wir gerade tun. Mir ist inzwischen schon klar, dass es der einzige Weg war und dass es Leute gibt, denen man nur mit Gewalt begegnen kann. Aber in der Wüste musste ich mich mit nichts davon herumschlagen. Also, ja, manchmal wünsche ich mir schon, dass ich, na ja, eine Woche oder so da draußen verbringen könnte."

Während DZ seufzte, betrachtete Stan seinen Freund mit neuem Respekt. Stan hatte immer gewusst, dass unter DZs hyperaktiver, zappeliger Schale im Kern eine Person steckte, die sehr intelligent, sehr begabt im Kämpfen und in taktischen Überlegungen und im Ganzen ein großartiger Mensch war. Aber Stan war nie so klar geworden, dass DZ sich tief in seinem Innern Sorgen um die Welt um sich herum machte und sich in einer ständigen Sinnkrise befand, weil er seinen Platz darin finden wollte. Als er das begriff, stellte er fest, dass er seinen Freund besser verstehen sollte, und er wusste sofort, was zu tun war.

„Dann geh zurück", sagte Stan leise.

DZ warf den Kopf in den Nacken und lachte. „Haha, der war gut, Stan ... Hast du nicht gehört, dass ich gerade gesagt habe ..."

„Nein, DZ, im Ernst", entgegnete Stan. „Wenn wir nach Elementia zurückkommen, möchte ich, dass du dir eine Weile freinimmst und etwa eine Woche in die Wüste gehst, um dein altes Leben noch einmal zu leben."

Stan hatte DZ noch nie so überrumpelt wie in diesem Moment gesehen. Sein Mund stand offen, und seine Augen waren vor Schreck geweitet. Endlich, nach etwa einer Minute, antwortete DZ: „Meinst du ... meinst ... meinst du das ernst, Stan?"

„Das willst du doch, oder nicht?"

„Ja, mehr als alles andere, aber ..."

„Und wenn wir die Noctem-Allianz erst ausgelöscht haben, wird in der Wüste jede Menge Platz sein, oder nicht?"

„Aber der Rat braucht ..."

Diesmal lachte Stan auf und sagte: „Hör mal, DZ, ich bin der Präsident von Elementia. Wenn ich sage, dass du Urlaub machst, dann machst du Urlaub."

„Oh mein Gott! Vielen, vielen Dank, Stan!", erwiderte DZ überglücklich. „Ich kann's nicht fassen! Wie kann ich dir nur dafür danken?"

„Da gäbe es schon etwas", antwortete Stan lächelnd. „Ich weiß, dass du diese Reise in die Wüste unbedingt machen willst, also würde ich es voll und ganz verstehen, wenn du Nein sagst ... aber wäre es wohl möglich, dass ich mitkomme? Um ehrlich zu sein, wäre eine Auszeit von der Politik und alledem genau das Richtige, wenn der Krieg erst vorbei ist."

„Natürlich!", rief DZ aus und erwiderte das Lächeln. „Du bist einer meiner besten Freunde, Stan. Ich bringe dir gern alles bei, was ich über das Überleben da draußen weiß."

„Dann ist es ja gut", erwiderte Stan und sah DZ noch immer lächelnd in die Augen. „Ich freue mich schon."

„Es ist also abgemacht?", fragte DZ und streckte die Hand aus.

„Abgemacht", bestätigte Stan, ergriff DZs Hand fest und schüttelte sie.

DZ öffnete den Mund, um noch etwas zu sagen, aber bevor er es konnte, wurden sie von einem plötzlichen, donnernden Geräusch unterbrochen.

„Sofort anhalten!"

Stan prallte gegen DZ, der gegen Charlie stieß, der stieß

gegen Danny, und Danny fiel schließlich gegen all die schwer bewaffneten Soldaten vor ihm, sodass ein bunt zusammengewürfelter Haufen von Spielern entstand. Als Stan wieder auf die Beine gekommen war, lief er zur Spitze der Kolonne und sah, wie Kommandant Crunch regungslos dastand und sich mit todernster Miene über den Bart strich.

„Was ist denn los?", fragte Stan alarmiert.

„Dieses Gefühl…", flüsterte der Kommandant. Er hörte sich ungewohnt leise und ängstlich an. „Ich kenn das doch … ich spüre, dass ein Sturm aufzieht …" Inzwischen traten seine Augen hervor, und seine Stimme klang jetzt höchst drängend. Stan hatte panische Angst davor, herauszufinden, was dem Kommandanten solch einen Schrecken eingejagt hatte.

„Es fühlt sich an … als ob wer …", und dann, ganz plötzlich, wirbelte der Kommandant herum, das Diamantschwert gezogen, und brüllte, „… mir was verkaufen will!"

Stan atmete aus, rollte mit den Augen und warf einen Blick auf die Stelle, auf die der Kommandant zeigte. Wie erwartet war dort niemand. Entnervt stellte Stan fest, dass es sogar der einzige Abschnitt der gesamten Straße war, an der sich *keine* Händler befanden.

„Wenn du jetzt mit deiner psychotischen Episode fertig wärst", sagte Stan höflich und sah Kommandant Crunch an, „könnten wir dann bitte weitergehen?"

„Hä? Ach ja … äh … klar", erwiderte der Kommandant und ging mürrisch weiter, gefolgt von Danny, Stan, Charlie und einem Haufen Soldaten, die inzwischen völlig entnervt waren. DZ wollte gerade wieder zu ihnen stoßen, als er sah, wie zwei Spieler in Anzügen ihre Köpfe aus einer Seitengasse reckten. Sie sahen sich nervös um und liefen dann in die entgegengesetzte Richtung davon. Als

DZ genauer hinsah, stellte er fest, dass sie Stapel von Büchern trugen, auf denen *Suche nach Gerechtigkeit: Ein inoffizielles Minecraft-Fanabenteuer* stand.

Einen Moment lang machte DZ ein verwirrtes Gesicht, dann schüttelte er den Kopf, verdrehte die Augen und lief den anderen hinterher.

KAPITEL 26:

DIE GROSSE PILZINSEL

Früh am nächsten Morgen pflügte Stans Boot durchs Meer. Die gigantischen, hochragenden Klippen der Großen Pilzinsel zeichneten sich vor dem hellblauen Himmel ab, den die aufgehende Sonne erhellte. Dieser Morgen hatte nichts mit den üblichen Morgen gemein, denn Stan war hellwach. Er hatte in der Nacht zuvor besonders lang geschlafen und war trotz der frühen Stunde munter und bereit, die Noctem-Allianz ein für alle Mal zu Fall zu bringen.

Nach Kommandant Crunchs Ausbruch am Vortag war der Rest des Tages auf der Kleinen Pilzinsel ziemlich langweilig gewesen. Sie waren schon bald bei der Botschaft angekommen, und Kommandant Crunch, DZ und Charlie hatten bis tief in die Nacht mit dem Botschafter über Formalitäten und Vorgehensweisen gesprochen, ein Thema, das Stan, um ehrlich zu sein, wirklich leid war. Er hatte in der Zwischenzeit nur herumgesessen und war immer ungeduldiger geworden. Als sie in dem Luxushotel angekommen waren, das Danny für sie ausgewählt hatte, war er begierig, so viel Schlaf wie möglich zu kriegen, um sich auf den nächsten Tag vorzubereiten.

Nun war es endlich so weit, und bei Tagesanbruch waren Stan, Charlie, DZ, Kommandant Crunch und fünfzehn schwer bewaffnete, speziell ausgebildete Einsatztruppenmitglieder in ihre Boote gestiegen und in See gestochen. Sie überquerten die Meerenge, etwa fünfzig Blöcke breit, die die beiden Pilzinseln voneinander trennte.

Die kurze Reise hatte etwas Unheimliches. Je weiter sie sich von der Kleinen Pilzinsel entfernten, desto mehr schwanden der Lärm und das Licht der Stadt hinter ihnen. Je länger ihre Fahrt in den Booten andauerte, desto überwältigender wurde eine bedrohliche Stille, die die Luft stärker erfüllte, als jedes Geräusch es gekonnt hätte. Als die Insel sichtbar wurde, verstärkte ihr Anblick die düsteren Vorahnungen, die sie ohnehin umgaben, noch weiter. Auf ihr befand sich nichts von Menschen Geschaffenes, und nur ein Berghang aus graubraunem Myzel erhob sich vor ihnen, übersät von winzigen roten und braunen Pilzen. Es gehörte zu den unheimlichsten Dingen, die Stan je gesehen hatte, selbst bei helllichtem Tag.

Sie hatten die kurze Strecke von fünfzig Blöcken schnell hinter sich gebracht. Ehe sichs Stan versah, erreichten sie die Küste der Großen Pilzinsel. Er blickte zur Klippe empor und konnte die Sonne nicht sehen. Die Sporen, die das Myzel abgab, schwebten in der Luft und färbten sie hellgrau ein, was der Insel eine düstere Atmosphäre verlieh.

Stan hörte ein lautes Geräusch hinter sich und wirbelte erschrocken herum. Er atmete erleichtert auf, als er sah, dass das Geräusch nur von Charlie kam, der zu schnell auf die Küste zugefahren war. Sein Boot zerschellte an der Myzelküste. Während ein Soldat ihm auf die Insel half, machte sich Stan damit Mut, dass ein einziges verlorenes Boot kein großes Problem war. Sie hatten für solche Fälle jede Menge Ersatz. Bei dieser Überlegung kam ihm der Gedanke, seine Ausrüstung noch einmal zu überprüfen, bevor sie sich in das Landesinnere begaben.

Stan trug die gleichen Gegenstände bei sich, die er getragen hatte, als er vor fast fünf Monaten auf der Brücke von Element Castle gegen König Kev gekämpft hatte. Er trug Diamantbrustplatte und Helm sowie seine Diamantaxt. Auf seinem Rücken befanden sich zwei Eisenäxte als Ersatz, für den Fall, dass seine Diamantaxt verloren ging oder zerstört wurde. Heiltränke und Tränke der Schnelligkeit hingen an seinem Gürtel. Sein Inventar beinhaltete verschiedene Gegenstände, die er für den Fall griffbereit hielt, dass etwas Unerwartetes geschah.

Er sah zu seinen Freunden und Kameraden hinüber und stellte fest, dass auch sie gut gerüstet waren. Jeder in der Gruppe trug eine Diamantbrustplatte mit Helm. DZ bildete die einzige Ausnahme. Er bestand darauf, sich nicht unnötig zu belasten, und so hatte er nur seine Lederrüstung in den grünen Teamfarben der Zombies an. DZ hatte nicht weniger als drei Schwerter dabei, die er seit seiner Zeit in der Wüste benutzte. Er weigerte sich, sie zu verbessern: ein Diamantschwert ohne Verzauberung, ein Diamantschwert mit Rückstoß-Verzauberung und ein Eisenschwert mit Verbrennung. Zusätzlich hatte er Pfeil und Bogen bei sich, wie auch Charlie, der links und rechts am Gürtel je eine Diamantspitzhacke trug. Kommandant Crunch hatte ein einziges, glänzendes Diamantschwert bei sich, und die Soldaten verwendeten viele verschiedene Waffen, je nach ihrer Vorliebe.

Sobald alle aus ihren Booten ausgestiegen waren, flüsterte Kommandant Crunch laut, in einem Tonfall, der gleichzeitig aufgeregt und hochoffiziell klang: „Präsident Stan, bist du bereit?"

„Ja, Kommandant", antwortete Stan. „Geh vor!"

Daraufhin stieg Kommandant Crunch an der Myzelklippe hoch. Es war anstrengend. Nachdem Stan endlich oben angekommen war, beugte er sich vornüber. Er atmete schwer. Als er dann aufsah, keuchte er vor Verblüffung über die Landschaft, die sich vor ihm erstreckte.

Von der Küste aus war es nicht zu erkennen gewesen, aber jetzt sah er, dass die gesamte Große Pilzinsel eine Art Kessel bildete. Um die Küste herum erhoben sich Berge und Klippen und bildeten einen Kreis, und in ihrer Mitte lag eine flache Ebene. Der gesamte Boden war vollständig von graubraunem Myzel bedeckt. Hier und dort befanden sich Seen aus Wasser sowie einige aus Lava. Von seinem hohen Aussichtspunkt konnte Stan rote Tiere sehen, die durch die Ebene zogen. Er nahm an, dass es die Mooshrooms waren.

Aber am meisten erstaunten Stan die Pilze. So weit das Auge reichte, war das Myzel von kleinen roten und braunen Exemplaren übersät, und das hatte Stan erwartet. Was er nicht erwartet hatte, waren die Riesenpilze, Dutzende Blöcke hoch, die auf der ganzen Insel aus dem Myzel ragten, als wären es Bäume in einem Wald. Auch diese Pilze waren rot oder braun, unterschieden sich jedoch stark voneinander. Die roten Arten schienen etwas häufiger vorzukommen als die braunen. Sie waren etwa so groß und hatten eine ähnliche Form wie ein Haus in einem NPC-Dorf, wobei rote Pilzblöcke mit weißen Flecken eine überhängende Kappe auf einem dicken weißen Stängel bildeten. Die braunen Pilze waren viel höher als die roten, und statt herabhängende Kappen zu bilden, wuchsen die braunen Pilzblöcke auf ihnen wie eine einzelne Plattform auf einem riesigen Stängel, der nur einen Block dick war.

Stan hatte nur ein paar Sekunden, um diese wundersame, einzigartige Landschaft auf sich wirken zu lassen, bevor er Kommandant Crunchs dröhnende Stimme hörte.

„Okay, das reicht jetzt, ihr Landratten, hört auf, die Insel zu begaffen. Dafür werdet ihr noch ordentlich Zeit haben, während wir laufen, und das werden wir noch jede Menge tun müssen, wenn wir den Großen Stamm vor Sonnenuntergang erreichen wollen."

„Halt", sagte Stan verwirrt. „Ich dachte, wir hätten keine Ahnung, wo der Große Stamm überhaupt ist, woher weißt du denn, wohin wir gehen sollen?"

„Beim Bart des Klabautermanns, mein Junge ... will sagen, Präsident Stan", brüllte der Kommandant entnervt. „Hast du denn während der Besprechung letzte Nacht gar nicht zugehört? Nein, lass nur", sagte er säuerlich und schüttelte voller Verachtung den Kopf. „Ich kenne die Antwort, also werde ich das wohl noch mal erzählen.

Wir wissen nicht, wo sie sind, aber der Botschafter glaubt, dass der Große Stamm, weil er den Lärm und das Licht hasst, das von der Kleinen Insel kommt, wohl auf der anderen Seite der Insel ist. Und weil sie den Kleinen Stamm bekämpfen, glaube ich, dass sie irgendwo hoch oben leben. Wenn man also drüber nachdenkt, sind sie wohl auf oder bei dem Gipfel da drüben."

Mit seinem schmutzigen, eckigen Finger zeigte Kommandant Crunch auf einen Berg auf der anderen Seite der Pilzinsel. Er war der höchste Punkt weit und breit und erhob sich über einem Plateau. Stan war beeindruckt. Der Kommandant mochte ja verrückt sein, aber das war eine ziemlich gute Schlussfolgerung.

„So, und wenn ich mich nicht um noch mehr Unwissen kümmern muss, legen wir los! Wir verschwenden Zeit! *Berg ahoi!*" Kommandant Crunchs Stimme hallte von den Klippen wider, während er mit so großem Tempo in das Tal hinabmarschierte, dass die anderen nur mit Mühe Schritt halten konnten.

Stan fand es ironisch und auch ein wenig irritierend, dass Kommandant Crunch ihnen zwar pausenlos seine Verachtung entgegenbrüllte, mit Worten wie „Schneller, ihr dreckiger Haufen Landratten", dass ihr einziger unnötiger

Halt aber ganz und gar seine Schuld war. Er geschah, als sie an einer Mooshroom-Herde vorbeikamen. Stan hatte sich die kuhähnlichen Kreaturen zum ersten Mal genauer ansehen können.

Im Grunde waren die Mooshrooms genauso groß wie Kühe und teilten ihre Form. Sie gaben die gleichen Geräusche von sich, aber mehr Ähnlichkeiten gab es nicht. Das bei Kühen schwarze oder braune Fleckenmuster war bei den Mooshrooms blutrot. Rot und weiß gesprenkelte Pilze sprossen aus ihrem Rücken und schienen in die Tiere selbst hineinzuwachsen. Am unheimlichsten fand Stan jedoch ihre Augen. Sie waren tiefschwarz und hatten einen glasigen, leblosen Blick. Er hatte den Eindruck, als würde der Pilz das Tier kontrollieren, nicht sein eigener Geist.

Kommandant Crunch betrachtete diese verstörenden Tiere offenbar als die perfekte Möglichkeit, ihre Reisezeit bis zum Berg zu halbieren. Fest davon überzeugt, dass das die beste Lösung wäre, verschwendete er eine halbe Stunde mit dem Versuch, einer der Mooshrooms auf den Rücken zu steigen und sie wie ein Pferd zu reiten, obwohl die anderen lautstark protestierten und ihm sagten, dass das Zeitverschwendung war. Schließlich, nachdem er zum zwölften Mal abgeworfen worden war, schrie er die gesamte Herde an: „Na, von mir aus! Dann eben nicht!" Sein Gesicht war gerötet, möglicherweise, weil ihm die Situation peinlich war, aber vermutlich eher aus tief empfundenem Zorn. „Ihr seid sowieso nur ein Haufen dreckiges, dämliches Viehzeug! Wir schaffen das auch ohne euch!"

„… was wir dir auch seit einer halben Stunde sagen", murmelte DZ angewidert.

„Ganz ehrlich", meinte Charlie im Flüsterton zu Charlie und DZ, „muss er denn gerade nicht irgendwo anders dämlich sein?"

„Nicht bis um vier, Charlie!", antwortete der Kommandant mit verschlagenem Grinsen. Offenbar hatte er die Bemerkung gehört.

Dann ging er weiter. Stan, DZ und Charlie blickten einander kurz ungläubig an, dann beschlossen sie gleichzeitig und ohne ein weiteres Wort, dass weitere Fragen zwecklos waren, und folgten ihm.

Nach dem Zwischenfall mit den Mooshrooms hatten sie etwa die Hälfte der Ebene durchquert, und der Stand der Sonne zeigte an, dass der Nachmittag anbrach. Während ihrer Weiterreise wurde Stan immer nervöser. Überall waren gigantische Pilze, die jetzt noch bedrohlicher wirkten, als sie ihm an den Klippen erschienen waren. Es fiel ihm schwer, sich nicht vorzustellen, wie Mitglieder des Großen Stammes hinter jedem der Stängel vorsprangen, um sie als Geiseln zu nehmen. Die Angst davor, so auf die Einwohner zu treffen, ließ die Insel noch unheimlicher wirken, besonders in Kombination mit dem Sporennebel, der in der Luft hing, und dem bizarren quietschenden Geräusch, dass das Myzel von sich gab, wenn man darüberlief.

Stans einziger Trost war, dass sie die Noctem-Allianz in Kürze zu Fall bringen würden. Den Berechnungen des Mechanikers folgend waren sie zu dem Schluss gekommen, dass inzwischen sämtliche Truppen der Allianz entweder an der Hitze- oder der Kaltfront kämpften. Das bedeutete, dass ihre Anführer sich zwar tatsächlich irgendwo auf der Insel versteckten, aber vermutlich keine Wachen bei sich haben würden und so gezwungen wären, selbst gegen Stan und seine Truppen zu kämpfen. Es würde ohne Zweifel eine schwierige Schlacht werden, denn Caesar, Minotaurus und vermutlich auch Graf Drake, alle außerordentlich gute Kämpfer, würden dort sein. Stan wusste außerdem noch immer nicht, was er von Lord Tenebris zu erwarten hatte.

Trotzdem hatten sie ihrerseits neunzehn sehr fähige Kämpfer, die unterwegs waren, um gegen eine Gruppe von acht oder neun Spielern anzutreten. Außerdem hatten sie das Überraschungsmoment auf ihrer Seite. Ihre Chancen auf einen Sieg standen gut.

Das war nur die Lage vor Ort, der Kampf gegen die Anführer der Noctem-Allianz. Während sie noch marschierten, unternahmen alle Anführer von Elementia mit ganzer Kraft und den gesammelten Truppen ihrer Armee einen Angriff auf beide Fronten. Wenn alles nach Plan liefe, wären die Köpfe der Noctem-Allianz am Abend tot, und der Krieg wäre an beiden Fronten gewonnen. Wenn sie Glück hätten, dann wäre sogar ...

„Halt!"

Der plötzliche Ruf von der Spitze der Gruppe riss Stan aus seinen Gedanken. Er blieb schlagartig stehen und stieß dabei fast gegen DZ und Charlie. Die Spezialtruppen hinter ihm machten ebenfalls ruckartig halt. Wutentbrannt marschierte Stan nach vorn, wo Kommandant Crunch noch immer wie angewurzelt stand und die quaderförmige Hand hob.

„Ich hoffe, es gibt einen guten Grund dafür, hier anzu...", begann Stan, konnte jedoch nicht weitersprechen, als er sah, was vor ihnen lag.

Sie hatten das gesamte Tal durchquert, ohne dass Stan es gemerkt hatte. Jetzt standen sie auf dem Plateau, die Spitze des Berges hoch über ihren Köpfen, während die Sonne in einem herrlichen Ausblick über dem Meer hinter ihnen unterging. Zwischen den riesigen Pilzen verteilt stand eine Gruppe von Spielern, die Stan und seine Begleiter allesamt mit Entsetzen, Überraschung und Verachtung anstarrten.

Es waren etwa fünfzig Spieler, und sie machten den Eindruck, seit geraumer Zeit keinen Kontakt mit der Zivilisation gehabt zu haben. Jeder von ihnen war mit einer dünnen Schicht Sporenpuder bedeckt. Viele von ihnen hielten Schüsseln in den Händen, von denen einige mit einer braunen Flüssigkeit gefüllt waren, von der Stan annahm, dass es Pilzsuppe war. Zwanzig von ihnen trugen nichts in den Händen. Sie sahen keineswegs schockiert und entsetzt aus, sondern waren in Stellung gegangen. Stan konnte sich nicht vorstellen, dass sie viel gegen einen bewaffneten Spieler ausrichten konnten. Trotzdem wollte er keinen Kampf provozieren und zwang sich, ruhig zu bleiben.

Einer der Spieler trat vor. Sein Skin war mit dem von Stan identisch, die gesamte Kleidung war jedoch etwas dunkler. Seine Miene verriet höchstes Missfallen.

„Wer seid ihr?", fragte der Spieler fordernd, in einem ruhigen Tonfall, der jedoch mehr Eindruck hinterließ, als ein Schrei es könnte. „Warum kommt ihr mit Waffen auf unsere Insel?"

Stan trat vor, nahm all seinen Mut zusammen, und nach einem Räuspern antwortete er: „Ich bin Stan2012, und ich bin Präsident der Großrepublik Elementia. Ich bin auf einer präsidialen Visite hier, um eure Insel zu inspizieren."

In der versammelten Menge erklangen erboste Rufe.

„Und du hast Soldaten mitgebracht? Es ist illegal, auf unserer Insel militärische Manöver durchzuführen, Präsident Stan", schäumte der Spieler. Seine Augenbrauen zuckten. „Im Namen des Großen Pilzstammes, dessen Häuptling ich bin, verlange ich, dass du mit deinem Gefolge sofort verschwindest, sonst sehen wir uns gezwungen, Maßnahmen gegen euch zu ergreifen."

Nach diesen Worten umringten die zwanzig Kämpfer Stan und seine Freunde, die klobigen Finger zu Fäusten geballt. Stan war nicht sicher, was er davon halten sollte. Glaubten sie wirklich, dass sie ohne Waffen gegen sie bestehen könnten? Kommandant Crunch preschte wutentbrannt vor.

„Ihr dämlichen Wilden! Ihr müsst doch wissen, dass das Gesetz ..."

„Ganz ruhig, Kommandant", sagte DZ, packte Crunch beim Arm und schubste ihn zurück, während der Häuptling die Stirn runzelte und eine wütende Grimasse zog. „Ich übernehme das." Mit diesen Worten trat DZ vor, um von Angesicht zu Angesicht mit dem Häuptling zu sprechen.

„Ehrwürdiger Häuptling des Großen Pilzstammes, wir haben nicht vor, auf dieser Insel Militärmanöver durchzuführen. Die Pilzinseln gehören noch immer zur Republik, wie ihr sicher wisst, also hat der Präsident das Recht, Truppen mit sich zu führen, besonders in Kriegszeiten."

„Was für ein Krieg?", fragte der Häuptling und machte große Augen, während in der Gruppe seiner Stammesmitglieder aufgeregtes Flüstern ausbrach. „Was redest du da?"

„Die Republik Elementia kämpft seit einem Monat gegen eine Terroristengruppe namens Noctem-Allianz. Sie haben uns an mehreren Fronten angegriffen, und wir befinden uns mit ihnen in einem unerbittlichen Krieg."

„Und was hat das mit uns zu tun?", fragte der Häuptling skeptisch.

„Nun, wir haben Grund zu der Annahme, dass die Anführer dieser Gruppe, der Noctem-Allianz, sich auf den Pilzinseln verstecken. Wir haben die Kleine Pilzinsel bereits durchsucht und dort nichts gefunden."

„Man hat euch belogen!", rief der Häuptling aus, und hinter ihm erklang verächtliches, angewidertes Murmeln. „Wenn es auf diesen Inseln eine bösartige Organisation gibt, dann wird sie mit Sicherheit von diesen ignoranten, materialistischen Dämonen auf der Kleinen Insel beherbergt! Das sind verlogene, nichtsnutzige Tiere, die sich heimlich von uns getrennt und das Heiligtum der Kleinen Pilzinsel zerstört haben, nur um Geld zu verdienen, nur aus Gier! Solche abscheulichen Pläne würden genau zu einer Organisation passen, die den Server übernehmen will! Und außerdem ..."

„Genug!", rief Charlie und unterbrach die Tirade des Häuptlings. „Hör mal", fuhr er fort, nachdem der Häuptling aufgehört hatte, nach seinem Wortschwall nach Luft zu schnappen, „es ist nicht Aufgabe des Präsidenten und auch nicht die der Republik, sich in die Streitigkeiten zwischen euch und dem Kleinen Stamm einzumischen. Aber es ist unsere Aufgabe, die Noctem-Allianz zu vernichten. Sie ist verschlagen und hinterlistig und schreckt nicht davor zurück, Hinterhalte und Unsichtbarkeitstränke einzusetzen, um den Krieg zu gewinnen. Die Noctem-Allianz ist fest entschlossen, alles zu zerstören, was uns lieb ist, und wenn wir sie nicht ausschalten, wird sie mit Sicherheit als Nächstes beide Pilzinseln angreifen.

Wir bitten euch nur darum, uns dabei zu helfen herauszufinden, ob sich auf dieser Insel Mitglieder der Noctem-Allianz verstecken. Wenn ja, werden wir sie beseitigen, wenn nicht, verändert sich nichts. Sind wir uns einig?"

Der Häuptling warf den Kopf in den Nacken und stieß ein trockenes Lachen aus. „Ha! Natürlich sind wir uns einig. Wir sind nicht wie diese Verräter auf der Kleinen Insel, oh nein, wir haben Respekt vor unserem Präsidenten, und eure Feinde sind unsere Feinde. Wir haben wenigstens Anstand. Und, nun, da du mir diese ... Noctem-Allianz ... beschrieben hast, glaube ich, dass sie hier sein könnten, und ich kann euch zeigen, wo."

Stan war erleichtert, und er trat vor, um sich in das Gespräch einzubringen. „Tatsächlich? Das wäre wirklich sehr hilfreich. Was weißt du?"

Das Gesicht des Häuptlings verfinsterte sich, unterstrichen davon, dass die Sonne hinter dem Horizont verschwand und die Welt verdunkelte.

„Viele meiner Leute haben von ungewöhnlichen Ereignissen berichtet, und sie kommen alle von dort, Präsident Stan", sagte der Häuptling feierlich, und Stan folgte seinem Fingerzeig bis zum Berggipfel hoch über dem Plateau. „Am Gipfel des Fungarus haben sich verstörende Dinge zugetragen. Laute, unnatürliche Geräusche. Und an der Klippe dort, direkt neben dem Höhleneingang, ist eine Art … Schimmern zu sehen … von dem wir nur vermuten konnten, dass es wohl ein Glitch ist, vielleicht aber auch etwas Größeres."

TNT, dachte Stan grimmig, *und Unsichtbarkeitstränke.* Dort oben hatten sie die Sonderbasis errichtet, indem sie die Spitze des Berges ausgehöhlt hatten.

„Viele unter uns wollten dort hochgehen und die Höhle am Gipfel des Fungarus erkunden", fuhr der Häuptling fort. „Aber wir haben das nicht für klug gehalten. Dank der Kämpfe mit den Monstern vom Kleinen Stamm haben wir Mitglieder des Großen Stammes viel Geschick im unbewaffneten Kampf Spieler gegen Spieler entwickelt und den Stil so weit gebracht, dass wir unbewaffnet so stark sind wie Meister im Schwertkampf." *Na*, dachte Stan, *das erklärt ja einiges.*

„Aber in der dunklen Höhle können Monster spawnen. Auf Myzel können keine bösartigen Mobs entstehen, also mussten wir auf der Großen Insel uns nie um sie Gedanken machen. Das bedeutet aber auch, dass wir uns nicht damit auskennen, gegen sie zu kämpfen, also haben wir es für vernünftiger gehalten, der Dunkelheit der Höhle ganz aus dem Weg zu gehen."

„Danke, Häuptling", sagte Stan, trat vor und streckte seine Hand aus. Der Häuptling schüttelte sie zögernd.

„Dank euch werden wir die Noctem-Allianz schnell besiegen können, und dann seid ihr uns los."

„Häuptling", sagte Kommandant Crunch sachlich, „ich würde vorschlagen, dass du deine Landratten von hier wegbringst. Ist gut möglich, dass die zu fliehen versuchen, und wenn das passiert, wollen wir nicht, dass jemand von euch verletzt wird."

Der Häuptling nickte und knurrte zustimmend, dann wandte er sich seinen Begleitern zu, die dem Gespräch mit einer Mischung aus Ehrfurcht und Verwirrung gelauscht hatten. Er erklärte ihnen die Lage in knappen Worten und befahl ihnen, den Berghang hinunterzugehen. Minuten später hatte sich das Plateau geleert, und die Mitglieder des Großen Stammes waren nur noch als Punkte im Tal unter ihnen sichtbar.

Stan wandte seinen Blick von ihnen ab und sah zu seinen Leuten. Charlie, DZ und Kommandant Crunch starrten ihn mit todernster Miene an. Die fünfzehn Männer hinter ihnen blickten ähnlich drein.

„Es ist so weit, nicht wahr?", sagte Stan, nachdem er tief durchgeatmet hatte. Es war keine Frage. Sie wussten alle, was nun geschehen würde.

„Jawohl, das ist es", erwiderte DZ. Er sah sich um. „Sind alle bereit?"

Achtzehn Köpfe nickten gleichzeitig.

„Enderperlen in Bereitschaft!", befahl Kommandant Crunch. Wie ein Mann holten alle neunzehn Kämpfer Enderperlen aus ihrem Inventar und hielten sie nun in der Hand.

„Na schön", kommandierte Stan mit stählerner Stimme. „Bringen wir es zu Ende."

Mit einer fließenden Bewegung warf er die Enderperle, so fest er nur konnte, nach oben. Er zielte auf den leicht vorragenden Felsen direkt vor der Höhle am Gipfel des

Fungarus. Sofort taten es ihm alle um ihn herum gleich, und achtzehn weitere Enderperlen wurden in den Himmel geschleudert. Stan schloss die Augen und machte sich bereit. Einen Moment später fühlte er, wie seine Füße den Kontakt mit dem Boden verloren und er mit halsbrecherischer Geschwindigkeit durch die Luft gerissen wurde, bis er Stein unter sich spürte.

KAPITEL 27:

DIE VERRÄTER

Bei seiner Ankunft auf der Steinplattform erlebte Stan als Erstes ein Déjà-vu, denn kaum war er gelandet, sah er nur noch Geschosse, die um ihn herumschwirrten und von seiner Brustplatte und seinem Helm abprallten. Er konnte sich lediglich noch auf den von Druckplatten besetzten Boden werfen und mehrmals so, laut er nur konnte, „RUNTER!" brüllen, in der Hoffnung, dass die anderen sich rechtzeitig ducken könnten, um dem Pfeilbeschuss zu entgehen. Tatsächlich hörte er schon bald ein Gewirr aus Teleportationsgeräuschen, Schmerzensschreien und Spielern, die zu Boden fielen.

Stan sah hoch, um die Quelle der Geschosse zu finden, und erkannte, dass die gesamte Gruppe auf einem Gitter aus Druckplatten gelandet war. Er entdeckte den Redstone-Draht, der über den Boden zu einer Reihe von Pfeilspendern lief. Mit einer schnellen Bewegung zog Stan die Klinge seiner Axt durch die Erde und trennte so die leuchtenden Linien aus Redstone-Staub von den Spendern. Der Pfeilhagel brach sofort ab.

Stan hievte sich vom Boden hoch und hörte das unaufhörliche Klickgeräusch der Druckplatten um sich herum nur zu deutlich. Als er sich umsah, stellte er zu seiner Erleichterung fest, dass die Falle keine schweren Verletzungen verursacht hatte, da die Diamantrüstung den größten Teil abgefangen hatte. Nur einer der Soldaten hatte einen Pfeil ins Knie bekommen, versorgte die Wunde jedoch schnell mit einem Trank der Heilung.

Während sich die Gruppe erholte, trat Kommandant Crunch vor sie. Nachdem er kurz in die Höhle gestarrt hatte, bedeutete er ihnen voranzugehen. Als Stan ihm mit gezogener Axt hineinfolgte, merkte er sehr schnell, dass dies keine gewöhnliche Höhle war. Direkt hinter dem Eingang nahm die Höhle eine quadratische Form an, und Bruchstein füllte einige Stellen der ansonsten unberührten Steinwände aus. Außerdem sah er am anderen Ende des Tunnels ein Licht, das immer heller wurde, je weiter sie darauf zugingen. Sein Herz fing an, wie wild zu schlagen. Sie waren ihrem Ziel nahe.

Jeder der Soldaten hielt die Augen offen und suchte jeden Winkel seiner Umgebung ab, in höchster Alarmbereitschaft, um weitere Fallen zu entdecken. Kommandant Crunch schien besonders penibel vorzugehen und zuckte hin und her, während er sich umsah. Der Abstieg zur begradigten Höhle blieb aber ohne Zwischenfälle, und bald hatte die Gruppe die Lichtquelle erreicht.

Während sich Stan in dem hell erleuchteten Raum umsah, machte ihn unglaublich nervös, dass sich dort überhaupt nichts Interessantes befand. Die Kammer war groß und würfelförmig, und von ihrem Standpunkt aus zum Boden dieses Würfels waren es fünf Blöcke. Die Decke war hoch, und der gesamte Raum war von Fackeln gesäumt. Ein Detail zog jedoch sofort alle Blicke auf sich: zwei Bruchsteintreppen, die sich an den beiden hinteren Ecken befanden, führten außer Sichtweite.

Stan sah die anderen an. DZ und Charlie machten einen verwirrten Eindruck, und Kommandant Crunch lehnte sich zu Stan hinüber und flüsterte ihm ins Ohr: „Da muss jemand runtergehen und gucken, ob die Luft rein ist."

Instinktiv öffnete Stan den Mund, um ihm zu widersprechen, dann schloss er ihn wieder. Schließlich hatte der Kommandant recht. Sosehr Stan die Idee missfiel, einen seiner Soldaten zu opfern, wusste er, dass jemand vorangehen musste, auch wenn die Wahrscheinlichkeit nicht gering war, dass derjenige einen schnellen Tod fände. Schweren Herzens sah er ein, dass er, obwohl er nur zu gern selbst vorgegangen wäre, als Präsident zu wichtig war, um ein so großes Risiko einzugehen.

Und so nickte Stan und warf einen Blick auf seine Truppen. Sie alle sahen wild entschlossen und bereit aus, die Aufgabe zu übernehmen. Also zeigte er auf den nächsten Soldaten und sagte: „Du, geh da runter und verschaff dir einen Überblick."

Der Soldat trat vor und nickte. Stan erinnerte sich nicht an seinen Namen. Er glaubte, dass er Josch war. Er hatte blasse Haut und braunes Haar, und das Stück Stoff, das unter seiner Rüstung sichtbar war, schien zu einem roten Hemd mit einem *Star Trek*-Logo darauf zu gehören. Er trat zur Kante vor. Dann atmete er tief ein, zog seine Diamantaxt und sprang die fünf Blöcke hinab auf den Boden.

Kaum war er gelandet, ertönte eine schnelle Reihe von klickenden und sirrenden Geräuschen. Die Wand mit den Treppen darin öffnete sich und gab ein Fenster frei. Im Nu flog ein blaues Etwas hindurch, und bevor der Soldat reagieren konnte, wurde er von einem Diamantschwert zu Boden gestreckt. Drei Pfeile schossen aus dem Fenster und trafen ihn, und als der dritte ihn durchbohrte, brach ein Ring aus Gegenständen aus ihm hervor.

Innerhalb von Sekunden machten Stans Gefühle eine wahre Achterbahnfahrt durch. Er schäumte vor Wut darüber, dass der Soldat gefallen war, und wollte unbedingt Rache nehmen. Aber gleichzeitig war er froh, dass das Mitglied der Noctem-Allianz, das sich im Dunkeln verbarg, nicht sonderlich geschickt war, da es den Soldaten so ungelenk getötet hatte. Dann, mit einem Klicken, wurde das Fenster von Licht erhellt, und Caesars überhebliches Gesicht erschien dahinter. Er lachte. Stan war etwas überrascht, dass Caesar den Soldaten hatte niederwerfen müssen, um ihn mit den Pfeilen zu treffen, aber dieses Gefühl wurde von dem Zorngebrüll eines inneren Tieres übertönt, das gleichzeitig darüber triumphierte, Caesar gefunden zu haben, ihn hasste und ihn vernichten wollte.

„Na, sieh mal einer an", sagte Caesar mit seinem affektierten Oberschicht-Akzent. „Wie schön, dass ihr euch endlich entschlossen habt zu kommen." Dann rief er plötzlich: „Minotaurus! Sie sind hier!"

Wieder ertönte ein Klicken und Surren, und in der Wand unter dem Fenster öffnete sich ein zwei Blöcke breites und drei Blöcke hohes Loch. Minotaurus barst daraus hervor, in all seiner entsetzlichen, muskulösen Riesenhaftigkeit, die Diamantaxt mit Doppelklingen in der Hand.

„Oh ja!", brüllte er. „Auf in den Kampf!"

Wieder traf Stan eine überwältigende Welle des Zorns. Caesar mochte der Drahtzieher und Organisator der Noctem-Allianz sein, er mochte den Tod Archies und den Hunderter anderer Bürger von Elementia mit seinen Terroranschlägen und seinem Krieg verursacht haben, aber Minotaurus hatte ihm Sally genommen. Jetzt, auf gleicher Augenhöhe, war die Zeit für Stans Rache gekommen.

„Wir haben keine Zeit für deine Spielchen, Caesar!", brüllte DZ durch die Kammer. Auf seiner Stirn trat eine Ader hervor. „Komm hier runter und kämpfe wie ein Mann!"

„Oh, ich glaube nicht, dass das nötig sein wird", erwiderte Caesar mit unerträglich gleichgültiger Stimme. „Wisst ihr, ich bin nur der Taktiker der Nation der Noctem-Allianz. Minotaurus hier ist der mit der Schlagkraft.

Wenn ihr kämpfen möchtet, kommt er eurem Wunsch nur zu gern nach." Minotaurus bestätigte das mit enthusiastischem Nicken. „Aber ich sollte euch wohl sagen, dass ihr an uns beiden vorbeimüsst, wenn ihr Lord Tenebris stellen wollt."
„Har-har! Das ist also euer tolles letztes Gefecht?", lachte Kommandant Crunch mit spotttriefender Stimme. „Ihr kämpft ganz einsam und allein gegen uns?"
Daraufhin gab Caesar das irrste, bösartigste Lachen von sich, das Stan je gehört hatte. Es ließ ihm das Blut in den Adern gefrieren. Dann, verschlagen und gedehnt, erwiderte Caesar: „Aber, mein lieber Kommandant ... wer sagt denn, dass wir allein sind?"
Urplötzlich wurde Stan vorwärtsgestoßen, ohne Warnung und ohne Erklärung. Einen Moment lang geriet er ins Taumeln, dann fiel er Hals über Kopf auf den Boden der steinernen Kammer zu und ruderte panisch mit den Armen. Mit einem dumpfen Geräusch landete er auf den Steinplatten, und kurz schoss stechender Schmerz durch seinen Körper. Um ihn herum deutete das Stöhnen seiner Begleiter an, dass er nicht allein gefallen war, was ein kurzer Blick bestätigte. Sein ganzes Team lag mit mehr oder minder schweren Verletzungen am Boden und mühte sich, wieder auf die Beine zu kommen. Stan war verblüfft. Wie hatten sie heruntergestoßen werden können? Doch in den nächsten zehn Sekunden wurde das sonnenklar, und für Stan ergab alles einen entsetzlichen, einen grauenhaften Sinn.
Um den ganzen Raum herum erschienen Spieler in violetten Rauchwolken. Als sich der Dunst legte, erkannte Stan die sporenbedeckten, unbewaffneten Kämpfer des Großen Pilzstammes, die Stan und seine Soldaten unverwandt anstarrten. Stan sah, wie eine Enderperle direkt über seinen Kopf flog und vor Minotaurus landete.

In einer weiteren Rauchwolke erschien der Häuptling des Großen Stammes. Er feixte grimmig.

„Seid ihr so weit?", rief der Häuptling zu Caesar hinauf, während Stan und seine Leute starr vor Schreck wie angewurzelt dastanden.

„Greift an, wenn ihr bereit seid", erwiderte Caesar fast gelangweilt.

Daraufhin stürmten alle fünfzig Mitglieder des Großen Pilzstammes vorwärts und gingen auf Stan und seine Truppen los.

Während die Klingen gezogen wurden und die Soldaten der Einsatztruppe gegen jeweils zwei Gegner antraten, fasste Stan Minotaurus ins Auge, der seine Axt wie einen seitlichen Helikopterrotor wirbeln ließ, während er in den Kampf stürzte. Doch kurz bevor er ihn erreichen konnte, traf Stan ein Faustschlag von rechts gegen den Kopf. Er taumelte kurz und schlug mit der Axt zur Seite aus, sodass der Häuptling des Großen Stammes einen Satz nach hinten machen musste. Beide fanden gleichzeitig die Balance wieder, und ihre Blicke trafen sich.

„Tut mir ja leid, Präsident Stan, ganz ehrlich", erwiderte der Häuptling und wippte auf den Fußballen vor und zurück, während er seine Handknöchel knacken ließ. „Aber so ist es eben. Ihr habt eure Ziele, ich habe meine!" Mit dem letzten Wort holte er erneut zu einem Schlag gegen Stans Kopf aus, doch dieser duckte sich nach unten weg und konterte mit seiner Axt.

Stan gab alles, entschlossen, den Häuptling für seinen Verrat büßen zu lassen, aber so einen Gegner hatte er noch nie gehabt. Es war inzwischen weit und breit bekannt, dass Stan der bei Weitem beste Axtkämpfer auf dem Server war, doch die waffenlose Kampftechnik des Häuptlings schien ein sehr effektiver Konter zu sein. Stan schlug schnell, hart und präzise zu, aber der Häuptling nutzte immer wieder auch die kleinste Lücke in Stans Angriffen aus und schaffte es, seinen Körper mit einem Schlag oder Tritt zu treffen.

Sosehr er sich im Kampf auch bemühte, wich der Häuptling Stan einfach zu geschickt aus, um ihn treffen zu können, und die dauernden Tritte und Schläge erschöpften ihn schnell. Nur ein zu langsamer Angriff war nötig, schon wurde Stans Axt mit einem Fußtritt in die Luft geschleudert. Dann warf ein direkter Faustschlag ins Gesicht Stan selbst durch die Luft, und er landete neben seiner Waffe.

Während sich die Benommenheit, die der Schlag ausgelöst hatte, legte, sah Stan, wie der Häuptling auf ihn zulief, die quaderförmige Faust erhoben, um ihm einen letzten Schlag zu versetzen. So schnell er nur konnte, leerte Stan einen Trank der Heilung, den er von seinem Gürtel gezogen hatte. Er fühlte sich sofort besser und kroch über den Boden, um seine Axt zurückzuholen. Bevor der unausweichliche Hagel aus Tritten und Schlägen ihn jedoch treffen konnte, hörte Stan hinter sich ein schmerzerfülltes Stöhnen.

Er griff sich die Waffe, drehte sich um und entdeckte Charlie, der nun gegen den Häuptling kämpfte. Stan sah dem Kampf eine Weile zu und erkannte, dass Charlies Spitzhacke schnell und effektiv traf. Sein Kampfstil ähnelte sogar dem waffenlosen Kampf, und die Diamantspitzhacke diente als Verstärkung. Kaum hatte Stan diesen Gedanken gefasst, schrammte Charlies Waffe am Arm des Häuptlings entlang, und es war nur noch ein Tritt in die Magengrube nötig, bevor er zusammengekrümmt auf dem Boden liegen blieb. Charlie merkte, dass man ihn beobachtete, wischte sich den Schweiß von der Stirn und wandte sich an Stan.

„Deine Axt ist gegen ihren Stil nicht effektiv, Stan! Wir werden sie bekämpfen, kümmere du dich um Caesar, dann um Minotaurus!" Er zeigte mit dem Finger auf die Ecke der Kammer, dann stürzte er sich wieder in den Kampf, um den Häuptling zu erledigen.

Stan warf einen Blick in die Richtung, in die Charlie gezeigt hatte. Dort saß Caesar hinter seinem Fenster und sah dem Kampfgetümmel sichtlich erfreut zu. Die zwei Treppen unter ihm waren völlig unbewacht. *Das ist meine Chance!*, dachte Stan triumphierend, als er auf die Stufen zulief. *Ich kann Caesar überrumpeln und ihn endlich erledigen!* Stan lief, so schnell er konnte, und wollte gerade die unterste Stufe betreten, als plötzlich ein anderer Spieler von der Treppe herabkam und ihm den Weg versperrte.

Stan war zu verblüfft, um zu reagieren. Er konnte nicht fassen, was er sah. Er kannte diesen Spieler, sogar recht gut. Er erkannte den schwarzen Körper, die weißen Knopfaugen und den gelben Fleck in seinem Gesicht. Stan konnte vor Verwirrung kaum sprechen.

„Blackraven, wa… *uff*!"

Blackraven hatte ein Diamantschwert aus seinem Inventar geholt und Stan damit vor die Brust geschlagen.

Die Diamantrüstung absorbierte den Schlag, und Stan stolperte nur zurück. Doch die Schockwirkung war zu viel für Stan. Sein Kampfinstinkt brachte ihn dazu, seine Axt zu heben, um zwei weitere Schläge abzuwehren und einen Gegenangriff zu starten, sodass Blackraven zurücksprang, aber er konnte es noch immer nicht verstehen.

„Blackraven …", sagte Stan wie benommen. „Was … was zum … was machst du denn?"

Und dann, aus einem unerklärlichen, grauenhaften Grund, grinste Blackraven bösartig und erwiderte: „Etwas, das ich schon sehr, *sehr* lange tun wollte, Stan."

Mit diesen Worten machte er einen Satz vorwärts, das Schwert vor sich ausgestreckt. Zorn loderte in seinen Augen.

So entschlossen Caesar auch war, diese Schlacht wie der würdevolle Anführer zu beaufsichtigen, der er war, konnte er sich ein genüssliches Lachen über den Kampf zwischen Stan und Blackraven doch nicht verkneifen. Stan war völlig verblüfft. Caesar hatte monatelang darauf gewartet, endlich zu sehen, wie Stan reagieren würde, wenn er herausfand, dass Blackraven der Spion im Rat gewesen war, und seine Reaktion ließ keine Wünsche offen. Caesar gab bereitwillig zu, dass Stan einer der gefährlichsten Kämpfer in Elementia war, vielleicht sogar in ganz Minecraft. Aber sein tiefer Schock über Blackravens wahre Natur hatte ihn völlig überrumpelt. Es war ein Zeichen seiner Fähigkeiten, dass er Blackravens rückhaltlosen Angriff abwehren konnte, selbst wenn seine Verteidigung fast roboterhaft erschien, als wäre er zu benommen, um sich ernsthaft zu wehren. Aber schon bald würde Blackraven ihn besiegen, und Stan2012 würde Lord Tenebris übergeben werden.

Mit einem Blick in die Kammer stellte Caesar zu seiner Freude fest, dass die anderen Gefechte ebenfalls sehr gut verliefen. Die Einsatztruppe hatte einen Angriff der besten waffenlosen Kämpfer auf dem Server nicht erwartet und hätte sich nie darauf vorbereiten können. Mehrere der sogenannten „handverlesenen Spezialeinheiten" des Präsidenten waren bereits gefallen, und die übrigen Soldaten wurden zusehends von der Überzahl der Stammesmitglieder überwältigt. Selbst Minotaurus, dieser dümmliche Haudrauf, machte sich nützlich. Er schien mit Leichtigkeit gegen DieZombie97 zu kämpfen, obwohl der viel gepriesene Spleef-Champion zwei Waffen führte.

Caesar war außer sich vor Freude. Die Operation war von Anfang bis Ende perfekt verlaufen, von der Sekunde, in der Blackraven ihm vom Aufbruch der Einsatztruppe berichtet hatte, bis hin zu den Kämpfen, die sie dank ihrer getroffenen Vorbereitungen mit Leichtigkeit gewannen. *Du kannst stolz auf dich sein, Caesar*, dachte er zufrieden. *Das hast du gut gemacht.*

Das Knallen einer Tür hinter ihm riss Caesar aus seinen schwelgerischen Gedanken. Er drehte sich um und starrte den Spieler, der dort stand, mit vor Überraschung und Zorn weit aufgerissenen Augen an.

„Leonidas? Was machst du …? Was zum …?"

Caesar musste schnell seitlich ausweichen, als sich ein Pfeil von Leonidas' Bogensehne löste und seine Schulter nur um einige Fingerbreit verfehlte. Mit gezogenem Eisenschwert wirbelte Caesar herum, um Leonidas zu stellen, der einen weiteren Pfeil angelegt hatte und ruhig zielte.

„Was glaubst du, was du da tust? Bist du wahnsinnig, Mann?"

„Nein", erwiderte Leonidas. Er klang gnadenlos, sein Blick war kalt, finster und wutentbrannt zugleich. „Ich bin zu mir gekommen."

Dann raste ein Pfeilhagel von Leonidas' Bogen direkt auf den verängstigten Caesar zu.

„Du scheinst … überrascht zu sein … mich zu sehen … Stan", sagte Blackraven fast beiläufig, während er sein Diamantschwert schwang. Der Anflug einer dämonischen Freude in seinem Tonfall riss Stan endlich aus seiner Benommenheit, sodass er sprechen konnte.

„Also … also … bist du es?", fragte Stan und konnte selbst nicht fassen, was er sagte, während er Blackravens Angriffe abblockte. „Du … du bist der Spion?"

„Ein bisschen schwer von Begriff, was?", sagte Blackraven und kicherte amüsiert. „Das überrascht mich nicht. Du bist kein besonders intelligenter Mensch, Stan, wenn man sich ansieht, wie du Elementia geführt hast."

„Was soll das ...?", fragte Stan finster. Es erschien ihm fast surreal, dieses Gespräch überhaupt zu führen, geschweige denn mitten im Kampf.

„Du hattest das Potenzial, Elementia zu wahrer Größe zu führen, Stan", sagte Blackraven und klang dabei plötzlich erschreckend wütend. „Aber du hast dieses Potenzial vergeudet, nur wegen deines unaufhörlichen Dranges, niedriglevelige Spieler zu schützen!"

Stan wusste noch immer nicht, wovon Blackraven sprach, aber seine letzten Worte hatten etwas in ihm ausgelöst. Jetzt war er froh, seine Axt in der Hand zu halten, nicht, um sich zu verteidigen ... sondern um zu töten. Plötzlich und ohne Vorwarnung stieß er einen wilden Kriegsschrei aus und ging zum Angriff über. Seine Axt raste schnell und wild herum, stieß, schnitt, schlug und streifte Blackravens Diamantbrustplatte wieder und wieder. Es dauerte nur wenige Sekunden, bis Blackraven auf dem Boden lag und sein Schwert scheppernd davonschlitterte. Stan stand über ihm und wollte gerade seine Axt in Blackravens Brust schlagen, als der plötzlich aufschrie.

Der Schrei war ein bizarrer, unbeschreiblicher Ton, und er war so seltsam, dass sich Stan kurz davon ablenken ließ. Sofort sprang Blackraven auf und versetzte Stan einen Faustschlag ins Gesicht. Wieder torkelte er benommen herum und nahm nur noch wahr, dass Blackraven einen Trank hinunterstürzte, bevor er wieder auf ihn zustürmte. Stan hob die Axt, um sich zu verteidigen, aber Blackraven hatte ihn bereits erreicht und hielt ihn am Boden fest.

Stan mühte sich, sich zu bewegen, und erkannte, dass blaue Rauchfäden von Blackravens Körper aufstiegen. Ein Trank der Schnelligkeit. Noch während er diese Feststellung machte, merkte er, wie grauer Rauch aus den Wänden hochstieg und sich über das Schlachtfeld legte. Er wurde panisch. Es war eine Wolke aus Tränken der Langsamkeit, der ihn mit Sicherheit bewusstlos machen würde. Er griff nach einem Trank der Schnelligkeit an seinem Gürtel, doch Blackraven war zu schnell und schlug die Flasche zu Boden, sodass sie zersprang. Stan blieb kein Ausweg mehr. Er konnte nur kurz panische Angst spüren, bevor die graue Wolke ihn erfasste. Das Letzte, was er sah, war Blackraven, der ihn niederdrückte und ihn hämisch angrinste.

Caesar konnte nur mit Mühe dem unaufhörlichen Pfeilregen ausweichen, den Leonidas mit seinem Bogen verschoss. Er war zu schockiert, um nachzudenken, versuchte aber, sich an etwas zu erinnern. Es gab eine Technik, mit der man sich mit einem Schwert einem Bogenschützen nähern konnte, doch wie war sie? Caesar wusste es nicht mehr. Er hatte schon so lange nicht mehr auf dem Schlachtfeld gestanden.

„Warum hast du mich verraten, Leonidas?", fragte Caesar verzweifelt und ging hinter einen Block aus Holzbrettern in Deckung, um wenigstens kurz wieder zu Atem zu kommen. „Du weißt doch sicher, dass du, wenn du mich tötest, die grenzenlose Rache von Lord Tenebris zu spüren bekommst?"

Bei diesen Worten hörte er Blackravens Signal aus der Kammer. Zu seinem Glück kauerte er direkt neben dem Aktivierungshebel. Caesar legte ihn hastig um, bevor er sich wieder Leonidas zuwandte.

„Ich habe keine Angst vor dem Tod, Caesar", erwiderte Leonidas und schoss einen Pfeil auf Caesars Bein. Der konnte ihm gerade noch ausweichen. „Denn wenn ich sterbe, ist das noch immer zehnmal besser, als zur Noctem-Allianz zu gehören."

„Wie ... wie kannst du das sagen?", keuchte Caesar entsetzt. „Wie kannst du es auch nur ertragen, schlecht über die großartigste Organisation in der Geschichte von Minecraft zu sprechen!"

„Oh! Ich weiß nicht!", brüllte Leonidas. An seiner Schläfe trat einer Ader hervor, als er zu dem Block sprintete, hinter dem sich Caesar versteckte. Er starrte mit giftigem Blick auf den Kanzler der Noctem-Allianz hinab. „Warum fragst du nicht einfach … die Siedlung der Gefangenen?" Mit dem letzten Wort schoss er einen Pfeil auf Caesar ab, der sich gerade noch aus dem Weg rollen konnte. Seine Miene zeigte schiere Angst.

„Oder wie wäre es mit … *dem NPC-Dorf*?"

Plötzlich führte Caesar einen stechenden Schmerz, als der letzte Pfeil sich in seinen Arm bohrte. Er fiel zu Boden und brüllte vor Qualen. Schon bald folgten zwei weitere Pfeile, dann ein unablässiger Strom von Pfeilen, die sich alle in Caesars Körper bohrten.

Leonidas ging langsam auf seinen Gegner zu, einen weiteren Pfeil an seinem Bogen angelegt. Er bemerkte, dass auf dem Schlachtfeld vor dem Fenster eine Dunstwolke aufstieg, ignorierte sie aber und genoss stattdessen das herrliche Gefühl von Sieg und Gerechtigkeit. Der Anführer der Noctem-Allianz, der das Massaker in der Siedlung der Gefangenen, den Mord an Bürgern von Elementia und an seiner Familie, den NPC-Dorfbewohnern, organisiert hatte, war von Pfeilen übersät und sah kraftlos zu ihm empor. Nichts auf der Welt würde diesen Moment verderben können.

Doch eines gab es noch zu tun, bevor er seinen Gegner von seinem Leid erlöste. Leonidas hockte sich neben Caesars zitternden Körper und sagte: „Ich muss zugeben, Caesar, mich überrascht, dass du dich nicht mehr gewehrt hast. Ich dachte, du wärst ein Schwertkämpfer von Weltrang. Weißt du, vielleicht kann ich es anders ausdrücken … auf eine Art, die dir vertrauter ist … oh, ich weiß, wie!"

Mit diesen Worten stand Leonidas auf, spannte die Bogensehne und zielte.

„Du hast mich enttäuscht", sagte Leonidas schlicht.

Mit diesen Worten ließ er die Sehne los.

Kurz war es still. Nur ein zischendes Geräusch drang von der anderen Seite des mechanischen Fensters herein. Mit schweißüberströmtem Gesicht, seine Adern noch immer voller Adrenalin, warf Leonidas einen Blick aus dem Fenster.

Eine Wolke aus grauem Gas hatte die Luft über dem Schlachtfeld erfüllt und sich in der ganzen Höhle ausgebreitet. Leonidas sah die leblosen Körper von Stan, Charlie, DieZombie97, fünf Soldaten der Einsatztruppen und dreißig Mitgliedern des Großen Pilzstammes auf dem Schlachtfeld liegen. Nur drei Kämpfer standen noch. Über ihnen kräuselte sich blauer Rauch. Minotaurus sprach mit Blackraven und dem Häuptling, aber als Leonidas sie ansah, schien er es zu spüren und blickte ihn an.

Leonidas erstarrte kurz und erwiderte den Blick. Lange herrschte Schweigen, während sich die beiden Kameraden, die monatelang unter Caesars skrupelloser Aufsicht zusammengearbeitet hatten, in die Augen sahen. Dann ...

„Da! Oben am Fenster!", brüllte Minotaurus. Seine tiefe Baritonstimme hallte von den Wänden der Kammer wider. „Das ist Leonidas! Der sollte nicht hier sein!"

Blackraven und der Häuptling drehten ruckartig den Kopf, um zu Leonidas zu sehen, und rissen die Augen auf. Dann rief Blackraven einen Befehl, und die drei Spieler rannten auf die Treppe zu.

Leonidas fluchte leise. In seiner Freude über Caesars Tod war er unvorsichtig geworden, und man hatte ihn entdeckt. Jetzt würden alle wissen, wer ihren Anführer getötet hatte, und Leonidas würde zum meistgesuchten Spieler in ganz Elementia werden. Er gestattete sich jedoch keine weiteren Überlegungen. Er würde nicht gegen alle drei gleichzeitig kämpfen können und musste fliehen. Er nahm sich vor, während seiner Flucht einen Weg zu finden, um das Vertrauen von Stan und seiner Armee zu gewinnen und gegen Lord Tenebris zu kämpfen.

Und so drehte er sich um, öffnete die Holztür, die er selbst erst vor kurzer Zeit verschlossen hatte, und flüchtete aus dem Raum.

KAPITEL 28:

AUF DEM GIPFEL DES FUNGARUS

„Sein Tod war zugegebenermaßen recht unerwartet."
„Das ist sehr bedauerlich. Ich gehe davon aus, dass ihr den Verantwortlichen finden werdet?"
„Wir wissen sogar, wer verantwortlich ist ... es war einer aus unseren Reihen, der uns verraten hat. Ich versichere dir, dass er bald seiner Strafe zugeführt wird."
„Hmmm ..."
Stans Lider zuckten, als er langsam zu Bewusstsein kam. Er konnte noch immer die Wirkung des Trankes der Langsamkeit auf seinen Geist spüren.
„Ich möchte dir noch einmal für deine Hilfe danken, mein Freund. Ohne dich wäre das nicht möglich gewesen."
„Nenn mich nicht deinen Freund, Blackraven ..."
Als er diesen Namen hörte, wurde Stan schlagartig wach und sammelte sich. Er öffnete die Augen und sah, dass er sich in einer winzigen Zelle aus Bruchstein befand, kaum groß genug, um darin aufrecht zu stehen. Er lag auf dem Boden, mit dem Kopf an einer Eisentür. Dahinter sprachen Leute im Flüsterton miteinander. Die Stimme des Häuptlings des Großen Stammes fuhr fort.
„... wir sprechen nicht unter gleichen Bedingungen und werden das auch nicht, bis ihr nicht euren Teil der Abmachung erfüllt."

„Keine Sorge, hochverehrter Häuptling. Das wird erledigt. Schon jetzt ist eine ganze Legion der besten Truppen der Noctem-Allianz auf dem Weg zur Kleinen Pilzinsel."

Stans Magen verkrampfte sich, und ihm brach der Angstschweiß aus, während er weiterlauschte.

„Sobald sie eintreffen, helfen wir euch dabei, die Polizei zu entmachten, und rufen das Kriegsrecht auf der Insel aus. Die Noctem-Allianz wird die dort verbliebenen Bürger von Element City verhaften und sie als Geiseln nehmen. Danach könnt ihr mit dem Kleinen Stamm machen, was ihr wollt."

„Ich kann es kaum erwarten. Diese Verräter haben ihre Strafe schon lange herausgefordert."

„Wenn du möchtest, Häuptling, wird die Noctem-Allianz die Stadt nur zu gern zerstören. Ich weiß, dass ihr die Inseln in ihren angestammten, ursprünglichen Zustand zurückversetzen wollt, und als eure neuen Verbündeten wäre es nur angebracht, wenn wir euch unterstützen."

„Vielen Dank, Blackraven! Das würde uns sehr helfen."

„Mit Vergnügen, mein Freund. Und jetzt tu mir bitte einen Gefallen und sieh nach deinen Männern. Ich habe das Gefühl, dass unsere Gefangenen bald erwachen werden."

„Jawohl, Sir", erwiderte der Häuptling, und Stan hörte seine Schritte verhallen.

Er blieb noch einige Minuten lang am Boden liegen. Sein Herz raste, während er darüber nachdachte, was er soeben gehört hatte, aber er war fest entschlossen, sich nicht zu verraten. Blackraven hatte vermutet, dass er noch bewusstlos war. Er würde ihn nicht wissen lassen, dass er so wertvolle Informationen gehört hatte.

Schließlich, nach etwa fünf Minuten, richtete sich Stan auf die Knie auf, dann stand er auf. Jetzt konnte er Eisenstangen an der hinteren Wand erkennen, hinter denen der blaue Himmel und Wolken sichtbar waren. Ganz offensichtlich befanden sie sich hoch in der Luft. Dann drehte er sich um. Er sah durch das kleine Fenster in der Eisentür, und Blackravens Gesicht mit seinem Schnabel als Nase starrte ihn an.

„Hallo, Stan", sagte Blackraven mit einem verschlagenen Lächeln.

Stan antwortete nicht. Er konnte Blackraven durch die gekreuzten Eisenstäbe nur voller Verachtung anstarren.

„Wie ich sehe, bist du wach", fuhr Blackraven mit selbstzufriedenem Grinsen fort. „Ich hoffe, deine Zelle entspricht deinen Erwartungen."

Stan weigerte sich noch immer zu antworten. Er glaubte nicht, dass er das konnte. Es fühlte sich an, als würde sich sein Magen mit einem Meer aus Säure füllen.

„Oh, und falls dir die Idee gekommen ist, dir mit den Fäusten einen Weg nach draußen zu schlagen, fürchte ich, dass du schwer enttäuscht sein wirst." Blackravens Grinsen wuchs in die Breite. „Jeder einzelne Block dieses Turms wird von Mitgliedern des Großen Pilzstammes bewacht. Wenn du versuchst zu fliehen, wirst du keinen Erfolg haben."

„Ich werde nicht fliehen", brachte Stan endlich hervor.

„Oh, ich bin sicher, dass du dir das noch anders überlegen wirst", erwiderte Blackraven und lachte leise. „Ganz besonders, wenn du hörst, was wir mit deinen Freunden gemacht haben."

Das war zu viel. Stan schnellte nach vorn, presste sein Gesicht gegen das Fenster in der Tür und fauchte wie ein tollwütiges Tier. „Wovon redest du? Was hast du ihnen angetan? Antworte!", verlangte Stan.

„Ach, du musst dir keine Gedanken machen", lachte Blackraven in einem unerträglich spielerischen Tonfall. „Sie sind am Leben ... noch." Wieder wurde sein Grinsen breiter, als er sprach, während Stan sein Entsetzen immer deutlicher ins Gesicht geschrieben stand.

„Wir werden keinen von ihnen töten, bis sie uns Informationen geben, die wir dringend benötigen. Und du wirst überhaupt nicht leiden, Stan. Ich weiß, dass du viel zu unintelligent bist, um irgendetwas wirklich Wichtiges zu wissen. Du lässt lieber deine Freunde sämtliche Planungen übernehmen und glaubst, dass was auch immer sie entscheiden, schon das Beste sein wird. Das, mein Freund, ist das Markenzeichen eines wirklich erbärmlichen Anführers.

Aus diesem Grund werden wir dich also nicht foltern. Aber ich weiß genau, dass alle drei deiner Kameraden wertvolle Informationen über die Sicherheitsmaßnahmen in Element City besitzen, Informationen, die ich ihnen nicht entlocken konnte, während ich neben euch allen im Rat gesessen habe. Also bin ich jetzt gezwungen, auf die harte Tour Antworten zu bekommen. Ich muss zugeben, Stan, dass besonders Charlie sich der Folter bisher widersetzt hat. Wir haben kein Wort aus ihm herausbekommen. Aber glaub mir, ich werde seinen Willen schon noch brechen. Charlies genauso wie DZs und Kommandant Crunchs."

Der reine, unverfälschte Zorn und der Hass, die in Stan hochkochten, waren unbeschreiblich. Während Blackraven beiläufig die bösartige Folter seiner Freunde beschrieb, drohte Stans Körper vor lauter Abscheu in Zuckungen auszubrechen. Auch die Angst und der Schrecken, die in Stan aufkamen, wenn er daran dachte, was für grauenhafte Dinge die Noctem-Allianz Charlie in diesem Moment antat, saßen tief.

„Was ist mit den anderen?", brachte Stan hervor. Das Atmen fiel ihm schwer, und sein schierer Hass blieb ihm im Halse stecken. „Mit meinen Männern? Was habt ihr mit ihnen gemacht?", brüllte Stan, während Blackraven sein amüsiertes Grinsen behielt.

„Wir haben den Leuten vom Großen Stamm beigebracht, wie man Pfeil und Bogen benutzt, um bewegliche Ziele anzugreifen", erklärte Blackraven fröhlich. „Du wirst dich sicher freuen, zu hören, dass sie inzwischen recht gut darin sind. Ich vermute, dass uns schon vor Ende des Tages die Ziele ausgehen werden!"

Wieder wurde Stan kalt ums Herz. Während dieses Gesprächs wurden seine Leute erschossen, sein bester Freund wurde gequält, und bestimmt hatten DZ und Kommandant Crunch in Zellen wie dieser ein ähnliches Schicksal zu erwarten. Alles wegen des Spielers, der Stan jetzt durch das Fenster anstarrte.

Endlich riss sich Stan lang genug aus seiner Verzweiflung, um zurückzustarren. Er konnte keine Worte finden, um auszudrücken, welche Gefühle Blackraven in ihm hervorrief, der Spieler, den er jetzt mehr als Caesar hasste, mehr als Leonidas, sogar mehr als Minotaurus. Schließlich konnte er sich zwingen zu sprechen.

„Warum, Blackraven?", fragte er und versuchte, seine völlige Niedergeschlagenheit nicht in seiner Stimme anklingen zu lassen. „Als ich dich zum ersten Mal getroffen habe, vor fünf Monaten, hast du mir Zuflucht geboten, zusammen mit Charlie und Kat, als niemand sonst es wollte. Wie konnte daraus ... das hier werden?"

Stan war ehrlich überrascht, als sich ein finsterer Ausdruck über Blackravens schwarzgelbes Gesicht legte. Er atmete tief durch, dann sprach er.

„Wie du sicher weißt, Stan", sagte Blackraven, und seine Stimme klang seltsam getragen, „hat mich an dem Tag, an dem ich euch aufgenommen habe, ein Lynchmob fast getötet. Als ich meinen Laden errichtet habe, habe ich mich auf solche Vorfälle vorbereitet, also konnte ich mich in einen unterirdischen Bunker zurückziehen, den ich damals gebaut hatte. Was ich nicht erwartet hatte, war, vom Ordnungsdienst entdeckt zu werden, als er nach dem Vertreiben der Meute mein Haus plünderte.

Man hat mich Minotaurus vorgestellt, und er hat mich dazu verurteilt, nach den Zeremonien des Tags der Proklamation hingerichtet zu werden. Mein Verbrechen war, mich der Verhaftung widersetzt zu haben, aber ich wusste, dass sie mich nur töten wollten, weil ich niedrigleveligen Spielern Zuflucht geboten hatte.

Ich bin sicher, dass du dich an die Ereignisse dieses Tags der Proklamation noch gut erinnerst, Stan. Nachdem du auf König Kev geschossen hattest, nachdem der Ordnungsdienst Adorias Dorf abgebrannt hatte, wusste König Kev, dass er alles in seiner Macht Stehende tun musste, um dich zu finden. Als er hörte, dass du bei mir Unterschlupf gefunden hattest und dass ich in seinem Gewahrsam war, hob der König meine Todesstrafe auf, unter der Bedingung, dass mein Leben ganz ihm gehören würde.

Mit seinen unermesslichen Ressourcen dauerte es nicht lange, bis der König die Widerstandstruppen entdeckte, die sich in den Ruinen von Adorias Dorf versammelt hatten. Er schickte einen Spion dorthin, der feststellte, dass sie mit dir zusammenarbeiteten, um ihn zu stürzen. König Kev sah seine Gelegenheit, mich einzusetzen, und schleuste mich als Spion in die Miliz ein, mit dem Ziel, ihr Vertrauen zu gewinnen und dann Informationen nach Element City weiterzugeben.

Zu dieser Zeit hatte ich noch die fehlgeleitete, lächerliche Vorstellung, dass niedriglevelige Spieler den hochleveligen ebenbürtig waren, dass sie schützenswert waren. Aus diesem Grund habe ich nur falsche Informationen weitergegeben oder Informationen, die ich für unwichtig hielt. Und wie du weißt, haben die Adorianer die Schlacht gewonnen. Dann hast du Element City als Präsident übernommen. Ich war einigermaßen stolz auf mich. Ich war in einer sehr angenehmen Position. Ich gehörte zum Siegerteam und konnte doch mit Leichtigkeit das Vertrauen des Feindes gewinnen, falls König Kevs verbliebene Anhänger zurückkehren sollten."

„Aber warum bist du dann übergelaufen?", fragte Stan völlig verwirrt. „Warum bist du der Noctem-Allianz beigetreten, statt für den Rat zu spionieren?"

Blackravens Miene nahm bösartige Züge an, und jetzt war er es, der Stan mit tiefer Verachtung anstarrte.

„Die Tatsache, dass ich der Noctem-Allianz beigetreten bin, Stan, ist einzig und allein deine Schuld."

Stan war schockiert und sprachlos vor Entsetzen. „Was soll das hei…?"

„Du hattest so viel Macht, Stan", unterbrach ihn Blackraven verbittert. „Du hattest eine ganze Welt unter deiner Kontrolle, und deine einzigen Feinde waren zu schwach, um sich zur Wehr zu setzen. Während der Rebellion waren deine Bürger so angetan von deiner Führung, dass sie jedem deiner Befehle blind Folge geleistet hätten.

Und was hast du getan? Hast du all deine Bürger eingesetzt, um genug Ressourcen zu sammeln, um Element City zu einer Großmacht aufsteigen zu lassen? Nein! Hast du dir selbst genug Macht verschafft, um alle deiner Ziele nach Belieben erreichen zu können? Nein! Nein, das hast du nicht, Stan! Du warst so besessen davon, die Rechte deines Volkes zu schützen, dass du für alle Möglichkeiten, die für dich greifbar waren, blind geworden bist.

Es ist Mitleid, das blind macht, Stan. So bewundernswert es als Eigenschaft sein mag, es gibt Zeiten, in denen man es zum Wohle aller ablegen muss. Du hast das nie getan! Du bist ein schwacher Anführer, der lieber sein Volk ermächtigt als sein Land! Menschen sind vergänglich, Stan. Sie sind nicht für die Ewigkeit geschaffen, denn sie sterben, sie verlassen Elementia, und sie verlassen *dich*. Aber Imperien ... Imperien können ewig leben! Du hattest die Fähigkeit, Element City so stark zu machen, dass die Stadt unsterblich geworden wäre. Du hattest die Ressourcen und die Chance dazu! Was hast du damit getan? Du hast diese Chance aufgegeben, um Güte zu fördern. Vergängliche, sterbliche Güte. Und du hast dich geweigert, dein Mitleid abzulegen, um dein Land mächtig zu machen! Jetzt ist es zu spät, Stan. Wir leben im Zeitalter der Noctem-Allianz, und schon bald wird die Republik von einer Organisation überschattet werden, für die Mitleid ein Fremdwort ist!

Ich habe versucht, dir zu helfen, Stan. Ich habe versucht, dich und deine Freunde dazu zu bringen, Gesetze zu verabschieden, mit denen Element City eine Supermacht geworden wäre. Ich habe versucht, dich davon zu überzeugen, ein einziges Mal in deinem Leben deine lächerliche Sorge um niedriglevelige Spieler und NPC-Dorfbewohner abzulegen. Aber das hast du nicht. Und mir ist schnell klar geworden, dass du es nie tun würdest. Ich wusste, dass ich versuchen musste, Präsident zu werden. Ich wusste, dass auch andere es sehen mussten wie ich. Aber nein: Sie haben *dich* wiedergewählt. Die selbstsüchtigen, niedrigleveligen Spieler, die ihr sinnloses, zielloses Leben einem Imperium vorziehen, das die Jahre überdauern könnte.

In diesem Moment wusste ich, dass ich die Seite wechseln musste. Ich hatte einige Tage vor der Wahl eine geheime Nachricht von Caesar erhalten, in der er mich aufforderte, der Noctem-Allianz in Nocturia beizutreten. Um ehrlich zu sein, bin ich gegen viele Ideale der Allianz. Aber sie ist wenigstens ehrgeizig. Sie will ein Imperium schaffen, das in diesem schönen Land Elementia die Zeitalter überdauern kann. Und obwohl ich dein Land nicht meiner

Zukunftsvision zuführen konnte, wusste ich, dass die Noctem-Allianz es könnte. Sie würde wahrer Größe nicht im Weg stehen, nur um ihr Volk zu schützen. Und das, Stan, ist der Grund, weshalb die Noctem-Allianz die großartigste Organisation in ganz Minecraft ist."

Beide schwiegen kurz, während Stan über alles nachdachte, was Blackraven gerade gesagt hatte. Schließlich erwiderte er: „Also ... das ist alles, was du wolltest? Die ganze Zeit über? Ein ewiges Imperium zu erschaffen?"

„Das ist alles, was ich je wollte", antwortete Blackraven düster.

„Und ... du hast die ganze Zeit über von innen heraus gegen mich und meine Freunde gearbeitet?", fragte Stan matt.

„Oh, Stan", erwiderte Blackraven und lachte heiser. „Du bildest wirklich eine ganz eigene Kategorie, was Ignoranz angeht. Dir muss doch aufgefallen ein, dass ich der Auslöser für alles war, das Elementia geschwächt und die Noctem-Allianz gestärkt hat. Wessen Idee war es, die nachgestellte Schlacht um Elementia den Feierlichkeiten zum Elementiatag hinzuzufügen, um den perfekten Moment dafür zu schaffen, mitten im Herzen der Stadt Angst und Schrecken zu verbreiten? Wer hat die Kontrolle über das Gefängnis Brimstone den Witherskeletten überlassen, wohl wissend, dass sie sich bei der kleinsten Provokation gegen dich auflehnen würden? Wer hat Graf Drake heimlich Material zukommen lassen, damit er fliehen konnte, als ihr seine Zelle betreten habt? Wer hat euch geholfen, euren Plan für die Sonderbasis zu entwickeln, wissend, dass Caesar bis ins kleinste Detail erfahren würde, was auf ihn zukommt, und es somit kontern könnte?

Aber eins muss ich doch sagen", meinte Blackraven großspurig, „meine brillanteste Idee war es, Informationen aus dem Rat in der Stadt zu verbreiten. Die Gunst

des Volkes ist wankelmütig, Stan. Sie kann dich im Handumdrehen aufbauen und niederreißen, je nachdem, wie du sie benutzt. Und indem ich eure Geheimpläne dem Volk verraten habe, konnte ich dafür sorgen, dass es euch nie wieder trauen würde. Und schon waren deine Bürger, für deren Wohl du so schwer gearbeitet hast, gegen dich und zerstritten. Das Chaos in Elementia war vollständig."
Während Stan vor Entsetzen schwindelig wurde, wuchs Blackravens Lächeln wieder zu voller Breite an. Er genoss jede Sekunde der Qualen, die sein ehemaliger Anführer durchlebte. Schließlich sprach er wieder. „Ich muss jetzt gehen, Stan", erklärte Blackraven. „Ich habe eine Audienz mit Lord Tenebris, und dann muss ich das Ende der ... hm ... Überzeugungsarbeit an Charlie beaufsichtigen. Als Nächstes kümmere ich mich um DZ und gleich danach um Kommandant Crunch. Und dann ... Sagen wir einfach, dass Lord Tenebris für dich ganz besondere Pläne hat."
Mit einem weiteren amüsierten Kichern machte Blackraven kehrt und lief den Gang entlang, bis er verschwand.
Stan war zu überwältigt, um klar denken zu können. Er war mit so vielen Informationen überschüttet worden – so vieles wurde ihm klar –, und er war erbost über seine eigene Blindheit, was diesen Plan anging, den grauenhaften Plan, der direkt vor seinen Augen umgesetzt worden war.
„Hey ... Stan ... kannst du mich hören?"
Die Stimme war fast nicht wahrzunehmen. Bei den unaufhörlichen Stürmen außerhalb des mit Eisenstäben versperrten Fensters war kaum ein Flüstern auszumachen, doch Stan würde diese Stimme überall erkennen. Er richtete sich schlagartig auf.
„DZ? DZ, wo bist du?"
„Ich bin hier drüben", erklang die erstickte Antwort. „In der Zelle ... äh ... links von dir, glaube ich."

Stan huschte sofort zur linken Wand seiner Zelle und presste sein Ohr dagegen. „DZ? Hörst du mich?"

„Ja, ich höre dich", erwiderte die Stimme, noch immer gedämpft, aber viel deutlicher. Stan erkannte, dass DZ erschöpft und verletzt klang, ganz ohne seine typische Lebhaftigkeit.

„DZ? Was ist mit dir passiert?"

„Nichts, mir geht es gut ..." Stan hörte ein schmerzerfülltes Stöhnen auf der anderen Seite. „Na schön ... eigentlich nicht, mir geht es nicht gut. Diese Stammesmitglieder haben mich im Kampf ganz schön fertiggemacht."

„Halt durch, DZ, du schaffst das schon", sagte Stan. Sein Herz fing an, wie wild zu klopfen, als ihm klar wurde, was sich ereignet haben musste. „DZ ... wie viel von meiner Unterhaltung mit Blackraven hast du gerade mitbekommen?"

„Alles", antwortete DZ kraftlos. Dann bekam er einen starken Hustenanfall. Stan fuhr bei dem Gedanken daran, wie DZs Körper von Krämpfen geschüttelt wurde, zusammen. „Die wollen mich also foltern, was? Tja, da werden sie Pech haben. Ich gebe nicht so leicht nach." Es klang, als würde ihm jedes Wort Schmerzen bereiten, aber Stan musste das Gespräch fortführen. Die Zeit wurde knapp.

„DZ, wir müssen hier raus. Wir müssen Charlie und Kommandant Crunch finden. Weißt du, wo Crunch ist?"

„Keine Ahnung", röchelte DZ. „Und Stan ... ich glaube nicht, dass wir alle ...", wieder unterbrach ihn ein Hustenkrampf, „... entkommen können. Ich habe gesehen ... wie die Wachen patrouillieren, während du bewusstlos warst. Da sind sehr viele, und keiner von uns ist in der Lage zu kämpfen."

„Du willst einfach aufgeben?", rief Stan erschrocken.

„Nein, ich werde einen Kompromiss machen ... das ist etwas anderes ...", antwortete DZ schwach.

„Halt ... was soll das ...?"
„Soll heißen", erwiderte DZ, „dass ich einen Fluchtplan habe. Aber er wird nur für dich funktionieren ... Charlie, Crunch und ich werden hierbleiben müssen."
„Was? Was wollt ... wie werdet ...?"
„Es ist eigentlich ganz einfach." Noch einmal hallte das Geräusch eines Hustenkrampfs in den Zellen wider. „Sie haben uns durchsucht, als sie uns eingesperrt haben, um uns all unsere Gegenstände abzunehmen. Aber ich habe ... einen alten Trick benutzt ... und es geschafft, ein paar Sachen hereinzuschmuggeln. Leider ... reichen sie nur, um dich hinauszubringen. Nur dich."
„Nein!", rief Stan. „Das lasse ich nicht zu! Du kannst nicht euch drei nur für mich opfern!"
„Sei ruhig!", krächzte DZ, dann hustete er wieder. „Willst du ... dass sie ... dich hören?" Er bekam offensichtlich kaum Luft. Offenbar hatte er große Schmerzen. „Wir ... opfern uns nicht, Stan. Charlie und Crunch sind beide ... ziemlich hartgesottene Spieler. Ich bin ... sicher, dass sie überleben werden. Solange ... Lord Tenebris Informationen ... von ihnen braucht, werden sie am Leben gehalten."
„Aber ich kann sie doch nicht einfach unter solchen Qualen leben lassen, während ich frei bin! Und was ist mit dir?"
„Hör mir zu, Stan!", sagte DZ. Seine schwache Stimme klang plötzlich sehr ernst und streng. Stan fühlte sich verpflichtet zu gehorchen. „Du bist der Präsident von Elementia. Es ist deine Aufgabe, in ... Zeiten der Not für deine Bürger zu sorgen. Und sie haben dich ... nie so sehr gebraucht wie jetzt."
„Aber ..."
„Kein aber, Stan. Wir sind hergekommen, um die ... Noctem-Allianz zu vernichten. Du musst von hier fliehen ... Wir mögen heute verloren haben ... aber der Krieg

ist noch nicht vorbei. Solange du hier bist … bist du unsere einzige Hoffnung, Stan."

„DZ, zwing mich nicht …"

„Stan, bitte … hör mir genau … sehr genau zu."

Kurz herrschte Stille, bevor DZs keuchende, röchelnde Stimme wieder erklang. „In all den Monaten … in denen wir uns kennen … wann habe ich … dich je … enttäuscht?"

Wieder Stille. Dann …

„Vertrau mir, Stan. Crunch und Charlie … schaffen es schon. Was mich angeht … das ist es, was ich will. Du bist mein … bester Freund, Stan. Bitte … tu was ich sage!"

Eine einschneidende Pause folgte, voll der eindringlichsten Stille, die Stan je erlebt hatte. Und dann …

„Okay, DZ", erwiderte Stan mit niedergeschlagener Stimme. „Erklär mir den Plan."

„Du wirst verstehen, was zu tun ist … wenn es so weit ist, Stan. Du musst nur wissen … dass du dich von der Wand entfernen musst", keuchte DZ.

Ganz automatisch trat Stan von der Wand zurück. Ihm kam nicht für eine Sekunde der Gedanke, dass er nicht gehorchen könnte. Er war schon dabei, sich zu zwingen, einen Fluchtplan zu entwerfen. Sein Instinkt drängte ihn, mit DZ zu diskutieren und nicht zu gehen, bis er allen vier lebendig zur Flucht verhelfen konnte. Aber Stan wusste, dass DZ recht hatte. Wenn er die Gelegenheit hätte, allein zu fliehen, würde er sie ergreifen müssen. Stan fragte sich, wo sie waren. Er ging natürlich davon aus, dass sie sich noch irgendwo in der Sonderbasis befanden, aber er wusste noch immer nicht, wo. Vielleicht auf dem Gipfel des Fungarus. Aber selbst wenn es so wäre, wüsste er noch immer nicht, wie er von der …

Stans Gedankengänge wurden von einer Explosion unterbrochen.

Er wurde von einer Druckwelle aus Licht, Lärm und Schmerzen überrollt. Es fühlte sich an, als würde er mit qualvoller Langsamkeit durch ein Netherportal geschoben. Die Explosion zwang ihn in eine Ecke der Zelle, wo sich sein ganzer Körper unter unerträglichen Schmerzen krümmte. Das Licht blendete ihn. Stan konnte nichts sehen, und der Knall der Explosion hatte bei ihm ein Ohrensausen hinterlassen, sodass all seine überlebenswichtigen Sinne nutzlos waren.

Stan war sich nicht sicher, wie lange er danach liegen geblieben war. Sein gesamter Körper schien vor Schmerz zu schreien. Nach der Supernova schien ihm auch jegliches Zeitgefühl abhandengekommen zu sein. Schließlich hatte er jedoch den Eindruck, wieder langsam in die Welt der Lebenden zu gleiten. Sein Augenlicht und sein Gehör kehrten zurück, während sich der Schmerz zu schierer Qual verstärkte. Verschwommen nahm Stan den blauen Himmel über sich wahr, an dem eckige Wolken schwebten, nicht weit über ihm. Der Wind war jetzt laut und peitschend, und in weiter Ferne heulte eine Sirene.

Stan zwang sich, aufzustehen. Jede Bewegung ließ ihn zusammenzucken. Mit großer Mühe sah er sich um, und fast blieb ihm das Herz stehen.

Die Explosion hatte einen Riss in der Seite des Gebäudes hinterlassen, das, soweit Stan erkennen konnte, auf dem Gipfel des Fungarus stand. Der Abgrund vor ihm endete Hunderte Blöcke weiter unten im Ozean. Die Zellenwände waren verschwunden, der Boden war mit Löchern übersät, und überall verteilten sich Bruchsteinblöcke. In der Mitte des Chaos, dort, wo sich einst die Nachbarzelle befunden hatte, lag eine Gestalt auf dem Boden, neben einem leuchtenden Diamantschwert und einem Feuerzeug aus Feuerstein und Eisen.

Aller Schmerz, den Stan gefühlt hatte, verschwand auf

einen Schlag. Er spürte das Stechen in seinem Körper nicht mehr, auch nicht das eiskalte Peitschen des Windes um sich herum. Er empfand nur noch stummes Entsetzen, während er vorwärtstorkelte, fast in einer Trance, und neben DZs Körper auf die Knie fiel. Dann, als spürte er, dass Stan bei ihm war, flatterten DZs Augenlider und öffneten sich mit großer Mühe.

„Wa...was hast du getan?", keuchte Stan. Das Atmen erschien ihm unmöglich.

„Ich ... hab dich ... rausgeholt ... oder etwa nicht?", krächzte DZ. Er atmete röchelnd und unregelmäßig, und mit jedem Wort hob und senkte sich seine Brust. „Das habe ... ich ... versprochen ..."

„Nein ...", sagte Stan, diesmal laut, und er beugte sich zu DZ hinab und packte ihn bei den Schultern. „Nein, das darf nicht wahr sein", stöhnte er.

„Schon ... gut ... Stan ...", sagte DZ und lächelte schwach. „Du ... bist ... jetzt frei ... und ich ... auch ..."

„NEIN!", rief Stan und schüttelte DZ in seiner verzweifelten Wut, während Tränen wie Wasserfälle über sein Gesicht strömten. „DZ, wag es ja nicht, hier zu sterben!"

„Pssschhh ...", flüsterte DZ. Er atmete mit jeder Sekunde schwächer. „Stan ... keine Sorge ... meinetwegen." DZs Miene war jetzt ruhig und gelassen, ohne jede Betrübnis.

„Meine ... Zeit in ... Elementia war ... großartig ... dank dir ..."

„DZ, nein", stöhnte Stan. Er zitterte am ganzen Körper, und sein Kummer umgab ihn wie ein reißender Strudel.

„Nur ... eine ... letzte Bitte ...", sagte DZ. Seine Stimme war im Wind kaum noch zu hören.

„Ja", würgte Stan hervor. Trotz seiner Bestürzung brachte er all seine Aufmerksamkeit auf.

„Wenn der ... Krieg gewonnen ist ... will ich, dass ...

du in die Wüste gehst ... Bleib da ... eine Woche ... Vergiss ... deine Probleme ... und ... denk ... an ... mich ..."
Dann, mit einer Miene, die Harmonie und Ruhe ausstrahlte, nahm DZ einen letzten tiefen Atemzug, während sein Körper verschwand.

Stan blieb eine gefühlte Ewigkeit auf den Knien. Er konnte seine Hände nicht von der Stelle lösen, an der DZ nur wenige Momente zuvor noch gelegen hatte. Er konnte nicht mehr weinen. Er konnte sich nicht mehr bewegen. Er konnte an nichts denken als an DZs letzte Worte und die überwältigende Tatsache, dass DieZombie97, der eine Spieler, den er fast so lang gekannt hatte wie Kat und Charlie, nun für immer aus Elementia verschwunden war.

Bei dieser Feststellung nahm Stan plötzlich nur zu deutlich die Sirenen wahr, die im Hintergrund losschrillten, zusammen mit wütendem Geschrei, das immer lauter wurde. Schlagartig wurde Stans Kummer zu Leidenschaft, rotglühendem Eifer aus Trauer, Zorn und Rachedurst. Er schloss kurz die Augen. DZ war tot, aber er selbst war noch am Leben. Die Republik Elementia existierte noch und war jetzt in größerer Gefahr, als sie es in der gesamten Geschichte des Servers gewesen war. Stan wusste, was er zu tun hatte.

„Ich verspreche es dir, DZ", sagte Stan zu sich selbst, während er mit zusammengebissenen Zähnen in den zerbombten Ruinen des Gefängnisses auf dem Gipfel des Fungarus kniete. „Ich werde nach Elementia zurückkehren, ich werde mein Volk im Andenken an dich versammeln und diesen Krieg ein für alle Mal gewinnen."

Stan blickte neben sich, wo die Gegenstände noch immer auf dem Boden lagen. DZs leuchtendes Diamantschwert mit der Rückstoß-Verzauberung war direkt neben ihm. Mit eiserner Entschlossenheit und neuem Antrieb packte Stan das Schwert mit seiner quaderförmigen Hand und stand auf. Er ging los, vorbei an den Löchern im Boden, und stand an der Klippe des Fungarus, Hunderte Blöcke über dem Meer.

Die Reise, die ich vor mir habe, wird schwer, dachte Stan. *Bis nach Elementia ist es ein weiter Weg, und die Noctem-Allianz wird sich an meine Fersen heften. Ich glaube nicht, dass die Stadt mir helfen kann. Wenn Blackraven der Allianz die ganze Zeit über unsere Schlachtpläne verraten hat, ist unser Angriff auf Nocturia mit Sicherheit fehlgeschlagen, und Element City wird schon jetzt um das nackte Überleben kämpfen. Die Republik ist in Gefahr ... und sie braucht mich.*

Während die Stimmen lauter wurden, warf Stan einen letzten Blick auf die Stelle, an der DZs Körper gelegen hatte. Er fühlte keine Trauer mehr. Sicher würde sie während seiner langen Reise zurück nach Element City wieder aufkommen. Aber in diesem Moment schlummerte sie und wich einer Energie und Leidenschaft, die er nicht mehr empfunden hatte, seit er vor vielen Monaten einen Pfeil auf König Kev geschossen hatte.

Plötzlich wurden die Stimmen hinter ihm klar und deutlich. Stan hörte, wie sein Name gerufen wurde. Er umklammerte DZs Schwert fest, atmete tief ein und sprang von der Klippe in das Meer unter sich.

KAPITEL 29:

DIE GEISELN

Zum ersten Mal seit langer Zeit herrschte im Ratssaal von Element Castle völlige Stille. Das lag nicht nur an den fehlenden Ratsleuten, obwohl nur fünf von den acht Mitgliedern am Konferenztisch saßen und der Sitz des Präsidenten leer war.
 Es war der Mechaniker, der gewählte Übergangsleiter des Rates, der die Versammlung einberufen hatte. Es war zu erwarten gewesen. Die Offensive gegen die Noctem-Allianz war nun abgeschlossen, und ein Bericht über die Lage an den Fronten war nötig. Doch jetzt, nachdem die Formalitäten und Einleitungen abgeschlossen waren, war niemand bereit, als Erster zu sprechen. Die düstere Atmosphäre im Raum spiegelte deutlich den Inhalt der Berichte wider, die jeder der Spieler zu der Lage an den Fronten abgeben musste, und niemand schien bereit zu sein, die ersten schlechten Nachrichten zu überbringen.
 Schließlich, nach mehreren Minuten bedrückender Stille, ergriff der Mechaniker das Wort.
 „Wie ihr alle wisst, haben die Truppen der Republik Elementia heute einen Angriff auf die Armeen der Noctem-Allianz durchgeführt. Jeder von euch Anwesenden hat den Angriff an der Front geführt."
 Im Saal erklang zerknirscht zustimmendes Gemurmel.
 Der Mechaniker seufzte. Er wusste, was auf ihn zukam,

und wollte es genauso wenig hören wie die anderen Ratsmitglieder. Er beschloss, erst die nicht ganz so schmerzlichen Themen zu besprechen.

„Zuallererst: Hat jemand eine Ahnung, wo Blackraven ist?"

Die Stille am Tisch war ohrenbetäubend.

„Bill, Ben und Bob, ich möchte einen Fahndungsaufruf über ihn veröffentlichen, sobald diese Versammlung vorüber ist", befahl der Mechaniker und deutete in Richtung der drei Polizeipräsidenten, die sich mit ernster Miene an die Wand lehnten.

„Zweitens: Hat irgendjemand neue Informationen zum Status des Angriffs auf die Sonderbasis?"

Vier Ratsmitglieder schüttelten den Kopf, und Ben antwortete niedergeschlagen: „Wir haben nichts über den Status gehört. Ich schätze, uns bleibt nichts weiter übrig, als abzuwarten."

Der Mechaniker nickte zustimmend und sah geradezu melancholisch aus. „Bedenkt bitte alle, dass durchaus noch die Chance besteht, dass der Angriff perfekt verlaufen ist und die Anführer der Noctem-Allianz inzwischen aus dem Weg geräumt worden sind."

Die Reaktion auf diese Aussage war Totenstille, was den Mechaniker nicht überraschte. Er wusste, dass alle Amtsträger im Saal genau wie er das Gefühl hatten, dass das nicht stimmte. Schließlich seufzte er. Er wusste, dass die Zeit gekommen war, und gab widerwillig den Befehl.

„Polizeipräsident Bill, du hast den Angriff auf die Hitzefront im Nether angeführt. Bitte erstatte Bericht zum Status dieser Operation."

Bill richtete sich langsam auf. Es war deutlich, dass es ihm widerstrebte zu sprechen. Doch schließlich gab er seinen Bericht ab. „Der Angriff begann wie geplant. Wir haben es geschafft, die Noctem-Truppen in Richtung des Gefängnisses Brimstone zurückzuschlagen, das sie als Operationsbasis genutzt haben. Allerdings haben sie schon nach kurzer Zeit deutlich gemacht, dass sie Oob bei sich haben. Wie sich herausgestellt hat, können die Zombiedorfbewohner auch Nethermobs Befehle erteilen. Die Witherskelette und Zombie-Pigmen haben einen undurchdringlichen Verteidigungsring um das Gefängnis herum gebildet, während die Ghasts uns mit Sperrfeuer daran gehindert haben, weiter vorzurücken.

Wir konnten nicht vorankommen, weil die Noctem-Soldaten von jeder unserer Bewegungen zu wissen schienen und perfekte Konter ausgeführt haben. Sie haben es geschafft, uns schnell und brutal zurückzuschlagen, bis ich schließlich den Rückzug durch das Netherportal bis nach Element Castle anordnen musste. Wir haben unser Netherportal zerstört, damit die Noctem-Allianz keinen direkten Zugang zur Burg bekommt. Dennoch haben wir durch die Attacke alles Land verloren, das wir im Nether gewonnen hatten, und die Noctem-Allianz hat jetzt völlige Kontrolle über die gesamte Dimension, ohne dass wir wieder hineinkommen können."

Am Ende seines Vortrags atmete Bill tief durch, und allen Anwesenden wurde das Herz schwer. Sie wussten, dass der Angriff nicht gut gelaufen war, aber sie waren noch immer nicht bereit, das auch hören zu wollen. Besonders Jayden und G erschienen verbittert und niedergeschlagen. Sie hatten mit Bill in den ersten Reihen an der Hitzefront gekämpft. Die Attacke war eine Katastrophe gewesen, und jetzt konnte die Noctem-Allianz ungehindert reisen, wohin auch immer sie wollte.

„Polizeipräsident Ben, du hast den Angriff auf die Kaltfront in der Wüste und der Tundra im Umkreis von Nocturia angeführt. Bitte erstatte Bericht zum Status dieser Operation."

Der Mechaniker hatte exakt dieselben Worte benutzt, mit denen er auch Bill angesprochen hatte, aber die Anspannung war jetzt viel höher. Alle Ratsmitglieder waren seit dem Angriff in der Stadt geblieben und hatten die entsetzlichen Gerüchte gehört, die seit dem Ende der Schlacht wie Wespen umherschwirrten. Ben sah aus, als quälte es ihn, auch nur den Mund zu öffnen, während die Mienen von Bob und Kat, der anderen Kommandanten an der Hitzefront, reinen Schmerz widerspiegelten. All das verstärkte die grauenhafte Nervosität der anderen Spieler nur weiter.

„Unser Angriff hatte einen sehr ähnlichen Anfang", sprach Ben schließlich. „Wir haben einen großen Teil ihres Widerstands brechen können, während wir vorgerückt sind und uns Nocturia genähert haben. Aber sobald wir in die Nähe der Stadt kamen, ist eine unbeschreiblich riesige Welle von Truppen aus ihr hervorgebrochen. Die meisten von ihnen waren bewaffnete Spieler, aber es waren auch viele Creeper dabei, die die Noctem-Truppen völlig ignoriert haben und unsere Soldaten als Ziele wählten. Ich bin sicher, dass Mella oder Stull sie in Nocturia ausgebildet haben und dass einer von ihnen bei den Mobs gewesen wäre, wenn wir bei Nacht angegriffen hätten.

Auf jeden Fall haben sie uns voll und ganz überwältigt. Die Noctems haben mit aller Kraft gekämpft, und wir haben durch die Creeper große Verluste erlitten, so viele, dass wir gezwungen waren, uns immer weiter zurückzuziehen. Wir haben einen Gefechtsstand nach dem anderen verloren, über die ganze Tundra hinweg bis in die Wüste. Wir haben versucht, uns zur Wehr zu setzen, aber wir waren unter zu großer Bedrängnis und konnten nur tatenlos zusehen, als die Noctems wichtige Stellungen wie Bahnhöfe und hohes Gelände eingenommen haben. Sie haben uns bis in den Wald verfolgt, und wir waren gezwungen, einen vollen Rückzug bis nach Adorias Dorf auszuführen."

Plötzlich entfuhr Ben etwas, das wie ein unterdrücktes Schluchzen klang. Er hatte Tränen in den Augen, und er stand offensichtlich kurz davor, etwas unglaublich Schmerzhaftes zu sagen.

„In kürzester Zeit haben sich die Noctem-Truppen um Adorias Dorf versammelt. Wir haben eine Weile versucht, in den Straßen zu kämpfen, aber dann ... haben sie uns überrannt. Uns wurde klar, dass wir die letzten Kampftruppen waren, die Elementia hatte, und dass es unsere Pflicht ist, so viele Bürger wie möglich zu schützen, also ... also ...", Ben atmete tief durch, bevor er fortfuhr, „... waren wir gezwungen, die Ausbilder der Freiwilligen und die niedrigleveligen Spieler im Dorf der Allianz auszuliefern. Man wird sie höchstwahrscheinlich als Geiseln benutzen.

Im Moment haben unsere Truppen eine sehr solide Verteidigung an den Mauern von Element City aufgebaut. Die Mauern selbst sind mit automatischen Geschütztürmen, unterirdischen TNT-Minen, temporären Lavawällen und genug anderen Abwehrmaßnahmen ausgestattet, um einen Angriff der Noctem-Allianz auf die Stadt irrsinnig und unmöglich zu machen. Aber im Moment haben sie die Kontrolle über Adorias Dorf, die Diamantbucht und damit auch über ganz Elementia."

Die Bedeutung dieser Nachrichten sickerte langsam zu den Anwesenden im Ratssaal durch. Nachdem Ben geendet hatte, dauerte es eine ganze Minute, bis alle Ratsmitglieder die ganze Tragweite der Ereignisse verstanden hatten. Die Angriffe an allen Fronten waren fehlgeschlagen. Die Noctem-Allianz hatte jetzt den gesamten Server Elementia unter ihrer Kontrolle, mit Ausnahme von Element City, und die Stadt hatte sich zur Verteidigung verschanzt und bereitete sich darauf vor, um ihr Überleben zu kämpfen.

„Was ist mit den Soldaten, die in unseren Basen draußen auf dem Land stationiert sind?", fragte Jayden verzweifelt. Ihr wisst schon, die bei der Seebasis und der Dschungelbasis ... sind die denn nicht mehr da?"

Bob schüttelte traurig den Kopf. „Nein, sind sie nicht. Nachdem Stan mit den anderen die Seebasis verlassen hat, haben wir alle Soldaten von allen Außenposten abgezogen, damit wir die größtmögliche Angriffsstärke aufbauen konnten. Die Soldaten, die wir zur Bewachung der Stadt abgestellt haben ... das ist alles, was noch bleibt."

Danach herrschte Schweigen. Es war nicht weiter überraschend, aber niemand wusste, was er sagen sollte. Was gab es auch zu sagen? Eine Gruppierung unter der Führung der Überreste von König Kevs Armee hatte in weniger als einem Monat die Kontrolle über Gebiete gewonnen, die praktisch den gesamten Server ausmachten. Und jetzt blieben ihnen keine Soldaten mehr, um sie zu bekämpfen.

Die Stille wurde schließlich davon unterbrochen, dass sich hinter ihnen eine Tür öffnete. Alle drehten die Köpfe und sahen, wie ein Soldat den Raum betrat. Seine eckigen Finger umklammerten ein Buch.

„Was ist dein Anliegen?", fragte der Mechaniker.

„Ich überbringe eine Nachricht", antwortete der Soldat erschöpft. „Ein Noctem-Soldat ist mit einer weißen Flagge bis an unsere Mauern gekommen und hat uns dieses Buch übergeben. Der Titel ist *Die aktuelle Lage*, und der Autor ist Blackraven100."

Alle Anwesenden schnappten nach Luft. Die Noctem-Allianz hatte in Blackravens Namen eine Nachricht überbracht?

Seit Blackravens Verschwinden vor einigen Tagen hatten

sie alle sich gefragt, ob es wirklich sein konnte. Es war immerhin möglich, dass es nur Zufall war ... oder vielleicht war Blackraven von den Noctems gefangen genommen worden, und dies war die Lösegeldforderung ...

Ben nahm dem Soldaten das Buch ab. Als er die Seiten überflog, machte er erst große Augen, dann sank er traurig in sich zusammen. Schließlich, nach einer langen Pause, las er das Buch laut vor.

DIE AKTUELLE LAGE
von Blackraven100
Eine Nachricht an den Rat der Acht
Ich grüße euch, Ratsmitglieder. Diese Nachricht ist eine formlose Ankündigung an euch, damit ihr von meiner wahren Treue zur Noctem-Allianz und ihrem ruhmreichen Anführer Lord Tenebris erfahrt. Ich habe all eure Pläne und Kampftaktiken meinem Kollegen Caesar894 mitgeteilt, weshalb eure Angriffe so spektakulär fehlgeschlagen sind, wovon ich mit einiger Sicherheit ausgehe.

In den vergangenen Tagen habe ich mich endgültig verabschiedet und die Sonderbasis der Noctem-Allianz aufgesucht, wo es mir gelungen ist, Präsident Stan, die Ratsmitglieder Charlie und DZ sowie den Kommandanten der Seebasis von Elementia während ihres Angriffs auf die Basis gefangen zu nehmen. Momentan befinden sich alle vier in einem Hochsicherheitsgefängnis an einem geheimen Ort. Zu gegebener Zeit werden wir gewisse Forderungen an euch stellen, die ihr erfüllen müsst, wenn ihr eure Freunde am Leben halten wollt.

Für die Zwischenzeit empfehle ich persönlich allen Ratsmitgliedern sowie den Polizeipräsidenten, sich uns freiwillig selbst auszuliefern. Die Noctem-Allianz ist kei-

ne böswillige Organisation. Solltet ihr euch ergeben, werdet ihr als Staatsfeinde hingerichtet, aber euren Bürgern wird gestattet, unter der Herrschaft der Noctem-Allianz zu leben. Wir möchten keine Zivilisten töten. Unser Ziel ist nur, niedriglevelige Spieler in der Stellung zu halten, die ihnen gebührt.

Ihr müsst wissen, Ratsmitglieder, dass wir, solange ihr diesen Krieg fortführt, auch eure Spieler töten werden. Das zu tun, missfällt uns genauso sehr wie euch, aber nur ihr allein habt die Macht, dem allem schnell ein Ende zu setzen.
Hochachtungsvoll
Blackraven100

Die Stille hielt an, aber der Schock saß nicht so tief, wie man hätte denken können. In den vergangenen zehn Minuten waren so viele schreckliche und grausige Informationen zu der Gruppe durchgedrungen, dass diese neueste Nachricht sie nur erschöpfte. Es war einfach kein Spielraum für Entsetzen mehr vorhanden. Abgesehen davon war niemand wirklich überrascht. Seitdem Blackraven plötzlich und ohne Erklärung verschwunden war, hatte jedes der Ratsmitglieder Verdacht geschöpft, der sich über Tage hinweg verstärkt hatte, und so fühlte sich die Bestätigung ihrer Vermutungen nur wie ein dumpfer Schlag in die Magengrube an, nicht wie ein Schlag ins Gesicht.

Das vorherrschende Gefühl im Raum war Anspannung, denn allen Ratsmitgliedern war dieselbe Tatsache klar geworden. Blackraven hatte ihnen ein Angebot gemacht. Sie konnten sich selbst ausliefern, um den Kämpfen sofort ein Ende zu setzen. Sie hatten es nun in der Hand, den Krieg zu beenden.

Die Stille zog sich in die Länge, während die Gruppe über diese Idee nachdachte. Dann, schließlich, als sie es nicht mehr ertragen konnte, sprang Kat aus ihrem Stuhl auf, und aller Augen waren auf sie gerichtet.

„Ich bitte um eine Abstimmung", sagte Kat. Ihre Augen blitzten auf, zum ersten Mal, nachdem Blackravens Nachricht verlesen worden war. „Alle, die dafür sind, dass wir uns der Noctem-Allianz ergeben, heben jetzt bitte die Hand."

Kat sah sich am Tisch um. Die Mienen aller Ratsmitglieder waren das Spiegelbild ihrer eigenen. Keine einzige Hand war erhoben worden.

„Gut", erklärte Kat, „denn selbst wenn ihr dafür gestimmt hättet, hätte ich mich mit Klauen und Zähnen dagegen gewehrt. Und wisst ihr auch, *warum*? Weil wir die Großrepublik Elementia sind. Wir stehen für den Grundsatz von der Gleichheit aller unsere Bürger ein, wer immer sie sind, egal, wie hoch ihr Level ist. Wenn wir uns ausliefern, könnten wir den Krieg beenden, aber wozu? Für einen Server, der von der Noctem-Allianz geführt wird? Nach genau den Grundsätzen, für deren Abschaffung wir vor wenigen Monaten gekämpft haben?

Ich weiß nicht, wie es euch geht, aber was mich betrifft, werde ich, solange die Noctem-Allianz existiert, niemals aufhören, sie zu bekämpfen. Gerechtigkeit ist es wert, dass man für sie kämpft, und Ungerechtigkeit muss für immer aus ganz Elementia verschwinden. Im Moment haben uns die Truppen unserer Feinde bis an den Rand des Untergangs getrieben. Die neuen Spieler in Adorias Dorf werden als Geiseln gehalten. Unsere vier Freunde sind Gefangene der Noctem-Allianz. Wir sind unserer Vernichtung näher, als wir es je waren, also werden wir verbissener kämpfen müssen als je zuvor, nicht nur, um zu überleben, sondern auch, um unsere Unterdrücker für immer zu besiegen."

Als sie zum Ende kam, sah sich Kat am Tisch um. Die

Stimmung hatte sich während ihrer Rede nicht sonderlich verändert, aber etwas war doch anders. Zweifellos lag nun etwas in der Luft, das zuvor nicht zu spüren gewesen war. Kat konnte nicht ganz einordnen, was es war. Vielleicht war es Hoffnung, vielleicht war es Entschlossenheit, vielleicht war es auch Einigkeit. Aber Kat wusste, dass sie nicht allein war, und dass es, solange wenigstens einer von ihnen am Leben war noch Hoffnung für Elementias Zukunft gab.

KAPITEL 30:

LORD TENEBRIS

Es fiel Blackraven sichtlich schwer, seine überschäumende Freude zu verbergen. Jetzt war endlich der Moment gekommen, auf den er gewartet hatte, seit er vor vielen Monaten der Noctem-Allianz beigetreten war. Selbst die Tatsache, dass er neben dem idiotischen Stiermann Minotaurus saß, konnte die reine Hochstimmung, die Blackraven empfand, nicht trüben.

Blackraven hatte seine Verbindung zur Noctem-Allianz soeben öffentlich gemacht, sodass Stans gesamte Truppen in einen Taumel des Schocks geraten waren. Die Informationen, die er von Element City aus weitergegeben hatte, hatten der Noctem-Allianz die Kontrolle über den gesamten Server Elementia verschafft, und alle Truppen der Republik waren in eine einzige Festung zurückgedrängt worden. Dank seiner brillanten Planung hatte die Allianz nun vier hochrangige Regierungsbeamte in ihrer Gewalt und ein ganzes Dorf voller niedrigleveliger Spieler, die sie als Faustpfand einsetzen konnte.

Blackraven hatte keinerlei Zweifel, dass er jetzt Lord Tenebris' liebster Untergebener sein würde. Die Tatsache, dass man ihn zu einer Audienz zu ihm gerufen hatte, war ein klarer Hinweis darauf, dass er seine eigene göttliche Macht nun einsetzen würde, um Blackraven wundersame Kräfte zu verleihen.

Das einzig Verwirrende an der ganzen Situation war, dass Minotaurus neben ihm saß. Obwohl er seit ihrer Gründung zur Allianz gehört hatte, war Minotaurus nichts als ein außergewöhnlich kräftiger Schläger, der kaum über erwähnenswerte geistige Fähigkeiten verfügte. Aber dennoch war Blackraven sicher, dass es eine Erklärung dafür gab.

Von den vier Spielern, die der Allianz als Erste beigetreten waren, gab es nur noch Minotaurus und ihn. Caesar war von Leonidas verraten und ermordet worden, und Letzterer befand sich nun auf der Flucht, von der Republik und der Allianz verfolgt. Vielleicht war Lord Tenebris, weil alles so gut lief, in Geberlaune und hatte beschlossen, beiden verbliebenen Gründungsmitgliedern Macht zu verleihen. *Ja, das klingt vernünftig*, dachte Blackraven lächelnd. *Wer weiß, vielleicht befiehlt uns Lord Tenebris ja, unsere neue Macht auszuprobieren, indem wir Leonidas jagen und vernichten.*

Etwas klickte leise, dann öffnete sich die Eisentür. Blackravens Herz machte einen Satz, und Blackraven sprang auf. Es kostete ihn all seine Zurückhaltung, nicht aus dem Vorraum in Lord Tenebris' Kammer zu stürmen. Stattdessen ging er mit respektvoll langsamem Schritt, stellte sich in die Mitte des Raumes und sank ehrfürchtig auf ein Knie, während es ihm Minotaurus an seiner Seite gleichtat.

Momente später spürte Blackraven, dass jemand vor ihm stand. Kurz darauf erklang eine tiefe, ruhige Stimme.

„Grüße, meine Freunde."

Das war das Signal. Blackraven hob den Blick und sah in die Richtung der Stimme. Der hintere Teil der Kammer war dunkel, ohne jede Lichtquelle. Blackraven konnte mit Mühe den Umriss eines Spielers erkennen, der in der Finsternis aufrecht stand. Blackraven schlug das Herz bis zum

Hals. Soweit er wusste, hatte Lord Tenebris sich nie einem Spieler gezeigt, nicht einmal innerhalb der Noctem-Allianz. Blackraven hatte jedoch so eine Ahnung, dass es heute zum ersten Mal geschehen würde.

„Ich grüße Euch, Eure Hoheit", erwiderte Blackraven im demütigsten Ton, den er zustande brachte.

„Ja, Grüße, Sir", erklang Minotaurus' dümmlich klingende Stimme neben ihm.

„Ich möchte euch gratulieren", sagte Lord Tenebris. „Dank eurer Bemühungen der letzten Wochen ist die Nation der Noctem-Allianz nun größer und mächtiger als je zuvor. Aus diesem Grund habt ihr meine Zufriedenheit verdient, des großen und mächtigen Lord Tenebris."

Blackraven schauderte. Das musste ein Traum sein! Lord Tenebris höchstpersönlich hatte ihm ein direktes Lob ausgesprochen! Seine Aufregung war nicht in Worte zu fassen.

„Ich bin ein wohlwollender Anführer", fuhr Lord Tenebris fort, „und so halte ich es für angemessen, meine Gefolgsleute für ihre Treue und ihre harte Arbeit zu belohnen. Aus diesem Grund habe ich euch heute zu mir, dem großen Lord Tenebris, gerufen. Es wird Zeit, dass ihr euren Lohn erhaltet."

Blackraven musste sich mit aller Macht darauf konzentrieren, sich nicht zu rühren. Das war der aufregendste Moment in seinem Leben.

„Ich werde mit dir anfangen, Minotaurus", verkündete Lord Tenebris. Kurz darauf streckte sich ein Arm aus der Dunkelheit. Es war ein typischer, eckiger Minecraft-Arm, mit gebräunter Haut und einem türkisfarbenen Ärmel, der bis in die Finsternis reichte, die seinen Besitzer verbarg.

Blackraven sah voller Ehrfurcht zu, wie sich der Arm geradeaus nach vorn streckte, direkt auf Minotaurus zu. Der Stiermann schloss die Augen und atmete tief ein, dann begann er, in die Luft zu schweben. Während er immer höher aufstieg, wuchs Blackravens gespannte Erwartung ins Unermessliche. Er war sicher, dass irgendeine Art göttlicher Essenz aus Lord Tenebris' Hand austreten und Minotaurus eine ebenso göttliche Macht verleihen würde.

Stattdessen schloss sich die Faust. Minotaurus' Kopf wurde zurückgerissen und ein Ring von Gegenständen brach aus ihm hervor, bevor sein Körper gekrümmt zu Boden sackte.

Kaum hatte Blackraven begriffen, was seinem Nebenmann widerfahren war, schwebte er bereits von einer unbekannten Macht getragen in die Luft, und aus der Dunkelheit streckte sich ihm eine Hand entgegen. Blackraven spürte keine göttliche Macht, die in seinen Körper fuhr. Stattdessen fühlte er nur, wie die Hand seine Kehle umschloss. Er versuchte, die Arme zu heben, und stellte fest, dass die unsichtbare Kraft sie an seinen Körper presste.

„Mein Gebieter", hauchte Blackraven verständnislos, „was tut Ihr da?"

„Du hast meine Zufriedenheit verdient, Blackraven", erklang die gefühllose Stimme aus der Dunkelheit. „Deshalb wird es schmerzlos sein."

Dann, ganz plötzlich, fühlte Blackraven, wie sein Kopf mit Lichtgeschwindigkeit zurückgerissen wurde, und alles wurde schwarz.

Lord Tenebris blickte auf die Leichen seiner zwei verbliebenen Anhänger hinab, die umringt von ihren Gegenständen auf dem Boden lagen. Ehrlich gesagt war er traurig über ihren Verlust. Blackraven war im Großen und Ganzen eine wertvolle Bereicherung und Minotaurus unerschütterlich treu gewesen, wenn auch relativ nutzlos. Aber Lord Tenebris verfolgte eine Strategie. Verbündete blieben in dem Spiel, das er spielte, nie lang Verbündete. Außerdem arbeitete er lieber allein, was nun, da Blackraven seine Aufgabe erledigt hatte, viel leichter sein würde.

Kaum waren die Körper und Gegenstände der beiden Spieler verschwunden, rief Lord Tenebris seinen nächsten Gesprächspartner zu sich.

Die Angst und die Ehrfurcht, die Hauptmann Drake an den Tag legte, als er die Kammer betrat, amüsierten Lord Tenebris ausgesprochen. Sie waren allerdings nicht unbedingt überraschend. Ein Spieler von so niedrigem Rang wie der Hauptmann war noch nie zu einer Audienz mit dem großen und mächtigen Lord Tenebris gerufen worden. Das würde sich jedoch bald ändern. Lord Tenebris hatte vor, den Hauptmann schon bald zum General zu befördern, denn ihm fehlten nun drei davon.

„Ich grüße Euch, Exzellenz", flüsterte Hauptmann Drake und verbeugte sich tief.

„Grüße, Hauptmann", erwiderte Lord Tenebris. „Berichte mir nun von der Lage im Gefängnis und an der Front."

Der Hauptmann zögerte kurz. Lord Tenebris sah einen Moment lang Angst in seinen Augen aufblitzen, bevor er sprach. „Also … Eure Hoheit, äh … Die Front ist außerordentlich gut gesichert …"

Es hat einen Zwischenfall im Gefängnis gegeben, ganz sicher, dachte Lord Tenebris. Er wusste, dass er selbst überaus entschlussfreudig war, und er wusste auch, wie man Gespräche zu interpretieren hatte.

„Was ist im Gefängnis passiert?", fragte Lord Tenebris, und sein Ton war so emotionslos wie immer. „Ich versichere dir, Hauptmann: Welche Strafe ich dir für deine Fehler auch auferlegen mag, sie wird weitaus schlimmer ausfallen, wenn du mir Informationen vorenthältst. Ich empfehle dir, mir die Wahrheit zu sagen, und zwar die ganze Wahrheit."

Der Hauptmann stammelte und stotterte kurz, bevor er

schließlich tief durchatmete, genau in die Richtung blickte, in der er Lord Tenebris' Augen vermutete, und Bericht erstattete.

„Irgendetwas ist im Hochsicherheitsblock explodiert. Ratsmitglied DZ ist dabei umgekommen, und Präsident Stan konnte dadurch entkommen. Ratsmitglied Charlie und Kommandant Crunch sind weiterhin in Gewahrsam."

Während Hauptmann Drake sich vor Angst vor dem unausweichlichen Schlag zusammenkauerte, konnte er nicht sehen, dass Lord Tenebris, der noch immer in Dunkelheit gehüllt war, keineswegs wütend war. Er war sogar hocherfreut.

Also, dachte Lord Tenebris. *DieZombie97 ist tot. Und Stan ist noch immer irgendwo da draußen. Ich schätze, ich kann mir noch ein wenig Spaß gönnen.*

„Hauptmann, ich werde dich nicht bestrafen ... *noch nicht.*"

Hauptmann Drake sah auf und wagte es kaum, seinen Ohren zu trauen.

„Ich übertrage dir die Verantwortung dafür, Präsident Stan eigenhändig zu finden und festzusetzen. Ich will ihn lebend. Wenn du Erfolg hast, wirst du nicht bestraft."

Hauptmann Drake verbeugte sich tief und schluchzte vor Erleichterung.

„Oh, ich danke Euch, gnädiger Lord Tenebris, Ihr seid viel zu gütig. Ich habe einen weitaus weniger gnädigeren Anführer verdient."

„Das stimmt", erwiderte Lord Tenebris beiläufig.

„Ich ... ich habe jedoch eine Frage", fuhr Hauptmann Drake fort und sah wieder auf. „Wenn ich recht verstehe, habt Ihr mich als neuen Anführer der Heere der Noctem-Allianz eingesetzt. Wollt Ihr weiterhin, dass ich die Armeen befehlige, während ich diese Aufgabe für Eure Majestät ausführe?"

Lord Tenebris fing langsam an, breit zu grinsen.

„Das wird nicht nötig sein, Hauptmann", sagte Lord Tenebris gedehnt.

„Wer … wird dann der neue Anführer der Heere sein?"

Lord Tenebris brach in schauerliches, getragenes Lachen aus, bevor er antwortete.

„Das, mein Hauptmann, werde ich übernehmen. Ich bin zu der Erkenntnis gekommen, dass ich in diesem Spiel viel zu lange ausgesetzt habe. Die Republik befindet sich in ihrem Todeskampf. Ich habe vor, sie ausbluten zu lassen, sie so lange in ihrer Position zu halten, wie ich kann, und sie leiden zu sehen, und zwar mit eigenen Augen."

Mit diesen Worten trat Lord Tenebris aus der Dunkelheit in das Licht der Kammer.

Hauptmann Drake riss erschrocken den Mund auf.

Lord Tenebris sah fast genau wie ein neuer Spieler aus. Er hatte dunkelbraunes Haar, ein türkisfarbenes Hemd und blaue Hosen, das Standardaussehen von Minecraft-Spielern, die ihren Skin nicht gewechselt hatten.

Insgesamt sah er Präsident Stan zum Verwechseln ähnlich.

Bis auf seine Augen.

Seine unheimlichen, leeren weißen Augen.

FORTSETZUNG FOLGT …

VERPASS NICHT DAS NEUE SPANNENDE ABENTEUER!

Die Elementia-Chroniken
Buch drei

Herobrines Nachricht

Auf dem Minecraft-Server Elementia sind schwere Zeiten angebrochen. Das Schicksal aller hängt in der Schwebe, und niemand weiß, was der nächste Tag mit sich bringen wird. Von seinem Land abgeschottet muss Präsident Stan sich einen Weg durch Elementia bahnen, das von der Noctem-Allianz und den bösen Mobs unter ihrer Kontrolle besetzt ist. Um den Weg nach Hause zu finden und Elementia zum Sieg zu führen, muss Stan die gefährlichste Aufgabe in Angriff nehmen, die sich ihm je gestellt hat. Er wird unerwartete Bündnisse schließen und ganz Minecraft durchkämmen, selbst über Elementia hinaus, um die Hilfe und die Macht zu finden, die nötig ist, um die Noctem-Allianz ein für alle Mal zu vernichten. Wird Stan es schaffen, die Unbilden und Gefahren zu meistern, die ihm überall auflauern? Oder wird eine neue Bedrohung – eine finstere, grausige, legendäre Macht – alles verändern? Findet es in der epischen letzten Folge der Elementia-Chroniken heraus!

NOTIZ DES AUTORS

Vielen Dank, dass ihr *Die neue Ordnung* gelesen habt. Ich hoffe, es hat euch Spaß gemacht. Wenn es euch gefallen hat, bitte erzählt euren Freunden davon und schreibt eine Online-Rezension, damit auch andere davon erfahren.

-SFW

DANKSAGUNGEN

Als Erstes möchte ich all den Fans danken, die *Suche nach Gerechtigkeit* unterstützt haben. Euer Enthusiasmus und wie ihr ihn mir gezeigt habt, sind die wichtigste Inspiration und das, was mich schreiben lässt.

Ich möchte HarperCollins dafür danken, dass sie meine Reihe veröffentlichen. Es muss ein ganz besonderer Verlag sein, der einen Siebzehnjährigen mit einer Minecraft-Fangeschichte unter Vertrag nimmt.

Ich möchte Pamela Bobowicz danken, meiner Lektorin, die mir geholfen hat, die Chroniken von Elementia zu der bestmöglichen Serie zu machen, und dabei meine Meinung berücksichtigt hat.

Ich möchte meiner Großmutter danken, die mein ganzes Leben lang für mich da war und mir auf jede Frage eine ehrliche Antwort gibt.

Ich möchte meinen Brüdern danken, Eric und Casey, weil sie mich unterstützt und motiviert haben – und wenn nötig auch dafür gesorgt haben, dass ich mit beiden Füßen auf dem Boden bleibe.

Ich möchte Rick Richter danken, meinem Agenten, der mich kontaktiert und mir angeboten hat, meine Ideen mit der Welt zu teilen. Er war eine unschätzbare Hilfe und hat mir immer mit Rat, Antworten und allem, was ich bei der Arbeit an den Chroniken von Elementia gebraucht habe, zur Seite gestanden. Dafür, Rick, danke ich dir aus tiefstem Herzen.

Schlussendlich möchte mich auch noch einmal besonders bei meiner Mutter und meinem Vater bedanken. Sie sorgen dafür, dass ich auf dem richtigen Weg bleibe, motivieren mich und geben sich jede erdenkliche Mühe, um mich auf Trab zu halten, wenn ich mal durchhänge. Ohne ihre unermüdliche Unterstützung hätten die Chroniken von Elementia die Festplatte meines Computers nie verlassen. Dafür kann ich ihnen nicht genug danken.

PS: Ich möchte auch meinem Kater Boo dafür danken, dass er seine Versuche eingestellt hat, immer dann auf meiner Tastatur ein Nickerchen zu halten, wenn ich schreibe. Diese Veränderung seines Verhaltens hat mir das Schreiben erheblich erleichtert, und dafür, Boo, danke ich dir.

ASSASSIN'S CREED
DIE ROMANREIHE

Der offizielle Roman zu Assassin's Creed 2

ISBN 978-3-8332-2044-9

Der offizielle Roman zu Assassin's Creed: Brotherhood

ISBN 978-3-8332-2236-8

Assassin's Creed: Der geheime Kreuzzug

ISBN 978-3-8332-2436-2

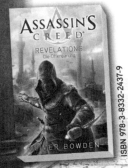

Assassin's Creed: Revelations – Die Offenbarung

ISBN 978-3-8332-2437-9

Assassin's Creed: Forsaken – Verlassen

ISBN 978-3-8332-2610-6

Assassin's Creed: Black Flag

ISBN 978-3-8332-2700-4

panini BOOKS
www.paninicomics.de